KB273823

그리스 신화의 원전

오디세이아

그리스 신화의 원전

오디세이아

초판 1쇄 발행 2026년 3월 16일

–

지은이 호메로스

옮긴이 김원익

펴낸이 이병은

책임편집 배근호　　**책임디자인** 박혜옥

기획 김명희·박준성　　**마케팅** 최성수

–

펴낸곳 세창출판사

　　　신고번호 제1990–000013호 **주소** 03736 서울특별시 서대문구 경기대로 58 경기빌딩 602호

　　　전화 02–723–8660 **팩스** 02–720–4579 **이메일** edit@sechangpub.co.kr

　　　홈페이지 http://www.sechangpub.co.kr **블로그** blog.naver.com/scpc1992

　　　페이스북 fb.me/Sechangofficial **인스타그램** @sechang_official

–

ISBN 979-11-6684-487-4 03890

그리스 신화의 원전

오디세이아

호메로스 지음

김원익 옮김

ODYSSEIA

세창출판사

독자에게서 자주 받는 질문 중 하나가 그리스 신화의 원전이 무엇이냐는 것이다. 그것은 바로 B.C. 8세기경 그리스 음유시인 호메로스가 쓴 『일리아스』와 『오디세이아』다. 다시 말해 고대 그리스 3대 비극작가의 수많은 작품과 로마시인 오비디우스의 『변신 이야기』, 19세기 영미권의 『불핀치의 그리스 로마 신화』와 독일어권의 『슈바브의 그리스 로마 신화』, 『이윤기의 그리스 로마 신화』와 졸저 『김원익의 그리스 신화 1, 2』 등 전 세계 그리스 신화에 관한 모든 책의 원전은 『일리아스』와 『오디세이아』다. 그리스 신화를 올바로 이해하려면 이 두 작품을 제대로 이해해야 하는 것은 바로 그 때문이다.

두 작품의 테마는 트로이 전쟁과 오디세우스의 모험이다. 하지만 두 작품에는 그리스 신화의 신과 인간에 대한 갖가지 에피소드가 한가득 실려 있다. 가령 『일리아스』에는 천마 페가소스를 타고 괴물 키마이라를 처치하는 코린토스의 영웅 벨레로폰의 모험 등이 실려 있고, 『오디세이아』에는 그리스 신화 최고의 스캔들인 아프로디테가 남편인 헤파이스토스 몰래 아레스와 한눈파는 장면 등이 실려 있다. 두 작품 속에 그리스 신화의 에피소드가 얼마나 많았으면 3대 비극작가 중 90여

편의 작품을 쓴 아이스킬로스가 자신의 작품들은 호메로스의 위대한 성찬을 겨우 한 입 베어 문 것에 불과하다고 했겠는가.

두 작품의 국내 번역본은 현재 수십 종이 나와 있고, 그 명성에 걸맞게 앞으로도 계속 출간될 전망인데, 형식과 내용에 따라 크게 세 가지로 나눌 수 있다. 첫 번째는 어린이와 청소년 등을 대상으로 펴낸 산문 형식의 번역본으로 그리스어 원서의 내용이 아주 짧게 축약되어 있다. 어떤 것은 두 작품을 함께 묶어 놓기도 했다. 만화 형식의 번역본도 대부분 여기에 속한다.

두 번째는 성인 독자를 대상으로 펴낸 산문 형식의 번역본이다. 이것은 다시 24권으로 구성된 그리스어 원서의 틀을 그대로 유지하면서 각 권마다 조금 요약하고 편집한 번역본과 24권을 10여 개의 장으로 줄인 다음 대폭 요약하고 편집한 번역본 등 두 가지로 나뉜다. 세 번째는 5행씩 아라비아 숫자로 행을 표시한 운문 형식의 그리스어 원서 번역본이다.

세 가지 번역본은 나름대로 중요한 의미는 있어도 문제점 또한 작지 않다. 산문 형식의 첫 번째와 두 번째 번역본은 누구나 쉽게 읽을 수 있어도 그리스어 원서의 내용을 요약하고 형식을 바꾼 터라 원서의 묘미를 느끼기 어렵고, 운문 형식의 세 번째 그리스어 원서 번역본은 그리스 신화에 대한 상당한 수준의 선지식을 갖춘 독자라도 시적인 표현, 응축된 내용, 서술의 공백 등을 이해하기가 여간 어려운 게 아니다.

이런 상황에서 나는 평소 막힘없이 쉽고 편하게 읽히는 산문 형식의 번역본으로도 그리스어 원서의 진수를 맛보고 싶어 하는 독자의 열망을 충족시켜 주고 싶었다. 한마디로 내가 염두에 둔 건 한국형 『일리아스』와 『오디세이아』다. 그래서 내 평역본評譯本은 위의 세 가지 번역본

중 형식상 두 번째에 속한다. 하지만 내용은 그와는 사뭇 다르다.

첫째, 그리스어 원서의 백미라고 할 수 있는 비유를 가능한 한 모두 살려 냈다. 둘째, 그리스어 원서의 난해한 내용이나 표현은 가능한 한 본래의 의미를 해치지 않으면서 이해하기 쉬운 우리말로 윤문했다. 셋째, 단편적으로만 소개되어 독서를 방해할 수 있는 그리스 신화의 에피소드를 전혀 가미한 흔적을 느낄 수 없을 정도로 자연스럽게 보충하여 그야말로 술술 읽히도록 했다.

넷째, 2800여 년 전에 쓰인 고전인지라 필연적으로 존재할 수밖에 없는 서술의 공백을 말끔하게 메웠다. 가령 『오디세이아』에서는 오디세우스가 거지 노인에서 원래의 모습으로 돌아오는 시점과 장면을 서사의 흐름에 어우러지도록 매끄럽게 채워 넣었다. 다섯째, 프롤로그, 에필로그, 수용사 등을 첨가하여 두 작품을 읽기 전이나 읽은 후에 생길 수 있는 궁금증을 명쾌하게 해소했다. 가령 『오디세이아』의 프롤로그와 에필로그에는 각각 오디세우스가 트로이 전쟁에서 펼친 활약과 귀향 후 여생을 보내다가 죽음을 맞이하는 과정이 자세하게 기술되어 있다.

여섯째, 가능한 한 많이 관련 명화를 넣어 두 작품을 더욱더 입체적으로 이해할 수 있도록 배려했다. 필요한 경우 명화에 대한 해설도 첨가했고, 신과 영웅의 가계도와 지도도 삽입했다. 일곱째, 가독력과 이해력을 높이기 위해 먼저 요약문을 통해 각 권을 한 번 개관하고 읽을 수 있도록 배려했다. 물론 이 요약문은 독자의 취향에 따라 건너뛸 수도 있다.

평역에 부족한 부분과 실수가 있다면 앞으로 계속 다듬고 고치도록 하겠다. 아무쪼록 내 평역본이 그리스 신화의 원전인 호메로스의

『일리아스』와 『오디세이아』를 제대로 이해하고 싶어도 좀처럼 쉽게 다가갈 수 없었던 독자의 해묵은 갈증을 풀어 줄 수 있는 마중물이 되길 바란다.

내가 평역 원본으로 삼은 것은 고전문학, 특히 호메로스의 두 작품 번역가로 유명한 독일 시인 요한 하인리히 포스J. H. Voss의 독일어 번역본으로 '아르테미스 운트 빙클러Artemis & Winkler' 출판사에서 펴낸 책이다. 포스의 번역본이 독일어에 끼친 영향은 루터의 성서 번역본에 비견될 정도로 빼어난 것으로 정평이 나 있다. '숲'과 '아카넷' 출판사의 그리스어 원서 번역본을 비롯한 국내 여러 산문 형식의 번역본 도움도 받았다.

2026년 2월

김 원 익

차례

프롤로그

웅변의 신 헤르메스의 외증손자, 병역을 피하려고 부린 잔꾀

B.C. 12세기경 고대 그리스와 트로이 사이에서 벌어졌던 소위 트로이 전쟁에서 그리스군의 장수였던 오디세우스Odysseus는 전쟁이 끝난 뒤 곧장 고향으로 돌아가지 못한 채 10년 동안이나 바다를 방랑한다. 그는 전쟁을 치르면서 이미 10년을 보냈으니 꼬박 20년 만에 귀향하는 셈이다. 오디세우스가 10년 동안 바다에서 겪은 모험담과 귀향해서 겪은 일들을 엮은 책이 바로 B.C. 8세기경의 음유시인 호메로스Homeros가 쓴 서사시 『오디세이아Odysseia』다. 호메로스의 영어식 표기가 바로 호머Homer다.

'오디세이아'는 '오디세우스의 이야기'라는 뜻으로, 영어로는 'Odyssey'라고 하는데 우리말로는 '오디세이' 혹은 '오딧세이'라고 표기한다. '오디세이아' 철자에 있는 2개의 S를 고려하여 '오뒷세이아'로 표기하기도 한다. '오디세이'가 들어간 책이나 TV 프로그램 등이 있는데, 그것은 오디세우스가 10년 동안 바다를 방랑하면서 많은 경험을 한 것처럼 그 분야를 한번 두루 살펴보겠다는 의도로 넣은 것이다. '오디세우스'의 로마식 이름은 '울릭세스Ulixes', 영어식 이름은 '율리시스Ulysses'다.

오디세우스는 이타케Ithake섬의 왕 라에르테스Laertes와 아우톨리코스Autolykos의 딸 안티클레이아Antikleia 사이에서 외아들로 태어났다. 오디세우스의 외할아버지 아우톨리코스는 도둑의 달인이었다. 그는 검은 것을 희게 만들고, 흰 것을 검게 만들기도 했으며, 뿔 없는 동물을 뿔 달린 동물로도, 뿔 달린 동물을 뿔 없는 동물로도 만들 수 있었다. 또한 어떤 상황에서도 마음먹은 것을 훔치지 못한 적이 한 번도 없었고, 아무리 도둑질을 해도 전혀 발각당하지 않았으며, 나중에 그가 범인이라는 사실이 밝혀져도 절대로 그 증거를 찾을 수 없었다.

아우톨리코스는 한때 이웃한 코린토스의 왕 시시포스Sisyphos의 축사에서 소, 양, 염소 등을 감쪽같이 훔쳐 가곤 했다. 시시포스는 어

이타케섬의 위치

느 날 자신의 가축들은 날마다 점점 줄어드는데 아우톨리코스의 가축들은 자꾸 불어나는 것을 알아차리고 자신의 가축들 발굽에 자신만 아는 표시를 해 두었다. 며칠 후 과연 예상대로 자신의 가축 중 일부가 아우톨리코스의 축사에 들어있는 것을 확인한 다음 해명을 요구하기 위해 그를 찾아갔다. 하지만 아우톨리코스가 그를 순순히 만나 줄 리 만무했다.

매번 허탕만 치자 분노한 시시포스는 어느 날 애꿎은 아우톨리코스의 딸 안티클레이아를 겁탈하고 돌아왔다. 그 후 안티클레이아는 이타케섬의 왕 라에르테스와 결혼하여 영웅 오디세우스를 낳았다. 그래서 어떤 사람들은 오디세우스의 실제 아버지는 라에르테스가 아니라 시시포스라고 주장한다. 오디세우스가 목마 전술을 고안하여 트로이를 함락시킬 정도로 계책에 능했던 것은 죽음의 신 타나토스Thanatos를 속일 정도로 인간 중 가장 교활하고 음흉했던 시시포스의 피가 섞여 있기 때문이라는 것이다.

하지만 오디세우스가 천부적인 전략가였다는 사실에 대한 혈통의 근거를 대려고 굳이 그의 실제 아버지가 시시포스라고 주장할 필요는 없다. 그의 외할아버지가 도둑의 달인 아우톨리코스라는 것만으로도 충분한 설명이 되고도 남기 때문이다. 게다가 아우톨리코스는 전령의 신이면서도 동시에 웅변의 신, 상업의 신, 도둑의 신이기도 했던 헤르메스Hermes와 당대 최고의 미녀 키오네Chione의 아들이기도 하다. 오디세우스가 헤르메스의 외증손자라는 사실보다 지략의 달인으로서의 그의 혈통을 더 명쾌하게 설명해 줄 수 있는 것이 있을까?

오디세우스가 태어나고 얼마 지나지 않아 외할아버지 아우톨리코스가 이타케섬을 방문했다. 이에 딸 안티클레이아가 외손자 이름을 지어 달라고 했다. 그러자 노인은 당시 무슨 이유에서인지 화가 많이 나 있었기 때문에 외손자에게 '화내는 자'라는 뜻의 '오디세우스'라는 이름을 지어 주었다. 아우톨리코스는 방문을 마치고 파르나소스Parnassos산 기슭에 있는 자신의 집으로 돌아가면서 딸에게 외손자가 장성해서 찾아오면 선물을 듬뿍 주겠다고 약속했다. 나중에 오디세우스가 성인이 되어 찾아오자 그는 약속대로 손자에게 많은 선물을 주었다.

오디세우스는 그때 외삼촌들과 파르나소스산으로 사냥을 나갔다가 저돌적으로 달려드는 멧돼지의 날카로운 이빨에 물리고 말았다. 그는 이 사건으로 평생 허벅지에 큰 흉터를 갖고 살았다. 오디세우스가 집으로 돌아오고 얼마 되지 않아 메세네Messene의 가축 도둑들이 이타케섬에 와서 300마리의 양을 훔쳐 가고 양치기들을 납치해 갔다. 당시 이타케섬의 왕 라에르테스와 장로들은 양과 양치기들을 찾기 위해 오디세우스를 메세네로 보냈다. 그때 오디세우스는 오르틸로코스Ortilochos의 집에 머물다가 이미 고인이 된 오이칼리아의 왕 에우리토스Eurytos의 큰아들 이피토스Iphitos를 만났다.

이피토스도 마침 잃어버린 암말들을 찾아 그곳에 왔었다. 두 사람은 이내 서로에게 호감을 느껴 친구가 되기로 의기투합하였고, 이피토스는 그 기념으로 오디세우스에게 커다란 명품 활과 화살들을 주었다. 그것은 바로 궁수로 이름을 날렸던 자신의 아버지가 사용하던 것이었다. 오디세우스는 이 활과 화살들을 애지중지하여 트로이에도 갖고 가지 않고 집에 잘 보관해 두었다가 20년 후 귀향하여 그것으로 아내 페넬로페의 구혼자들을 몰살했다.

그 당시 그리스 도시국가의 젊은 왕자들이 거의 모두 그랬던 것처럼 오디세우스 또한 스파르타Sparta의 왕 틴다레오스Tyndareos의 딸 헬레네Helene의 구혼자였다. 그는 사람의 성격을 꿰뚫어 보고 있었기 때문에 헬레네의 아버지 틴다레오스가 당대 최고 명문가 출신의 메넬라오스Menelaos를 사윗감으로 선택할 것으로 짐작했다. 그래서 쓸데없이 헬레네의 마음을 사기 위해 선물을 쓰지 않고 틴다레오스와 다른 협상을 벌였다. 당시 틴다레오스는 헬레네의 남편감을 공표하면 혹시 선택받지 못한 구혼자들이 서로 연합하여 폭동을 일으킬까 봐 전전긍긍하고 있었다.

오디세우스는 그 마음을 간파하고 만약 틴다레오스가 형제인 이카리오스Ikarios를 설득하여 딸 페넬로페Penelope를 자신의 아내로 주도록 도와준다면 그 골치 아픈 문제를 말끔히 해결해 주겠다고 약속했다. 틴다레오스가 자신의 말에 동의하자 오디세우스는 그에게 구혼자들을 모아놓고 헬레네의 남편이 정해지면 그 결과를 받아들일 것이며, 그 후 혹시 그녀의 신상에 변고가 생겨도 힘을 합해 도와주겠다는 맹세를 시키라고 조언했다. 구혼자들이 모두 맹세하자 틴다레오스는 과연 메넬라오스를 사윗감으로 공표한 다음 약속한 대로 오디세우스를 아우인 이카리오스에게 사위로 천거했다.

그런데 헬레네가 메넬라오스와 결혼하고 9년이 지난 뒤 트로이의 왕자 파리스Paris에게 납치당하는 엄청난 사건이 벌어졌다. 당시 연로한 장인으로부터 나라를 물려받아 스파르타의 왕이었던 메넬라오스는 당장 형이자 미케네Mykene의 왕 아가멤논Agamemnon에게 달려가 대책을 논의했다. 그러자 아가멤논은 헬레네의 구혼자들에게 전령을 보내 그들이 예전에 틴다레오스에게 했던 맹세를 근거로 헬레네의 신상에 변고가 생겼으니 함선과 군대를 이끌고 보이오티아Boiotia의 아울리스Aulis항으로 와 달라고 요청했다.

구혼자들 대부분은 아가멤논의 요청에 기꺼이 응했다. 하지만 그들 중 달콤한 신혼생활에 빠져 있던 오디세우스는 출병하지 않으려고 주변에 자신이 미쳤다는 소문을 냈다. 지금으로 치면 오디세우스는 세계 최초의 병역기피자였던 셈이다. 이때 아가멤논의 명령으로 오디세우스를 데려오는 임무를 맡은 인물이 바로 메넬라오스와 아르골리스Argolis 지방의 영웅 팔라메데스Palamedes였다. 오디세우스는 그들이 이타케섬에 도착하는 시간에 맞춰 밭에 나가 미친 척하는 연기를 펼쳤다. 그는 어릿광대 모자를 쓰고 당나귀와 말이 끄는 쟁기로 밭을 갈며 씨앗 대신 소금을 뿌렸다. 하지만 팔라메데스는 금세 그의 술수를 꿰뚫어 보았다.

그는 남편 곁에서 젖먹이 아들 텔레마코스Telemachos를 안고 그를 지켜보던 페넬로페의 품에서 얼른 아들을 낚아채 쟁기 앞에 갖다 놓으며 당장 어설픈 속임수를 그만두라고 꾸짖었다. 그러자 오디세우스는 아들을 피해 쟁기를 몰 수밖에 없었고 결국 속임수는 들통나고 말았다. 다른 설에 의하면 팔라메데스는 오디세우스가 보는 앞에서 페넬로페가 안고 있던 아들을 칼로 내려치는 시늉을 했다. 그러자 오디세우스가 화들짝 놀라며 달려와 말리는 바람에 속임수가 들통나고 말았다.

계책이 탄로 나자 오디세우스는 어쩔 수 없이 트로이 원정에 동참했다. 오디세우스는 이때부터 자신을 전쟁으로 내몬 팔라메데스에게 깊은 원한을 품게 되었다. 이렇듯 오디세우스는 마지못해 전쟁에 참여했건만 아가멤논은 모든 장수 중 그를 가장 미더워했다. 오디세우스는 전략과 전술에 능통한 꾀돌이이자 마치 『삼국지』의 제갈공명과 같은 유능한 책사였기 때문이다.

작가 미상,
〈거짓으로 미친 척하는
오디세우스〉, 17세기

아킬레우스의 설득,
절친 멘토르,
계책과 술수의 달인

프티아Phthia의 왕 펠레우스Peleus와 바다의 여신 테티스Thetis의 아들 아킬레우스Achilleus는 헬레네가 결혼할 당시에는 나이가 너무 어려서 그녀의 구혼자가 아니었기에 트로이 전쟁에 출병할 의무는 없었다. 그런데 테티스는 아킬레우스가 태어나기 전부터 그가 장성하여 트로이 전쟁에 참전하면 요절할 것이라는 신탁을 받았고, 아들 사랑이 유별났던 터라 그가 태어나는 순간부터 걱정으로 노심초사했다. 아킬레우스는 성격상 전쟁이 일어나면 틀림없이 참전할 것으로 생각했기 때문이다.

테티스는 결국 아들이 대여섯 살이 되자 그를 스키로스Skyros섬의 리코메데스Lykomedes 궁전으로 보내 여장을 시켜 공주들 사이에서 지내도록 했다. 아킬레우스는 그곳에서 9년 동안 지내면서 데이다메이아Deidameia 공주와 사랑을 나누어 아들 네오프톨레모스Neoptolemos를 낳기도 했다. 그리스와 트로이 사이에 전운이 깊게 드리워지자 예언가 칼카스Kalchas는 아킬레우스가 없으면 전쟁에서 이길 수 없다고 예언했다. 아가멤논은 그를 찾으려고 애를 쓰다가 실패하고 결국 오디세우스에게 행방이 묘연한 아킬레우스를 수소문해서 아울리스로 데려와 달라고 부탁했다.

오디세우스는 탐문 끝에 아킬레우스가 스키로스섬의 왕 리코메데스의 공주들 사이에 숨어 있다는 사실을 알아냈다. 그래서 방물장수로 변장하여 공주들을 찾아갔지만 어찌도 교묘하게 위장을 했는지 그들

Louis Gauffier, 〈리코메데스의 딸들 사이에서 아킬레우스를 찾아내는 오디세우스〉, 1791년경

중 누가 아킬레우스인지 도무지 알아낼 수가 없었다. 고민 끝에 오디세우스는 공주들 앞에 장신구들과 자수 용품을 늘어놓으면서 멋진 칼 하나를 섞어 놓았다. 과연 한 공주가 그 칼을 만지작거리며 관심을 보였다. 오디세우스는 그가 아킬레우스임을 직감하고 설득 끝에 마침내 그로부터 기꺼이 참전하겠다는 약속을 받아냈다.

오디세우스는 이렇게 첫 번째 임무를 훌륭하게 완수한 뒤 이타케, 사메Same, 자킨토스Zakynthos를 비롯한 그 주변에 있는 섬들의 청년들로 이루어진 병사들과 12척의 함선을 이끌고 보이오티아의 아울리스항으로 집결했다. 그는 이타케 궁전을 떠나기 전 절친이었던 멘토르Mentor에게 자신이 없는 동안 어린 아들 텔레마코스의 교육을 맡겼다. 바로 그의 이름과 역할에서 '스승'을 뜻하는 '멘토'라는 말이 나왔다.

멘토르는 『오디세이아』에서 자주 등장하지 않는다. 작품 처음에 텔레마코스가 백성들 전체 회의를 소집하여 구혼자들을 강하게 비난하는 연설을 할 때 혼자서 과감하게 그의 편을 들었다가 그들의 협박으로 침묵한 후로는 거의 모습을 보이지 않는다. 하지만 작품 처음과 마지막에 텔레마코스가 위기에 처할 때마다 아테나가 멘토르의 모습을 하고 나타나 그를 격려하는 장면을 보면, 비록 『오디세이아』에는 그의 활약이 자세하게 서술되어 있지는 않아도, 오디세우스가 없는 동안 멘토르가 텔레마코스에게 얼마나 든든한 정신적인 지주 역할을 했는지 충분히 짐작할 수 있다.

오디세우스를 비롯한 헬레네의 구혼자들이 끌고 온 함선은 총 1186척이나 되었다. 그리스 연합군은 서로 다른 도시국가에서 온 터라 명령 체계 등 여러 가지가 달라 장차 트로이군과 효과적으로 싸우려면 체계적이고 통일적인 훈련이 필요했다. 그래서 그들은 보이오티아의 아울리스항에 모여 합동 훈련을 하기로 했다. 2년 후 그리스 연합군은 모든 준비를 마치고 출항하려고 했으나 웬일인지 매년 그즈음이면 트로이 쪽으로 불던 바람이 도무지 불지 않았다.

예언가 칼카스에게 그 이유를 물어보니 그건 달의 여신 아르테미스의 분노 때문이니, 아가멤논의 큰딸 이피게네이아Iphigeneia를 바쳐 여신의 분노를 풀어 주면 바람이 불 것이라고 했다. 예전에 아가멤논이 아울리스항 근처 산으로 사냥을 나갔다가 자신도 모르게 아르테미스가 가장 아끼는 사슴을 잡아 여신의 분노를 샀다는 것이다. 다른 설에 의하면 아가멤논은 그날따라 사냥감이 아주 쉽게 잘 잡히자 우쭐한 마음에 동행한 부하들에게 자신은 사냥의 여신 아르테미스보다 더 사냥을 잘한다고 오만을 떨어 여신의 분노를 샀다고 한다.

아가멤논은 차마 딸을 죽일 수 없었지만 다른 장수들의 성화를 배겨 낼 재간이 없었다. 자칫했다가는 복수심에 불타 얼른 트로이를 응징하고 싶은 병사들이 폭동을 일으킬 수도 있었다. 결국 그는 오디세우스와 디오메데스Diomedes를 미케네로 파견하여 아내 클리타임네스트라Klytaimnestra를 설득해 아르테미스가 지목한 이피게네이아를 아울리스항으로 데려오도록 했다. 이때 오디세우스는 클리타임네스트라에게 이피게네이아를 그리스 연합군 최고의 전사 아킬레우스와 결혼시킨다고 거짓말을 했다.

그런데 아울리스항의 아르테미스 제단에서 사제 칼카스가 막 그녀의 목을 치려는 순간 갑자기 사방이 짙은 안개로 휩싸였다. 이윽고 안개가 걷히자 이피게네이아는 감쪽같이 사라지고 그녀가 있던 자리엔 암사슴 한 마리만 남아 있었다. 사제는 여신의 뜻으로 생각하고 그 사슴을 잡아 제물로 바쳤다. 사람들은 이피게네이아도 제물로 바쳐진

Giovanni Battista Tiepolo, 〈이피게네이아의 희생〉, 1747-1750

만큼 결국 아르테미스의 손에 죽었을 것으로 생각했다. 하지만 여신은 그녀를 가엾게 생각하여 흑해 연안 타우리케Taurike섬에 있는 자신의 신전으로 데려가 여사제로 삼았다. 그 후 칼카스가 아르테미스에게 사슴을 제물로 바치자 과연 거짓말처럼 바람이 불어 그리스 연합군 함대는 마침내 트로이를 향해 출항할 수 있었다.

그리스 함선들이 트로이로 가다가 에게해의 크리세Chryse섬에 잠시 기항했을 때 7척의 함선과 함께 말로스Malos의 군대를 이끌던 필록테테스Philoktetes가 불행하게도 풀숲에 숨어 있던 물뱀에 물렸다. 그 후 그가 내지르는 신음과 상처에서 나는 악취는 그리스군을 극심한 고통에 빠뜨렸다. 결국 그리스군은 필록테테스를 렘노스Lemnos섬에 내려놓고 떠났다. 이런 방책을 고안한 것도 바로 오디세우스였다.

마침내 트로이 해안에 상륙한 그리스군은 우선 오디세우스와 메넬라오스를 트로이 성에 특사로 파견했다. 그들이 프리아모스Priamos왕에게 헬레네와 그녀가 가져간 보물을 돌려주면 철수하겠다고 하자 트로이인들은 그 제안을 일언지하에 거절하고 심지어 그들을 죽이려고 했다. 절체절명의 순간, 오디세우스와 메넬라오스는 관례상 특사를 죽여서는 안 된다고 만류하는 트로이의 원로 안테노르Antenor의 도움으로 간신히 목숨을 건졌다.

오디세우스는 특히 자신을 모욕하거나 마음을 상하게 한 자들은 누구든 절대 용서하지 않았다. 그래서 자신의 속임수를 간파하여 자신을 전쟁터로 끌어들인 팔라메데스에게 전쟁 내내 앙심을 품고 복수할 기회를 호시탐탐 노리고 있었다. 그러던 어느 날 그리스군이 트로이 해안에 건설한 임시 진영을 나와 트로이 성 근처에서 벌어진 전투가 한참 동안 소강상태로 빠졌을 때, 며칠 동안 막사에 틀어박혀 궁리한 끝에 드디어 팔라메데스에게 복수할 계략을 짰다. 그는 우선 총사령관 아가멤논에게 이렇게 전갈을 보냈다.

"신들이 꿈에 나타나 나에게 곧 반역이 일어날 것이라고 경고했소. 숙영지를 하룻낮 하룻밤 동안만 옮겨야 하오!" 아가멤논이 즉시 전 그리스군에게 그렇게 하라고 명령을 내리자 오디세우스는 팔라메데스의 막사가 있던 장소에 황금이 가득 들어있는 자루를 묻어 두었다. 이어 오디세우스는 트로이 포로 중 한 명에게 마치 프리아모스가 팔라메데스에게 보내는 것과 같은 편지를 쓰도록 했다. "내가 보내 드린 황금은 당신이 그리스군의 숙영지를 알려 준 대가입니다."

오디세우스는 이어 그 포로를 시켜 팔라메데스에게 편지를 전달하게 시킨 다음 직전에 숙영지 밖에서 죽였다. 다음 날 그리스 군대가

Rembrandt, 〈아가멤논 앞의 팔라메데스〉, 1626

예전 숙영지로 돌아오자 트로이 병사의 시신이 발견되었고 그의 몸에서 나온 편지는 총사령관 아가멤논에게 전해졌다. 팔라메데스는 즉시 군법회의에 회부되었다. 그가 트로이의 왕 프리아모스나 그 밖에 누구한테도 황금을 받은 적이 없다고 완강히 부인하자 오디세우스는 그의 막사를 샅샅이 수색할 것을 제안했다. 곧 그의 막사에서 황금이 발견되었고, 그리스 군사들은 명백히 반역을 꾀한 팔라메데스를 군법에 따라 돌 세례를 퍼부어 죽였다.

오디세우스는 이처럼 아무 죄도 없는 팔라메데스를 모함해서 죽일 만큼 술수와 계책 그리고 뛰어난 웅변술로 명성을 날렸다. 호메로스에 의하면 그는 키는 작았지만 이상하리만치 넓은 가슴과 떡 벌어진 어깨를 갖고 있었다. 회의에서 그가 발언권을 잡고 말을 할 때면 처음에는 어눌하고 서툴러 보이지만, 잠시 뒤 탄력을 받아 그윽한 목소리가 튀어나오면서 이런 첫인상은 사라지고 이내 그의 연설은 청중의 마음을 휘어잡았다. 그가 설득해서 소기의 목적을 달성하지 못한 적은 단 한 번밖에 없었다.

그것은 오디세우스가 큰 아이아스Aias와 포이닉스Phoinix 노인과 함께 토라진 아킬레우스를 설득하러 갔었을 때였다. 아킬레우스는 자신의 전리품으로 받은 브리세이스Briseis라는 여인을 아가멤논이 빼앗자 분노하여 전장에서 발을 뺀 채 막사에 틀어박혀 귀향할 채비를 하고 있었다. 오디세우스는 이런 아킬레우스에게 아가멤논의 사과와 보상 의사를 전하며 전투에 다시 참여해 달라고 부탁했다. 하지만 단단히 마음이 상한 아킬레우스는 요지부동이었다.

트로이에서의 활약,
큰 아이아스의 자살,
목마 전술

오디세우스는 트로이 전쟁 중 그리스군이 위기에 처할 때마다 특유의 술수와 계책을 발휘하여 거기서 벗어나도록 도움을 주었다. 물론 그는 트로이 전쟁 내내 술수와 계책만 사용한 게 아니라, 아무리 위험한 일이라도 마다하지 않고 자진해서 해냈다. 그는 특히 디오메데스와 콤비를 이루어 임무를 완수하곤 했다. 가령 『일리아스』에 따르면 아가멤논이 어느 날 밤 장수들의 긴급회의를 소집하여 트로이군의 정찰이 필요함을 역설하자 오디세우스는 디오메데스와 함께 용감하게 척후병으로 자원한 뒤, 트로이군 진영으로 잠입하여 큰 전공을 세웠다.

그들이 막 그리스군 진영을 나서 트로이군 진영으로 들어가려는

돌론, B.C. 460년경
그리스 도기 그림

순간, 밝은 달빛에 우연히 멀리서 트로이군 진영에서도 돌론Dolon이라는 자가 늑대 가죽을 둘러쓴 채 아군 진영으로 잠입하려는 것을 발견하고, 길목에 매복했다가 그를 생포하여 트로이군의 배치 상태를 알아낸 다음 죽였다. 이어 돌론에게서 들은 대로 트로이에 갓 도착하여 곯아떨어져 있느라 방비가 가장 허술한 트로이의 동맹군 트라케Thrake군을 급습하여 레소스Rhesos 왕과 부하 12명을 살해하고 왕의 명마 두 마리까지 전리품으로 챙겨 그리스 진영으로 몰고 왔다.

오디세우스는 또한 큰 아이아스와 함께 트로이군으로부터 아킬레우스의 시신을 빼앗아 오기도 했다. 그때 오디세우스가 용감하게 적들을 막아 내는 사이, 큰 아이아스는 아킬레우스의 시신을 업고 나왔다. 하지만 오디세우스와 큰 아이아스는 나중에 누가 전사한 아킬레우스의 갑옷을 차지할 것인가를 놓고 경합을 벌이는 경쟁자가 되었다. 그들

Agostino Masucci, 〈아킬레우스의 무구를 놓고 싸우는 큰 아이아스와 오디세우스〉, 18세기

은 동료 장수들 앞에서 각각 자신들이 그리스군을 위해 더 큰 공적들을 세웠다고 주장하며 그것들을 하나하나 열거했다. 결국 오디세우스가 월등한 웅변술로 심판관이었던 장수들의 마음을 사로잡아 아킬레우스의 갑옷을 물려받았다. 그러자 큰 아이아스는 엄청난 치욕을 느끼고 광기에 빠져 자살하고 말았다.

다른 설에 의하면 아킬레우스의 어머니 테티스가 전사한 아들의 무기를 가장 용감한 그리스군 장수에게 주겠다고 선언하자 오디세우스와 큰 아이아스가 아킬레우스의 시신을 사수한 자신들이 바로 그 무기의 임자라며 나섰다. 그들이 동료 장수들 앞에서 입에 침이 마르도록 그때의 무훈을 자랑하는 동안, 아가멤논은 백전노장 네스토르Nestor의 충고대로 밤에 트로이 성으로 첩자를 파견하여 이 전공에 대한 트로이인의 의견을 염탐하도록 했다. 트로이 성에 은밀하게 잠입한 그 첩자는 초저녁에 빨래터에서 수다를 떨고 있던 젊은 여자들의 대화를 엿들었다.

한 여자가 폭풍우처럼 쏟아지는 트로이군의 화살을 뚫고 전사한 아킬레우스의 시신을 어깨에 둘러메고 전장에서 빼내 간 큰 아이아스의 편을 들자, 다른 여자가 아테나의 사주를 받고 이렇게 대답했다. "말도 안 되는 소리! 그것은 어깨에 시신을 올려 주기만 하면 여자 노예라도 할 수 있는 일이야. 내 생각으로는 그때 우리 트로이군 공격을 온몸으로 막아 낸 사람은 바로 오디세우스였어. 그때 만약 오디세우스가 우리 트로이군을 막고 있지 않았다면 큰 아이아스가 어떻게 아킬레우스의 시신을 메고 갈 수 있었겠니?"

귀환한 첩자의 보고를 전해 듣고 아가멤논은 아킬레우스의 무구는 오디세우스의 것이라고 판결했다. 그러자 큰 아이아스는 엄청난 분노와 배신감을 느꼈다. 그날 밤 그는 아가멤논을 비롯한 동료 장수들에게 복수할 심산으로 자신의 막사를 나섰다. 하지만 아테나가 그에게 광기를 불어넣는 바람에 그는 그동안 트로이의 동맹국들을 점령하면서 노획물로 빼앗아 온 가축들을 키우는 축사에 들어가 고함을 지르며 칼을 휘두르고 돌아다녔다.

큰 아이아스는 실성한 나머지, 축사를 동료 장수들의 연회장으로 여기고 가축들을 자신을 모욕한 동료 장수들로 착각한 것이다. 그는 밤이 이슥해서 온통 피범벅이 된 채 축사에서 살아남은 가축들을 자기 막사로 데려와 도살을 계속했다. 그는 그중 수컷 양 두 마리를 골라 목을 잘랐다. 이어 한 마리는 아가멤논이라고 생각해 혀를 자르고, 다른 한 마리는 기둥에 똑바로 묶은 다음, 배반자 오디세우스 녀석이라고 욕을 해 대며 말채찍으로 매질을 가했다.

새벽녘이 되어서야 제정신으로 돌아온 큰 아이아스는 몹시 절망한 나머지 장차 오디세우스 등 동료 장수들로부터 손가락질을 받으며 치욕스럽게 사느니 차라리 죽는 게 낫다고 생각하고는, 부하들에게 아내 테크메사Tekmessa와 어린 아들 에우리사케스Eurysakes를 데려오도록 했다. 테크메사는 바로 미시아Mysia의 테우트라니아Teuthrania를 점령하고 전리품으로 잡아 온 공주였다. 상황을 짐작한 테크메사가 남편의 무릎을 부여잡고 자신과 어린 아들을 생각하여 제발 목숨을 보전해 달라고 애원했다. 하지만 큰 아이아스는 이미 마음을 굳힌 듯 그녀의 간청에도 전혀 아랑곳하지 않은 채 일곱 겹 소가죽으로 만들어져 절대로 뚫리지 않는 자신의 방패를 들더니 가족과 부하들을 둘러보며 말했다.

"이 무적의 방패는 내가 죽은 뒤 그리스군이 경기의 상품으로 내

놓지 못하도록 미리 내 아들에게 유산으로 남긴다. 나머지 무구는 나와 함께 묻어 주도록 하라. 또한 군대를 이끌고 미시아로 출전한 터라 자리를 비운 이복동생 테우크로스Teukros를 내 어린 아들의 후견인으로 정한다. 그가 귀환하면 에우리사케스를 살라미스에 계시는 나의 아버지 텔라몬Telamon님께 데려가 나중에 그가 장성하거든 할아버지의 노년을 보살피도록 하라. 그리고 당신, 테크메사는 내가 죽더라도 절대 막사 밖으로 울음소리가 새어 나오지 않도록 하시오.” 큰 아이아스는 이렇게 유언을 남기고 나서 다음 날 새벽 숙영지 근처 깊은 숲속으로 들어가 미리 준비해 둔 칼을 꺼내 끝이 위로 향하도록 손잡이 쪽을 땅에 단단하게 박았다. 이어 거기로부터 상당히 떨어진 곳으로 가더니 우선 하늘의 신들을 향해 기도를 드렸다.

큰 아이아스는 맨 먼저 신들의 왕 제우스에게는 자신의 시신을 오디세우스 등 적들이 발견하여 개 떼나 새 떼의 밥으로 던져 주지 않도록 이복동생 테우크로스가 맨 먼저 발견하게 해 달라고 간청했다. 두 번째로 전령의 신 헤르메스에게는 자신의 혼령을 지하 세계로 잘 데려가 달라고 간청했다. 세 번째로 복수의 여신들인 에리니에스Erinyes에게는 복수를 해 달라고 간청했다. 마지막으로 태양신 헬리오스Helios에게는 태양 마차를 몰고 하늘을 달리다가 고향 땅 살라미스섬이 보이거든 잠시 마차를 세우고 불쌍하신 아버지와 어머니에게 자신이 죽었다는 비보를 전해 달라고 간청했다. 그는 기도를 마치자마자 쏜살같이 칼을 향해 달려가 그 위로 엎어졌다. 그런데 그 칼은 바로 헥토르Hektor와 일대일 결투에서 승부를 가리지 못하고 헤어질 때 그 기념으로 자신의 혁대와 교환한 것이었다.

이렇게 큰 아이아스가 자살하고, 얼마 후 아킬레우스가 죽은 후

스스로 목숨을 끊는
큰 아이아스, B.C. 530년경
그리스 도기 그림

에도 양군 사이에 팽팽한 공방전이 계속되자 그리스군 예언가 칼카스는 트로이의 왕자로서 예언가였던 헬레노스Helenos만이 트로이를 함락시킬 수 있는 신탁을 알고 있다고 밝혔다. 이 말을 듣고 오디세우스는 당장 트로이 근처 이데산으로 달려가서 헬레노스를 납치해 와 목숨을 담보로 신탁이 무엇인지 물었다.

그러자 헬레노스는 그리스군에게 트로이가 몰락하기 위한 전제조건으로 모두 3가지 신탁을 순순히 털어놓았다. 첫째, 아킬레우스의 아들 네오프톨레모스가 전투에 참여해야 하며, 둘째 렘노스섬에 남겨 두고 온 필록테테스가 가지고 있는 헤라클레스의 활과 화살이 있어야 하고, 셋째 하늘에서 떨어진 아테나를 새긴 팔라디온Palladion상을 트로이의 성채 페르가모스Pergamos에서 훔쳐 와야 한다는 것이다.

그런데 이 임무를 완수하기 위해 적극적으로 나선 것도 바로 오디세우스였다. 그는 우선 아킬레우스의 또 다른 스승이었던 포이닉스와 함께 스키로스섬으로 가서 네오프톨레모스를 데려와 큰 아이아스와의 경합에서 이겨 자신이 차지했던 그의 아버지 아킬레우스의 무구를

30

넘겨주었다. 이어 단짝이었던 디오메데스와 함께 렘노스섬으로 가서 필록테테스를 데려왔다. 오디세우스는 또한 다시 디오메데스와 함께 야음을 틈타 트로이 성으로 잠입해서 우여곡절 끝에 결국 팔라디온상을 훔쳐 무사히 그리스군 진영으로 돌아왔다.

오디세우스는 무엇보다도 목마 전술을 기획하여 트로이의 함락에 결정적인 역할을 했다. 더군다나 그는 그 목마 안에 직접 들어가 그 안에 숨어 있던 39명의 그리스 정예 병사들의 지휘를 맡았다. 오디세우스는 또한 트로이 전체가 파괴되는 극도로 혼란한 와중에도 자신을 살려 준 트로이의 원로 안테노르에게 진 빚을 잊지 않았다. 그는 메넬라오스와 함께 그의 집 문에 약탈하지 말라는 표식으로 표범 가죽을 걸쳐 놓았고 안테노르의 두 아들이 그리스군에게 살육당하기 직전 구해 주기도 했다.

트로이를 함락한 후 포로로 잡힌 헥토르의 어린 아들 아스티아낙스Astyanax를 죽여야 한다고 주장한 것도 바로 오디세우스였다. 후환을 없애려면 프리아모스의 후손 중 남자는 하나도 살려 둬서는 안 된다는 것이었다. 아스티아낙스는 결국 어머니 안드로마케Andromache가 보는 앞에서 아킬레우스의 아들 네오프톨레모스에 의해 불타는 트로이 성벽에서 아래로 내던져져 죽었다. 오디세우스는 또한 아킬레우스의 죽음의 원인이 된 프리아모스의 막내딸 폴릭세네Polyxene를 그의 무덤에 제물로 바쳐 그의 혼령을 달래야 한다고 주장했다. 그러사 이번에도 네오프톨레모스가 그녀를 아버지의 무덤 앞 제단에서 짐승처럼 멱을 따서 제물로 바쳤다.

오디세우스는 결국 여러 면에서 그리스군이 트로이를 함락시키는 데 가장 큰 역할을 했다고 해도 과언이 아니다. 전쟁 10년 만에 마침내

Georges-Antoine Rochegrosse, 〈안드로마케〉, 1883

안드로마케는 아들 아스티아낙스를 빼앗기지 않으려고 몸부림을 치고 있고, 성벽에는 처형당한 시신들이 걸려 있으며, 땅에는 전사한 시신들이 널브러져 있다. 아마존 전사의 시신도 보인다

폴릭세네를 제물로 바치는 네오프톨레모스, B.C. 570-B.C. 550년경

그리스 도기 그림

트로이가 무너지고 오디세우스는 귀향길에 올랐다. 하지만 그는 곧장 집에 가지 못하고 도중에 들른 어떤 섬에서 포세이돈의 깊은 분노를 사는 바람에 또다시 10년 동안이나 바다를 방랑한 끝에 집에 돌아온다. 그 방랑을 기록한 게 바로 호메로스의 『오디세이아』다. 그래서 『오디세이아』의 피서술시간erzählte Zeit/discourse time은 오디세우스가 바다에서 방랑하는 10년이다.

하지만 『오디세이아』의 서술시간Erzählzeit/story time은 10년 차 막바지 40여 일뿐이다. 나머지 9년 10개월 20여 일은 오디세우스의 회상을 통해 서술된다. 게다가 독자들의 기대와는 달리 『오디세이아』 제1권에는 바다를 방랑하는 오디세우스가 아니라, 아버지가 부재중인 탓에 어머니 페넬로페와 함께 그녀의 구혼자들 때문에 고초를 당하는 아들 텔레마코스가 등장한다. 그러면 이제 학자들이 '귀향의 책'이라고 부르는 『오디세이아』의 내용을 제1권부터 차근차근 살펴보자.

신들의 회의,
아버지를 찾아보라고 텔레마코스를
격려하는 아테나

신들이 회의를 열어 오디세우스를 고향으로 돌려보낼 방법을 궁리하다
아테나가 텔레마코스에게 아버지를 찾아 나서라고 용기를 불어넣다
텔레마코스가 밤새 여행에 대한 걱정으로 잠을 이루지 못하다

포세이돈이 오디세우스를 괴롭히다가 아이티오페스족의 제물을 받기 위해 길을 떠난다. 다른 신들이 그 틈을 노려 회의를 열고 요정 칼립소가 오기기에섬에 붙들고 놓아주지 않는 오디세우스를 고향 이타케섬으로 돌려보낼 방법을 강구한다.

아테나가 멘테스의 모습으로 이타케섬으로 텔레마코스를 찾아가 힘을 북돋는다. 아테나는 그에게 오디세우스는 죽지 않았으니 배를 한 척 마련하여 필로스의 네스토르와 스파르타의 메넬라오스를 찾아가 아버지의 행방을 물어보라고 충고한다.

텔레마코스가 난생처음 어머니에게 의연한 모습을 보이고 구혼자들에게 불편한 심기를 드러낸다. 구혼자들이 그의 달라진 모습을 보고 놀란다. 구혼자들아 집으로 돌아가자 텔레마코스는 밤새 여행에 대한 걱정으로 잠을 이루지 못한다.

노래하소서, 무사Mousa 여신이여, 트로이를 함락한 후 귀향하다가 아주 오랫동안 바다를 떠돌아다녔던 달변가 그 사람의 이야기를. 그는 부하들을 데리고 숱한 곳을 거치면서 수많은 사람을 알게 되었고, 갖은 고통을 당했습니다. 하지만 그는 부하들을 구하지는 못했습니다. 그들은 어리석게도 티탄 신족의 태양신 헬리오스의 소를 잡아먹는 바람에 신의 분노를 사서 그만 모두 목숨을 잃고 말았기 때문입니다. 무사 여신이여, 바로 그 이야기를 우리에게 들려주소서!

트로이 전쟁이 끝나고 거의 모든 그리스 영웅들은 고향으로 돌아왔건만 오디세우스만은 바다의 신 포세이돈Poseidon의 해코지로 그러지 못했다. 그는 오디세우스에게 깊은 분노를 품고 있었다. 오디세우스가 귀향 중 잠시 들른 섬에서 감히 그의 아들 폴리페모스Polyphemos의 하나밖에 없는 눈을 못 쓰게 만들었기 때문이다. 포세이돈은 성질대로라면 오디세우스를 죽이고 싶었지만 그럴 수도 없었다. 그 일이 있기 전 이미 다른 신들과 함께 오디세우스를 고향으로 돌려보내기로 합의했기 때문이다.

이런 상황에서 포세이돈이 오디세우스에게 복수할 방법은 아주

무사는 그리스 신화에서 예술을 담당했던 9명의 여신을 총칭하는 이름으로 영어로는 '뮤즈Muse'라고 하며 복수는 '무사이Mousai'다. 그들은 제우스와 티탄 12신 중 하나인 기억의 여신 므네모시네Mnemosyne 사이에서 태어났는데 각각 담당 분야가 달랐다. 그리스 문화권 서사시의 서술자(작가의 분신)는 작품의 맨 처음에, 혹은 힘에 부친다는 생각이 들면 도중에서라도 여신을 부르며 도움을 요청했다. 여기서 서술자가 특히 염두에 두고 부르고 있는 무사는 바로 『오디세이아』와 같은 서사시를 담당했던 칼리오페Kalliope일 것이다. 그녀는 무사들의 맏언니로 가장 현명했는데, 서판, 두루마리 책 등을 갖고 있거나, 간혹 머리에 왕관을 쓴 모습으로 묘사된다. 그림에서 칼리오페가 왼손에 들고 있는 것은 서사시를 낭독할 때 필요한 확성기다. 그녀가 쳐다보고 있는 것은 호메로스 흉상이다

간단했다. 그가 고향에 도착할 때까지 끈질기게 그를 괴롭히는 것이었다. 포세이돈은 오디세우스가 폭풍우를 만나 난파당한 채 간신히 혼자 살아남아 바다의 요정 칼립소Kalypso의 섬인 오기기에Ogygie에 상륙하는 것을 보고 잠시 미루어 놓았던 일을 처리하기로 했다. 오래전부터 아이티오페스Aithiopes족이 그에게 성대한 제물을 바치겠다고 했었지만, 그동안 오디세우스를 일거수일투족을 감시하느라 도무지 틈이 나지 않았던 것이다.

그런데 이번에는 오디세우스가 칼립소의 섬에 상당히 오래 머물

것 같았다. 칼립소가 그를 보고 첫눈에 사랑에 빠져 그를 붙들고 놔주지 않았기 때문이다. 그녀는 오디세우스를 불사의 몸으로 만들어 남편으로 삼으려 했다. 오랫동안 오디세우스의 상황을 살펴보던 포세이돈은 안심이 되는 듯 아이티오페스족의 나라를 향해 길을 떠났다. 신들의 왕 제우스Zeus는 포세이돈이 아이티오페스족의 잔칫상에 앉는 것을 확인하자마자 기다렸다는 듯이 신들의 회의를 소집하여 말문을 열었다.

"인간들은 모든 불행을 우리 신들의 탓으로 돌립니다. 그들은 자신들의 불행이 우리 탓이라 말하지만, 사실 모든 불행은 인간들이 자초한 것이지요. 아이기스토스Aigisthos를 보세요. 우리가 그에게 헤르메스를 보내 귀향한 미케네의 왕 아가멤논을 죽이지도 말고, 그의 아내

클리타임네스트라에게도 구혼하지 말라고 경고하지 않았던가요? 그 럼에도 불구하고 그가 우리 말을 듣지 않더니 결국 장성한 아가멤논의 아들 오레스테스Orestes의 손에 죽고 말았지요."

전쟁의 여신으로 영웅의 조력자인 아테나Athena는 아버지 제우스의 말을 듣고 실망감을 감추지 못했다. 그녀는 제우스가 포세이돈 없이 서둘러 회의를 소집하는 것을 보고 은근히 오디세우스의 귀향 문제가 주요 의제가 될 것으로 기대했다. 그런데 살인마 아이기스토스라니! 그는 아가멤논을 죽이고 그의 아내를 취했으니 죽어 마땅했다. 하지만 오디세우스는 달랐다. 아테나는 그가 아무 잘못도 없이 고향에 돌아가지 못한 채 하릴없이 바다를 방랑하고 있다고 생각했다. 더구나 지금 오디세우스는 벌써 7년째 칼립소의 섬에 갇혀 꼼짝 못 하는 신세가 되어 있었다.

게다가 칼립소는 오디세우스가 마지못해 자기 곁에 있을 뿐 시간만 있으면 떠날 궁리만 한다는 걸 알면서도 모른 체했다. 아테나는 오디세우스의 딱한 처지를 떠올리니 마음이 아팠다. 그래서 아이기스토스의 죽음은 애석해하면서 오디세우스에게는 냉담한 아버지 제우스가 야속했다. 아테나는 제우스가 말을 마치자마자 마치 기다렸다는 듯이 혹시 오디세우스가 그동안 자신들에게 제물을 바치지 않은 적이 있어서 그에게 그렇게 야박하게 구는 거냐고 퉁명스럽게 물었다. 제우스는 그녀의 질문에 약간 당황해하며 대꾸했다.

"내 딸 아테나여, 내가 어찌 오디세우스를 잊었겠느냐? 오디세우스는 우리 신들에게 누구보다도 많은 제물을 바치곤 했지. 그런데 포세이돈이 오디세우스에게 계속해서 화를 내는구나. 오디세우스가 그의 아들 폴리페모스의 눈을 멀게 했기 때문이지. 그 후 포세이돈은 오

제1권 신들의 회의. 아버지를 찾아보라고 텔레마코스를 격려하는 아테나

Detlev Conrad Blunk,
〈칼립소의 섬에서의 오디세우스〉,
1830
바닷가에 앉아 왼손에 머리를 기댄 채 망망대해를 바라보는 오디세우스의 표정 등에 고향을 그리워하는 마음이 역력하다

디세우스가 줄곧 정처 없이 바다를 떠돌게 만들고 있다. 하지만 걱정하지 마라. 포세이돈은 오디세우스를 죽이지는 못할 것이다. 혼자서 다른 신들 모두를 대적할 순 없을 테니까 말이다. 우리는 이미 오래전에 오디세우스를 고향으로 돌려보내기로 합의하지 않았느냐?”

제우스는 이렇게 딸을 달랜 뒤 이번에는 신들에게 오디세우스를 고향으로 돌려보낼 방도를 찾아보라고 권했다. 그러자 아테나의 얼굴에 화색이 돌았다. 그녀는 나긋나긋한 목소리로 아버지 제우스에게 이렇게 제안했다.

“오오, 위대한 신들의 왕이시여, 정말 그럴 생각이시라면 지금 당장 오기기에섬의 칼립소에게 헤르메스를 보내시어 오디세우스를 고향으로 보내야 한다는 우리 신들의 확고한 뜻을 분명하게 전해 주세요.

그사이 저는 얼른 이타케섬으로 가서 오디세우스의 아들 텔레마코스를 만나 그에게 용기를 불어넣겠어요.”

이렇게 말하며 아테나는 황금 신발로 갈아 신고 올림포스 궁전에서 지상으로 훌쩍 뛰어내렸다. 아테나가 오디세우스의 궁전 대문에 도착했을 때 구혼자들은 예전에 잡아먹은 황소의 가죽을 깔고 장기를 두고 있었으며, 그들이 데려온 시종들은 포도주를 물에 타 희석하거나 고기를 듬뿍 얹어 안주상을 차리고 있었다. 아테나는 어느새 타포스Taphos인의 왕 멘테스Mentes의 모습으로 변신한 채였다.

멘테스를 맨 먼저 발견한 사람은 텔레마코스였다. 그는 구혼자들 사이에 앉아 아버지 오디세우스를 그리워하고 있었다. 텔레마코스는 무례하기 짝이 없는 구혼자들의 행태를 보며 아버지가 한시라도 빨리 귀향하여 몰상식한 그들을 집안에서 내쫓고 가정의 질서를 찾을 날을 기대하며 분을 삭이고 있었다. 그러다가 어떤 이방인이 대문에 서 있는 것을 발견하고 다가가서는 반갑게 인사하며 집안으로 안내했다.

텔레마코스는 구혼자들과는 약간 떨어진 곳에 의자를 마련하여 이방인을 앉히고 자신도 그 옆에 의자를 끌어다 앉았다. 이방인이 오만불손한 구혼자들의 거친 말소리 때문에 불안해할까 봐 걱정도 되었고, 혹시 아버지의 소식을 갖고 왔을지도 몰랐기 때문이다. 시녀들이 이방인에게 손 씻을 물을 대령하더니, 이내 두 사람 앞에 푸짐하게 식탁을 차렸다.

이후 구혼자들 앞에도 식탁이 차려지고 가인歌人 페미오스Phemios가 키타리스Kitharis를 연주하며 노래를 부르자 구혼자들은 크게 떠들며 먹고 마시기 시작했다. 연회가 한창 무르익자 텔레마코스는 혹시 구혼자들이 들을까 봐 조심스럽게 이방인에게 바싹 다가서더니 귓속말로 그에게 이름과 고향 그리고 아버지 오디세우스와 언제부터 아는 사이였는지 물어보았다.

아테나는 자신을 타포스인의 왕이자 앙키알로스Anchialos의 아들 멘테스라고 소개하며 아주 오래전부터 오디세우스 가문과 왕래하던 사이라고 대답했다. 지금은 궁전 밖 교외 농장에 살고 있는 텔레마코스의 할아버지 라에르테스도 잘 안다고 했다. 그녀는 무쇠를 구리로 바꾸려고 항해하던 중 오디세우스가 혹시 귀향하지 않았을까 해서 인사나 하려고 이타케섬에 잠깐 들렀는데, 궁전으로 오다가 들으니 그가 아직도 돌아오지 않았다고 하여 유감이라며 텔레마코스에게 아버지가 살아있다는 사실을 은근히 내비쳤다.

"나는 비록 예언자는 아니지만, 신들이 내게 계시한 대로 말하겠소. 오디세우스는 절대 죽지 않았소. 그는 어딘가에 아직 살아있고, 아마도 어느 섬에 붙들려 있는 것 같소. 아직 그가 돌아오지 않았다면 신들이 아직 그의 길을 잠시 막고 있을 것이오. 오디세우스는 조만간 반드시 고향에 돌아올 것이오. 그는 계책과 술책에 능하니 아무리 쇠사슬로 단단히 묶여 있어도 능히 그것을 풀고 돌아오고도 남을 것이오."

아테나는 이렇게 말하며 텔레마코스를 찬찬히 뜯어보더니 진짜 오디세우스를 쏙 빼닮았다고 한 다음, 짐짓 아무것도 모르는 듯 구혼자들을 가리키며 도대체 어떤 사람들이냐고 물었다. 그러자 텔레마코스는 아버지가 트로이에서 돌아오지 않자 이타케섬과 그 근처 섬을 통치하는 군주들이나 그들의 아들들이 자신의 집안을 업신여기고 몰려들어 어머니 페넬로페에게 구혼한답시고 죽치고 앉아 만날 연회를 벌이며 가산을 축내고 있다고 하소연했다. 이 말을 듣고 멘테스의 모습을 한 아테나는 분노하며, 처음 만났을 때 인상 깊었던 오디세우스의 모습을 회상하며 그의 부재를 안타까워했다.

그에 따르면 오디세우스는 트로이 전쟁이 발발하자 그곳으로 떠나기 전 메르메로스Mermeros의 아들 일로스Ilos를 만나러 에피라Ephyra에 간 적이 있었다. 자신의 화살에 일로스가 갖고 있던 독을 얻어 바르기 위해서였다. 하지만 일로스는 신들이 두려워 오디세우스에게 독을 내어 주지 않았다. 실망한 오디세우스는 돌아오는 길에 타포스에 들렀는데 사정을 전해 들은 멘테스의 아버지가 흔쾌히 자신이 갖고 있던 독을 나누어 주었다. 아테나는 당시 투구를 쓰고 방패와 두 자루의 창을 든 오디세우스의 당당한 모습을 떠올리며 텔레마코스에게 만약 지금이라도 그가 귀향하면 구혼자들은 뼈도 추리지 못할 것이라고 말하며 이렇게 충고했다.

"당신은 내 말을 명심해서 들으시오. 내일 당장 시내로 나가 배를 한 척 마련하고 선원 20명을 구해 아버지의 행방을 수소문하러 떠나시오. 먼저 필로스Pylos로 가서 네스토르 왕에게 아버지의 행방을 물어본 다음, 그가 모른다고 하거든 스파르타의 메넬라오스 왕을 찾아가 보시오. 메넬라오스 왕은 그리스 장수 중 맨 나중에 귀향했기 때문이오. 만약 아버지가 살아서 귀향하는 것을 보았다는 소식을 듣게 되면 아무리 힘들어도 1년만 더 견디며 그를 기다려 보도록 하시오. 하지만 아버지가 돌아가셨다는 소식을 듣게 되면 즉시 고향으로 돌아와서 그를 위해 성대하게 장례를 치르고 무덤을 만들어 드린 다음 어머니는 결혼을 시키도록 하시오.

자, 내일 날이 밝거든 구혼자들을 비롯한 이타케 백성들의 회의를 소집하여 이런 당신 결심을 천명하시오. 하지만 더 중요한 것은 그다음 일이오. 이 일들을 다 끝마치고 나면 장차 어떻게 하면 당신 집안을 모욕한 구혼자들을 혼쭐낼 수 있을지 심사숙고해 보도록 해야 하오. 당신은 이제 더 이상 어린애같이 행동해서는 안 되오. 당신은 이미 그럴 나이는 지났소. 당신은 살인마 아이기스토스를 죽여 아버지의 원수를 갚은 용감한 오레스테스의 얘기를 듣지도 못했소?”

아테나는 말을 마치고 의자에서 일어섰다. 텔레마코스는 마치 아버지처럼 자애롭게 자신의 용기를 북돋아 주는 멘테스에게 깊은 고마움을 느꼈다. 그는 좀 더 쉬었다 가라며 아테나의 옷소매를 붙잡았다. 선물도 주고 싶다고 했다. 하지만 그녀는 선물은 돌아올 때 가져가겠다고 말하며 부하들이 기다린다는 핑계로 텔레마코스에게 서둘러 작별 인사를 했다.

대문을 나선 아테나는 마치 바다 독수리처럼 순식간에 사람들의 시야에서 사라졌다. 멘테스가 떠나고 난 뒤 텔레마코스는 풀이 죽어 있던 자신이 갑자기 용기백배해짐을 느끼고 놀라움을 금치 못했다. 순간 텔레마코스는 아까 만난 사람이 멘테스가 아니라 신이었음을 직감했다. 그는 즉시 보무도 당당하게 구혼자들을 향해 걸어갔다.

구혼자들 사이에서는 아직도 여전히 가인 페미오스가 노래를 부르고 있었다. 그는 트로이 전쟁이 끝난 후 그리스군이 고향으로 돌아가는 동안 끔찍한 사고를 당할 것이라는 아테나의 예언을 노래하고 있었다. 페넬로페가 2층 자신의 방에서 이 노래를 듣고 침울한 표정을 지었다. 급기야 그는 2명의 시녀를 대동하고 구혼자들이 모여 있는 홀로 내려오더니 가인에게 다가가 이제 그 노래는 그만두고 다른 노래를 좀 불러 달라고 부탁했다. 그 노래를 들으니 남편 오디세우스가 더욱 그리워 슬픔이 복받쳐 오른다는 것이다.

아테나와 헤어지고 구혼자들 쪽으로 다가오던 텔레마코스가 어머

Angelica Kauffmann,
〈방안의 페넬로페〉, 1764

니의 말을 듣고 그녀의 나약한 모습에 마음이 편치 않았다. 그는 어머니에게 애먼 가인을 탓하지 말라고 부탁했다. 가인은 원래 자기가 부르고 싶은 대로 부르는 게 소임이고, 귀향 중 불행을 당한 사람은 아버지 혼자가 아니니 어머니도 이제 그런 노래도 들을 수 있는 용기를 내야 한다는 것이다. 그러면서 텔레마코스는 바깥일은 이 집의 주인인 자신이 맡을 테니 어머니는 안으로 들어가 시녀들과 집안일을 하라며 억지로 그녀의 등을 떠밀었다.

페넬로페는 예전 같지 않게 당당해진 아들의 모습을 보고 약간 놀랍기도 했으나 마음이 뿌듯했다. 하지만 2층 자신의 방으로 들어오자 남편 오디세우스에 대한 그리움이 밀물처럼 몰려와 다시 우울해져

제1권 신들의 회의. 아버지를 찾아보라고 텔레마코스를 격려하는 아테나

오랫동안 흐느껴 울다가 지쳐 잠이 들었다. 텔레마코스는 어머니가 방으로 들어가는 것을 확인하고서야 시끄럽게 떠들며 이야기를 나누고 있던 구혼자들 앞으로 나가 말문을 열었다.

"구혼자들이여, 내 할 말이 있으니 좀 조용히 해 주시오. 오늘은 이렇게 가인의 멋진 노래도 듣고 맛난 음식도 먹고 포도주도 마시며 맘껏 즐기시오. 하지만 내일 아침엔 모두 시내 야외 회의장에 모여 주시오. 우리 이타케 백성들이 모두 모인 그 회의에서 나는 공개적으로 당신들에게 우리 궁전에서 나가 달라고 요구하며 백성들의 지지를 구할 생각이오. 제발 이제 우리 아버지 재산은 그만 탕진하시오. 탕진하려면 당신들 재산이나 탕진하란 말이오. 그래도 당신들이 내 말을 듣지 않는다면 나는 제우스 신께 당신들을 응징해 달라고 호소할 것이오."

구혼자들은 갑자기 대담해진 텔레마코스의 모습에 놀라는 기색이 역력했다. 그들은 혹시 그새 텔레마코스에게 은밀하게 신이 나타나 용기를 불러일으켰을지 모른다고 생각했다. 특히 구혼자들의 수장인 에우페이테스Eupeithes의 아들 안티노오스Antinoos는 텔레마코스를 그대로 두어서는 안 되겠다고 생각했다. 우선 그의 기를 꺾어 놓아야 했다. 안티노오스는 구혼자들 사이에서 벌떡 일어나 한 나라의 왕이 되는 것은 온전히 신들의 뜻에 달려 있는데, 텔레마코스가 아무리 용을 써도 신들은 그를 결코 이타케섬의 왕으로 만들어 주지는 않을 것이라고 소리쳤다. 그러자 텔레마코스가 대답했다.

"안티노오스여, 당신 말이 맞을지 모르오. 이타케섬에는 젊고 유능한 군주들이 많소. 우리 아버지 오디세우스 왕께서 돌아가셨으니 그 중 하나가 그분의 뒤를 이어 왕이 되겠지요. 난 그런 거에 관심이 없소. 하지만 우리 아버지께서 나를 위해 마련해 주신 우리 궁전과 재산은 바로 내가 주인이 될 것이오.”

텔레마코스의 말을 듣고 이번에는 폴리보스Polybos의 아들 에우리마코스Eurymachos가 일어났다. 그는 먼저 텔레마코스가 바라는 대로 궁전과 재산의 주인이 되길 진심으로 바란다고 말하여 그를 위하는 듯 했어도 속셈은 달랐다. 그는 사실 텔레마코스의 마음을 사 아까 그의 곁에 앉아 서로 귓속말을 나누던 이방인의 정체를 알아내고 싶었다. 그래서 텔레마코스에게 그에 대해 꼬치꼬치 캐묻기 시작했다.

“그런데 텔레마코스여, 아까 당신이 만난 이방인에 관해 물어볼 게 있소. 그 사람은 어디 출신이라고 하던가요? 그가 혹시 당신 아버지 소식이라도 가져왔던가요? 아니면 개인적으로 무슨 볼일이 있어서 이곳에 왔던가요? 어디 가문이라고 하던가요? 생김새로 보아 미천한 출신은 아닌 것 같았소. 직접 물어보려 했는데 너무 갑자기 떠나는 바람에 그럴 기회가 없었소.”

텔레마코스는 에우리마코스의 말을 듣고 비밀이 탄로 난 것 같아 약간 놀랐지만 이내 평정심을 되찾았다. 그는 에우리마코스의 호기심을 잠재워야겠다고 생각했다. 텔레마코스는 비록 조금 전에 자신이 만난 이방인이 신이라는 것을 짐작은 했지만, 에우리마코스에게 전혀 내색은 하지 않은 채 그의 신분을 아테나에게서 들은 그대로 타포스인의 왕이자 앙키알로스의 아들 멘테스로 밝혔다. 또한 자신은 이제 아버지의 생환은 물 건너갔다고 생각하며 그에 관한 어떤 이야기도 믿지 않는다고 잘라 말했다. 그래서 어머니가 가끔 어떤 예언자를 데려와 아버지의 안위를 물어도 전혀 관심 없다고 했다. 그러자 에우리마코스는 텔레마코스의 말을 그대로 믿는 눈치였다. 그는 안심한 듯 이내 구혼자들에 섞여 흥겹게 먹고 마시며 떠들기 시작했다.

　　캄캄한 밤이 되어 구혼자들이 각자의 집으로 돌아가자 텔레마코스도 눈을 붙이기 위해 자기 방으로 향했다. 그러자 유모 에우리클레이아Eurykleia가 횃불을 들고 그와 동행했다. 그녀는 옵스Ops의 딸로 어렸을 때 오디세우스의 아버지 라에르테스가 소 20마리를 주고 사 왔었다. 라에르테스는 내심 그녀가 마음에 들었어도 아내가 질투할까 봐 동침하지는 않았다. 그녀는 시녀 중에서 가장 오디세우스를 사랑했으며 그를 전담해서 키웠다. 텔레마코스가 옷을 벗어 그녀에게 건네자 그녀는 침상 옆 옷걸이에 그것을 걸고 밖으로 나가 끈을 당겨 안쪽 문에 빗장을 걸었다. 얼마 후 텔레마코스는 양털 이불 속으로 들어가 잠을 청했다. 하지만 아테나가 일러 준 아버지의 행방을 수소문하는 여행을 궁리하느라 밤새 몸을 뒤척이며 잠을 이루지 못했다.

제2권

백성들 전체 회의,
멘토르와 함께 아버지를 찾아 나선
텔레마코스

텔레마코스가 구혼자들을 비롯한 이타케 백성들 전체 회의를 소집하다

텔레마코스가 구혼자들의 수장 안티노오스와 격렬하게 설전을 벌이다

텔레마코스가 멘토르의 모습을 한 아테나와 함께 아버지를 찾아 나서다

텔레마코스가 구혼자들을 비롯한 이타케 백성들의 전체 회의를 소집한다. 그는 구혼자들에게 필로스와 스파르타로 가서 아버지의 생사를 확인하고 돌아와 어머니의 결혼 문제를 매듭짓겠다고 제안한다. 텔레마코스가 구혼자들의 수장 안티노오스와 격렬하게 설전을 벌이지만 백성들은 몸을 사린 채 아무도 그의 편을 들지 않는다.

오디세우스의 절친 멘토르가 구혼자들에게 소극적 태도를 보이는 이타케 백성들을 질책한다. 구혼자 레오크리토스가 멘토르를 꾸짖으며 백성들을 산개시킨다. 실망한 텔레마코스가 혼자서 바닷가에 나와 아테나에게 도와달라고 기도한다. 아테나가 멘토르의 모습을 하고 나타나 그에게 배를 마련해 주고 동행하겠다고 약속한다.

텔레마코스가 유모 에우리클레이아에게 미리 항해에 필요한 물품을 준비해 두라고 부탁한다. 아테나가 텔레마코스의 모습으로 노에몬에게서 배를 한 척 빌린 다음 거리를 돌아다니며 동행할 선원들을 모집한다. 텔레마코스가 초저녁에 어머니에게 알리지도 않은 채 멘토르의 모습을 한 아테나와 함께 아버지의 행방을 찾아 나선다.

텔레마코스는 밤새 잠을 이루지 못하고 뒤척이다가 이른 새벽에 일어나 의관을 갖추고 방에서 나와, 어제 멘테스의 모습을 한 아테나가 일러준 대로 전령들에게 이타케 백성들의 전체 회의를 소집하도록 명령했다. 구혼자들을 비롯한 백성들이 모두 모였다는 기별을 받고 텔레마코스는 개 2마리를 대동하고 시내 광장에 있는 야외 회의장으로 들어섰다. 그는 어깨에는 칼을 메고 손에는 청동 창을 들고 있었는데, 백성들이 그를 보고 경탄을 금치 못했다. 아테나가 그의 모습에 위엄을 더해 주었기 때문이다.

텔레마코스가 나타나자 원로들이 길을 비켜 주었고, 그는 아버지 오디세우스가 늘 앉던 자리에 앉았다. 원로 중 아이깁티오스Aigyptios가 말문을 열었다. 그는 아들이 넷 있었는데, 그중 안티포스Antiphos는 트로이로 오디세우스를 따라갔다가 귀향하면서 외눈박이 키클로페스Kyklopes족인 폴리페모스의 저녁먹이가 되었고, 두 아들은 고향에 남아 아버지의 일을 돕고 있었으며, 마지막 하나는 구혼자들 틈에 끼어 있었다.

"이타케 백성들이여, 우리는 그동안 오디세우스 왕께서 트로이로 떠난 이후 회의를 열어 본 적이 없습니다. 그런데 누가 이 회의를 소집했지요? 도대체 누가 무엇 때문에 회의를 소집했는지 정말 궁금합니다. 혹시 오디세우스 왕께서 병사들을 데리고 돌아오고 계신다는 소식이라도 들었단 말입니까? 아니면 무슨 급히 논의해야 할 중대한 사안이라도 있습니까? 하여튼 그게 누구든 회의는 정말 오랜만에 잘 소집한 것 같습니다."

텔레마코스가 아이깁티오스의 말을 듣고 곧바로 회의장 한가운데로 나섰다. 그는 회의를 소집한 건 바로 자신이라고 밝히며 이타케 백성들이 모두 모여 함께 협의해야 할 중대한 사안이 있다며 말을 시작했다.

"이타케 백성들이여, 저는 지금 이중의 불행에 시달리고 있습니다. 아버지를 잃은 것도 가슴 아픈 일인데, 구혼자들이 여러 지역에서 몰려와 어머니가 싫다고 하시는데도 계속 결혼하자고 추근대고 있습니다. 더구나 구혼자들은 우리 가축을 제물로 바치고, 우리 포도주도 마구 마셔 대며, 우리 가산을 축내고 있습니다. 모든 게 우리 아버지께서 집안에 계시지 않기 때문입니다. 제가 힘만 있다면 그들의 행패를 막고 싶지만 전 아직 우리 집의 파멸을 막을 만큼 강하지 못합니다. 그래서 법의 여신 테미스Themis의 이름으로 구혼자 여러분에게 간청합니다. 제발 옛날 우리 아버지께서 여러분에게 베푼 은총을 생각하시어, 이 모든 행패를 당장 그만두고 우리 집을 떠나 주시오. 우리 가족을 제발 그냥 내버려 두란 말입니다."

텔레마코스는 말을 하면서 억눌렀던 감정이 솟구쳐 올라 손에 쥐고 있던 아버지 오디세우스의 홀을 땅바닥에 내던지며 울음을 터뜨렸다. 모두 숙연한 분위기가 되어 아무도 그의 말에 대꾸하지 못했지만,

뻔뻔스럽게도 구혼자들의 수장 안티노오스가 일어나 그 말을 반박했다. 잘못은 자신들에게 있지 않고 시아버지 라에르테스의 수의를 짠다며 자신들을 속인 그의 어머니 페넬로페에게 있다는 것이다.

언젠가 페넬로페는 끈질기게 결혼하자고 졸라 대는 구혼자들의 등쌀을 피해 보려고 기발한 계책을 생각해 낸 적이 있었다. 그녀는 그들에게 시아버지 라에르테스의 수의를 짤 때까지만 기다려 달라고 부탁했다. 수의를 완성하면 그들 중 한 명을 선택해서 결혼하겠다는 것이다. 구혼자들은 희망에 부풀어 이제나저제나 수의가 완성되기를 기다리고 있었다. 하지만 페넬로페는 낮에 구혼자들이 볼 때는 수의를 열심히 짰지만, 그들이 집에 돌아간 밤사이엔 그것을 풀었다. 그래서 4년이 흘러도 당연히 수의는 완성되지 않았다.

John William Waterhouse, 〈페넬로페와 구혼자들〉, 1912

Joseph Wright of Derby, 〈밤에 수의의 천을 푸는 페넬로페〉, 1785

구혼자들이 이상하게 생각하던 차에 마침 그들과 친한 시녀 하나가 그 비밀을 구혼자들에게 폭로했다. 결국 그녀는 어쩔 수 없이 수의를 완성하지 않을 수 없었다. 안티노오스는 이런 사실을 언급하며 어머니 페넬로페를 외할아버지 이카리오스Ikarios에게로 보내 남편을 얻어 주도록 권유하라고 텔레마코스를 압박했다. 그는 페넬로페가 계속 그런 술수를 부리는 한 자신들은 궁전을 떠날 생각이 없다는 사실도 분명히 밝혔다.

페넬로페가 그들 중 한 명을 택해 결혼하지 않는 한 날마다 궁전에서 즐겁게 연회를 벌이며 기다리겠다는 것이다. 그러자 텔레마코스는 본인이 원하지도 않는데 자신을 낳아 준 어머니를 궁전에서 내쫓을 수는 없다고 밝힌 뒤 구혼자들에게 다시 한번 자기 궁전에서 나가 달라고 정중하게 부탁했다. 만약 그래도 말을 듣지 않으면 제우스신께 기도로 호소하겠다는 말도 덧붙였다.

텔레마코스의 말이 끝나기가 무섭게 제우스가 화답이라도 하듯 그에게 독수리 2마리를 보냈다. 녀석들은 회의장 위를 선회하더니 무서운 눈초리로 회의장에 참석한 모든 사람의 머리를 노려보더니 서로 얼굴과 목을 할퀴다가 오른쪽으로 사라져 버렸다. 사람들이 독수리의 행동을 보고 놀라 웅성거리는 사이 오디세우스의 친구로 새점으로 유명한 할리테르세스Halitherses가 일어나 말했다.

"이타케 백성들이여, 특히 구혼자들이여, 내 말을 잘 들으시오. 지금 큰 재앙이 몰려오고 있소. 오디세우스 왕께서 살아서 가까운 곳에서 이 모든 것을 지켜보고 계시오. 그분은 당신들 구혼자들에게 죽음을 안겨 주려고 준비하고 있소. 당신들은 빨리 그 재앙에서 벗어날 궁리나 하는 것이 신상에 좋을 것이오. 내가 괜히 그러는 것이 아니라 오랜 경험에서 우러나 하는 말이니 명심하시오. 난 오디세우스 왕께서 트로이로 떠날 때도 그분이 모든 역경을 이기고 20년 만에 고향에 돌아온다고 예언했었소. 그런데 이제 바야흐로 그 예언이 이루어지려고 하고 있소."

바로 그때 구혼자 에우리마코스가 할리테르세스의 말을 가로막았다. 에우리마코스는 그에게 함부로 아무 말이나 지껄이지 말고 집에 가서 자식들에게나 예언하라고 면박을 주면서 오디세우스는 틀림없이 죽었다고 주장했다. 이어 텔레마코스에게 안티노오스가 그런 것처럼 어머니를 외할아버지 이카리오스에게로 보내 결혼 문제를 매듭지으라고 충고했다. 그러기 전에는 구혼자들은 절대로 뒤로 물러서지도 않을 것이고, 페넬로페 외에 그 어떤 다른 여인에게도 절대 구혼하지도 않겠다는 것이다.

이번에는 텔레마코스가 일어나서 그 이야기는 이제 그만하자고 말하면서 멘테스의 모습을 한 아테나가 시킨 대로 구혼자들에게 새로운 제안을 했다. 그는 구혼자들에게 배 한 척과 선원 20명을 구해 주면 필로스와 스파르타로 가서 아버지의 행방을 알아보겠다고 했다. 만약 아버지가 살아서 귀향하는 것을 보았다는 말을 들으면 앞으로 1년을 더 기다려 볼 것이고, 죽는 광경을 목격했다는 말을 들으면 바로 고향으로 돌아와서 아버지의 무덤을 만들어 드린 다음 어머니를 그들 중 하나와 결혼시키겠다는 것이다.

텔레마코스가 말을 마치고 앉자 멘토르_{Mentor}가 일어섰다. 그는 오디세우스의 절친한 친구로 오디세우스가 집을 떠날 때 그에게 아들과 아버지 그리고 집안의 뒷일을 부탁했었다. 그는 이타케 백성들을 향해 모두 지난날 오디세우스의 은총을 입고도 어려운 처지에 있는 텔레마코스를 도울 줄 모르고 구혼자들의 행패를 보고도 침묵으로 일관한다고 비난했다.

"이타케 백성들이여, 나는 앞으로 어떤 왕도 백성들에게 인자하게 덕을 베풀지 말고, 혹독하게 폭정을 일삼기를 간절히 바라는 바이오. 오디세우스 왕께서는 예전에 당신들에게 마치 너그러운 아버지처럼 그토록 많은 은총을 베풀었는데 지금 그것을 기억하는 사람은 아무도 없으니 하는 말이오. 당신들은 구혼자들보다 수가 훨씬 많소. 그런데도 정당한 이유 없이 남의 재산을 축내고 남의 아내를 탐내는 무도한 자들을 보고도 도대체 뭐가 두려워 침묵하고 있단 말이오."

멘토르의 말이 끝나자마자 구혼자 중 에우에노르_{Euenor}의 아들 레오크리토스_{Leokritos}가 일어나 얼토당토않은 말로 백성들을 함부로 선동하지 말라며 그를 꾸짖었다. 오합지졸인 백성들은 물론 설령 오디세우스가 살아 돌아와도 잘 훈련된 전사이자 수적으로 우세한 자신들을 이길 수 없다는 것이다. 이어 백성들을 향해 이제 회의는 끝났으니 모두 집으로 돌아가라고 소리쳤다.

레오크리토스는 텔레마코스에게도 자신들은 그가 필로스나 스파르타로 가는 것은 절대 허락할 수 없으니 얼른 그 계획을 포기하는 게 신상에 좋을 것이라고 협박했다. 그 말을 듣고 큰 위협과 불안을 느낀 백성들은 서둘러 뿔뿔이 흩어져 집으로 돌아갔고, 구혼자들은 다시 오디세우스의 궁전으로 향했으나, 텔레마코스만은 착잡한 마음으로 바닷가로 가서 바닷물로 손을 씻은 다음 아테나에게 기도했다.

"아테나 여신이여, 제발 제 기도를 들어주소서. 어제는 당신께서 저희 궁전에 오시어 바다를 항해하여 필로스와 스파르타로 가서 아버지의 행방을 알아보고 오라고 명령하셨습니다. 하지만 사악한 구혼자들이 이 일을 방해하려고 하나이다."

텔레마코스가 이렇게 간절하게 기도한 뒤 얼마가 지나자 아테나가 멘토르의 모습을 하고 그에게 다가왔다. 그녀는 텔레마코스에게 아버지의 용감한 피를 이어받고 태어났으니 용기를 잃지 말라고 위로하면서, 구혼자들의 협박에 절대로 흔들리지 말라고 격려했다. 구혼자들이 앞으로 단 하루 만에 모두 죽을 운명인데도 그것을 모르고 날뛰고 있다는 말도 덧붙였다. 멘토르는 텔레마코스에게 배도 한 척 마련해 주고 동행하겠다는 약속도 했다.

텔레마코스가 그녀의 음성을 알아듣고 안심하여 궁전으로 돌아왔을 때, 구혼자들은 마당에서 저녁 식사를 하려고 염소 가죽을 벗기고 있었다. 안티노오스는 그가 들어오는 것을 보더니 다가와 그의 손을 붙잡으며 복잡하고 귀찮은 생각일랑 그만두고 예전처럼 자기들이랑 즐겁게 먹고 마시며 즐기자고 잡아끌었다. 항해에 필요한 배나 선원들은 충성스러운 백성들이 마련해 줄 테니 무슨 걱정이냐며 비아냥거렸다. 텔레마코스는 안티노오스의 손을 뿌리치며 말했다.

"안티노오스여, 그리고 구혼자들이여, 당신들은 그동안 그렇게 우리 재산을 탕진하고도 아직 성이 차지 않았소? 당신들이 처음 우리 궁전에 왔을 때는 나는 아직 어린아이였소. 하지만 이제 나도 사리를 분별할 만큼 충분히 컸고 없던 용기도 많이 생겼으니 장차 당신들에게 죽음을 안겨 줄 작정이오. 또 하나 내 분명히 말해 두겠소. 나는 반드시 필로스와 스파르타로 갈 것이오. 배가 마련되지 않으면 남의 배를 타고서라도 반드시 가고 말 것이오."

구혼자들은 이 말을 듣고 모두 텔레마코스를 조롱하며 놀려 댔다. 어떤 구혼자들은 이렇게 말했다. "텔레마코스가 정말 우리를 죽이면 어쩌지요? 그는 아마 필로스나 스파르타로 가서 병사들을 데려올지 몰라요. 아니면 에피라로 가서 그곳에 지천으로 자라는 독초들을 가져와서 그 즙을 몰래 포도주를 희석하는 항아리에 집어넣어 우리를 모두 독살할지도 몰라요."

다른 구혼자들은 이렇게 말했다. "혹시 알아요? 텔레마코스가 바다를 떠돌다가 아버지 오디세우스 왕처럼 죽게 될지요? 그러면 그는 우리에게 큰 수고를 끼치게 될 텐데 말이에요. 우리는 힘들게 그의 재산을 나누어 갖고, 궁전은 그의 어머니와 장차 그녀의 남편이 될 사람에게 줘야 할 테니까요."

텔레마코스는 구혼자들의 비웃음을 뒤로 한 채 조용히 궁전 안쪽 깊숙한 곳에 있던 창고 쪽으로 발걸음을 향했다. 그곳에는 황금과 청동이 가득 쌓여 있었고, 옷이나 올리브기름이 들어 있는 궤짝, 포도주가 가득 찬 항아리 등이 즐비했다. 이 창고 물건은 오디세우스가 돌아오는 날 쓰기 위해 비축해 둔 것으로 문에는 자물통이 단단히 채워져 있었고, 관리하는 사람은 옵스의 딸 에우리클레이아였다. 텔레마코스는 조용히 그녀를 불러 이렇게 당부했다.

"유모, 나를 위해 항아리에 포도주를 채워 주시오. 아버지께서 돌아오실 때 드실 것 다음으로 맛있는 것으로 12항아리를 채워 밀봉해 주시오. 그리고 가죽 부대에 보릿가루 20되만 넣어 주시오. 하지만 이 일은 유모 혼자만 알고 계시오. 어머니께도 비밀입니다. 짐도 어머니께서 잠든 후에 옮길 것이오. 나는 필로스와 스파르타로 가서 사랑하는 우리 아버지의 행방을 알아볼 생각이오."

유모는 눈물을 글썽이며 텔레마코스의 항해를 만류했다. 오디세우스처럼 그가 객사하는 것을 보고 싶지 않다는 것이다. 그녀는 또한 텔레마코스가 떠나자마자 구혼자들이 음모를 꾸며 그를 따라가 죽이고 오디세우스의 재산을 나누어 가질지 모른다고도 경고했다. 하지만 텔레마코스는 자신의 계획은 신들의 지시로 이루어진 것이니 걱정하지 말라고 그녀를 안심시켰다. 이어 어머니가 물어보면 어쩔 수 없이 알려 드려야 되겠지만, 그렇지 않은 한 12일 동안만 어머니에게 자신의 출항을 비밀로 해 달라고 다시 한번 당부했다. 유모가 신들의 이름을 걸고 맹세하자 텔레마코스는 아무 일도 없다는 듯이 다시 창고 밖으로 나가 구혼자들 틈에 끼어 그들과 어울리는 척했다.

그 시각 아테나는 텔레마코스의 모습을 하고 시내를 돌아다니며 20명의 젊은 선원들을 모았다. 또한 프로니오스Phronios의 아들 노에몬Noemon에게서는 배를 한 척 빌려주겠다는 약속도 받아 냈다. 그런 다음 그녀는 오디세우스의 궁전으로 가서 구혼자들에게 달콤한 잠을 쏟아부었다. 그들은 각자 예정보다 일찍 초저녁에 집으로 돌아가 곯아떨어졌다. 아테나는 다시 멘토르의 모습을 하고 텔레마코스에게 나타나 모든 것이 준비되었으니 서둘러 출발하자고 재촉했다.

텔레마코스는 배가 정박해 있는 곳에 도착하여 선원들과 함께 에우리클레이아가 마련해 놓은 물품을 궁전 창고에서 가져다 실은 다음 배에 올랐다. 멘토르의 모습을 한 아테나가 선미에 앉자 그도 그 곁에 앉았다. 선원들이 노 젓는 자리에 앉자 아테나가 순풍인 서풍이 불어오게 했다. 선원들이 텔레마코스의 명령에 따라 돛대 구멍에 돛대를 끼워 세웠다. 이내 돛은 한가운데 바람을 듬뿍 안고 부풀어 올랐고 배는 힘차게 파도를 헤치며 밤새 앞으로 나아갔다.

제3권

필로스의 왕
네스토르의 충고로 스파르타로
향하는 텔레마코스

텔레마코스가 필로스에 도착하여 네스토르에게 아버지의 행방을 묻다

네스토르가 텔레마코스에게 오디세우스와 헤어진 상황을 말해 주다

텔레마코스가 네스토르의 충고로 스파르타로 메넬라오스를 찾아가다

텔레마코스가 멘토르의 모습을 한 아테나와 함께 필로스에 도착하자 바닷가에서 포세이돈에게 제물을 바치던 네스토르 왕과 그의 아들들이 그들을 반갑게 맞이한다. 텔레마코스가 멘토르의 격려로 그들에게 출신을 밝히고 아버지의 행방을 묻는다.

네스토르가 텔레마코스에게 귀향 중 오디세우스와 헤어지게 된 사정을 자세하게 말해 준다. 네스토르가 텔레마코스의 용기를 북돋우며 그에게 가장 최근에 귀향한 스파르타의 왕 메넬라오스를 찾아가 아버지의 행방을 한번 물어보라고 충고한다.

네스토르가 독수리로 변신해 날아가는 아테나를 향해 암송아지를 바치겠다고 약속한다. 텔레마코스가 필로스에서 하룻밤 묵은 뒤, 배와 선원들은 필로스항에 남겨 둔 채 네스토르의 아들 페이시스트라토스와 함께 마차를 타고 스파르타로 출발한다.

텔레마코스와 멘토르의 모습을 한 아테나가 마침내 넬레우스 Neleus가 세운 도시 필로스항에 도착하여 배에서 내렸을 땐 마침 네스토르왕과 백성들은 바닷가에서 바다의 신 포세이돈에게 제물을 바친

그리스 도기 그림, 그림 아래쪽 하얀 포세이돈 제단과 그 옆 백발이 성성한 네스토르 주위로 아들 5명이 둘러 서 있다

다음 연회를 열고 있었다. 아테나가 그쪽으로 텔레마코스를 안내하며 약간 불안해하는 그에게 조금도 위축되지 말고 네스토르를 만나거든 솔직하게 찾아온 용건을 말하라고 충고했다. 네스토르는 매우 현명한 사람이기 때문에 아버지의 행방을 모르더라도 그것을 알 수 있는 무슨 좋은 방안을 말해 줄지 모른다고도 했다. 텔레마코스가 그래도 걱정스러운 얼굴로 네스토르에게 어떻게 말을 걸어야 할지 묻자, 아테나는 아무 염려 말고 신들이 그와 함께할 것이니 마음속에서 우러나는 대로 말을 꺼내라며 재차 그의 용기를 북돋워 주었다.

텔레마코스가 포세이돈 제단 근처 연회장으로 가까이 다가가자 맨 먼저 네스토르의 막내아들 페이시스트라토스Peisistratos가 반갑게 달려와서 그들 둘의 손을 잡으며 식탁으로 안내했다. 그곳에는 그의 형 트라시메데스Thrasymedes와 아버지가 앉아 있었다. 페이시스트라토스는 두 사람이 착석하자, 우선 아테나에게 포도주잔을 건네면서 포세이돈에게 헌주하고 기도한 뒤 동행한 텔레마코스에게도 넘기라고 말했다. 그들이 헌주를 하고 기도를 마친 다음 배불리 먹고 마시고 나자, 마침내 네스토르가 그들의 고향과 이름을 물었다. 그러자 텔레마코스는 용감하게 나서서 대답했다.

"네스토르 왕이시여, 저는 네이온Neion산 밑의 이타케섬 출신입니다. 저는 혹시 왕께서 저희 아버지 오디세우스 왕의 행방을 알고 계시지 않으실까 해서 이곳에 들렀습니다. 저희 아버지는 왕과 함께 트로이를 함락시켰다고 들었습니다. 다른 사람들의 비참한 종말에 대해서는 저희는 이미 들어서 알고 있습니다. 하지만 저희 아버지의 죽음에 대해서는 제우스 신께서 철저하게 비밀로 하고 계십니다. 아무도 그분이 어디에서 돌아가셨는지, 육지에서 돌아가셨는지, 아니면 포세이돈 신의 부인이신 암피트리테Amphitrite 여신의 너울 사이에서 돌아가셨는지 말씀해 주시지 않기 때문입니다. 혹시 왕께서는 저희 아버지의 죽음을 목격하셨습니까? 아니면 다른 분한테서 그분의 행방에 대해 들어 보신 적이 있으십니까?”

네스토르는 텔레마코스로부터 오디세우스의 아들이라는 말을 듣자 그동안 잊고 있었던 트로이에서의 일들이 주마등처럼 뇌리를 스치고 지나갔다. 그는 우선 그의 아들 안틸로코스Antilochos를 비롯하여 큰 아이아스, 아킬레우스, 파트로클로스Patroklos 등 수많은 장수의 죽음을 회상하곤 마음속으로 그들을 깊이 애도했다. 그뿐만이 아니었다. 10년 동안이나 계속된 전쟁에서 얼마나 많은 일이 벌어졌던가? 아마도 몇 년을 얘기해도 끝이 없을 것이었다. 만약 그 이야기를 다 풀어 놓는다면 텔레마코스든 누구든 질려 나자빠질 것이 뻔했다. 네스토르는 이런저런 상념에 잡히며 텔레마코스에게 이렇게 말했다.

“나는 트로이에서 자네 아버지 오디세우스와 단 한 번도 의견을 달리한 적이 없네. 우리는 언제나 한 마음이 되어 그리스군에게 조언을 아끼지 않았지. 하지만 전쟁이 끝나고 귀향하는 과정에서 우리는 그만 의견이 달라지고 말았네. 트로이를 떠나기 전날, 전 그리스군이 모여 회의를 한 적이 있었지. 이 자리에서 메넬라오스는 날이 밝는 즉시 그리스를 향해 출발하자고 했지만, 그의 형 아가멤논은 우선 아테나 여신께 성대한 제물을 바친 다음 출발해야 한다고 고집을 피웠네. 여신께서 너무 잔인하게 트로이를 폐허로 만든 그리스군에게 분노하여 그들의 귀향길에 큰 재앙을 내리기로 하셨다는 신탁을 들었기 때문이지.

우리는 그렇게 한참을 다투다가 나와 오디세우스를 비롯한 메넬라오스 일행은 자리를 박차고 일어나 아침이 되자마자 함선들을 출항

시켰고, 아가멤논 일행은 아테나 여신께 제물을 바치고 떠날 생각으로 그대로 남았네. 하지만 불화는 그것으로 그치지 않았네. 우리가 테네도스섬에 도착하여 늦게나마 신들께 제물을 바치고 나자 먼저 오디세우스 일행이 메넬라오스와 작별을 고하고 떠났고, 이후 나도 뭔지 모를 두려움에 휩싸여 혼자 길을 나섰는데, 얼마 후 아르고스의 왕 디오메데스도 대열을 이탈했다고 들었네.

그 후 나는 레스보스Lesbos섬에서 메넬라오스 일행을 다시 만났고, 그와 함께 항해하다가 신의 은총으로 키오스Chios섬, 에우보이아Euboia, 게라이스토스Geraistos를 거쳐 곧바로 필로스에 무사히 도착할 수 있었네. 따라서 나는 다른 영웅들에 대해서는 아무 소식도 듣지 못했네. 물론 그동안 귀향한 이후 궁전에 앉아서 들은 소식은 자네에게 하나도 빠짐없이 알려 주겠네. 아킬레우스가 이끌던 미르미도네스Myrmidones족과 필록테테스도 무사히 귀향했다고 하네. 이도메네우스Idomeneus도 부하들을 하나도 잃지 않고 크레타로 귀향했다고 하네.

아트레우스의 아들 아가멤논에 대해서는 하도 유명한 이야기라 이미 들어 알고 있을 것이네. 그는 고향 땅을 밟자마자 아내 클라타임네스트라의 정부 아이기스토스의 손에 죽임을 당했다네. 하지만 그 후 아이기스토스는 끔찍한 죗값을 치러야 했네. 그 와중에 살아남은 아가멤논의 어린 아들 오레스테스가 포키스Phokis에 사는 고모부 스트로피오스Strophios의 집에서 장성하여 7년 만에 은밀하게 집으로 돌아와 그와 어머니를 살해하여 아버지의 원수를 갚았기 때문이네."

텔레마코스는 네스토르로부터 오레스테스의 얘기를 듣자 자신의 신세를 한탄했다. 신들이 오레스테스에게처럼 자신에게도 어머니를 괴롭히는 구혼자들을 응징하여 아버지의 원수를 갚을 수 있는 용기와

Bernardino Mei,
〈아이기스토스와
클리타임네스트라를
살해하는 오레스테스〉,
1654

힘을 주었으면 얼마나 좋았겠냐는 것이다. 네스토르는 텔레마코스의
푸념을 듣고 나자 그의 어머니의 구혼자들이 오디세우스의 궁전을 찾
아와 행패를 부리고 있다는, 오래전에 들은 소문이 생각나서 텔레마코
스를 이렇게 위로했다.

"여보게, 텔레마코스, 좀 기다려 보게. 앞날을 어떻게 알겠나. 자
네 아버지 오디세우스가 돌아와 혼자서, 아니면 전 이타케 백성들과
함께 힘을 합해 구혼자들의 행패를 응징할 날이 있을지 말이네. 나는
트로이에서 아테나 여신께서 자네 아버지 오디세우스를 얼마나 끔찍
하게 사랑하는지 이 두 눈으로 직접 확인했네. 어떤 신도 인간을 그렇
게 사랑하는 걸 본 적이 없네. 아테나 여신께서 아마 그만큼만 자네를
사랑하고 돌보아 주기로 결심만 하셨다면 구혼자들은 목숨을 부지하
기 힘들 걸세."

텔레마코스는 네스토르의 말을 듣고 깜짝 놀라며 그런 날은 절대

로 오지 않을 것이라고 단언했다. 그런 행운은 자신이 아무리 원해도 그리고 설혹 신들이 원한다 해도 일어나지 않는다는 것이다. 멘토르의 모습을 한 아테나가 텔레마코스에게 말을 함부로 하지 말라고 충고하며 신은 자신이 원한다면 아무리 멀리 있는 사람도 반드시 무사히 귀향시켜 준다는 의미심장한 말을 던졌다.

하지만 텔레마코스도 고집을 굽히지 않고 멘토르의 말을 막았다. 아버지의 귀향은 전혀 현실성이 없으며 그분은 이미 돌아가셨으니 거기에 대해서는 더 이상 언급하지 말자는 것이다. 그는 사실 네스토르에게 다른 것을 물어보고 싶었다. 텔레마코스는 오래전부터 아가멤논이 어떻게 죽었는지, 그리고 아이기스토스가 아가멤논을 죽이는 동안 동생인 메넬라오스는 어디에 있었는지 알고 싶었다. 그가 두 형제의 행적을 꼬치꼬치 캐묻자 네스토르가 그 내막을 털어놓았다.

"자네가 내 아들 같으니 내 모든 것을 자세하게 말해 주겠네. 아트레우스의 아들 메넬라오스가 트로이에서 스파르타로 돌아와서 아이기스토스가 미케네 궁전에 있다는 말을 들었다면 어떻게 되었겠는가? 뻔하지 않겠는가? 아마 그는 단박에 군사들을 이끌고 미케네로 쳐들어가 아이기스토스를 쳐 죽여 들개 떼와 새 떼의 먹이로 만들었을 것이네. 아이기스토스는 정말 극악무도한 범죄를 저질렀기 때문이네.

아이기스토스는 우리가 트로이에서 싸우고 있는 동안 아가멤논의 아내 클리타임네스트라를 온갖 감언이설로 유혹했네. 그녀는 물론 처음에는 그의 손을 뿌리쳤다네. 원래 천성이 착했을 뿐 아니라 아가멤논의 엄명을 받은 가인歌人 하나가 그녀를 가까이서 불철주야 지켰기 때문이네. 그런데 아이기스토스가 그 가인을 외딴섬으로 데려가 새 떼의 먹이로 만들어 버리자 그녀는 결국 끈질긴 아이기스토스의 구애를 그만 받아들이고 말았네.

그들이 그런 행각을 벌이는 동안 레스보스섬에서 다시 만난 메넬라오스는 나와 함께 항해하고 있었네. 그런데 우리가 아티카 반도 끝자락 수니온Sounion곶에 도착했을 무렵 메넬라오스의 키잡이 프론티스Phrontis가 이름 모를 병에 걸려 그만 죽고 말았네. 메넬라오스는 하는 수 없이 우리와 헤어져 그곳에 잠시 지체하여 그 키잡이의 장례를 치러 주었네. 하지만 메넬라오스가 다시 항해하여 말레아Malea곶 근처에 이르렀을 때 제우스 신께서 그에게 더 가혹한 시련을 내려 주셨네.

그분께서 엄청난 폭풍우를 보내 너울을 일으켜 그의 함선들을 두 무리로 나누었기 때문이네. 그뿐 아니었네. 그중 한 무리는 키도네스Kydones족이 사는 크레타로 데려가 부하들의 목숨은 살려 주었지만, 그들 함선들은 바닷가에 돌출한 큰 바위에 부딪히게 하여 박살을 내버렸네. 그런데 메넬라오스가 이끄는 다른 함선들은 이집트로 흘러 들어갔네. 그 후 메넬라오스는 그곳을 거점으로 이곳저곳을 항해하며 장사수완을 부려 수많은 재물을 모았네.

메넬라오스가 오랫동안 낯선 곳을 방랑하는 동안 아이기스토스는 귀환한 아가멤논을 살해하고 미케네를 7년 동안이나 통치했는데, 백성들도 그의 위세에 눌려 복종할 수밖에 없었네. 하지만 살인사건이 일어나고 8년째 되는 날, 아가멤논의 아들 오레스테스가 고모부인 포키스의 스트로피오스 집에서 고향으로 돌아와 살인마 아이기스토스와 어머니를 죽여 아버지의 원수를 갚았다네. 그런데 마음 약한 오레스테스는 곧바로 그 두 사람의 장례를 치러 주는 친절을 베풀었네. 그리고 바로 그 두 사람의 장례식 날 메넬라오스도 자신이 모은 재물을 갖고 스파르타로 돌아왔던 것이네.”

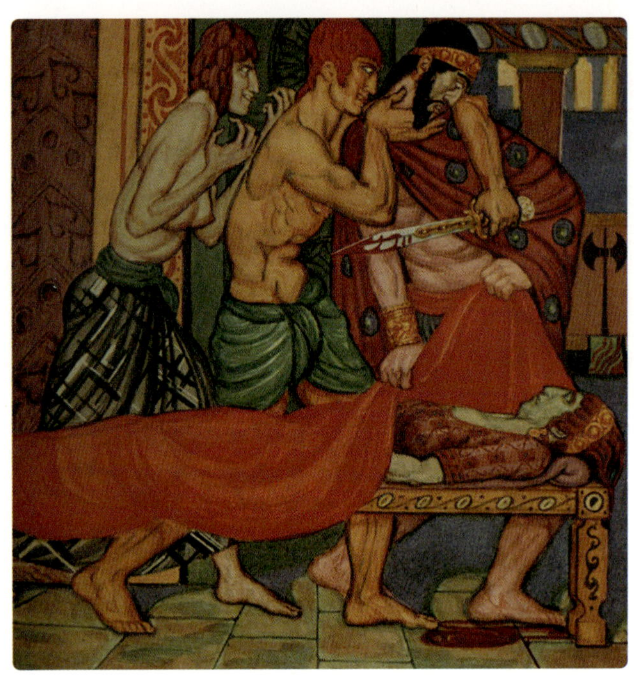

Vera Willoughby,
〈오레스테스의 복수〉, 1925

네스토르는 이렇게 말하며 텔레마코스에게도 조심하라고 신신당부하였다. 너무 오랫동안 궁을 비우면 오만불손한 구혼자들이 궁에 있는 그의 재산을 나눠 가질지 모른다는 것이다. 이어 그는 텔레마코스에게 스파르타의 왕 메넬라오스를 찾아가 보라고 충고했다. 메넬라오스는 아무도 살아 돌아오게 되리라고는 생각할 수도 없는 곳에서 귀향했기 때문에, 게다가 맨 나중에 귀향했으니 혹시 오디세우스의 행방을 알지 모른다는 거였다. 네스토르는 친절하게도 육로를 원한다면 한 아들에게 스파르타로 가는 길을 안내해 주도록 하겠다고 제안했다.

그 말을 듣고 멘토르의 모습을 한 아테나는 아주 좋은 생각이라고 맞장구를 쳤다. 이어 그들과 함께 서둘러 동물들의 혀를 잘라 포도주와 함께 신들에게 바친 다음 배로 돌아가 눈을 붙이려고 했지만, 네스토르가 그녀를 붙잡았다. 아무래도 누추한 배보다는 자신의 궁전에서 하룻밤 묵는 게 좋겠다는 것이다. 하지만 아테나는 자신은 배로 돌아가야 하니 텔레마코스만 궁전에서 재우고 아침에 스파르타로 보내 달라고 대답했다. 자신은 배에 남아 있는 선원들을 격려하고 텔레마코스가 스파르타로 가고 없는 사이, 해야 할 일을 지시해야 한다는 것이다.

아테나는 그런 다음 네스토르에게 텔레마코스를 잘 부탁한다는 말을 남기고 쏜살같이 사라졌다. 아테나가 마치 바다 독수리처럼 눈 깜짝할 사이에 사라지자 모두 놀라움을 금치 못했다. 특히 네스토르는 멘토르가 사실 아테나임을 직감했다. 그래서 텔레마코스의 손을 잡고 아테나가 동행하고 있으니 아무 걱정하지 말라고 용기를 북돋았다. 그런 다음 즉시 아테나가 사라진 쪽 하늘을 향해 궁전으로 돌아가는 대로 한 번도 멍에를 져본 적이 없는 암송아지 한 마리를 황금으로 뿔을 감싸 바칠 테니 자신과 아들들에게 훌륭한 명성을 누리게 해 달라고 기도했다.

네스토르는 텔레마코스를 비롯하여 아들들을 거느리고 궁전에 도착하자 11년 된 포도주를 처음으로 개봉해서 물에 희석하여 아테나에게 헌주하며 다시 한번 날이 밝는 대로 암송아지 한 마리를 황금으로 뿔을 감싸 바칠 테니 자신과 아들들에게 훌륭한 명성을 누리게 해 달라고 기도했다. 그의 아들들이 마음껏 먹고 마신 후에 이슥한 밤에 모두 각자의 집으로 돌아가자 네스토르는 미혼이라서 아직도 자신의 궁전에 살고 있는 막내 페이시스트라토스 옆에 텔레마코스의 잠자리를 마련해 주었다.

아침이 되자 네스토르는 잠자리에서 일어나 대문 앞 잘 다듬은 높다란 바위 위에 앉았다. 그의 아버지 넬레우스Neleus가 생전에 식구들이 모였을 때 앉곤 하던 곳이었다. 그가 그곳에 좌정하자 그의 주변에 먼저 에케프론Echephron, 스트라티오스Stratios, 페르세우스Perseus, 아레토스Aretos, 트라시메데스 등 아들 5명이 모여들었다. 이어 막내아들 페이시스트라토스가 텔레마코스를 데리고 합류하자 네스토르가 말문을 열었다.

"내 아들들아, 이제 나는 어제 아테나 여신께 두 번이나 약속드린 것처럼 그분께 제물을 바치려고 한다. 너희들 중 하나는 들판에 가서 소몰이에게 암송아지 한 마리를 몰고 오게 하라. 또 하나는 텔레마코스의 배가 있는 곳으로 가서 선원들을 두 명만 남기고 모두 이곳으로 데려오라. 또 하나는 금 세공사 라에르케스Laerkes를 데려오도록 하라. 그가 암송아지 뿔을 황금으로 감싸게 될 것이다. 나머지 아들들은 이곳에 남아 시녀들에게 연회 준비를 시키도록 하라."

곧 암송아지를 비롯하여 네스토르가 데려오라고 명령한 선원들과 금 세공사가 도착했다. 다른 사람들 눈에는 보이지 않았지만 아테나도 제물을 받으러 왔다. 네스토르가 황금을 건네주자 금 세공사는 그것으로 암송아지 뿔을 정성스럽게 감쌌다. 그러자 스트라티오스와 에케프론이 뿔을 잡고 암송아지를 끌고 갔고, 아레토스는 손 씻을 물이 들어 있는 항아리와 보리 바구니를, 트라시메데스는 날카로운 도끼를 들고 따라갔다. 트라시메데스가 기도를 하고 보리를 뿌린 뒤 송아지의 목힘줄을 도끼로 내려치자 페이시스트라토스가 목을 잘랐다.

암송아지가 피를 뿜으며 쓰러지자 네스토르의 아들들은 고기 해체작업에 착수하여 넓적다리에서 실한 살점들을 발라냈다. 네스토르가 아들들로부터 살점을 받더니 그걸 기름 조각으로 두 겹 싼 다음 다시 그 위에 날고기를 얹어 장작에 태우며 포도주와 함께 아테나에게 바쳤다. 그 후 나머지 고기들도 모두 꼬챙이에 꿰어 장작에 올려 구웠

다. 그들은 고기가 익자 그 옆에 앉아 마음껏 먹었다. 텔레마코스도 네스토르 옆에 앉아 고기를 실컷 먹었다.

　모두가 충분히 아침 식사를 했다고 생각할 즈음 네스토르가 아들들을 향해 텔레마코스가 길을 떠날 수 있도록 실한 말들을 골라 마차에 매라고 명했다. 그들이 마차에 말들을 매는 사이에 시녀 하나는 빵과 포도주와 음식을 싸서 마차에 실어 주었다. 이윽고 텔레마코스가 마차에 오르자 네스토르의 아들 페이시스트라토스도 함께 마차에 올라 고삐를 잡았다. 그가 채찍을 휘두르며 말을 몰자 마차는 필로스를 떠나 스파르타를 향해 나는 듯이 달려갔다.

스파르타의 왕
메넬라오스와 헬레네의 환대를 받는
텔레마코스

메넬라오스 부부가 트로이에서 오디세우스가 펼친 활약을 이야기하다
메넬라오스가 이집트에서 귀향하는 과정을 자세히 이야기하다
구혼자들이 텔레마코스를 살해하려고 아스테리스섬 포구에 매복하다

텔레마코스와 네스토르의 아들 페이시스트라토스가 스파르타에 도착한다. 궁전에서 아들과 딸의 결혼식 피로연을 열던 메넬라오스가 두 이방인을 반갑게 맞이한다. 그들이 이야기를 나누는 사이 내실에서 나온 헬레네가 텔레마코스를 보고 첫눈에 오디세우스의 아들이라는 것을 알아챈다. 메넬라오스 부부가 텔레마코스에게 오디세우스가 트로이에서 펼친 활약을 이야기한다.

어느덧 밤이 이슥해지자 텔레마코스는 스파르타에서 하룻밤 묵고 다음 날 아침에야 메넬라오스에게 아버지의 행방을 묻는다. 메넬라오스가 텔레마코스에게 이집트에서 귀향하는 과정을 이야기하면서 바다의 노인 프로테우스로부터 오디세우스가 요정 칼립소의 섬에 억류되어 있다고 들었다고 말한다. 텔레마코스는 결국 아버지의 행방을 알아내지 못한 채 필로스로 돌아간다.

20명의 페넬로페의 구혼자들이 귀환하는 텔레마코스를 이타케섬과 사모스섬 사이의 아스테리스섬에 매복해서 살해하기로 계획을 세운다. 구혼자들의 전령 메돈이 그 사실을 엿듣고 텔레마코스의 어머니 페넬로페에게 알려 준다. 그녀가 아테나에게 아들을 구해 달라고 기도한다. 아테나가 페넬로페의 꿈속에서 그녀의 여동생 이프티메의 모습으로 나타나 그녀를 안심시킨다.

텔레마코스와 페이시스트라토스는 스파르타에 도착하여 곧바로
메넬라오스의 궁전을 향해 마차를 몰았다. 그들이 궁전에 도착했을
때, 마침 그곳에서는 메넬라오스의 아들 메가펜테스Megapenthes와 딸
헤르미오네Hermione의 합동 결혼식 피로연이 벌어지고 있었다. 딸은 아
킬레우스의 아들 네오프톨레모스에게 시집을 가며 작별 인사를 하고

제4권 스파르타의 왕 메넬라오스와 헬레네의 환대를 받는 텔레마코스

있었다. 메넬라오스는 원래 트로이에서 아킬레우스와 딸과 아들을 서로 혼인시키기로 약속했었는데, 최근에 그가 귀향하고서야 비로소 그 약속을 지키게 된 것이었다. 아들은 스파르타 출신의 알렉토르Alektor의 딸 이필로케Iphiloche를 아내로 맞이했다. 그는 메넬라오스와 시녀 사이에서 태어난 늦둥이였다. 메넬라오스의 아내 헬레네는 헤르미오네를 낳은 뒤 더 이상 출산을 할 수 없었다.

텔레마코스와 페이시스트라토스가 궁전 대문 앞에 나타나자 시종 에테오네우스Eteoneus가 제일 먼저 그들을 발견하고, 메넬라오스에게 범상치 않은 이방인 둘이 찾아왔는데 그들을 손님으로 받아들일지, 아니면 다른 집으로 가 보라고 해야 할지 물었다. 그러자 메넬라오스는 그에게 자신들도 귀향하면서 제우스의 은총을 받아 이방인 신세이면서도 늘 환대를 받지 않았냐며 그들을 당장 궁전 안으로 들이라고 호통을 쳤다. 에테오네우스가 급히 다른 시종들 몇을 데리고 나가 먼저 헐떡거리고 있는 말들을 마차에서 풀어 마구간에 묶고 먹이를 주고, 이어 텔레마코스와 페이시스트라토스를 메넬라오스의 옆자리로 안내했다.

메넬라오스가 그들을 반갑게 맞이하며 우선 마음껏 먹고 마시고 난 다음 어디서 온 누구인지 알려 달라고 부탁했다. 그는 첫눈에 그들이 귀한 혈통임을 알아보았다. 이윽고 시녀 하나가 그들 앞에 손 씻을 물 항아리를 대령하자, 곧바로 진수성찬이 차려지고 포도주잔도 건네졌다. 텔레마코스는 마침 배가 고팠던 터라 실컷 먹고 마신 뒤 궁전 홀 안을 장식한 청동, 황금, 호박, 은, 상아 등을 둘러보며 감탄한 나머지, 남이 들을까 봐 바로 옆에 앉아 있던 네스토르의 아들에게 귓속말로 궁전이 마치 신들의 왕 제우스의 궁전 같다고 속삭였다. 메넬라오스가 우연히 그 얘기를 듣고 텔레마코스에게 신들의 왕 제우스의 물건은 영원불멸하기 때문에 인간이 가진 그 무엇도 그의 것과 비교해서는 안 된다고 하며 말문을 열었다.

"나는 이곳저곳을 떠돌아다니며 갖은 고생을 하다가 8년 만에 많은 재물을 모아 집으로 돌아왔소. 나는 키프로스인, 페니키아인, 이집트인뿐 아니라 아이티오페스족, 시돈인, 에렘보이인도 만나 봤소. 심지어 리비아라는 곳에도 가봤소. 그곳에서는 암양이 일 년에 세 번 새끼를 낳고 일 년 내내 치즈와 고기와 젖이 풍성한 곳이지요. 그런데 내가 이들 나라를 돌아다니며 재산을 불리고 있는 동안, 고향에서는 어떤 살인마가 우리 형님 아가멤논을 살해하고 말았소. 당신들도 우리 형님에 관한 소식을 들었을 것이오. 나는 재산이 아주 많지만 불쌍하게 죽은 형님만 생각하면 도무지 즐겁지 않소. 게다가 고향에서 멀리 떨어진 타향 트로이에서 죽은 전우들을 생각하면 가슴이 아려와 견디지 못하겠소. 특히 오디세우스를 생각하면 잠도 오지 않고 밥도 넘어가지 않는다오. 그리스군 중 오디세우스만큼 고생한 사람은 아무도 없기 때문이오. 그런데 소문으로 듣자니, 아직도 그의 생사를 모른다니 정말 가슴 아픈 일이 아닐 수 없소. 아마 그의 고향에서도 아버지 라에르테스 노인과 아내 페넬로페 그리고 갓난아기 때 남겨 두고 떠난 아들 텔레마코스도 그를 그리워하며 몹시 애통해하고 있을 거요."

텔레마코스는 아버지의 이야기를 듣자 금세 눈에 눈물이 글썽거렸고, 이내 눈물이 바닥에 떨어지자 외투를 들어 올려 애써 눈을 가렸다. 메넬라오스가 그것을 보고 하던 얘기를 계속해서 자연스럽게 그의 신분을 말하게 할지, 아니면 텔레마코스에게 곧장 아버지 이름을 물어볼지를 놓고 한참 망설였다. 텔레마코스를 처음 보는 순간 직감적으로

Jean-Jacques Langrenée, 〈오디세우스의 아들 텔레마코스를 알아보는 헬레네〉, 1795

오디세우스와 생김새가 아주 비슷하다고 느꼈기 때문이다.

바로 그때 안쪽 내실에서 그들의 대화를 듣고 있던 메넬라오스의 아내 헬레네가 접견실로 나왔다. 그러자 시녀 아드라스테Adraste는 의자 하나를 가져왔고, 알킵페Alkippe는 부드러운 양모 깔개를, 필로Phylo는 은제 바구니 하나를 가져왔다. 이 바구니는 헬레네가 이집트의 테바이에 머물 때 폴리보스의 아내 알칸드레Alkandre가 그녀에게 준 것으로, 그 안에는 곱게 뽑은 실이 가득 들어 있었고, 실 위에는 실패가 하나 놓여 있었다. 헬레네는 의자에 앉자마자 남편에게 턱으로 텔레마코스를 가리키며 말했다.

"여보, 우리 집에 오신 이 청년의 이름을 알고 계시나요? 제가 한 번 맞춰 볼까요, 아니면 말하지 말까요? 아무래도 제 마음은 저보고 맞춰 보라고 명령하는군요. 장담하건대 이 청년처럼 그분과 닮은 사람을 저는 본 적이 없어요. 이 청년은 바로 오디세우스를 빼닮았으니 그분 아들이 틀림없어요. 정말 놀랍기 그지없네요. 이 청년은 이 파렴치한 여자 때문에 그리스 연합군이 트로이를 응징하러 갔을 때, 오디세우스가 합류하면서 갓난아기 때 집에 두고 온 그분의 아들 텔레마코스가 틀림없어요."

메넬라오스가 마치 기다렸다는 듯이 아내에게 즉시 맞장구를 치면서 자신도 아까부터 그의 손과 발 등 모든 게 오디세우스와 너무 흡사해서 무척 의아하게 생각하고 있던 참이라고 대답했다. 메넬라오스는 그가 오디세우스의 이야기를 듣더니 눈물을 훔쳤다는 얘기도 덧붙였다. 그러자 페이시스트라토스가 메넬라오스 부부에게 그는 그들이 예상한 것처럼 바로 오디세우스의 아들 텔레마코스이며, 자신은 아버지의 명령을 받고 그를 따라온 필로스의 왕 네스토르의 아들이라는 사실을 밝혔다. 또한 텔레마코스가 메넬라오스를 찾아온 이유는 여태껏 아버지가 트로이에서 귀향하지 않아 온갖 곤경을 당하고 있는 터라 그에게 조언을 듣고 싶어서라고 했다. 메넬라오스는 그 말을 듣더니 깜짝 놀라며 말했다.

"아아, 자네가 정말 나 때문에 많은 고초를 당한 내 친구 오디세우스의 아들이 맞았네, 그려. 나와 오디세우스는 트로이에서부터 틈만 나면 입버릇처럼 전쟁이 끝나고 귀향해서도 변함없이 돈독한 우정을 나누자고 다짐하곤 했네. 만약 그가 제우스 신의 은총으로 무사히 귀향했다면, 나는 그에게 미케네 바로 근처 아르고스에 넓은 땅을 주어 궁전을 지어 주고 이타케섬에서 언제든지 오고 싶을 때 와서 쉬도록 했을 것이네. 그랬더라면 아마 죽음이 우리를 갈라놓을 때까지는 그 누구도 우리를 갈라놓지 못했을 것이네. 그런데 어떤 신이 그것을 시기하시어 오디세우스만 아직 귀향하지 못하고 있으니 정말 안타까운 일이 아닐 수 없네.”

메넬라오스의 말을 듣고 모두가 울음을 참지 못했다. 헬레네도 울었고 텔레마코스도 울었으며, 그들이 울자 메넬라오스도 따라 울었다. 심지어 페이시스트라토스의 눈가에도 눈물이 맺혔다. 그는 트로이에서 죽은 형 안틸로코스를 생각하며 슬픔에 잠겼던 것이다. 하지만 그는 곧 감정을 억제하고 메넬라오스에게 죽은 사람을 그리워하며 우는 것은 명예로운 일이지만, 저녁상 앞에서 눈물을 보이는 것은 유쾌한 일이 아니니 삼가자고 했다. 저녁을 더 먹고 슬픈 이야기는 나중에 해도 늦지 않다는 것이다.

그러자 모두가 앞에 차려져 있는 음식에 손을 뻗었다. 그 순간 헬레네가 옷깃에서 고통과 불행을 잊게 해 주는 약을 꺼냈다. 그 약을 먹으면 누구든지 부모가 죽어도 혹은 혈육이 바로 눈앞에서 죽어도 눈물을 흘리지 않았다. 헬레네는 그 약을 이집트에 있을 때 톤Thon의 아내 폴리담나Polydamna에게서 얻었다. 그녀는 그 약을 포도주에 타서 모두에게 마시게 한 다음 남편에게 오늘만큼은 모든 근심 걱정을 잊고 편안하고 즐겁게 음식을 즐기자고 권했다. 이어 그녀는 오디세우스가 트로이에서 세운 전공을 모두 열거할 수는 없지만 그중 자기가 겪은 이야기 하나만 해 보겠다며 말을 시작했다.

“언젠가 오디세우스가 누더기를 걸치고 거지로 변장한 채 트로이 성으로 잠입했다가 우연히 나와 마주친 적이 있었어요. 그는 마치 구걸을 하다가 사람들에게 맞은 것처럼 위장하기 위해 자신의 몸에 스스로 심한 매질을 가한 상태였어요. 트로이군은 오디세우스의 술수에 감쪽같이 속아 아무도 그를 알아보지 못했어도, 나는 첫눈에 그의 정체를 눈치채고, 그리운 남편 소식을 물어볼 요량으로 그를 내 궁전으로 데려가 집요하게 신분을 캐물었는데, 그렇다고 순순히 비밀을 털어놓을 오디세우스가 아니었지요. 그는 결국 내가 지하 세계의 스틱스강에 대고 절대로 비밀을 폭로하지 않겠다고 맹세하고 나서야 비로소 자신의 이름을 밝힌 다음, 남편 소식도 알려 주고 트로이 성에 온 목적을 털어놓았지요. 그 후 나는 오디세우스가 트로이군 몇 명을 해치우고 필요한 정보를 갖고 무사히 그리스군 진영으로 돌아갔다는 소문을 들었어요. 물론 그의 활약으로 남편을 잃은 트로이 여인들은 대성통곡을 했겠지요. 하지만 나는 속으로 무척 기뻐했어요. 나는 오래전부터 미망의 여신 아테_{Ate}에게 홀려 남편을 버린 내 신세를 한탄하며 고향에 돌아갈 날을 손꼽아 기다리고 있었으니까요.”

메넬라오스가 아내 헬레네의 말을 듣고 나서 맞장구를 치더니, 그도 39명의 그리스군 정예 병사와 함께 목마 안에 몸을 숨기고 트로이 성에 들어갔을 때 정말 대단한 참을성의 소유자인 오디세우스가 없었다면 하마터면 트로이군에게 발각되어 죽었을 것이라며 그때의 일화를 소개했다.

“목마가 트로이 성안으로 옮겨지자, 당신이 트로이에서 파리스가 전사한 후 두 번째 남편으로 삼은 데이포보스_{Deiphobos}와 함께 목마를 보러 온 적이 있었지. 당신은 그때 혹시 목마 안에 누가 있는지 알아보기 위해 그것을 두드리며 큰 소리로 아무나 기억나는 그리스 장수들의 이름을 불렀소. 하지만 아무 대답이 없자 당신은 다시 그들의 아내 목소리를 흉내 내어 장수들의 이름을 불렀소. 그때 티데우스_{Tydeus}의 아들 디오메데스가 당신이 부르는 소리를 듣고 진짜 아내 목소리로 착각하여 벌떡 일어나 밖으로 나가려 했지만, 오디세우스가 적시에 그를 강제로 주저앉혀 우리는 가까스로 위기를 넘길 수 있었소. 전사 안티클로스Antiklos도 당신이 부르자 아내가 부르는 것으로 착각하여 하마터면 대답할 뻔했지만, 다행히도 또다시 오디세우스가 적시에 손으로 그의 입을 틀어막아 우리는 간신히 위기를 넘길 수 있었소.”

텔레마코스는 메넬라오스의 이야기를 듣고 더 마음이 괴로웠다. 메넬라오스의 말대로 아버지가 아무리 용감하고 지혜로웠어도 무슨 소용이라는 말인가. 아버지는 결국 목숨을 잃고 집으로 돌아오시지 못하지 않았는가? 그는 메넬라오스에게 오늘은 밤이 깊어 좀 쉬고 싶으니 잠자리로 안내해 달라고 부탁했다. 그러자 헬레네가 시녀들을 시켜 객사에 그의 잠자리를 마련해 주었다.

다음 날 아침 일찍 메넬라오스는 궁전 내실에서 나와 객사로 텔레마코스를 찾아가서, 엊저녁 페이시스트라토스가 말한 자신에게서 듣고 싶은 조언이 구체적으로 무엇인지 물었다. 이에 텔레마코스는 먼저 수많은 구혼자가 결혼해 달라면서 어머니를 괴롭히며 가산을 축내고 있는 현재 자신의 집안 사정을 소상하게 말해 준 다음, 아버지의 행방에 대해 들은 게 있다면 사실대로 알고 싶다고 대답하면서, 자신을 배려하거나 동정하지 말고 보고 들은 대로 솔직하게 애기해 달라고 부탁했다. 메넬라오스는 먼저 구혼자들의 행패를 듣고 분노하며 말했다.

“어떻게 겁쟁이인 그자들이 감히 용감무쌍한 오디세우스의 아내를 취하려 할 수 있단 말인가! 마치 어미 사슴이 실수로 갓 태어난 새끼를 사자 굴에 뉘어 놓고 배를 채우러 나간 사이 사자가 돌아와 어미 사슴과 새끼에게 파멸을 안겨 주듯이 오디세우스도 반드시 돌아와 그들에게 치욕스러운 파멸을 안겨 줄 것이네.”

메넬라오스는 오디세우스가 레스보스섬의 왕 필로멜레이데스 Philomeleides와 레슬링 경기에서 그를 제압한 일을 언급하며 텔레마코스를 다시 한번 위로한 다음, 다른 말로 속이거나 질문을 피해 답하지 않겠다고 약속했다. 이어 그는 바다의 신으로 주로 '바다의 노인'으로 불리는 프로테우스Proteus에게서 들은 얘기도 하나도 숨기지 않겠다고 다짐하며 이야기를 시작했다.

"나는 이집트를 떠나 귀향하다가 이집트 맞은편 파로스Pharos섬에 잠깐 들른 적이 있었네. 잠시 쉬어 가려고 했지만 바람이 불지 않아 20일 동안이나 그곳에 붙들려 있었지. 양식도 거의 바닥이 나서 낙심하고 있던 차에 바다의 노인 프로테우스의 딸 에이도테에Eidothee가 나를 불쌍히 여겨 수심에 싸여 있는 내게 다가와 도대체 무슨 생각으로 그렇게 무작정 섬에 머물러 있느냐고 물었네. 나는 떠나고 싶어도 바람이 불지 않아 갈 수 없다고 하소연하며 그 이유가 무엇인지 알려 달라고 부탁했지. 그러자 그녀는 이곳에 자신의 아버지 프로테우스가 자주 나타나는데 매복해 있다가 그를 붙잡아 물어보면 바다로 나갈 수 있는 방도뿐 아니라, 내가 원하기만 하면 내가 없는 사이 스파르타의 내 궁전과 미케네의 형 궁전에서 일어난 일까지도 알려 줄 것이라고 귀띔해 주었네. 내가 인간의 몸으로 어떻게 감히 신을 붙잡을 수 있는지 묻자 그녀는 내게 아버지를 제압할 수 있는 방도를 이렇게 자세하게 알려 주었지.

'아버지가 나타나시는 때는 주로 해가 중천에 뜬 한낮이에요. 그분은 바다에서 나오셔서 바닷가에 떼 지어 있는 물개들의 수를 꼭 세어 보신 다음 그들 사이에 누워 잠을 주무세요. 따라서 정예병 3명을 골라 함께 물개 가죽을 뒤집어쓴 채 물개들 사이에 섞여 누워 있다가 아버지가 잠이 들거든 그분을 붙잡고 물어보세요. 명심할 것은 아버지가 여러 모습으로 변신해도 그분을 절대로 놓쳐서는 안 되고, 그분이 지쳐 원래 모습으로 돌아오시거든, 어느 신이 당신의 귀향을 방해하는지 그리고 어떻게 하면 바다로 나갈 수 있는지 물어보세요.'

그녀는 이렇게 말하며 바닷속으로 들어가더니 아침이 되자 물개 가죽 4개를 마련해 가지고 와서 나를 비롯한 정예병 3명에게 그걸 입고 바닷가 모래밭에 구덩이 4개를 판 다음 그 안에 누워 매복한 채 자신의 아버지를 기다리라고 했네. 모래밭에 깊이 배어 있는 물개들의 지독한 악취가 우리를 괴롭혔지만, 여신이 코에 바르라고 갖다 준 암브로시아 덕택에 견딜 수 있었지. 이윽고 새벽이 되고 물개들이 바다에서 나타나 한가로이 바닷가에 구덩이를 만들어 눕고 한참이 지나 한낮이 되자, 드디어 프로테우스 노인이 나타나 물개들의 수를 세고는 그들 사이에 눕더니 이내 잠이 들었네. 바로 그 순간을 노려 우리 4명은 모래 구덩이에서 나와 함성을 지르며 순식간에 그를 덮쳐 붙잡았지. 프로테우스 노인은 처음에는 수사자로 변신하더니 호랑이, 표범, 멧돼지, 흐르는 물, 거목 등으로 변신하여 우리들의 손에서 빠져나오려 갖은 애를 썼네. 하지만 우리는 그의 딸이 일러 준 대로 끈질기게 그를 놓치지 않고 버텼지.

프로테우스 노인은 아무리 발버둥 쳐도 소용없다는 사실을 깨닫자 어쩔 수 없이 우리에게 바다로 나갈 수 있는 방도를 알려 주었네. 우리가 떠나왔던 이집트로 다시 돌아가서 제우스 신을 비롯한 올림포스 신들께 성대한 제사를 지내면 순풍이 불 것이라고 말이네. 그때 나는 프로테우스 노인에게 한 가지만 더 알려 달라고 간청했지. 그리스군 장수 모두가 트로이를 떠나 고향에 무사히 귀환했는지, 혹은 죽었다면 누가 죽었는지 알려 달라고 부탁했네. 그러자 그는 만약 내가 그의 말을 들으면 마음만 아플 뿐 좋을 게 없을 거라고 경고했지. 하지만 내가 계속 고집을 피우자 프로테우스 노인은 많은 그리스군이 죽었는데, 장수 중에는 오일레우스Oileus의 아들 작은 아이아스와 아가멤논 두 사람이 목숨을 잃었으며, 제3의 인물은 살아서 아직도 넓은 바다 어딘가를 헤매고 있다며 내게 이렇게 말했네.

'작은 아이아스가 목숨을 잃은 것은 오만함 때문이었다. 그는 트로이가 함락되고 아테나 여신의 신전을 뒤지던 중 그곳에 숨어 있던 트로이의 공주 카산드라Kassadra의 머리채를 잡고 끌고 나왔다. 그 일로 그가 비록 아테나 여신의 미움을 사긴 했어도 그 후 좀 겸손했더라면 목숨을 건질 수 있었을 것이다. 작은 아이아스는 고향으로 돌아오는 중에 자신이 탄 함선이 기라이Gyrai 암초에 부딪혀 난파당했을 때도 그 암초에 올라 기적적으로 살아났기 때문이다. 하지만 그는 암초 위에 올라서서 자신은 신들이 아무리 죽이려 해도 이렇게 살아났다고 오만하게 소리쳤다. 그 말을 듣고 포세이돈 신이 분노를 참지 못하고 암초를 엄청난 파도로 쳐서 작은 아이아스를 수장시키고 말았다.

네 형 아가멤논은 고향 땅에 상륙하자마자 살인마 아이기스토스의 손에 죽고 말았다. 아이기스토스는 아가멤논이 떠난 후 그의 아내 클리타임네스트라에게 접근하여 마음을 산 뒤 트로이 전쟁이 끝났다는 소문을 듣고 파수꾼을 고용하여 일 년 내내 아가멤논이 돌아오는지 망을 보도록 했다. 그는 파수꾼으로부터 아가멤논이 아르고스항에 도착했다는 전갈을 듣고 정예병 20명을 선발하여 궁전에 매복시킨 다음 얼마 후 그가 미케네 궁전에 도착하자 그의 무사 귀향을 축하하는 연회를 베풀다가 정예병들과 함께 그와 부하들을 급습하여 모두 잔인

Johann Heinrich Wilhelm Tischbein,
〈작은 아이아스와 카산드라〉, 1806

Francesco Sabatelli,
〈오일레우스의 아들 작은 아이아스〉, 1829

하게 살해했다.'

나는 프로테우스 노인으로부터 우리 형 아가멤논이 살해당했다는 얘기를 듣고 사지에 힘이 빠져 모랫바닥에 주저앉아 목 놓아 울었네. 그러자 그는 나를 달래며 마음을 굳게 먹고 빨리 고향으로 돌아가라고 충고했지. 운이 좋으면 아마도 살인마 아이기스토스를 만나 원수를 직접 갚거나, 혹은 조카 오레스테스Orsetes가 그를 죽여, 이미 그의 손에 죽은 어머니와 함께 장례를 치르는 날 고향에 도착하리라는 것이었네. 나는 결국 아이기스토스가 죽는다는 말을 듣고 다소 마음을 안정시킨 후, 다시 프로테우스 노인에게 아직도 산 채로 바다를 방황하고 있다는 제3의 인물이 도대체 누구냐고 물었지.

그러자 프로테우스 노인은 머뭇거리지 않고 즉시 그 사람은 바로 라에르테스의 아들 오디세우스라고 말했네. 그는 바다를 돌아다니가 우연히 오디세우스가 칼립소의 섬에 붙들려서 꼼짝 못 하는 것을 보았다고 했지. 난 그 말을 듣고 당시 오디세우스와 똑같은 신세였던 내 운명이 무척 걱정스러웠네. 그걸 금세 알아차리고 프로테우스 노인은 나를 안심시켰지. 나는 제우스 신의 사위이기 때문에 절대로 난파당하지 않고 조만간 고향에 돌아가게 될 것이고, 그곳에서 천수를 누리다가, 신들에 의해 산 채로 엘리시온Elysion 들판으로 갈 운명이라는 것이네. 엘리시온은 자네도 알다시피 크레타의 왕이었던 라다만티스Radamanthys가 사후에 다스리고 있는 지하 세계의 낙원으로, 폭풍과 비도 없고 서풍만 부는 곳인데, 극히 소수의 축복받은 사람만 가는 곳이지.

프로테우스 노인은 내게 이렇게 말하고 바닷속으로 사라졌네. 다음 날 아침 나는 그가 지시한 대로 함선을 몰아 다시 이집트로 돌아가 바닷가에 제단을 쌓고 제우스 신을 비롯한 올림포스 신들께 성대한 재물을 바치며 무사 귀환을 기도했지. 그러자 거짓말처럼 신들이 내게 순풍을 보내 주어 단숨에 고향으로 돌아올 수 있었네.”

메넬라오스는 이렇게 귀향 중 자기가 보고 들은 것을 모두 이야기한 다음 텔레마코스에게 11일이나 12일 정도 자신의 궁전에 머물면 자기가 모든 것을 갖춰 고향으로 호송해 줄 테니 기다리라고 했다. 말 3필과 마차를 비롯해서 아름다운 포도주잔 하나도 선물로 주겠다고 제안했다. 텔레마코스는 마음이 급했다. 스파르타에 머물면서 메넬라오스로부터 아버지가 트로이에서 펼친 활약을 계속 듣는 것은 좋았지만, 그렇다고 필로스에 있는 자신의 동료 선원들을 마냥 기다리게 할 수는 없었다. 그는 메넬라오스에게 사정을 이야기하고 될 수 있으면 빨리 떠나고 싶다고 하며 말과 마차는 사양하고 선물이라면 무엇이든지 받겠다고 했다. 염소나 키우기에 알맞은 이타케섬에서는 말은 키우기 힘들다는 것이었다.

메넬라오스는 텔레마코스의 겸손한 태도에 고개를 끄덕이며 그러면 말과 마차 대신 포도주 희석용 은제 항아리를 주겠다고 제안했다. 그 희석 항아리는 헤파이스토스의 작품으로 가장자리는 금으로 마무리되어 있었으며 메넬라오스가 갖고 있는 보물 중 가장 뛰어났다. 메넬라오스는 그 항아리를 시돈Sidon에 들렀을 때 파이디모스Phaidimos 왕에게서 받았었다. 그들이 이렇게 이야기를 나누는 사이 메넬라오스의 시종들이 음식들을 나르며 텔레마코스를 위해 성대하게 작별 연회를 베풀 준비를 하고 있었다.

한편 오디세우스의 궁전 마당에서는 구혼자들이 원반과 투창 던지기를 하고 있었다. 그들 중에는 당연히 수장격인 안티노오스와 에우리마코스도 끼어 있었다. 바로 그때 텔레마코스에게 배를 빌려준 프로니오스의 아들 노에몬이 그들에게 다가오더니 필로스로 떠난 텔레마코스가 도대체 언제 돌아오는지 물었다. 엘리스Elis로 가서 암말 12필과 노새를 데려오려면 그에게 빌려준 배가 필요하다는 것이다. 이 말을 듣고 구혼자들은 깜짝 놀랐다. 텔레마코스가 이타케섬 들판 어딘가 양치기 혹은 돼지치기와 함께 있을 것으로 생각했지 필로스에 갔을 것이라고는 꿈에도 생각하지 못했기 때문이다. 안티노오스가 다급한 목소리로 노에몬에게 물었다.

"내 질문에 추호의 거짓도 없이 사실대로 대답하시오. 텔레마코스가 도대체 언제 필로스에 갔으며 누가 따라갔소? 동행한 선원들은 이타케섬에서 선발된 자들이오, 아니면 삯꾼들이오? 텔레마코스는 강제로 당신에게서 배를 빼앗아 갔소, 아니면 당신이 자진해서 주었소?"

그러자 노에몬은 구혼자들에게 모든 것을 사실대로 털어놓았다. 자신은 자진해서 텔레마코스에게 배를 내주었고, 그와 동행한 선원들은 이타케섬에서 선발된 청년들이라는 것이다. 이어 우연히 텔레마코스의 배에 겉모습이 멘토르인 것 같은 자가 오르는 걸 보았는데, 어제 새벽에 시내에서 멘토르를 보았으니 귀신이 곡할 노릇이라는 말도 덧붙였다. 노에몬이 이렇게 말하고 집으로 돌아가자 안티노오스는 화가 머리끝까지 치밀어 올라 당장 경기를 중단하고 구혼자들을 모아 그 자리에서 긴급회의를 열었다. 그는 분노로 심장이 불타올랐으며 눈도 불꽃으로 이글거렸다. 그가 동료 구혼자들에게 말했다.

"여러분, 텔레마코스가 대단한 일을 해내고 말았소. 그가 이타케섬의 건장한 청년들을 모아 필로스로 떠났으니 말이오. 우린 어린아이에 불과한 그가 그런 일을 하리라고는 전혀 상상도 못했소. 텔레마코스는 앞으로 우리에게 큰 화근거리가 될 게 분명하오. 그러니 여러분들은 내게 빠른 배 한 척과 동료 20명만 주시오. 내가 이타케섬과 사모스섬 사이에 있는 조그만 아스테리스섬 포구에 매복해 있다가 그를 덮쳐 후환을 없애겠소.”

안티노오스의 말에 구혼자들 모두가 찬동했다. 구혼자들의 전령 메돈Medon이 그들의 음모를 엿듣고는 텔레마코스의 어머니 페넬로페에게 알려 주기 위해 궁전 2층 방으로 그녀를 찾아갔다. 페넬로페는 메돈을 보자 귀찮은 듯이 이번에는 구혼자들이 도대체 무슨 일을 시키더냐고 물었다. 이어 오디세우스가 그들에게 베푼 것을 조금이라도 생각한다면 어떻게 이렇게 그의 가산을 축낼 수 있느냐며 메돈을 원망했다. 그러자 메돈은 가산이 없어지는 것보다도 더 끔찍하고 불행한 일이 벌어지고 있다고 대꾸했다. 구혼자들이 아버지의 소식을 알기 위해 필로스와 스파르타로 떠난 텔레마코스를 없애려고 그가 귀환하는 뱃길 길목에 매복하러 떠났다는 것이다.

페넬로페는 아들이 필로스와 스파르타로 떠났다는 말을 듣는 순간 온몸에 힘이 쫙 빠져 의자에 앉을 힘조차 없어 방의 문턱에 쪼그리고 앉아 슬프게 울었고 시녀들도 모두 그녀를 둘러싸고 흐느꼈다. 페넬로페는 남편을 잃고 자식마저도 잃어버릴 위기에 처한 자신의 신세를 한탄하며 아들이 떠나는 것을 알면서도 자신에게 알려 주지 않은 시녀들을 원망했다. 페넬로페는 계속해서 훌쩍이면서 주위를 둘러보며 말했다.

“누가 서둘러 정원사 돌리오스Dolios 노인을 불러오도록 하라. 그 사람은 내가 이타케섬으로 시집을 때 우리 아버지께서 내게 딸려 주셨던 충실한 종이다. 나는 그를 얼른 시아버지 라에르테스 님께 보내 모든 사실을 말씀드리도록 하겠다. 혹시 그분은 이 난국을 헤쳐 나갈 수 있는 계책을 아실지 모른다. 혹시 오디세우스 가문의 씨를 말리려는 구혼자들에게 가서서 애원이라도 하실지 누가 알겠느냐.”

페넬로페의 명령을 듣자마자 유모 에우리클레이아가 앞으로 나섰다. 그녀는 쫓겨날 각오를 하고 모든 것을 사실대로 말했다. 그녀는 페넬로페에게 자신은 모든 것을 알고 있었으며 텔레마코스에게 여행에 필요한 물품까지 챙겨 주었다고 고백했다. 하지만 텔레마코스가 떠난 지 12일째가 되기 전까지는, 혹은 어머니가 그의 행방을 물어보기 전에는 절대로 그 사실을 알리지 않기로 맹세했기 때문에 진실을 밝히고 싶어도 그럴 수 없었다고 털어놓았다.

에우리클레이아는 이렇게 말하며 라에르테스 노인에게는 텔레마코스의 출항 소식을 알리지 말라고 충고했다. 가뜩이나 연로한 그가 그 소식을 들으면 큰 충격을 받을지 모른다는 것이다. 이어 그녀는 텔레마코스의 증조할아버지 아르케이시오스_{Arkeisios}가 세운 가문은 신들의 미움을 사지 않았으니 그 후손은 그렇게 쉽게 죽지 않을 것이라고 페넬로페를 달래며 아테나에게 기도하면 분명 도와줄 것이라고 말했다. 에우리클레이아의 말을 곰곰이 듣고 있던 페넬로페는 울음을 그치더니 목욕 재개하고 시녀들과 함께 2층 방으로 올라가 아테나에게 이렇게 기도했다.

“아이기스 방패를 지니신 제우스신의 따님이시여, 제 기도를 들어 주소서. 일찍이 제 남편 오디세우스가 궁전에서 당신에게 제물을 드리는 것에 인색하지 않았다면, 제발 사악한 구혼자들로부터 제 아들을 지켜 주시고 구해 주소서.”

페넬로페는 기도를 마친 뒤 2층 방에 누워서 저녁도 먹지 않은 채 아들을 걱정하다가 잠이 들었다. 바로 그때 아테나가 환영을 하나 만들어 페넬로페의 꿈속으로 보냈다. 그 환영은 페라이의 에우멜로스Eumelos에게 시집간 페넬로페의 동생 이프티메Iphtime의 모습을 하고 있었다. 그녀는 언니 페넬로페에게 신들의 가호로 텔레마코스는 틀림없이 돌아올 것이라고 위로했다. 하지만 페넬로페는 동생을 보더니 더욱더 슬픔이 복받쳐 올라 자신의 처량한 신세를 한탄했다. 남편을 잃은 것도 모자라 이제는 구혼자들의 음모로 아무것도 모르는 철부지 아들을 잃게 되었다는 것이다. 이프티메는 재차 이렇게 언니를 달랬다.

"언니, 용기를 내세요. 모든 전사가 자신을 도와주시기를 바라마지 않는 아테나 여신께서 텔레마코스와 동행하고 있으니 너무 걱정하지 마세요. 언니를 위로하라고 저를 보낸 것도 바로 그 여신님이세요.”

그러자 페넬로페는 동생에게 형부 오디세우스의 소식도 말해 달라고 부탁했다. 동생은 그 일은 신들의 소관이지 자신의 소관이 아니라며 답을 피하며 홀연히 사라졌다. 그 순간 이카리오스의 딸 페넬로페는 놀라 잠에서 깼고 점차 마음이 평온해졌다.

한편 구혼자들은 그늘진 홀에서 여느 때처럼 시끄럽게 떠들어 대고 있었다. 그들 중 누군가가 큰 소리로 페넬로페는 아마도 아들의 죽음이 임박한 것을 모를 것이라고 외쳤다. 안티노오스가 그들 사이에 끼어들어 누가 들을지 모르니 말조심하라고 주의를 주었다. 얼마 후 그는 구혼자 중 20명을 골라 은밀하게 배가 정박해 있는 바닷가로 데리고 가서 함께 저녁을 먹은 다음 밤이 되기를 기다렸다. 그들은 야음을 틈타 아무도 모르게 출발할 심산이었다.

이윽고 밤이 이슥해지고 인적이 드물어지자 그들은 무구를 갖추고 배에 올라 닻을 올렸다. 이타케섬과 사모스섬의 중간에는 아스테리스Asteris라는 섬이 있었고 섬의 양쪽에는 배가 정박할 만한 포구가 몇 개 있었다. 그들은 그 포구 중 하나에 은밀하게 정박한 채 텔레마코스의 배를 기다리고 있었다.

제4권 스파르타의 왕 메넬라오스와 헬레네의 환대를 받는 텔레마코스

제5권

포세이돈에 의해
난파당해 파이아케스족의 섬에 오르는
오디세우스

칼립소가 제우스의 명령을 받고 오디세우스를 보내 주다

포세이돈이 폭풍우를 일으켜 오디세우스의 뗏목을 침몰시키다

오디세우스가 헤엄을 쳐서 무사히 파이아케스족의 섬에 상륙하다

제우스가 신들의 회의에서 아테나의 항의를 받고 7년 동안이나 오디세우스를 섬에 붙들고 있던 칼립소에게 전령 헤르메스를 보내 그를 보내 주라고 명령한다. 칼립소가 하는 수 없이 오디세우스에게 스스로 뗏목을 만들어 섬을 떠나도록 허락한다.

오디세우스가 출항한 지 18일째 되는 날 아이티오페스족의 나라에서 제물을 받고 돌아오던 포세이돈이 그를 발견하고 분노하여 폭풍우를 일으켜 그의 뗏목을 침몰시키자 물보라의 여신 레우코테아가 그에게 구명조끼로 쓰라며 베일을 던져 준다.

오디세우스가 베일을 가슴에 두르고 헤엄을 쳐서 난파당한 지 3일 만에 드디어 파이아케스족이 사는 스케리아섬에 도착한다. 오디세우스가 강어귀를 통해 간신히 강변에 올라 빽빽한 덤불 밑으로 기어들어가 나뭇잎을 덮자마자 지쳐 곯아떨어진다.

새벽의 여신 에오스Eos가 남편 티토노스Tithonos 곁을 떠나 신들과
인간들에게 빛을 가져오자, 신들이 다시 올림포스 궁전에 모여 회의를
개최했다. 오디세우스의 귀향 문제를 매듭짓기 위해서였다. 아테나의
부탁이 있었지만 제우스는 아직 정사에 바빠 오디세우스를 붙들고 있

Giovanni Andrea Carlone,
〈오로라〉, 1678년경

그리스 신화의 새벽의 여신 에
오스는 로마에서는 아우로라
Aurora, 영어로는 오로라Aurora
라고 부른다

제5권 포세이돈에 의해 난파당해 파이아케스족의 섬에 오르는 오디세우스

는 요정 칼립소에게 헤르메스를 보내지 못했다. 타포스인의 왕 멘테스의 모습을 하고 오디세우스의 궁전으로 가서 텔레마코스를 격려하고 돌아온 아테나가 제일 먼저 자리에서 일어나 오디세우스의 딱한 처지를 언급했다.

오디세우스는 자신의 의지와는 상관없이 아직도 칼립소의 섬에 붙들려 집에 돌아가지 못하고 있으며, 그의 아들 텔레마코스는 구혼자들에게 살해될 위기에 처해 있다는 것이다. 이어 아테나는 아버지 제우스를 향해 앞으로는 어떤 왕도 선정을 베풀게 하지 말고 폭정을 일삼게 해야 한다고 볼멘소리를 내뱉었다. 오디세우스가 백성들에게 그렇게 인자하게 대했는데도 그것을 기억하는 사람은 아무도 없다는 것이다.

제우스는 딸의 말투가 약간 거슬렸다. 그래도 가장 아끼고 사랑하는 딸인지라 그녀의 마음을 안심시켜 주고 싶었다. 그래서 예전에 신들이 그녀의 제안으로 오디세우스를 무사히 귀향시켜 구혼자들에게 복수하게 하자고 결정한 사실을 상기시키며 반드시 그렇게 될 거라며 아테나의 마음을 다독였다. 이어 구혼자들에게 살해당할 위험에 처한 텔레마코스도 그녀가 직접 다른 뱃길로 안내해서 구혼자들의 매복에서 무탈하게 벗어날 수 있게 해 주라고 일렀다. 또한 동석하고 있던 전령의 신 헤르메스에게도 이렇게 말했다.

"헤르메스여, 당장 오기기에섬의 칼립소 요정에게 날아가 오디세우스를 즉시 보내 주라는 내 명령을 전하라. 하지만 오디세우스가 칼립소에게서 풀려난다고 해서 곧바로 귀향하는 것은 아니다. 그는 그 섬에서 뗏목을 만들어 타고 가다가 포세이돈이 일으킨 폭풍우로 인해 그 뗏목마저도 잃고 겨우 목숨만 부지한 채 신들과 친밀한 파이아케스

Phaiakes족이 사는 스케리아Scheria섬에 상륙하게 될 것이다. 그러면 파이아케스족이 그를 귀한 손님으로 환대하다가 선물을 듬뿍 주어 빠른 배에 태워 고향에 데려다줄 것이다."

헤르메스는 즉시 황금 비행화를 신고 케리케이온Kerykeion 지팡이를 들었다. 그는 올림포스 궁전에서 피에리아 산맥을 넘어 바다 위로 뛰어내리더니 갈매기처럼 파도 위를 날아 금세 칼립소의 섬 오기기에에 도착했다. 칼립소가 사는 동굴 주변은 오리나무, 백양나무, 삼나무들이 울창하게 서 있었고, 4개의 샘물이 서로 가까운 곳에서 솟아 나와 각기 다른 곳으로 흘러가고 있었으며, 온통 제비꽃과 샐러리가 만발한 풀밭이었다. 동굴 입구에는 포도송이가 주렁주렁한 포도 넝쿨이 드리워져 있었다.

헤르메스가 주변 경관에 감탄을 금치 못하며 동굴로 들어서자 칼립소는 즉시 그를 알아보았다. 그녀는 황금 북으로 베를 짜고 있었는데 마침 오디세우스는 보이지 않았다. 그는 바닷가에서 눈물을 흘리며 수평선을 바라보며 고향을 그리워하고 있었기 때문이다. 칼립소가 헤르메스에게 의자를 권하며 찾아온 용건을 물었다. 그러자 헤르메스는 그녀에게 오디세우스를 당장 고향으로 보내라는 제우스의 명령을 전했다. 칼립소는 무척 서운한 표정을 지으며 그를 비롯한 남신들을 원망했다.

"당신들, 남신들은 정말 무정하고 질투가 심해요. 당신들은 여신이 인간을 사랑하면 참지를 못하니 하는 말예요. 에오스가 오리온Orion을 좋아했을 때도 아르테미스의 화살로 그를 쏘아 죽이게 했고, 데메테르가 이아시온Iasion과 사랑을 나눌 때도 제우스 신은 번개를 쳐서 그를 죽였지요. 그러더니 이번에는 내가 인간 오디세우스를 사랑하는 것을

견디지 못하는군요. 나는 난파당해 간신히 살아남은 그를 구해 돌보다가 그와 사랑에 빠졌어요. 그래서 그를 죽지도 늙지도 않는 몸으로 만들어 내 곁에 영원히 두려 했지요. 하지만 아이기스 방패를 지니신 제우스 신의 명령은 어길 수 없는 법이니 이제 그를 보낼 수밖에 없겠군요. 그렇다고 난 그를 고향까지 호송해 주진 못해요. 내게는 배도 없고 부하들도 없어요. 물론 나는 그에게 조언은 아끼지 않을 거예요.”

헤르메스는 칼립소의 말을 듣고 나서 안심은 되었지만, 다시 한번 오디세우스를 꼭 보내 주겠다는 그녀의 다짐을 받아 냈다. 헤르메스가 돌아가자 그녀는 바닷가로 오디세우스를 찾아갔다. 그는 밤에는 마지못해 칼립소와 잠자리를 같이 했다. 하지만 낮에는 바닷가로 나와 눈

물을 흘리며 고향을 그리워하고 있었다. 칼립소가 그에게 다가가 말을
걸었다.

"가련한 오디세우스여, 이제 더 이상 이곳에서 슬퍼하며 귀한 인
생을 허송세월하지 않아도 돼요. 저는 이제 당신을 고향으로 보내 드릴
테니까요. 저보다 더 강한 신들의 뜻이니 무슨 도리가 있겠어요. 자, 내
일 우리 섬의 한 쪽에서 빽빽하게 무리 지어 자라고 있는 나무들을 베
어 넓은 뗏목을 하나 만들도록 하세요. 그러면 저는 뗏목 안에 빵과 물
과 포도주를 가득 실어 주고 뒤에서 순풍도 불게 해 줄게요."

오디세우스는 칼립소의 말을 듣고도 전혀 믿기지 않았다. 그는 칼
립소가 자신을 해치려고 무슨 술수를 부리는 걸로 착각하여 자신을 절

율리시스Ulysses는 오디세우스의 영어식 이름이다. 바닷가에 서 있는 오디세우스의 뒷모습에 고향을 그리
워하는 그의 간절한 마음이 역력하게 드러나 있다

제5권 포세이돈에 의해 난파당해 파이아케스족의 섬에 오르는 오디세우스

대 해코지하지 않겠다고 맹세를 하기 전에는 그녀의 말을 믿을 수 없다고 대답했다. 칼립소는 하는 수 없이 오디세우스에게 지하 세계의 스틱스강을 걸고 절대로 해코지를 부리지 않겠다고 맹세하고선 서둘러 자리를 털고 일어났다.

그제야 오디세우스는 의심을 풀고 그녀의 뒤를 따라 동굴로 들어섰다. 오디세우스가 조금 전 헤르메스가 앉았던 의자에 앉자 칼립소 자신도 그 맞은편에 앉았다. 그들은 아무 말 없이 한참 동안 앞에 차려진 음식을 먹었다. 그녀는 마지막으로 한번 오디세우스를 설득하여 자발적으로 섬에 머물게 하고 싶었다. 이윽고 칼립소가 먼저 말을 꺼냈다.

"라에르테스의 아들 오디세우스여, 당신은 정말 고향에 돌아가고 싶으세요? 정말 그렇다면 이제 더 이상 붙잡지 않을 테니 갈 테면 가세요. 하지만 당신은 장차 귀향 중 엄청난 고초를 당할 거예요. 그러면 그때에야 비로소 당신은 불로불사의 몸이 되어 내 곁에 머무르지 않은 것을 뼈저리게 후회하게 될 거예요. 나는 아무리 생각해도 이해가 가질 않아요. 당신 아내의 몸매와 외모가 아무리 뛰어나도 여신인 나를 능가하지는 못할 텐데, 당신은 그렇게 아내가 사랑스럽고 그리운가요?"

그러자 오디세우스가 대답했다. "존경하는 여신이여, 그 때문이라면 화내지 마십시오. 제 아내 페넬로페의 몸매와 외모가 당신보다 훨씬 못하다는 건 저도 잘 알고 있습니다. 게다가 그녀는 필멸하는 인간이지만 당신은 늙지도 죽지도 않는 신이십니다. 하지만 그럼에도 불구하고 저는 단 한 순간도 반드시 귀향해서 아내를 비롯한 제 가족들을 보고 싶은 열망을 버린 적이 없습니다. 설혹 신 중 어떤 분이 또다시 포도주 빛 바다 위에서 저를 난파시키시더라도 저는 가슴속 깊은 곳에 강한 인내심이 있기에 참아 낼 것입니다. 저는 이미 너울이 이는 바다와 시신이 난무하는 트로이 전쟁터에서 수많은 일을 겪었고 갖은 고생을 했습니다. 그러니 이런 고난들에 또 다른 고난이 찾아올 테면 오라지요."

칼립소는 이 말을 듣고 나서야 오디세우스를 붙드는 것은 더 이상 의미가 없다는 사실을 깨달았다. 그녀는 그날 밤 오디세우스와 마지막으로 달콤한 사랑을 불태웠다. 다음 날 아침 칼립소는 오디세우스에게 큰 도끼와 자귀를 각각 한 자루씩 건네주고는 아름드리 오리나무, 백양나무, 전나무가 있는 곳으로 안내했다. 그러자 오디세우스는 그중 20그루를 베어 나무못을 이용하여 뗏목을 만들기 시작했다.

드디어 4일째 되는 날 튼튼하고 넓은 뗏목 하나가 만들어졌다. 뗏목에는 키, 돛대, 활대뿐 아니라 여러 삭구素具도 잘 갖추어 놓았다. 다음 날 칼립소는 오디세우스를 깨끗이 목욕시키고 향기 나는 옷을 입혀 준 다음 뗏목에 태워 떠나보냈다. 그녀는 가죽 자루에 먹을 것과 마실 것을 충분히 넣어 뗏목에 실어 주었고, 항로도 자세히 알려 주었으며, 약속대로 뒤에서 순풍을 불어 주는 것도 잊지 않았다.

오디세우스는 칼립소가 일러 준 대로 큰곰자리를 왼쪽에 두고 그것을 쳐다보며 항해를 계속했다. 18일째가 되자 파이아케스족이 사는 스케리아섬이 거뭇거뭇 보이기 시작했다. 하지만 하필이면 바로 그때 포세이돈이 아이티오페스족의 나라에서 제물을 받고 돌아오다가 솔리모이Solymoi족의 산 정상에서 그를 발견하고 분노에 휩싸였다. 그는 자신이 없는 사이 신들이 모여 오디세우스를 재빨리 고향에 돌려보내기로 결정했다고 생각했다.

오디세우스가 만약 파이아케스족이 사는 나라에 도착하면 자신도 이제 더 이상 손을 쓸래야 쓸 수 없었다. 그는 재빨리 삼지창을 들

Pietro della Vecchia, 〈넵튠〉, 17세기
그리스 신화의 바다의 신은 포세이돈, 영어식
이름은 넵튠Neptune, 로마식 이름은 넵투누스
Neptunus, 상징물은 삼지창Trident이다

Walter Crane, 〈넵튠의 말들〉, 1910
포세이돈을 상징하는 동물은 말馬이다

어 구름을 모으며 파도를 일으켰다. 그러자 금세 하늘이 캄캄해지더니 동풍과 남풍이 서로 부딪히고 서풍과 북풍이 서로 교차하며 엄청난 파도가 일어났다. 오디세우스는 갑자기 거대한 폭풍우가 일어나는 것을 보고 칼립소가 한 말이 생각나서 겁에 질린 채 혼잣말로 중얼거렸다.

"나는 도대체 어떻게 되는 것일까? 귀향하기 전에 엄청난 고초를 당할 것이라는 칼립소의 말이 사실인 것 같구나. 이제 거대한 너울이 일어나 나를 집어삼키겠구나. 이렇게 비참하게 죽어가는 나에 비하면 트로이에서 전사한 우리 동료들은 얼마나 더 행복한가? 아킬레우스의 시신을 놓고 싸움이 벌어졌을 때 내가 트로이군이 던진 창에 맞아 죽었더라면 얼마나 좋았을까! 그랬다면 장례도 성대하게 치르고 명성이라도 날렸을 텐데!"

오디세우스가 말을 마치기가 무섭게 거대한 너울 하나가 무섭게 돌진해 와 뗏목을 덮쳤다. 뗏목이 빙글빙글 돌자 오디세우스는 손에서 키를 놓치고 멀리 나가떨어졌다. 오디세우스는 파도 밑에서 한동안 떠오르지 못했다. 칼립소가 그에게 준 옷이 너무 무거웠던 탓이었다. 한참 만에 수면 위로 떠 오른 오디세우스는 입에서 삼킨 바닷물을 뱉어내자마자 혼신의 힘을 다해 멀리 떨어져 있는 뗏목을 향해 헤엄쳐 가더니 마침내 그 위에 올라섰다.

하지만 뗏목은 키도 부서지고 돛대와 삭구도 모두 없어진 터라 파도에 이리저리 휩쓸려 갔다. 마치 가을날 북풍에 휩쓸려 날아가는 엉겅퀴 씨 같았다. 바로 그때 물보라의 여신 레우코테아Leukothea가 오디세우스를 발견하고 그를 향해 뗏목을 버리고 옷을 모두 벗어 버린 다음 헤엄쳐 파이아케스족의 나라로 올라서라고 소리쳤다. 그는 그곳에서 구출될 운명이니 그곳에만 가면 이제 두려워할 것이 없다는 말도

Jean Jules Allasseur, 〈레우코테아〉, 1862

Johann Heinrich Füssli, 〈오디세우스의 난파〉, 1803

덧붙였다.

또한 그녀는 자신이 두르고 있던 베일도 하나 던져 주며 말을 이었다. 그것을 가슴에 두르고 헤엄을 치면 가라앉지 않을 테니 무사히 육지에 오르거든 그것을 다시 벗어 바다에 던져 달라는 것이다. 레우코테아는 원래 테베를 건설한 카드모스Kadmos의 딸 이노Ino로 디오니소스의 이모였다는데, 제우스의 부탁으로 핏덩이 디오니소스를 맡아 기르다가 헤라의 질투로 억울하게 바다에 빠져 죽었다. 그러자 그것을 안타깝게 생각한 포세이돈이 그녀를 물보라의 여신 레우코테아로 만들어 주어 오디세우스처럼 난파당한 선원들을 도와주도록 했다. 얼마 후 레우코테아가 시야에서 사라지자 오디세우스는 고민에 빠졌다.

"아아, 걱정이로구나! 레우코테아 여신이 나보고 뗏목을 버리라고 하니 혹시 여신을 통해 어떤 신이 내게 음모를 꾸미는 것은 아닌지 의심이 드는구나. 그래, 아직은 여신의 지시를 따르지 않는 게 좋을 거 같다. 나의 피난처라고 여신이 일러 준 파이아케스족의 땅도 아직 아주 멀리 떨어져 있으니 그냥 뗏목에 남아 있자. 견딜 때까지 견디다가 뗏목이 부서지면 그때 여신이 말한 대로 가슴에 베일을 두르고 헤엄쳐 가도 늦지는 않을 거야."

바로 그 순간 포세이돈이 또다시 엄청난 너울을 일으켜 그에게 마지막 일격을 가했다. 이제 뗏목은 너울의 힘을 견디지 못하고 통나무들이 따로따로 떨어져 모두 흩어져 버렸다. 통나무들은 마치 바람에 나는 왕겨와 같았다. 그러자 오디세우스는 어쩔 수 없이 마치 경주마에 올라타듯 통나무 중 하나 위에 올라타고는, 칼립소가 준 옷들을 모두 벗어 버린 다음 알몸으로 레우코테아가 던져 준 베일을 가슴에 두른 채 헤엄을 치기 시작했다.

포세이돈은 그 광경을 보고 이제 그만하면 오디세우스도 혼쭐이 났을 것으로 생각하고 말을 타고 자신의 궁전이 있는 아이가이_{Aigai}로 달려갔다. 이때를 기다렸다는 듯이 아테나가 나타나 모든 바람의 진로를 가로막고 세찬 북풍을 일으켜 오디세우스 앞에 계속해서 일어나는 높은 너울을 부숴 버렸다. 오디세우스가 좀 더 쉽게 파이아케스족의 나라에 닿도록 하기 위한 배려였다.

오디세우스는 그렇게 이틀 밤 이틀 낮을 헤엄쳐 갔다. 그는 시도 때도 없이 자주 죽음을 예감하기도 했지만, 마침내 셋째 날 바다가 파

제5권 포세이돈에 의해 난파당해 파이아케스족의 섬에 오르는 오디세우스

도 하나 없이 잔잔해지더니 눈앞에 육지가 선명하게 보이기 시작했다. 마치 자식들에게 오랫동안 누워있던 병상을 훌훌 털고 일어난 아버지가 반갑듯이 오디세우스에게도 멀리 보이는 육지와 숲이 반가웠다.

오디세우스는 있는 힘을 다해 육지로 헤엄쳐 다가갔다. 하지만 해안은 거의 모두 절벽으로 되어 있고 그렇지 않은 곳도 대부분 날카로운 바위들로 둘러싸여 있어 눈을 씻고 찾아봐도 상륙하기에 마땅한 장소가 없었다. 그렇다고 무턱대고 뭍에 오르려다가는 파도에 밀려 날카로운 바위에 찔려 죽기 십상이었다.

하지만 다른 방법이 없었다. 그는 비교적 작은 바위들로 둘러싸여 있는 해안 쪽을 향해 조심스럽게 헤엄쳐 가 간신히 바위 하나를 잡고 몸을 의지했다. 바로 그때 바다 쪽으로 물러갔던 큰 파도가 다시 육지 쪽으로 밀려오면서 오디세우스에게 덤벼들더니 그를 내동댕이쳐 버렸다. 천만다행으로 오디세우스가 떨어진 곳에는 바위가 없었다. 하지만 그는 너무 기진한 나머지 바야흐로 내던져진 그대로 바닷물속에 잠겨 익사할 판이었다.

절체절명의 순간, 아테나가 그에게 힘을 불어넣었다. 그는 가까스로 정신을 차려 잽싸게 물속에서 솟아올라 해안 쪽을 따라 헤엄치면서 야트막한 모래톱이나 포구를 찾으려고 두리번거리다가 마침내 바다로 강물을 토해 내는 강 하구를 발견했다. 그곳에는 바위들도 없었을 뿐 아니라 강가엔 바람을 피할 수 있는 언덕과 숲도 보였다. 그는 그 강의 신을 염두에 두고 마음속으로 자신을 불쌍히 여겨 구해 달라고 기도했다.

그러자 강의 신은 그의 기도에 화답이라도 하듯이 갑자기 흐름을 멈추고 자신이 흘러 들어가던 하구의 바닷물을 잔잔하게 해 주었다.

그 틈을 노려 간신히 뭍에 오른 오디세우스는 그동안 거친 바다와 싸우느라 사력을 다한 터라 튼튼한 두 다리와 억센 손이 축 늘어졌다. 그의 온몸은 통통 부어 있었고 입과 콧구멍에서는 바닷물이 쏟아져 나왔다. 그는 기진맥진하여 하릴없이 그 자리에 그대로 쓰러져 있었다.

한참 만에 정신이 돌아오자 오디세우스는 갑자기 생각이 난 듯이 얼른 물보라의 여신 레우코테아의 베일을 가슴에서 풀어 바다로 흘러 들어가는 강물에 흘려보냈다. 이어 큰 파도가 일어 베일을 쳐 먼바다로 날려 보내자 어디선가 레우코테아가 나타나 그것을 집어 들었다. 오디세우스는 멀리서 그것을 확인하고 나서 다시 그 자리에 쓰러져 한참을 엎드려 있다가 마침내 벌떡 일어나 중얼거렸다.

"아아, 이제 나는 어떻게 되는 것일까? 이렇게 강가에서 밤을 새우다가는 서리와 찬 이슬로 병들까 걱정이 되고, 언덕 위 숲속으로 들어가 편히 쉬자니 들짐승들의 먹이가 되지 않을까 두렵구나."

어떻게 하면 좋을까 한참을 망설이던 오디세우스는 아무래도 숲속으로 들어가 쉬는 것이 좋을 것 같다고 생각했다. 그래서 그는 강가 언덕 위 숲속으로 들어가서 올리브나무 줄기 등이 뒤엉켜 있는 덤불 하나를 발견했다. 덤불은 아주 빽빽하여 햇볕이나 바람, 심지어 빗방울조차도 들어오지 않을 정도였다. 오디세우스는 그 속으로 기어들어 갔다. 마침 그 속에는 혹독한 겨울 날씨에도 두세 사람이 넉넉하게 덮을 수 있는 낙엽이 수북이 쌓여 있었다. 오디세우스는 기뻐하며 낙엽 더미 속으로 몸을 깊숙이 숨긴 채 깊은 잠에 빠져들었다.

제6권

바닷가 강어귀
빨래터에서 나우시카아 공주를 만나는
오디세우스

아테나가 나우시카아의 꿈속에 나타나 빨래를 하라고 부추기다

나우시카아가 바닷가 강어귀 빨래터에서 오디세우스를 만나 도와주다

나우시카아가 오디세우스에게 궁전으로 가는 길을 알려 주다

나우시카아가 꿈속에서 아테나의 계시를 받고 시녀들을 데리고 밀린 빨래를 하러 바닷가 강어귀 빨래터로 나온다. 그들은 빨래를 마친 후 널어놓은 빨래가 마르기를 기다리면서 공 받기 놀이를 하다가 어떤 시녀가 놓친 공이 강물에 빠지자 모두 크게 비명을 지른다.

오디세우스가 시끄러운 소리에 잠에서 깨어나 덤불 속에서 밖으로 기어 나와 다가오자 시녀들이 화들짝 놀라 비명을 지르며 달아난다. 하지만 나우시카아는 아테나의 도움으로 전혀 동요하지 않고 그들을 진정시킨 다음 오디세우스에게 음식과 옷을 갖다주도록 한다.

나우시카아가 낯선 남자를 데리고 가면 백성들의 오해를 살까 봐 오디세우스와는 아테나에게 바친 백양나무숲까지만 동행한다. 나우시카아는 오디세우스에게 먼저 갈 테니 나중에 궁전에 도착해서는 왕보다는 왕비에게 도움을 간청하라고 당부한 다음 서둘러 출발한다.

오디세우스가 덤불 속 낙엽을 이불 삼아 깊은 잠에 곯아떨어져 있는 동안 아테나는 파이아케스족의 도시로 갔다. 원래 파이아케스족은 히페레이아Hypereia에 살았으나 이웃이었던 외눈박이 키클로페스족이 그들을 너무 귀찮게 하자 그 당시 왕 나우시토오스Nausithoos가 백성들을 이끌고 스케리아에 정착했다.

하지만 나우시토오스는 오래전 죽고 지금은 그의 후계자 알키노오스Alkinoos가 스케리아를 통치하고 있었다. 아테나는 우선 알키노오스의 딸 나우시카아Nausikaa가 잠들어 있는 방으로 들어갔다. 이어 그녀의 머리맡으로 다가가더니 그녀가 좋아하는 디마스Dymas의 딸의 모습을 한 채 그녀의 꿈속에 나타나 말했다.

"나우시카아 공주님, 공주님께서는 왜 이렇게 느긋하시지요? 파이아케스족의 훌륭한 청년들이 공주님께 구혼하고 있으니 이제 공주님께서 결혼할 날도 얼마 남지 않았어요. 그런데도 빨래하지 않은 옷들이 옷장에 그대로 걸려 있으니 드리는 말씀입니다. 장차 결혼식이 벌어지면 공주님께서는 물론 깨끗한 옷을 입으셔야 하고, 공주님을 신랑에게 데려다줄 분에게도 깨끗한 옷을 입혀야 하는 법이죠. 자, 그러니 날이 새는 대로 우리 빨래를 하러 가요. 저도 공주님을 도와 드릴게요. 자, 빨리 서두르도록 하세요. 아침이 되면 아버지께 옷이나 담요를 실어다 줄 짐수레와 노새들을 마련해 달라고 부탁하도록 하세요. 빨래터는 도시에서 멀리 떨어진 바닷가에 있으니 그렇게 하시는 것이 좋을 거예요.”

아테나는 이렇게 말하고 올림포스 궁전으로 훌쩍 떠나 버렸다. 신들이 거처하는 올림포스 궁전은 바람 한 점 불지 않고 비도 오지 않으며 눈이 내리는 법도 없고, 그 위는 항상 맑은 대기가 감돌고 찬란한 광채가 휘감고 있었다. 이윽고 아침이 되어 나우시카아는 일어나자마자 지난밤 꿈을 기억하며 곧 결혼하리라는 희망에 부풀어 아버지 알키노오스를 찾아가 짐수레 한 대만 준비해 달라고 청했다. 하지만 그녀는 아버지에게 부끄러운 나머지 차마 지난밤 꿈 이야긴 꺼내지 못하고 바닷가 강어귀 빨래터로 가서 다섯 오라비의 옷 등 궁전의 밀린 빨래를 해야겠다는 구실을 댔다.

그러자 알키노오스 왕은 마치 모든 것을 알고 있다는 듯 빙그레 웃으며 딸이 부탁한 짐수레와 노새를 준비해 주었다. 나우시카아가 궁전 여러 곳에 흩어져 있던 빨랫감들을 모아서 가져와 수레에 싣자 어머니 아레테Arete 왕비는 바구니에 갖은 음식을 가득 담아 주고 염소 가죽 부대에 포도주도 넣어 주었다. 심지어 딸과 시녀들이 목욕하고 몸에 바를 올리브기름도 황금 병에 담아 주었다.

나우시카아가 노새를 몰아 궁전에서 상당히 떨어진 바닷가 강가 빨래터에 도착하자 시녀 중 몇이 노새들을 짐수레에서 풀어 강가로 끌고 가 클로버 풀을 뜯게 했다. 다른 시녀들은 수레에서 빨랫감들을 내려 물에 담그고 발로 밟더니 열심히 빤 다음 해안에 널려있는 자갈들

Lucien Simon, 〈나우시카아〉, 1915

위에 널어놓았다. 일이 끝나자 나우시카아 일행은 목욕하고, 올리브기름을 바르고, 점심을 먹은 다음 빨래가 마르기를 기다리며 공놀이를 시작했다.

공놀이하는 시녀들 사이에서 나우시카아가 선창하자 모두 그녀를 따라서 노래를 불렀다. 시녀들도 예뻤지만, 나우시카아는 마치 타이게톤Taygeton산이나 에리만토스Erymanthos산을 쏘다니며 사냥을 하는 아르테미스가 그녀를 따라다니는 그 어떤 요정들보다 뛰어나 보이는 것처럼, 다른 시녀들보다 단연 돋보였다. 이윽고 시간이 흘러 그들은 이제 빨래를 개어 수레에 싣고 궁전으로 돌아갈 때가 되었다.

바로 그때 어떤 시녀가 던진 공이 상대 시녀의 실수로 그만 강물 속 소용돌이에 빠지고 말았다. 이런 돌발 사건이 일어난 것은 오디세우스가 깨어나 어여쁜 나우시카아를 만나 파이아케스족의 궁전으로 안

제6권 바닷가 강어귀 빨래터에서 나우시카아 공주를 만나는 오디세우스

내를 받도록 하기 위한 아테나의 배려 때문이었다. 공이 강물에 빠지자 시녀들이 큰 소리로 비명을 질렀다. 그러자 오디세우스가 시끄러운 소리에 놀라 잠에서 깨어나 덤불 속에서 밖으로 기어 나왔다.

그는 재빨리 바로 옆 아름드리나무에서 잎이 많이 달린 나뭇가지 하나를 꺾어 중요 부위를 가린 다음, 나우시카아 일행을 향해 나아갔다. 그는 마치 숲속에서 거침없이 소 떼나 양 떼나 사슴 떼를 쫓는 사자처럼 보였다. 바닷물에 그의 얼굴이 불어 험악한 인상을 풍겼기 때문이다. 갑자기 오디세우스가 거의 벌거벗은 몸으로 다가오자 시녀들은 기겁을 하고 이리저리 도망쳤다.

하지만 나우시카아는 그 자리에 그대로 서서 오디세우스를 빤히 쳐다보고 있었다. 아테나가 그녀의 두려움을 없애 주었기 때문이다. 오디세우스는 순간 그녀에게 가까이 다가가 무릎을 부여잡고 애원을 해

야 할지, 아니면 그냥 그대로 떨어진 채 부탁을 해야 할지를 놓고 잠시 망설였다. 그러다가 오디세우스는 그냥 그 자리에 털썩 무릎을 꿇더니 나우시카아를 향해 말했다.

"여신님, 아니 아가씨, 제발 저의 청을 들어주십시오. 당신이 여신이라면 추측건대 당신은 분명 아르테미스 여신일 것입니다. 하지만 인간 여인이시라면 당신 부모는 참으로 축복받은 분들이고, 당신을 아내로 데려가는 사람은 정말 행복한 남자일 것입니다. 저는 당신과 같은 여인은 이 세상에서 한 번도 본 적이 없기 때문입니다. 저는 언젠가 델로스의 아폴론 신의 제단 바로 옆 바닥에서 어린 야자나무 가지가 돋아나는 것을 보고 무척 놀란 적이 있습니다. 그런 적이 여태껏 한 번도 없었기 때문입니다.

마치 그때처럼 저는 당신을 보고 그저 놀랄 뿐입니다. 저는 혼자서 칼립소 요정이 사는 오기기에라는 섬을 떠나 20일 동안이나 바다를 방랑하다가 천신만고 끝에 어제야 비로소 이곳에 상륙했습니다. 저는 지금까지 어떤 신의 뜻으로 수많은 시련을 겪었고, 앞으로도 겪어야 할 많은 시련이 남아 있는 것 같습니다. 그러니 아가씨, 저를 불쌍히 여겨 주십시오. 부디 저에게 제 몸을 가릴 수 있는 옷을 주시고 도시로 가는 길을 알려 주십시오."

나우시카아는 오디세우스를 보는 순간 무척 마음에 들었다. 그녀는 그에게 최대한 편의를 제공하고 싶었다. 그래서 우선 오디세우스에게 신들이 인간에게 내린 불행은 참고 견뎌야만 한다며 그를 위로한 다음 그를 탄원자로 받아들이겠다고 약속했다. 그것은 오디세우스가 원하는 모든 것을 해 주겠다는 뜻이다. 나우시카아는 우선 오디세우스에게 지금 서 있는 곳이 파이아케스족의 땅임을 알려 주고, 이곳 왕 알

키노오스가 자신의 아버지임을 밝혔다. 나우시카아는 이렇게 말하고 나서 그를 피해 달아나 멀찌감치서 여전히 비명을 지르는 시녀들을 나무라며 말했다.

"자, 이제 모두 그만하거라! 너희들은 이분을 적으로 여기는 것은 아니겠지. 우리 파이아케스족의 나라는 신들의 사랑을 받고 있어서 결코 적의 침입을 받을 수 없다. 그리고 우리나라가 비록 외딴곳에 멀리 떨어져 다른 나라와 교류도 없이 살아도 이분이 바다를 떠다니며 온갖 고생을 하다가 이곳까지 표류해 온 이상 우리는 돌봐 주어야 할 의무가 있다. 나그네와 거지는 모두 제우스 신께서 보내신 것이기 때문이다. 자, 너희들은 모두 이분을 강물에 목욕시켜 준 다음 옷을 드리고 먹고 마실 것도 충분하게 드리도록 하라."

시녀들이 나우시카아의 말을 듣고 조심스럽게 오디세우스에게 다가와서는 그를 한적한 강가로 데려가더니 공주의 명령대로 진짜 목욕을 시키려 했다. 그러자 그는 깜짝 놀라며 목욕은 자신이 혼자 할 테니 자리를 비켜 달라고 부탁했다. 시녀들이 옷가지와 올리브기름을 놓고 사라지자 오디세우스는 강물로 몸을 깨끗하게 씻어 내고 온몸에 올리브기름을 발랐다. 이어 오디세우스가 시녀들이 놓고 간 옷을 입자 아테나는 그의 고수머리가 마치 히아신스처럼 흘러내리도록 했고, 그의 온몸에 매력이 넘치도록 만들었다.

목욕을 마치고 나타난 오디세우스의 모습을 보고 나우시카아는 감탄하며 시녀들에게 그는 결코 신의 뜻을 거슬러 이곳에 온 것이 아니라고 단언한 다음 급기야 어젯밤 꿈을 떠올리며 오디세우스를 남편으로 맞이하고픈 속내를 내비쳤다. "아아, 저분은 조금 전만 해도 전혀 볼품없었는데, 지금은 마치 신처럼 훌륭한 모습이구나, 저분이 내 남편이 되어 이곳에서 나랑 함께 살면 얼마나 좋을까!" 이어 나우시카아는 그 생각을 애써 떨쳐 버리려는 듯 갑자기 시녀들을 향해 오디세우스에게 얼른 먹고 마실 것을 갖다 주라고 일렀다.

시녀들이 가져온 음식을 오디세우스가 게걸스럽게 모두 먹어 치우자 나우시카아는 시녀들을 시켜 빨래를 개어 수레에 싣게 한 다음 수레에 올라타며 오디세우스에게 자신을 따라오라고 말했다. 그녀는 인적이 거의 없는 아테나에게 바친 백양나무 숲까지만 오디세우스를 안내할 생각이었다. 자신이 직접 갑자기 이방인을 데려가면 백성들이 그것을 보고 뒤에서 입방아를 찧으며 손가락질할지 몰랐기 때문이다. 그는 오디세우스에게 이런 생각을 조용히 털어놓았다.

"우리는 아테나 여신께 바친 백양나무 숲까지만 함께 가게 될 것입니다. 당신은 내가 먼저 출발하여 궁전에 도착할 시간이 될 때까지 그곳에 잠시 머물러 있으십시오. 그러다가 그때가 되었다고 판단되면 시내로 오셔서 알키노오스 왕의 궁전을 물으십시오. 아버지의 궁전은 아주 독특하게 지어서 누구라도 쉽게 찾을 수 있습니다. 궁전에 도착하시거든 옥좌에 앉아 계시는 우리 아버지보다는 먼저 그 옆에 계신 어머니에게 애원하십시오. 그래야 당신은 고향에 돌아가 가족들을 만날 수 있을 것입니다. 우리 어머니는 아마 화롯가에 앉아 실을 잣고 계실 겁니다.”

나우시카아는 말을 마치자 채찍으로 노새의 등을 가볍게 쳤다. 그녀는 앞장서서 가는 내내 채찍을 거의 쓰지 않았다. 시녀들과 오디세우스가 걸어서 여유롭게 따라올 수 있도록 하기 위해서였다. 해 질 무렵 그들은 마침내 아테나에게 바친 백양나무 숲에 도착했다. 오디세우스는 얼른 나우시카아에게 작별 인사를 건넨 뒤 한적하고 아늑한 곳

Valentin Aleksandrovich Serov, 〈오디세우스와 나우시카아〉, 1910

에 자리를 잡더니 아테나에게 자신이 측은하면서도 사랑스러운 모습
으로 알키노오스왕과 아레테 왕비를 만나게 해 달라고 간절히 기도했
다. 아테나는 그의 기도를 들었지만 모습을 드러내지는 않았다. 오디세
우스가 무사히 고향에 도착할 때까지는 괜히 그를 싫어하는 포세이돈
의 기분을 상하게 하고 싶지 않았기 때문이다.

제6권 바닷가 강어귀 빨래터에서 나우시카아 공주를 만나는 오디세우스

오디세우스에게
고향에 데려다주겠다고 약속하는
알키노오스 왕

오디세우스가 아테나의 안내로 파이아케스족의 궁전에 도착하다
알키노오스 왕이 오디세우스를 고향까지 호송해서 데려다주기로 결심하다
오디세우스가 칼립소의 섬으로부터 궁전에 오기까지의 과정을 이야기하다

나우시카아 공주가 먼저 떠난 뒤 오디세우스가 머리에 물동이를 인 소녀로 변신한 아테나의 안내로 안개에 싸인 채 파이아케스족의 궁전에 도착한다. 그는 아름다운 궁전의 정원을 보고 감탄을 금치 못한다.

오디세우스가 갑자기 나타난 자신을 보고 깜짝 놀라는 왕비 아레테의 무릎을 잡고 고향으로 돌려보내 달라고 간청한다. 알키노오스 왕이 원로 족장 에케네오스의 제안으로 오디세우스를 탄원자로 받아들인다.

오디세우스가 알키노오스와 아레테에게 칼립소의 섬 오기기에에 상륙해서 궁전에 도착할 때까지의 과정을 자세하게 이야기해 준다. 알키노오스가 오디세우스에게 안전하게 고향까지 데려다주겠다고 약속한다.

오디세우스가 아테나에게 바친 백양나무 숲에서 여신에게 자신을 도와달라고 기도를 하고 있는 사이, 먼저 출발한 나우시카아는 궁전에 도착하여 대문 앞에 노새들을 세워 놓고 안으로 들어섰다. 오라비들이 짐수레에서 노새들을 풀고 빨래한 옷들을 안으로 나르는 동안 그녀는 침실로 들어섰다. 그러자 아페이레Apeire 출신의 늙은 시녀 에우리메두사Eurymedousa가 불을 켜주고 그녀의 시중을 들어주었다.

이때쯤 오디세우스가 뒤늦게 시내를 향해 출발하자 아테나는 그의 주변에 안개를 뿌려서 그를 보호했다. 파이아케스족 백성들이 이방인을 보고 조롱하거나 출신을 캐물을까 걱정이 되었기 때문이다. 오디세우스가 막 시내로 접어들자 아테나가 머리에 물동이를 인 소녀의 모습을 하고 나타났다.

오디세우스는 소녀를 보자 얼른 나우시카아가 알려 준 대로 알키노오스 왕의 궁전으로 가는 길을 물었다. 소녀는 자기 집과 아주 가까운 곳에 궁전이 있다며 선뜻 길을 안내하겠다고 나섰다. 아테나는 앞장서서 가면서 누구를 쳐다보거나 아무것도 묻지 말라고 주의를 주었다. 하지만 그건 기우에 불과했다. 안개가 그의 주위를 감싸고 있는 터라 사람들이 그의 존재를 전혀 알아차리지 못했기 때문이다.

오디세우스가 알키노오스의 궁전 대문에 도착하자 아테나는 왕비 아레테의 족보를 자세하게 설명해 주었다. 그녀의 말에 따르면 거인족 기간테스Gigantes의 왕 에우리메돈Eurymedon의 막내딸 페리보이아Periboia가 바다의 신 포세이돈과 동침하여 나우시토오스를 낳았다. 그 후 나우시토오스는 렉세노르Rhexenor와 알키노오스라는 두 아들을 두었는데, 그중 렉세노르가 외동딸 아레테만 남기고 일찍 죽자 그의 형제 알키노오스가 조카 아레테를 아내로 맞이하여 딸 나우시카아를 낳았다는 것이다.

아레테는 지상에서 가장 존경받는 아내 중 하나였다. 그녀는 남편과 자식들과 심지어 백성들로부터도 존경을 한몸에 받았다. 백성들은 아레테가 지나가면 마치 여신처럼 그녀를 높이 우러러보았다. 특히 아레테는 분별력이 뛰어나 백성들의 분쟁을 해결해 주는 일이 적지 않았다. 소녀의 모습을 한 아테나는 이 점을 강조하며 그녀의 마음만 움직이면 오디세우스가 고향 땅을 밟을 희망이 있을 것이라고 귀띔해 주고 슬그머니 사라졌다.

그 후 오디세우스는 파이아케스족의 궁전으로 들어서며 그 화려함과 웅장함에 감탄을 금치 못했다. 궁전 건물들은 햇빛이나 달빛과 같은 광채에 휩싸여 있었고, 주변은 청동 담으로 둘러쳐 있었으며, 대문은 황금 문, 문고리들은 황금으로 되어 있었고, 청동 문턱 양편으로는 은제 문설주가 서 있었다. 대문 앞쪽 양편으로는 대장장이의 신 헤파이스토스가 만들어 준 황금으로 만든 개들과 은으로 만든 개들이 떡 버티고 서 있었다.

또한 궁전의 홀 안 여기저기에는 안락의자들이 놓여 있었고, 알키노오스와 파이아케스족의 12명의 족장이 그 위에 앉아 연회를 벌이곤 했다. 몇몇 대좌 위에는 황금으로 만든 소년들이 횃불을 들고 밤에 궁전에서 벌어지는 연회를 환히 밝혀 주었다. 궁전에는 모두 50명의 시녀가 있었다. 그들은 곡식을 빻기도 하고 베를 짜기도 하면서 쉴 새 없이 움직였다. 파이아케스족 남자들은 배를 모는 기술이 아주 뛰어났다. 또한 여자들은 수공예의 여신이기도 했던 아테나의 은총을 받아 특히 베를 짜는 일에 재능이 남달랐다.

궁전 대문 옆으로는 큰 정원이 있었고, 그 안에는 배나무, 석류나무, 사과나무, 무화과나무, 올리브나무, 포도나무 등 온갖 과일나무들이 즐비해 사시사철 끊이지 않고 꽃을 피워 대며 과일을 공급해 주고 있었다. 이 뿐만이 아니었다. 정원 안 포도밭 옆 남새밭에서는 갖가지 채소들이 자라 왕실의 반찬거리 역할을 충실히 해냈다. 정원에서는 2개의 샘이 솟아나, 하나는 정원 전체의 식물에 물을 공급했고, 다른 하나는 왕실뿐 아니라 시민들에게도 식수를 제공했다.

오디세우스가 궁전 안으로 깊숙이 들어서니 때마침 알키노오스와 12명의 족장이 잠들기 전 항상 그런 것처럼 자신들의 수호신 헤르메스에게 헌주를 하고 연회를 벌이고 있었다. 오디세우스는 안개에 싸인 채 알키노오스와 아레테 쪽으로 가더니 왕비 앞에 섰다. 바로 그 순간 안개가 걷히고 좌중에 있는 모든 사람이 어디선가 갑자기 나타난 오디세우스의 모습을 보고 깜짝 놀랐다. 오디세우스는 얼른 땅바닥에 무릎을 꿇고 왕비의 무릎을 부여잡은 채 천신만고 끝에 파이아케스족의 나라를 찾아온 자신을 불쌍하게 여겨 제발 뿌리치지 말고 고향으로 보내 달라고 애원했다.

모두가 졸지에 벌어진 일이라 어안이 벙벙한 사이에 원로 족장 에

August Malmström, 〈알키노오스 앞의 오디세우스〉, 1853

Jean Jacques Lagrenée, 〈알키노오스 궁전에서의 오디세우스〉, 1750-1791

케네오스Echeneos가 연장자답게 제일 먼저 말문을 열었다. 그는 언변에 능했고 그동안 나라에서 일어난 과거사도 가장 많이 알고 있었다. 그는 손님을 바닥에 무릎을 꿇린 채 내버려 두는 것은 예의에 벗어난다고 생각했다. 그래서 알키노오스에게 손님을 일으켜 세워 의자에 앉히고 탄원자들의 수호신 제우스신께 헌주를 하자고 제안했다. 오디세우스를 그들의 탄원자로 받아들이자는 뜻이다.

알키노오스는 원로 족장의 말을 알아듣고 얼른 오디세우스를 일으켜 세우더니 자기 옆에 앉아 있던 가장 사랑하는 아들 라오다마스 Laodamas를 일어나게 하고 그 자리에 앉혔다. 그러자 시녀 하나가 손 씻을 물 항아리를 가져왔고, 다른 시녀는 그의 앞에 빵을 비롯해서 음식을 풍성하게 차려 놨다. 오디세우스가 음식을 먹기 시작하자 알키노오스가 전령 폰토노오스Pontonoos에게 헌주할 포도주를 가져와 모두에게 따라 주라고 명령했다. 이윽고 모두가 신들의 왕 제우스에게 헌주하고 나자 마침내 알키노오스가 입을 열었다.

"여러분, 파이아케스족의 족장들이여, 모두 내 말을 들으시오. 나는 조금 전 이 이방인을 보고 결심한 바를 여러분들에게 밝히겠소. 나는 날이 밝는 대로 여러분 족장들을 비롯한 백성들 전체 회의를 소집하여 이 이방인을 고향으로 무사히 데려다줄 방도를 마련해 볼 참이오. 그는 혹시 고향에 도착해서라면 몰라도, 우리나라에서 고향으로 돌아가는 도중에는 그 어떤 불행한 일도 당해서는 안 될 것이오. 아마 그는 우리를 시험하기 위해 하늘에서 내려온 신이실지도 모르오. 그동안 우리가 어떤 신께 제물을 바칠 때면 그 신은 항상 모습을 드러내고 우리와 함께 식탁에 앉으셔서 음식을 드셨으니까 하는 말이오. 가끔 우리가 혼자 길을 가다가 신을 만나더라도 그분은 결코 자신의 신분을 숨기신 적이 없으셨지요. 그건 우리가 외눈박이 키클로페스족이나 거인 종족 기간테스처럼 신들과 아주 가까운 사이이기 때문이오.”

오디세우스는 알키노오스의 말이 끝나기가 무섭게 그 자리에서 벌떡 일어나 자신은 결코 신이 아니라 한낱 인간에 불과하다는 사실을 분명히 밝힌 다음, 인간으로서 지금까지 자신이 겪은 고난을 말하라면 얼마든지 이야기할 수 있지만, 지금은 우선 저녁을 먹고 좀 쉬게 해 달라고 간청하며 이렇게 말했다.

“알키노오스 왕이시여, 가증스러운 배腹보다 더 파렴치한 건 없습니다. 배는 우리가 지쳐 힘들거나 몹시 슬플 때도 자기만 생각해 달라고 억지를 부립니다. 녀석은 제가 겪은 모든 걸 잊게 하고 나더러 무조건 먹고 마시라고 재촉하여 자기만 채워 달라고 보채지요. 어쨌든 저를 고향으로 보내 주시겠다니 정말 감사합니다. 저는 제 고향을 볼 수만 있다면 죽어도 여한이 없습니다.”

모두가 오디세우스의 말에 고개를 끄덕이며 그가 충분히 먹고 마시도록 그를 방해하지 않고 자신들도 밤이 이슥할 때까지 실컷 먹고 마시고 난 다음 각자 내일을 기약하며 집으로 돌아갔다. 이제 궁정 홀에는 오디세우스와 알키노오스 그리고 아레테만 남아 있었다. 시녀들이 빈 그릇들을 모두 치우고 나자 아레테가 먼저 말문을 열었다. 그녀는 아까부터 오디세우스가 입은 옷을 유심히 바라보다가 그 옷이 자기가 시녀들과 함께 만든 것임을 즉각 알아보고, 그에게 도대체 그 옷은 어디서 얻었냐고 물었다. 그러자 이제 원기를 회복한 오디세우스가 막힘없이 술술 말을 쏟아 냈다.

“왕비님, 제가 겪은 고난을 다 열거하기는 어렵습니다. 신께서 제게 내린 고난은 헤아릴 수도 없이 많으니까요. 하지만 왕비님이 물으시

Herbert James Draper, 〈칼립소의 섬〉, 1897

니 간단하게라도 말씀드리겠습니다. 이곳으로부터 아주 멀리 떨어진 바다 한가운데에 오기기에라는 섬이 있는데 그곳에는 아틀라스~Atlas~의 딸인 칼립소라는 요정이 살고 있습니다. 그녀는 무서운 요정이라서 신이나 인간도 그녀와 가까이 하지 않습니다. 그런데 불행하게도 제가 그녀와 함께 지내게 될 줄이야 어떻게 알았겠습니까?

트로이에서 귀향하던 저는 티탄 신족의 태양신 헬리오스의 미움을 받아 난파당한 채 부하들을 모두 잃고 배 파편을 잡고 10일 동안이나 떠돌아다니다가 간신히 그 섬에 흘러 들어가게 되었습니다. 칼립소는 제가 섬에 도착하자 저를 지극정성으로 섬기고 보살펴 주었습니다. 그녀는 저를 불로불사의 몸으로 만들어 줄 테니 자기와 함께 영원히 같이 살자고 설득했습니다. 하지만 그녀는 고향으로 돌아가려는 제 마음을 바꿀 수 없었습니다. 저는 7년 동안이나 그녀와 함께 지내는 동안 고향이 그리워 눈물을 흘리지 않은 날은 하루도 없었습니다.

그런데 8년째가 되자 그녀는 지쳐서 그랬는지, 아니면 제우스 신

제7권 오디세우스에게 고향에 데려다주겠다고 약속하는 알키노오스 왕

의 명령으로 그랬는지 갑자기 제게 얼른 고향으로 돌아갈 준비를 하라고 했습니다. 이어 제게 뗏목을 하나 만들게 하더니 포도주나 양식뿐 아니라 많은 선물도 함께 실어 주며 저를 떠나보냈습니다. 뗏목을 타고 항해하기를 18일째, 드디어 멀리서 당신들의 나라가 희미하게 보이기 시작했습니다. 하지만 제 고난은 여기서 끝날 운명이 아니었습니다.

원래부터 저를 탐탁치 않게 여기셨던 포세이돈 신께서 마침 아이티오페스족의 나라에서 돌아오시다가 저를 발견하고 폭풍우를 일으켜 뗏목을 산산조각 내 버렸기 때문입니다. 저는 젖 먹던 힘을 다해 이틀 동안이나 헤엄을 쳐서 위험한 바위투성이의 해안가를 피해 가까스로 어떤 강어귀에 도착했습니다. 이어 뭍에 오르자마자 기진한 나머지 바로 그 자리에 엎어져 쓰러졌습니다. 한참 만에 다시 정신을 차린 저는 주변을 살펴보다가 언덕 위 비교적 안전한 숲속 덤불 속으로 기어들어가 낙엽을 덮고 곯아떨어져 하룻밤을 지냈습니다. 아침이 되자 밖에서 갑자기 여자들의 비명이 들려왔습니다.

잠에서 깨어 나가보니 나우시카아 공주님과 시녀들이 마침 그곳으로 빨래를 하러 왔다가 빨래가 마르기를 기다리면서 공놀이를 하고 있었는데, 어떤 시녀가 놓친 공이 그만 강물에 빠지는 바람에 비명을 질렀던 것입니다. 그런데 거기서 처음 뵙게 된 공주님은 시녀들 사이에서 단연 돋보여 마치 여신과도 같았습니다. 저는 당연히 공주님께 탄원을 드렸고, 공주님은 친절하게도 허기지고 목마른 제게 빵과 포도주를 충분하게 주었을 뿐 아니라 강에서 목욕도 하게 해 주셨습니다. 제가 입고 있는 바로 이 옷도 그때 공주님께서 주신 것입니다."

오디세우스의 말을 듣더니 알키노오스가 이상하다는 듯이 물었다. 왜 공주가 곧바로 그를 궁전으로 데려오지 않았냐는 것이다. 그러

자 오디세우스는 공주를 나무라지 말라고 하면서 자신이 한발 늦게 궁전에 도착한 것은 이방인과 공주가 함께 가는 것을 보면 백성들이 이상하게 생각할까 봐 그것을 염려한 공주가 낸 묘안이라고 설명해 주었다. 알키노오스는 오디세우스의 이야기를 듣다 보니 점점 그의 인품에 매료되어 이렇게 말했다.

"이방인이여, 당신처럼 훌륭한 사람을 내 사위로 삼아 내 곁에 두면 얼마나 좋을까요? 당신이 자진해서 이곳에 머물겠다고 하신다면 당신에게 집과 재산을 줄 것이오. 하지만 우리 파이아케스족 그 누구도 당신 의사를 무시하고 당신을 붙잡는 일은 결코 없을 것이니 걱정하지 마시오. 나는 내일 당장 항해에 능한 우리 파이아케스족 정예 병사들에게 당신을 고향까지 호송해 드리라고 명령할 것이오. 당신은 그냥 눈을 붙이고 있기만 하면 되오. 당신이 깨어나면 아마 우리 병사들이 당신을 벌써 고향에 데려다 놓았을 것이오. 우리 병사들은 예전에 크레타의 왕 라다만티스Rhadamanthys를 대지의 여신 가이아Gaia의 아들 티티오스Tityos에게 데려다줄 때도 당일에 임무를 완수하고 돌아왔소. 티티오스가 사는 섬은 이곳에서 가장 멀다는 에우보이아보다도 멀리 떨어져 있었지만, 그들은 고국으로 돌아와서도 전혀 피곤한 기색을 보이지 않았소. 당신은 곧 우리 병사들이 얼마나 뛰어난 뱃사람인지 알게 될 것이오."

오디세우스는 알키노오스의 말을 듣고 기쁨을 감추지 못했다. 그는 마음속으로 신들의 왕 제우스에게, 알키노오스에게는 축복을 내려주고 자신은 무사히 고향에 가게 해 달라고 기도했다. 그들이 이렇게 이야기를 나누는 사이 아레테는 시녀들을 시켜 객사에 오디세우스의 잠자리를 마련하게 하고 그를 그곳으로 데려다주도록 했다.

제8권

환송 연회에서
가인의 노래를 듣고 눈물을 흘리는
오디세우스

알키노오스가 오디세우스를 호송할 선원들을 선발하여 출항 준비를 시키다

가인 데모도코스가 환송 연회에서 트로이의 목마에 대해 노래하다

오디세우스가 그 노래를 듣고 눈물을 흘리자 알키노오스가 그 이유를 묻다

아테나가 알키노오스의 전령 모습을 하고 시내를 돌아다니며 백성들에게 회의장으로 모이라고 알린다. 알키노오스가 백성들에게 이방인을 고향으로 돌려보내자고 제안한다. 알키노오스가 오디세우스를 호송할 선원들을 선발하여 출항 준비를 시킨다.

환송 연회에 이어 운동 경기가 벌어진다. 오디세우스가 원반던지기 경기에 참여하여 그를 무시하던 파이아케스족 젊은이들의 코를 납작하게 만든다. 가인 데모도코스가 그리스 신들의 최고의 스캔들인 아레스와 아프로디테의 불륜에 대해 노래한다.

알키노오스를 비롯한 파이아케스족 족장들이 오디세우스에게 푸짐한 선물을 안겨 준다. 가인 데모도코스가 다시 포르밍크스를 연주하며 트로이의 목마에 대해 노래한다. 오디세우스가 그 노래를 들으면서 눈물을 흘리자 알키노오스가 그 이유를 묻는다.

다음 날 동이 트기가 무섭게 아테나는 알키노오스 왕의 전령 모습을 하고 집집마다 찾아다니며 파이아케스족 백성들을 회의장으로 불러 모았다. 그녀는 백성들에게 어서 회의장으로 와서 어제 갓 도착한 이방인을 한번 구경해 보라고 외쳤다. 그래서 알키노오스가 정작 전령을 보내 공지한 적이 없었는데도 회의장은 금세 파이아케스족 백성들로 북새통을 이루었다.

이윽고 알키노오스가 오디세우스를 데리고 회의장으로 들어서서 돌을 깎아 만든 자리에 앉았다. 그러자 회의장에 운집한 백성들은 왕의 옆에 앉아 있는 오디세우스의 모습을 보고 감탄을 금치 못했다. 아테나가 그를 예전보다 더욱더 돋보이도록 만들었기 때문이다. 알키노오스는 웅성거리던 백성들이 이내 조용해지며 일제히 시선을 자신에게로 향하자 목청을 돋우어 말했다.

"파이아케스족 백성들이여, 나는 여기 있는 이 이방인이 누구인지 그리고 어디서 왔는지 아직 모른다. 그는 여기저기를 떠돌아다니다가 우리에게로 와서는 고향으로 데려다주기를 간청하고 있다. 그러니 이 방인이 찾아와 부탁하면 언제나 그랬듯이 지체 없이 그의 청을 들어주도록 하자. 우리나라에 와서 도움을 요청하는 사람은 누구든지 헛되이 돌아가서는 안 된다.

우선 항구에 배 한 척을 띄워 놓고 정예 병사 52명을 선발하도록 하자. 그들은 배가 출항할 수 있도록 만반의 준비를 시켜 놓고 난 다음 우리 궁전에 와서 식사를 할 것이다. 나는 그들을 위해 먹고 마실 것을 아낌없이 풍족하게 내놓을 것이다. 아울러 여기에 계신 12분의 족장은 나랑 함께 우리 궁전에 가서 이 이방인을 위해 환송 연회를 베풀어 주도록 합시다. 아무도 거절하지 않기를 바라오. 그리고 전령은 어서 가서 가인 데모도코스Demodokos를 불러오도록 하라. 그는 노래에 정말 재능이 뛰어난 자이다. 마음만 먹으면 언제 어디서든지 사람들의 흥을 돋우어 주니 말이다.”

알키노오스가 이렇게 말하고 앞장서서 가니 12명의 족장이 홀을 들고 그 뒤를 따랐고, 전령 폰토노오스는 데모도코스를 데리러 갔다. 이어 52명의 정예 병사들도 선발되어 재빨리 출항 준비를 마친 다음 성대한 연회가 벌어지고 있는 궁전의 홀로 갔다. 잠시 후 전령과 함께 가인 데모도코스도 도착했다. 신들은 그에게서 시력을 빼앗은 대신 사람들의 심금을 울릴 수 있는 연주와 노래 솜씨를 주었다. 전령이 홀 한가운데에 있는 큰 기둥에 안락의자 하나를 대어 놓고 데모도코스를 앉힌 다음 기둥의 못에 포르밍크스Phorminx를 걸어 놓고 그의 손을 잡아당겨서 악기 위치를 알려 주었다. 전령은 데모도코스 앞에 음식과 포도주도 갖다 놓았다. 연회가 한창 무르익을 무렵 그가 드디어 포르밍크스를 연주하며 노래를 부르기 시작했다.

데모도코스가 노래한 대목은 바로 트로이 전쟁 때 오디세우스가 아킬레우스와 벌인 말다툼 장면이었다. 두 사람은 전쟁 막바지에 어느 흥겨운 연회에서 트로이의 함락 방법을 놓고 격렬하게 말다툼을 벌인 적이 있었다. 아가멤논은 그 말다툼을 보고도 이상하게도 대단히 흡족한 표정을 지었다. 트로이 전쟁의 전운이 감돌고 있을 때 그가 델피의 아폴론 신전에 가서 트로이를 언제 함락시킬 수 있을지 묻자 '오디세우스와 아킬레우스, 두 장수가 말다툼을 벌이면 그리스군이 승리할 때가 그리 멀지 않다'라는 신탁을 들은 적이 있기 때문이었다.

사람들은 데모도코스의 노래를 듣고 즐거워했으나 오디세우스만은 그렇지 않았다. 그는 데모도코스가 노래를 부르는 동안에는 울음을 참으며 커다란 손으로 겉옷을 들어 얼굴을 가렸다가, 잠시 노래를 쉬면 그사이에 흘러내린 눈물을 훔쳐 내곤 했다. 다른 사람들은 그가 우는 것을 몰랐으나 알키노오스만은 그것을 알아차렸다. 그는 오디세

Francesco Nenci, 〈알키노오스 궁전에서의 만찬〉, 1833
그림 한가운데 왼손으로 얼굴을 가리고 있는 인물이 오디세우스, 바로 그 위 구름 위에 앉아 있는 인물은 아테나, 왼쪽에서 포르밍크스를 연주하고 있는 인물은 데모도코스다. 오른쪽에 아레테, 알키노오스, 나우시카아가 앉아 있다

제8권 환송 연회에서 가인의 노래를 듣고 눈물을 흘리는 오디세우스

Francesco Hayez, 〈알키노오스 궁전에서의 오디세우스〉, 1814-1815
그림 한가운데 고개를 푹 숙이고 두손으로 얼굴을 가린 채 울고 있는 인물이 오디세우스다

우스의 기분을 전환해 주려고 갑자기 모두에게 이렇게 말했다.

"자, 파이아케스족 족장들이여, 모두 내 말을 들으시오. 나는 이제 포르밍크스 소리에 싫증이 났소. 이번에는 밖으로 나가서 권투와 레슬링 그리고 멀리뛰기와 달리기 경기를 한번 하도록 합시다. 그래야 이 이방인이 고향에 돌아가서도 그곳 사람들에게 우리가 그 방면에 얼마나 뛰어난 재능을 가졌는지 말해 줄 수 있을 것 아니오."

알키노오스가 이렇게 말하고 아까 백성들이 모였던 회의장으로 향하자 모두 그를 따라갔다. 수많은 젊은이가 경기에 참여하겠다고 일어섰다. 그중에는 전쟁의 신 아레스처럼 용감하고 외모도 준수하고 몸매도 뛰어난 에우리알로스Euryalos와 알키노오스의 세 아들 라오다마스, 할리오스Halios, 클리토네우스Klytoneus도 있었다. 맨 먼저 달리기 경기에서는 클리토네오스가 우승했고, 이어 레슬링, 멀리뛰기, 원반던지기, 권투 경기에서는 각각 에우리알로스, 암피알로스Amphialos, 엘라트레우스Elatreus, 라오다마스가 우승했다.

모두 경기에 열중해서 흥겨워하고 있는 사이 알키노오스의 아들 라오다마스가 일어나 큰 소리로 동료 젊은이들에게 이방인은 어떤 운동을 배웠는지 한번 물어보자고 제안했다. 그의 넓적다리나 장딴지 그리고 목덜미를 보면 예사 체격이 아니라 분명 규칙적으로 운동으로 단련한 몸매라는 것이다. 에우리알로스가 그의 말에 맞장구를 치며 오디세우스를 향해 조롱하듯이 배운 운동이 있으면 어디 한번 해 보라고 은근히 자존심을 건드렸다.

오디세우스는 약간 불쾌한 목소리로 자신은 여행으로 지친 몸이라 경기할 여력이 남아 있지 않다며 손사래를 쳤다. 에우리알로스가 기다렸다는 듯이 앞으로 나서서 그를 조롱했다. 보아하니 오디세우스는 운동에는 전혀 소질이 없어 보이고 장사와 거기에서 나오는 이문에나 관심이 있어 보인다는 것이다. 분노한 오디세우스가 그를 노려보며 대답했다.

"신은 누구에게든 모든 것을 다 주지 않는 법이지요. 그래서 어떤 사람은 외모는 다소 떨어져도 내면은 신처럼 우아하고, 또 어떤 사람은 외모는 당신처럼 신과 같이 훌륭하게 보여도 내면은 거지처럼 빈약한 것이지요." 그러고 나서 그는 벌떡 일어나 가장 크고 무거운 원반을 집어 빙빙 돌리더니 힘껏 날려 보냈다. 원반은 윙윙거리는 소리를 내며 멀리 날아가더니 그때까지 선수들이 던진 원반의 표식을 훌쩍 넘어갔다. 오디세우스는 의기양양해서 선수로 나선 파이아케스족 젊은이들을 향해 외쳤다.

Jean Broc, 〈파이아케스족 나라에서의 오디세우스〉, 19세기 초

　"자, 파이아케스족 젊은이들이여, 내가 던진 원반을 한번 따라잡아 보시오. 잠시 후에 나는 또 하나를 던질 것이오. 그것은 아마 먼저 던진 것보다 더 멀리 날아갈 것이오. 누구든지 나와 겨루어 볼 사람이 있으면 어디 한번 나서 보시오. 권투든 레슬링이든 달리기든 가리지 않겠소. 라오다마스 왕자님만 제외하고 누구든지 나오시오. 왕자님께서는 나를 손님으로 받아준 분의 아드님이기 때문에 그와는 겨루지 않겠소. 이 세상에 의지가지없는 자신을 따뜻하게 품어 준 분의 아드님에게 도전하는 바보가 어디 있겠소. 나는 활도 잘 다룰 줄 아오. 트로이에서 나를 능가하는 전우는 필록테테스밖에 없었소. 내 실력을 헤라클레스나 에우리토스 등 전설적인 영웅들과는 비교하지 않겠소. 그들은

신들과 재주를 겨루었던 사람들이기 때문이오. 하지만 현존하는 인간 중에는 아마 내 활 솜씨를 능가하는 사람은 없을 것이오. 나는 창도 궁사들이 날린 화살보다도 멀리 던질 수 있소. 하지만 달리기만은 당신들 파이아케스족 중 나를 능가하는 사람이 몇 있을 것이오. 나는 그동안 숱한 파도와 싸우면서 두 무릎의 힘이 풀리고 말았기 때문이오.”

오디세우스가 말을 끝내자 좌중은 찬물을 끼얹은 듯 조용해지고 아무도 그의 말에 토를 달지 못했다. 그러자 알키노오스가 사태를 수습하고 나섰다. 그는 오디세우스에게 이제 더 이상 아무도 그의 대단한 운동 실력을 무시하지 못할 것이라고 그를 달랜 뒤 부디 고향에 돌아가거든 파이아케스족의 재능도 그곳 사람들에게 말해 달라고 부탁했다. 이어 파이아케스족은 훌륭한 원반던지기 선수도, 레슬링 선수도, 권투선수도 아니지만, 날쌘 달리기 선수이고, 노련한 뱃사람들이자 춤과 노래에 정통한 사람들이라고 자랑했다.

그리고는 알키노오스는 오디세우스에게 파이아케스족의 춤 솜씨를 보여 줄 요량으로 춤에 능한 9명의 젊은이를 선발하더니 다시 데모도코스를 불러오게 하고 춤출 장소를 물색하여 원을 긋고 평평하게 땅을 골랐다. 이어 데모도코스가 그 한가운데에 서서 포르밍크스를 연주하며 노래를 부르자 젊은이들이 그를 에워싸고 발로 땅바닥을 치며 춤을 추기 시작했다. 오디세우스는 그들의 현란한 발 솜씨에 감탄을 금치 못했다. 이때 데모도코스가 부른 노래가 바로 그리스 신화에서 아레스가 헤파이스토스의 아내인 아프로디테와 한눈을 파는 장면이었는데, 다음과 같은 내용이었다.

대장장이의 신 헤파이스토스Hephaistos의 아내는 미의 여신이자 사랑의 여신 아프로디테Aphrodite였다. 헤파이스토스는 한쪽 발이 불편한데다가 얼굴까지 못생겼다. 그에 비해 아프로디테는 여신 중 가장 아름다웠다. 전혀 어울리지 않는 것 같은 두 신이 부부로 맺어진 것은 신들의 왕 제우스의 역할이 컸다. 제우스는 헤파이스토스로부터 많은 선물을 받고 두 신의 결혼을 성사시켰다. 헤파이스토스는 신들의 명장답게 많은 명품 무기와 장신구들을 손수 만들어 자신의 대장간에 보관하고 있었다.

하지만 아프로디테는 사랑과 미의 여신답게 대장간에서 항상 일만 하며 자신에게 거의 신경을 쓰지 않는 남편 헤파이스토스가 성에 차지 않았다. 그래서 제우스 못지않게 한눈을 많이 팔았다. 그중 가장 친밀했던 상대가 바로 전쟁의 신 아레스Ares였다. 아프로디테는 틈만 나면 트라케의 아레스의 궁전으로 가서 밀애를 즐겼다. 모든 신들이 그 사실을 알고 쑥덕거렸건만 정작 헤파이스토스만은 대장간에 틀어박혀 작업에 몰두하느라 전혀 눈치채지 못했다. 특히 티탄 신족의 태양신 헬리오스는 높은 하늘에서 지상을 내려다보고 있었기 때문에 지상에서 일어나는 일은 무엇이든지 속속들이 훤히 꿰고 있었다. 결국 그는 안타까운 마음에 헤파이스토스에게 두 신의 관계를 귀띔해 주었다.

헤파이스토스는 그 소식을 듣고 분노를 삭이며 며칠간 자신의 대장간에 틀어박혀 보이지도 않고 절대로 부술 수도, 끊을 수도 없는 쇠그물을 만들었다. 이어 그 그물을 자신의 침대 등에 쳐놓고는 마침 렘노스의 대장간에 볼일이 있어 올림포스 궁전을 나섰다. 아프로디테가 그 기회를 놓칠 리 없었다. 그녀는 헤파이스토스가 떠나는 것을 확인하고 얼른 아레스를 궁전으로 불러들였다. 하지만 그들은 침대에 오르자마자 갑자기 사방에서 헤파이스토스가 쳐놓은 쇠그물이 덮쳐와 꼼짝할 수가 없었다. 다시 헬리오스가 렘노스로 가던 헤파이스토스에게 이 사실을 알려 주었다. 헤파이스토스는 비통한 마음으로 부리나케 올림 포스의 궁전으로 돌아와서 마침 회의를 하던 신들에게 이렇게 말했다.

'신들이시여, 모두 우리 궁전에 와서 구경 좀 하십시오. 늘 나를 절름발이라고 놀리며 업신여기던 아레스와 제 아내 아프로디테가 정분이 났습니다. 아, 내가 태어나지 않았더라면 얼마나 좋았을까요? 자, 어서 우리 궁전에 오셔서 쇠그물에 포박된 채 내 침대에 엉겨 붙어 있는 내 아내 아프로디테와 아레스를 구경하십시오. 이 쇠그물은 내가 제우스 신에게 중매의 대가로 준 선물들을 돌려받기 전까지는 절대 풀어지지 않을 것입니다.'

헤파이스토스가 이렇게 말하자 여신들을 제외한 남신들이 그의 궁전으로 몰려왔다. 여신들이 오지 않은 것은 불륜 장면을 보기가 부

제8권 환송 연회에서 가인의 노래를 듣고 눈물을 흘리는 오디세우스

끄러웠기 때문이다. 남신들은 헤파이스토스의 침대 위에서 벌어진 광경을 보고 계속 히죽거렸다. 이 자리에서 아폴론이 곁에 있던 헤르메스에게 물었다. 아레스처럼 저렇게 쇠그물에 걸려 우세를 당해도 아프로디테와 한번 잠자리를 하고 싶으냐는 것이다. 그러자 헤르메스는 자신은 이보다 더한 쇠그물로 묶이고 여신들마저 와서 자신을 비웃어도 아프로디테와 잠자리를 한번 하고 싶다고 대답했다. 신들이 헤르메스의 대답을 듣고 박장대소를 터뜨렸다.

하지만 포세이돈만은 웃지 않은 채 헤파이스토스에게 자꾸만 아레스를 풀어 주라고 부탁했다. 아레스는 틀림없이 헤파이스토스에게 간통에 대한 위자료를 지불할 것이며 만약 그가 약속을 지키지 않으면 자신이 대신 물어 주겠다는 것이다. 헤파이스토스는 포세이돈이 계속해서 부탁하자 마지못해 아레스와 아프로디테를 옭아매고 있던 쇠그물을 풀어 주었다. 그물에서 풀려나자마자 아레스는 자신의 궁전이 있는 트라케로 도망치듯 달려가고, 아프로디테는 키프로스Kypros의 파포스Paphos로 돌아갔다. 이 사건 이후로 그동안 은밀하게 만났던 아레스와 아프로디테는 이제 드러내 놓고 만났다.

이상이 데모도코스가 부른 노래의 내용이었다. 모두가 가인의 노래를 듣고 즐거워했다. 노래가 끝나자 알키노오스가 이번에는 그의 아들 할리오스와 라오다마스에게 춤을 추어 보라고 명령했다. 오디세우스가 그들이 춤을 추는 것을 보니 과연 춤에 있어서는 누구도 그들을 능가할 수 없었다. 더구나 그들은 폴리보스Polybos가 만들어 준 자줏빛 공을 갖고 놀면서 춤을 췄다. 한 사람이 공중 높이 공을 던지면 다른 사람이 높이 뛰어올라 발이 땅에 닿기 전에 그 공을 잡아 내려와 춤을 추는 식이었다. 오디세우스는 그들의 빼어난 춤 솜씨를 보면서 찬사를 아끼지 않았다. 그 모습을 보고 알키노오스가 말했다.

"파이아케스족 족장들이여, 제 말을 들으시오. 이 이방인은 참 지혜로운 사람인 것 같습니다. 그에게 걸맞은 멋진 선물을 주도록 합시다. 이 나라에는 총 12명의 훌륭한 족장이 계시는데, 저는 13번째 족장으로서 이 나라 왕입니다. 그러니 우리 13명이 각자 외투와 웃옷 한 벌씩 그리고 황금 1탈란톤씩 선물로 주도록 합시다. 그리고 에우리알로스도 이방인의 마음을 상하게 하는 말을 했으니 그에게 선물을 주고 화해하도록 하라."

12명의 족장은 알키노오스의 말에 절로 고개를 끄덕이며 집으로 전령을 보내 오디세우스에게 줄 선물을 가져오도록 했다. 앞서 오디세우스의 운동 실력을 놓고 비아냥댔던 에우리알로스는 그 자리에서 자신이 갖고 있던 청동 칼을 오디세우스에게 내밀며 조금 전 무례를 사과하며 화해를 청했다. 그 칼은 손잡이는 은이고 칼집은 상아여서 언뜻 보기에도 기품이 있어 보였다. 오디세우스가 화해를 받아들인다는 표시로 칼을 받아 곧바로 어깨에 찼다.

얼마 지나지 않아 각 족장의 전령들이 선물을 궁전으로 가져왔고, 알키노오스도 약속한 선물을 보태 한곳에 모아 놨다. 그러자 왕비 아레테가 궁에 있는 가장 좋은 궤짝을 몇 개 골라 그 안에 선물들을 차곡차곡 넣고 단단한 끈으로 묶은 다음 오디세우스를 불러 직접 매듭을 짓도록 했다. 귀향 도중이나 후에 도난당할 위험을 미리 방지하기 위해서였다. 그러자 오디세우스는 궤짝들을 끈으로 단단히 묶은 다음 예전에 키르케Kirke에게서 배운 적이 있는, 누구도 풀지 못하는 매듭을 지었다.

바로 그때 시녀가 와서 오디세우스에게 목욕물을 데워 놓았다고 말했다. 오디세우스는 그 소리를 듣자 반색을 했다. 그는 칼립소의 섬을 떠난 이후로 목욕을 제대로 한 적이 전혀 없었기 때문이다. 시녀들이 목욕을 시켜준 다음 기름을 발라 주고 멋진 옷을 입혀 주자 오디세우스는 아주 딴사람처럼 보였다. 나우시카아는 우연히 그가 지나가는 모습을 보고는 감탄을 금치 못하며 고향에 돌아가서도 생명의 은인인 자신을 잊지 말라고 부탁했다. 그러자 오디세우스는 만약 고향에만 돌아갈 수 있다면, 그곳에서도 자신을 살려 준 그녀를 절대로 잊지 않겠다고 약속했다.

오디세우스가 목욕을 마치고 알키노오스 옆자리에 앉자 전령이 다시 가인 데모도코스를 데려와 회중 한가운데 있는 기둥에 기대어

서게 했다. 오디세우스가 돼지 등심을 한 토막 자르더니 전령을 불러 그에게 마음의 표시이니 갖다 주라고 했다. 데모도코스는 기쁜 표정을 지으며 그것을 받았다. 모두가 한창 먹고 마시는 중에 오디세우스가 데모도코스를 향해 말을 던졌다.

"데모도코스여, 당신에게 영감을 불러일으키신 분이 무사 여신이든 아폴론 신이시든 나는 당신을 무척 존경하오. 당신은 그리스군이 트로이에서 행한 일들이며 당한 불행을 마치 그 자리에 있었던 것처럼 아주 생생하게 노래했기 때문이오. 자, 이번에는 트로이의 목마에 대해 노래해 주시겠소? 에페이오스Epeios가 아테나 여신의 도움으로 목마를 만들자 오디세우스가 정예 병사 39명을 뽑아 그 안에 숨기고 성안으로 잠입해 들어간 적이 있었지요? 당신이 이번에도 그 상황을 제대로 이야기해 준다면 고향에 돌아가서도 내 모든 사람에게 신이 선사하신 당신의 예술적 영감을 칭송하고 돌아다닐 것이오."

이 말을 듣고 데모도코스가 신의 영감을 받아 노래하기 시작했다. 노래는 트로이 해안에 정박해 있던 그리스 함선들이 거짓으로 퇴각하여 테네도스Tenedos섬 뒤에 숨은 뒤 그리스군이 해안에 남겨 놓고 간 거대한 목마가 트로이 성안으로 옮겨진 대목부터 시작되었다. 당시 트로이인들은 목마를 놓고 의견이 3가지로 갈렸다. 하나는 그리스군이 남겨 놓은 것은 꼴 보기도 싫다며 목마를 도끼로 무자비하게 부숴 버리자고 했고, 또 하나는 산꼭대기로 가져가 산 아래 바위에 던져 버리자고 했으며, 마지막은 트로이 성안으로 가져가 전승 기념물로 남겨 두자고 했다. 트로이인들은 신들이 예정한 대로 갑론을박 끝에 그중 마지막 의견을 좇아 목마를 성안으로 들여서 몰락의 길로 접어들었다.

데모도코스는 또한 그리스 정예 병사들이 목마 속 은신처에서 나

그리스 도기 그림, 데이포보스의 집에서 헬레네를 발견한 메넬라오스가 헬레네를 칼로 치려다가 그녀의 미모에 놀라 칼을 떨어뜨린다. 그 광경을 아프로디테와 에로스가 쳐다본다

와 트로이의 성문을 열어 주는 장면과 거짓으로 퇴각했던 그리스군이 돌아와 트로이 성을 함락시키는 장면, 그리고 오디세우스가 메넬라오스와 함께 파리스가 죽은 뒤 헬레네를 차지했던 데이포보스Deiphobos의 집에 찾아가서 아테나의 도움으로 그를 처치하고 비밀 은신처에 꼭꼭 숨어 있던 헬레네를 찾는 장면 등을 노래했다.

데모도코스가 노래를 마치자 다시 오디세우스의 눈시울이 붉어지더니 금세 눈물이 흘러 두 볼을 적셨다. 이어 마치 침공한 적에 맞서 싸우던 남편이 장렬하게 전사하자 아내가 그 위에 쓰러져 오열하듯 오디세우스의 눈에서 뜨거운 눈물이 주룩주룩 흘러내렸다. 그때 아무도 그가 눈물을 흘리는 걸 보지 못했으나 또다시 알키노오스만은 그 사실을 알아챘다. 오디세우스 바로 옆에 앉아 있어서 그가 울음을 참으며 내는 신음소리를 들을 수 있었기 때문이다. 알키노오스가 좌중을 돌아보며 말했다.

"파이아케스족 족장들이시여, 내 말을 들어 보시오. 자, 데모도코스는 이제 포르밍크스 연주를 중단하도록 하라. 노래가 모든 사람을 즐겁게 해 주는 것은 아닌 것 같소. 우리가 저녁 식사를 하면서 그가 노래하기 시작한 그때부터 저 이방인은 계속해서 울고 있으니 하는 말이오. 아마도 이방인에게 엄청난 슬픔이 엄습한 것 같소. 자, 그러니 가인은 이제 연주를 중단하는 것이 좋을 것 같다. 사실 우리가 여기에 모여 연회를 연 것도, 그를 고향으로 호송해 주기로 한 것도, 선물을 준 것도 모두 저 이방인을 위한 것이 아니겠소? 그는 탄원자로서 우리 형제나 마찬가지이니까 말이오.

그리고 이방인이여, 당신도 이제 내가 묻는 말에 솔직하게 대답해 주시오. 도대체 당신의 이름은 무엇이오? 또한 당신의 고향 도시 이름은 무엇이오? 그것을 알아야 우리가 당신을 고향으로 데려다줄 수 있을 것 아니오. 우리 파이아케스족의 배에는 키도 없고 키잡이도 없소. 우리 배들은 스스로 인간들의 생각과 마음을 읽기 때문이오. 또한 우리 배는 이 세상 어느 배보다도 빠르고, 어느 도시든 다녀보지 않은 곳이 없으며, 한 번도 파선을 당해 본 적이 없지요.

물론 나는 전에 아버지 나우시토오스 선왕으로부터 포세이돈 신께서 우리에게 굉장히 반감을 품고 계신다는 이야기를 들은 적은 있소. 우리는 누구든지 늘 배로 안전하게 호송해 주기 때문이오. 그래서 언젠가 우리 파이아케스족의 배가 누군가를 안전하게 호송하고 돌아오는 날, 포세이돈 신께서 그 배를 부숴 버리고 우리 도시를 거대한 산으로 둘러싸 버릴 것이라고 하셨소.

어쨌든 이방인이여, 당신은 내가 묻는 말에 솔직하게 대답이나 해 주시오. 당신은 도대체 어느 나라를 다녀오셨소? 또한 어느 나라 사람

제8권 환송 연회에서 가인의 노래를 듣고 눈물을 흘리는 오디세우스

들이 당신에게 야만적으로 굴었고, 어느 나라 사람들이 친절하게 대했소? 당신은 왜 가인 데모도코스가 트로이 목마를 노래하는 것을 듣고 눈물을 흘리며 그토록 슬퍼하셨나요? 혹시 당신 친척이 트로이 전쟁에서 전사했나요? 아니면 절친한 친구가 전사했나요?"

들이 당신에게 야만적으로 굴었고, 어느 나라 사람들이 친절하게 대했소? 당신은 왜 가인 데모도코스가 트로이 목마를 노래하는 것을 듣고 눈물을 흘리며 그토록 슬퍼하셨나요? 혹시 당신 친척이 트로이 전쟁에서 전사했나요? 아니면 절친한 친구가 전사했나요?"

오디세우스의 이야기 1:
키고네스족, 로토파고이족, 키클로페스족

오디세우스가 알키노오스에게 마침내 자신의 신분을 밝히다
오디세우스가 알키노오스에게 지금까지 겪은 일들을 이야기하기 시작하다
키고네스족, 로토파고이족, 키클로페스족 폴리페모스 이야기

오디세우스가 알키노오스에게 드디어 신분을 밝히고 트로이에서부터 그곳까지 오면서 겪은 일들을 이야기하기 시작한다. 그는 키코네스족의 나라인 이스마로스에서 도시를 약탈했다가 기별을 받은 다른 도시 군대의 기습을 받아 함선 한 척당 부하 6명을 잃고 간신히 그곳을 빠져나온다.

오디세우스가 로토파고이족의 나라에서 정찰대로 보낸 부하 3명이 그곳 주식인 연꽃으로 만든 음식을 먹고 난 후 귀향을 잊고 돌아오지 않자 그들을 찾아 강제로 함선에 싣는다. 이어 야생 염소가 지천으로 풀을 뜯는 무인도에서 염소 고기를 먹고 포도주를 마시며 잠시 연회를 즐긴다.

오디세우스가 부하 12명만 데리고 외눈박이 키클로페스족의 섬에서 포세이돈의 아들 폴리페모스의 동굴에 갇혀 부하 6명을 잃은 뒤 포도주를 마시고 곯아떨어진 그의 눈을 찔러 실명시킨 다음 극적으로 탈출한다. 분노한 폴리페모스가 포세이돈에게 자신의 원수를 갚아달라고 기도한다.

파이아케스족의 왕 알키노오스가 환송 연회에서 오디세우스에게 가인 데모도코스가 부르는 트로이의 목마에 관한 노래를 듣고 우는 이유를 묻자 그는 이렇게 대답했다.

"알키노오스 왕이시여, 저는 사람들이 즐거워하는 것만큼 보기 좋은 것은 없다고 생각합니다. 지금 이 궁전에선 사람들이 진수성찬을 차려 놓고 먹고 있고, 하인이 희석용 항아리에서 퍼와서 잔에 따라준 포도주를 마시고 있으며, 게다가 가인의 노래를 들으며 즐거워하고 있습니다. 그런데 이렇게 즐거운 날, 당신은 저의 슬픈 이야기를 물으시는군요. 저는 하도 많은 고초를 당해서 무슨 말부터 꺼내야 할지 모르겠습니다.

우선 제 이름부터 말씀드리겠습니다. 저는 라에르테스의 아들 오디세우스입니다. 제 고향은 이타케섬으로 그 중앙에 네리톤Neriton산이 우뚝 솟아있고 그 옆으로 둘리키온Doulichion섬, 사메섬, 자킨토스섬 등이 이어져 있지요. 이타케섬은 바위투성이지만 제게는 더할 나위 없는 마음의 안식처였습니다. 요정 칼립소와 마녀 키르케가 저를 남편으로 삼아 곁에 붙들어 두려 했어도 고향으로 돌아가려는 제 마음을 설득할 수가 없었지요. 자기 고향보다 더 편안한 곳은 없는 법이니까요.

저는 트로이를 떠나 맨 먼저 키코네스Kikones족의 나라인 이스마로스Ismaros에 도착했습니다. 저는 상륙한 곳에 있던 도시를 약탈하고 전리품을 부하들과 똑같이 나눈 다음 그들에게 그곳을 빨리 떠나자고 했습니다. 하지만 부하들은 제 말을 듣지 않고 포도주를 마음껏 퍼마시다가 기별을 받은 인근 도시가 보낸 군대의 기습을 받았지요. 저희는 수적 열세에도 불구하고 용감히 맞서 싸웠으나 결국 함선 한 척당 부하 6명을 잃고 퇴각하지 않을 수 없었습니다.

전사한 부하들 생각에 풀이 죽어 항해하던 저희는 엎친 데 덮친 격으로 큰 폭풍우를 만나 거의 모든 함선이 난파당할 뻔했지만, 다행히 큰 손실 없이 근처 육지로 상륙해 지친 몸과 마음을 달래며 이틀 밤을 보냈습니다. 다음 날 폭풍우가 잦아들자 저희는 다시 출항하여 그대로만 순항했다면 고향 이타케섬에 도착했었을 겁니다. 하지만 펠로폰네소스 끝자락 말레아곶 근처에서 다시 거센 폭풍우를 만나 저희는 9일 동안이나 바다를 떠다니다가 연蓮을 주식으로 먹는 로토파고이Lothopagoi족의 나라에 상륙했지요.

저는 부하 2명과 전령 1명을 선발해서 그곳 주민들이 어떤 사람들인지 알아보도록 정찰을 보냈습니다. 하지만 그들은 아무리 기다려도 돌아오지 않았습니다. 그들은 로토파고이족이 주는 연으로 만든 음식을 먹고 귀향은 잊어버린 채 그곳에 눌러앉아 살고 싶어 했던 것입니다. 저와 다른 부하들은 어쩔 수 없이 로토파고이족을 찾아가 안 가겠다고 막무가내로 버티는 부하 3명을 강제로 함선에 태워 데려왔습니다.

항해를 계속하던 저희는 이번에는 외눈박이 키클로페스족이 사

Theodoor van Thulden, 〈로토파고이족의 나라에서 부하 3명을 억지로 끌고 나오는 오디세우스〉, 1633

는 섬 근처에 닿았습니다. 그 섬은 아주 비옥하여 아무것도 경작하지 않아도 철이 되면 밀과 보리뿐 아니라 포도나무 등 온갖 과일나무들이 저절로 알아서 자라나 풍성하게 열매를 맺는 곳이었습니다. 그 덕분으로 키클로페스족은 천성이 몹시 게을렀고, 회의장도 법규도 없이 각자 동굴 속에 살면서 자신의 아내와 자식들에게만 법규를 정해 주고 서로 간섭하지 않고 살았습니다.

그런데 그들이 사는 섬으로부터 그리 멀지 않은 곳에 숲이 우거진 섬이 또 하나 있었습니다. 그 섬은 무인도로 수없이 많은 야생 염소가 때 지어 돌아다니며 평화롭게 풀을 뜯어 먹고 있는 곳이었지요. 키클로페스족이 의지만 있었다면, 그리고 배만 있었다면 그 무인도를 그들의 부속 섬으로 만들 수 있었을 겁니다. 그 섬도 키클로페스족의 섬처럼 철 따라 모든 것이 풍성하게 나는 곳이었고 적당한 포구도 있었기 때문이지요.

저희는 처음에는 키클로페스족의 섬이 아니라 야생 염소의 천국

Odilon Redon, 〈키클롭스〉, 1914
키클롭스Kyklops는 키클로페스Kyklopes
의 단수형이다. 영어로는 사이클롭스
Cyclops라고 한다

인 바로 그 무인도로 함선들을 몰고 갔습니다. 하룻밤을 해안에서 묵고, 아침이 되자 저희는 활과 창을 들고서 섬을 돌아다니며 염소 사냥을 시작했습니다. 사냥이 끝난 후 저는 총 12척의 함선에 각각 8마리씩 염소를 배분하고 제 몫으로 10마리를 챙겼습니다. 저희는 그날 해가 질 때까지 달콤한 포도주와 염소 고기로 신나게 연회를 벌였습니다. 그런데 저 멀리 키클로페스족의 섬을 보니 연기가 피어오르고 양 떼와 염소 떼의 울음소리가 들려왔습니다.

다음 날 아침 저는 부하들을 소집해 놓고 건너편 키클로페스족의 섬에 가서 그곳에 어떤 사람들이 살고 있는지 알아보겠다고 하고 함선 한 척과 일부 병력을 이끌고 출발했습니다. 저희가 그 섬 가까이 닿았을 때 해안에서 가까운 곳에 늘어진 월계수 가지로 가려진 동굴 하나가 보였습니다. 동굴 입구 주변에는 돌, 전나무, 참나무 등으로 울타리가 쳐져 있었습니다. 그곳에는 엄청나게 큰 키클로페스족인 폴리페모스Polyphemos가 살면서 양과 염소를 치며 살았습니다. 그는 다른 주민들과 전혀 어울리지 않고 혼자 떨어져 살았는데, 성정이 포악했고, 몸집이 아주 거대해서 마치 산맥에 우뚝 솟은 산봉우리 같았습니다.

저는 그 섬에 상륙하여 타고 온 함선을 은밀한 곳에 숨겨 놓고 다른 부하들은 그것을 지키라고 하고 정예 병사 12명만 데리고 그의 동굴로 향했습니다. 저는 그때 포도주가 든 염소 가죽 부대를 하나 들고 갔는데, 그 포도주는 바로 키코네스족의 왕 에우안테스Euantes의 아들 마론Maron이 제게 선물한 것이었습니다. 저는 키코네스족을 도륙할 때 아폴론 신전의 사제였던 그와 가족들은 살려 주었습니다. 마론은 감사의 표시로 제게 황금을 비롯한 많은 선물을 주었는데 포도주도 그중 하나였습니다.

마론은 당시 우리에게 항아리 12개에 포도주를 가득 담아 주었습니다. 저희는 그 맛을 보고 놀라움을 금치 못했습니다. 신의 손으로 빚은 것이라고 해도 가히 손색이 없을 정도로 맛이 아주 뛰어났기 때문입니다. 마론 집안에서 이 포도주를 담그는 비법을 알고 있는 것은 마론과 그의 아내 그리고 충직한 시녀 셋뿐이었습니다. 저는 알 수 없는 예감에 사로잡혀 바로 그 포도주를 가죽 부대에 담아 가지고 갔던 것입니다.

동굴에 도착하자 마침 집주인 폴리페모스는 집을 비우고 없었습니다. 아마 양과 염소를 데리고 풀을 먹이러 나간 것 같았습니다. 저희는 동굴로 들어가서 안을 자세하게 살펴보았습니다. 광주리들은 치즈로 가득 차 있었고 우리 안에는 새끼 양과 새끼 염소가 우글거리고 있었습니다. 부하들이 치즈와 새끼 양과 염소만 데리고 빨리 함선으로 돌아가자고 내게 간청했지만 저는 그러고 싶지 않았습니다. 그 동굴의 주인이 어떤 자인지 꼭 알고 싶었기 때문입니다. 그래서 저희는 신들께 제물을 바치고 치즈를 먹으며 그가 돌아오기를 기다렸습니다.

이윽고 저녁때가 되자 폴리페모스가 마른 장작을 짊어지고 와서 동굴 입구에 부리는 소리가 들렸습니다. 우리는 '쿵!' 하는 소리에 놀란 나머지 동굴 맨 안쪽으로 몸을 숨겼습니다. 동굴 주인은 염소와 양의 수컷은 동굴 입구 마당에 그냥 놔두고 암컷만 안쪽으로 들이더니 입구를 그 옆에 세워 놓았던 엄청나게 큰 돌문으로 막아 버렸습니다. 그 돌문은 마치 짐수레 22대를 합친 커다란 수레에도 들어가지 않을 정

Logan Marshall,
〈외눈박이 종족 폴리페모스〉, 1914

도로 정말 거대했습니다.

폴리페모스는 바로 그 돌문에 등을 기댄 채 암양과 암염소의 젖을 한 마리씩 차례로 모두 짠 뒤 녀석들을 새끼들에게 데려다주더니 짠 젖을 응고시켜 그중 반은 바구니 안에 넣고 나머지 반은 저녁 식사로 먹으려고 그릇에 담았습니다. 그 후 그는 남은 집안일을 모두 끝낸 뒤 동굴 안에 불을 피우기 위해 화덕 쪽으로 오다가 저희를 발견하고 소스라치게 놀라며 어디서 무엇을 하러 왔는지 물었습니다. 저희 모두가 그의 우렁찬 목소리에 겁을 집어먹고 어쩔 줄 몰랐지만 저는 그에게 침착하게 대답했습니다.

'저희는 그리스인으로 아트레우스Atreus의 아들 아가멤논의 지휘 아래 난공불락의 거대한 도시 트로이를 함락하고 귀향하는 길입니다. 저희는 귀향하기를 간절히 원했지만 폭풍우로 인해 그만 항로에서 벗어나 바다를 표류하다가 이곳까지 오게 되었습니다. 바라건대 저희를 손님으로 받아들여 주시고, 제우스 신을 두려워하신다면 저희에게 항해에 필요한 물품을 마련해 주셨으면 합니다. 제우스 신께서는 탄원자들과 이방인들의 수호자이시기 때문입니다.'

폴리페모스는 제 말을 듣더니 버럭 화를 내며 자신은 제우스든 누구든 두려워하지 않는다고 콧방귀를 뀌었습니다. 그는 마음만 먹으면 저를 포함해서 부하들도 모두 가만두지 않을 수도 있다는 것입니다. 그러면서 폴리페모스는 제게 은근히 함선을 어디에 정박해 놓았는지 물어보았습니다. 하지만 저는 그의 의도를 알아차리고 저희 함선은 섬 근처에서 암초에 부딪혀 산산이 부서져 버렸다고 둘러댔습니다.

그러자 폴리페모스는 다짜고짜 제 부하들에게 다가오더니 2명을 손에 움켜쥐고는 마치 힘없는 강아지처럼 땅바닥에 내리쳤습니다. 부하들의 피와 골수가 흘러내려 동굴 바닥을 흥건히 적셨습니다. 이어 그는 부하들을 토막 내어 마치 사자가 짐승을 잡아먹듯이 저녁거리로 하나도 남김없이 먹어 버린 다음 암양과 암염소 사이에 대자로 뻗더니 이내 코를 골며 깊이 잠이 들었습니다.

그 순간 저는 폴리페모스를 덮쳐 가슴에 칼을 꽂을 생각을 했습니다. 하지만 곰곰이 생각해 보니 그랬다가는 저희 힘으로는 도저히 입구를 막고 있는 엄청난 돌문을 치울 수 없어 큰 낭패를 당할 것 같았습니다. 그래서 우리는 분노를 삭이고 공포에 떨며 동굴에서 하룻밤을 보낼 수밖에 없었습니다. 다음 날 아침이 되자 동굴 주인은 불을 피우고 암양과 암염소의 젖을 짠 뒤 다시 제 부하 2명을 잡아서 엊저녁과 똑같은 방식으로 잡아먹었습니다. 아침 식사를 마치자 그는 돌문을 치우고 암양과 암염소를 동굴 밖으로 몰아내더니 마치 화살통에 뚜껑을 닫듯이 돌문을 다시 가볍게 닫은 후 마당에 있는 숫양과 숫염소와 함께 녀석들을 몰고 산으로 가 버렸습니다.

저는 동굴 속에 하루 종일 갇혀 지내며 폴리페모스를 혼내 주고 도망칠 궁리를 했습니다. 마침 동굴 안쪽을 자세히 살펴보니 커다란 올리브 나무 한 그루가 통째로 서 있었습니다. 아마 동굴 주인 폴리페모스는 나무가 마르면 다듬어서 몽둥이나 지팡이로 쓰려고 했던 것 같았습니다. 저는 부하들을 시켜 그 나무의 잔가지를 다듬고 끝을 뾰족하게 만들어 단단하게 하려고 화덕의 활활 타오르는 불에 적당하게 그을린 다음 동굴 한구석에 쌓여 있는 양과 염소의 배설물 속에 감추어 두었습니다.

저녁이 되자 폴리페모스는 양과 염소를 데리고 다시 동굴로 돌아왔습니다. 그는 이번에는 녀석들을 한 마리도 밖에 남겨 두지 않고 모

키클로페스 폴리페모스에게 와인잔을 건네는
오디세우스, A.D. 2세기 후반
헬레니즘 시대 진품의 로마 시대 복제품

제9권 오디세우스의 이야기 1: 키고네스족, 로토파고이족, 키클로페스족

두 안으로 몰아넣은 다음 동굴 입구를 돌문으로 막았습니다. 이어 지난번처럼 암양과 암염소의 젖을 짜고 새끼들에게 젖을 물려준 다음 이번에도 제 부하 2명을 짐승처럼 잡아 저녁거리로 먹기 시작했습니다. 저는 그 기회를 놓치지 않고 포도주가 든 염소 가죽 부대를 들고 그에게 다가가 건네면서 반주로 마셔 보라고 권했습니다. 그는 그것을 받아 마시더니 마치 신들이 먹고 마시는 암브로시아Ambrosia와 넥타르Nektar처럼 맛이 환상적이라고 격찬하며 2번이나 더 달라고 해서 먹은 다음 제 이름이 무엇이냐고 물었습니다. 포도주를 선물한 것에 대해 보답을 하겠다는 것입니다. 제가 긴히 쓸 요량으로 미리 생각해 둔 게 있어 '우티스Outis'라고 말해 주자 그는 저를 맨 나중에 잡아먹겠다고 말하고서는 뒤로 벌렁 자빠져서 코를 골기 시작했습니다.

바로 그때 저는 부하들에게 용기를 불어넣어 양과 염소의 배설물 속에 숨겨 놓았던 올리브 나무를 얼른 꺼내서 끝을 약간 불에 달군 다음 재빨리 그자의 눈을 찌르게 하고 저는 그 위에 매달려서 그것을 돌리기 시작했습니다. 그러자 뜨거운 올리브 나무 주위로 피가 흘렀습니다. 올리브 나무에서 나는 열기가 그의 눈까풀과 눈썹을 모조리 태워 버렸고 안구도 불타면서 '피시식!' 하는 소리를 냈습니다. 그 소리는 마치 대장장이가 도끼나 자귀를 담금질하기 위해 불에 달구었다가 물에 담그면 나는 소리 같았습니다. 폴리페모스는 단말마의 비명을 지르기 시작했습니다. 저희가 놀라 도망치자 그는 두 손으로 안구에서 재빨리 올리브 나무를 뽑아 던진 다음 괴로워 버둥대면서도 근처에 사는 다른 키클로페스족 동료들을 큰 소리로 불렀습니다. 그러자 그의 동료들이 동굴 주위로 몰려들더니 닫힌 문을 향해 물었습니다.

'폴리페모스여, 도대체 무엇 때문에 이 한밤중에 비명을 지르는

Pellegrino Tibaldi, 〈폴리페모스의 눈을 못 쓰게 만드는 오디세우스〉, 1549-1551

폴리페모스의 눈을 못 쓰게 만드는 오디세우스와 그의 부하들, B.C. 670년경
그리스 도기 그림

가? 도저히 시끄러워 잠을 잘 수가 없네. 누가 자네 양과 염소를 빼앗
아 가려고 하는가? 아니면 누가 자네를 죽이려 하는가?'

그러자 폴리페모스는 그들에게 '우티스'가 자신을 죽이려 한다고
외쳤습니다. 동료들은 폴리페모스의 얘기를 듣고 그가 정신이 나갔다

고 생각했습니다. '우티스'는 '아무도 아니다'라는 뜻이기 때문에 '우티스가 나를 죽이려 한다'는 말은 결국 '아무도 나를 죽이려 하지 않는다'라는 뜻이기 때문입니다. 그래서 폴리페모스의 동료들은 그에게 아버지인 포세이돈에게나 도와달라고 하라면서 비웃으며 뿔뿔이 흩어졌습니다.

폴리페모스는 하는 수 없이 괴로움에 몸을 비틀면서도 두 손으로 더듬어 돌문을 치우고 문간에 앉아 두 팔을 벌리고 있었습니다. 저희가 바보처럼 바로 그 밤에 양과 염소를 데리고 도망갈 줄 알고 잡기 위해서였습니다. 그러는 동안 저는 그 동굴을 무사히 탈출하기 위해 온갖 꾀를 생각하다가 좋은 생각을 떠올렸습니다. 그래서 폴리페모스가 동굴 바닥에 깔아 놓고 마치 담요처럼 사용하고 있던 버들가지로 털북숭이 숫양을 3마리씩 묶어 가운데 숫양의 배엔 부하들을 매달고, 그중에서 가장 큰 우두머리 숫양의 배엔 제 몸을 매달고 밤을 보냈습니다.

시간이 흘러 동이 트자 양과 염소는 본능적으로 열린 동굴 입구를 통해 밖으로 내달리기 시작했습니다. 그러자 폴리페모스는 모든 양과 염소의 등을 손으로 직접 확인했어도 저희가 숫양의 배에 매달려 있는 줄은 꿈에도 생각하지 못했습니다. 제 부하들은 가운데 숫양의 배에 매달린 채 양쪽 숫양의 호위를 받으며 무사히 빠져나갔고, 이제 마지막 제 차례가 되었습니다. 폴리페모스는 제가 탄 숫양의 등을 만져 보더니 우두머리인 것을 확인하고 아주 의아하게 생각하면서 이렇게 중얼거렸습니다.

'사랑하는 우두머리 숫양아, 너는 왜 이렇게 맨 마지막에 동굴을 나서느냐? 전에는 만날 선두에 서서 맨 먼저 강가에 도착해서 풀을 뜯지 않았느냐? 저녁이 되어서도 너는 언제나 맨 먼저 우리로 돌아왔는

Jacob Jordaens, 〈폴리페모스의 동굴에서의 오디세우스〉, 1593-1678

숫양의 배 아래에 숨은 오디세우스,
A.D. 150-200년경

데 이번에는 맨 꼴찌로구나. 너는 분명 도륙당한 네 주인의 눈을 슬퍼하고 있는 게로구나. 우티스라는 작자가 포도주로 내 정신을 빼놓고는 부하들과 함께 내 눈을 아주 못 쓰게 만들어 놓았단다. 아, 네가 나처

럼 말을 할 수 있어서 그자가 지금 동굴 속 어디에 숨어 있는지 말해 주면 좋으련만!'

폴리페모스는 이렇게 말하며 우두머리 숫양의 등을 더듬어 본 후에 녀석을 맨 마지막으로 동굴 밖으로 내보냈습니다. 이렇게 동굴을 무사히 빠져나온 저희는 숫양의 배에서 얼른 몸을 풀고 양과 염소를 몽땅 몰고 저희 함선을 숨겨 둔 곳으로 달려갔습니다. 이윽고 저희가 함선을 몰고 해안에서 사람의 고함이 들릴 만큼 나아갔을 때 저는 장난기가 발동하여 해안 동굴 쪽 폴리페모스를 향해 큰 소리로 그가 벌을 받은 것은 제집에 온 손님을 잡아먹는 엄청난 잘못을 저질렀기 때문이니, 사람을 얕보았다가는 큰코다친다는 것을 명심하라고 외쳤습니다. 그러자 폴리페모스는 제 말을 듣고 분기탱천하여 산봉우리에 있는 커다란 바위를 하나 뜯어내어 소리가 들리는 쪽을 향해 던졌습니다.

물론 바위는 다행히 저희 함선을 맞추지는 못했지만 바로 선수船首 앞에 떨어져 그 압력으로 생긴 엄청난 파도에 밀려 함선이 다시 출발했던 곳으로 되돌아갈 것처럼 보였습니다. 다급해진 저는 부하들을 열

Arnold Böcklin, 〈오디세우스와 폴리페모스〉, 1896

심히 독려해서 마침내 예전보다 두 배만큼 해안에서 멀어졌을 때 폴리페모스를 향해 누가 그의 하나밖에 없는 눈을 멀게 했는지 물으면, 그건 바로 라에르테스의 아들 오디세우스라고 말하라고 외쳤습니다. 부하들은 아까 폴리페모스가 바위를 던질 때 하마터면 죽을 뻔했다고 저를 원망하며 제발 그러지 말라고 저를 말렸지만 제 고집을 꺾을 수는 없었습니다. 폴리페모스는 제 말을 듣더니 갑자기 생각나는 게 있는지 탄식하며 이렇게 대답했습니다.

'아아, 이제야 내가 들었던 예언이 실현되었구나. 예전에 이곳에는 텔레모스Telemos라는 아주 용한 예언자 한 분이 살고 계셨다. 그는 에우리모스Eurymos의 아들인데 언젠가 내게 오디세우스라는 자의 손에 의해 시력을 잃게 될 것이라고 예언했었지. 그래서 나는 그자가 키도 크고 용맹스러운 사람으로 생각하고 기다려 왔더니 너 같은 애송이가 오디세우스였다니 정말 믿기지 않는구나. 하여튼 잘 들어라. 나를 이렇게 만든 것에 대한 대가를 톡톡히 치르게 하겠다. 우리 아버지이신 포세이돈 신께 부탁해서 너를 고향까지 호송하시게 할 것이다. 그분은 우리 아버지이시니 내 기도를 들어주시고 내 눈도 치료해 주실 것이다.'

제가 다시 큰 소리로 포세이돈 신이라도 그의 눈을 고쳐 주지는 못할 것이라고 비웃자 그는 자기 아버지 포세이돈 신에게 곧바로 이렇게 기도했습니다.

'포세이돈 신이시여, 제 기도를 들어주소서. 제가 정말 당신의 아들이라면 라에르테스의 아들 오디세우스가 귀향하지 못하도록 해 주소서. 하지만 그가 귀향하여 가족들을 만날 운명이라면 나중에 부하들을 다 잃고 남의 배를 얻어 타고 가게 해 주시고 귀향한 후에도 고초를 겪게 하소서.'

기도를 끝낸 폴리페모스는 다시 처음보다 훨씬 큰 바위를 들어 빙빙 돌리다가 저희 쪽을 향해 던졌습니다. 이번에도 바위는 저희 함선을 맞추지 못했습니다. 게다가 바위는 선미船尾 바로 뒤에 떨어져 그 압력으로 생긴 파도 덕택으로 저희 함선은 한층 빨리 앞으로 나아갔습니다. 저희는 곧 부하들이 기다리고 있는 맞은편 무인도의 해안에 도착한 다음 데려온 양과 염소를 12척 함선에 똑같이 나누었습니다. 그 후 저는 제 몫인 우두머리 숫양을 잡아 제우스 신께 제물로 바치며 무사 귀환을 빌었습니다. 저희는 그날 해가 질 때까지 양과 염소 고기와 포도주로 마음껏 연회를 즐기다 잠이 들었습니다.

오디세우스의 이야기 2: 아이올로스, 라이스트리고네스족, 키르케

오디세우스가 바람의 신 아이올로스의 섬에서 환대를 받다

오디세우스가 식인종 라이스트리고네스족에게 함선 11척을 잃다

오디세우스가 마녀 키르케와 1년 동안 함께 살다

바람의 신 아이올로스가 항해에 해로운 바람은 모두 마법 자루에 넣고 서풍만 불게 하여 오디세우스를 고향으로 돌려보낸다. 이타케섬에 거의 도착했을 무렵 오디세우스가 잠깐 잠든 사이 부하들이 보물이 들어있는 줄 오해하여 그 자루를 열어본다. 자루에서 쏟아져 나온 온갖 사나운 바람들이 그들을 아이올리에섬으로 회항시킨다.

오디세우스가 다시 찾아오자 분노한 아이올로스가 그를 질책하며 쫓아낸다. 식인종 라이스트리고네스족이 오디세우스가 끌고 간 함선 12척 중 11척을 침몰시키고 부하들을 몰살한다. 오디세우스가 탄 함선 한 척만 마녀 키르케가 살고 있는 아이아이에섬에 도착한다. 오디세우스가 헤르메스의 도움으로 키르케의 사랑을 얻는다.

오디세우스가 1년 동안 키르케와 살고 난 뒤 그녀에게 고향에 돌아가겠다고 말한다. 키르케가 순순히 허락하며 그에게 우선 지하 세계를 방문하여 고인이 된 예언가 테이레시아스에게 귀향 중 만나게 될 난관에 대해 물어보라고 충고한다. 오디세우스가 부하들과 함께 키르케가 마련해 준 제물을 함선에 싣고 지하 세계로 출발한다.

　　아침이 되자 저희는 다시 함선에 올라타고 항해를 계속하다가 이
번에는 아이올리에Aiolie섬에 도착했습니다. 그곳에는 바람의 신 아이
올로스Aiolos가 12명의 자녀와 함께 살고 있었습니다. 그의 자식들은
아들이 6명, 딸이 6명이었는데, 아이올로스는 6명의 딸을 각각 6명의
아들에게 아내로 주었습니다. 그들은 날마다 연회를 벌이느라 궁전은

제10권 오디세우스의 이야기 2: 아이올로스, 라이스트리고네스족, 키르케

언제나 맛있는 음식 냄새로 진동했습니다.

　아이올로스 신은 제가 도착하자 저를 손님으로 받아들이고 한 달 동안이나 환대하며 트로이의 몰락과 그리스군의 귀향에 대해 자세하게 물었고, 저는 그에게 모든 것을 친절하고 자세하게 이야기해 주었습니다. 그러던 어느 날 제가 그에게 고향까지 호송해 달라고 부탁하자, 아이올로스 신은 흔쾌히 제 청을 받아들였습니다. 이어 저를 한적한 곳으로 데려가더니, 아홉 살배기 황소의 가죽을 벗겨 만든 자루에 항해에 해로운 바람은 모두 넣고 주둥이를 묶어 제게 건네주며, 이제 서풍만 불 테니 그 자루만 열지 않으면 곧 고향에 도착할 것이라고 말해 주었습니다. 저는 얼른 그 자루를 받아들고 함선으로 가져와 은으로 만든 끈으로 선수에 묶은 다음 부하들에게 사정을 설명하고 절대로 그 자루의 주둥이를 풀지 말라고 단단히 일렀습니다.

Isaac Moillon,
〈오디세우스에게
바람 자루를 건네
주는 아이올로스〉,
연도 미상

그 후 저희는 10일 동안이나 전혀 역풍을 만나지 않고 순항한 끝에 그리운 고향 땅 이타케섬이 멀리서 아스라이 보이는 곳에까지 이르렀습니다. 그 순간 저는 항해하는 내내 돛을 손수 조정하느라 지친 탓인지 긴장이 풀려 그만 깊은 잠에 곯아떨어지고 말았습니다. 그런데 불행은 제가 잠든 바로 그 틈에 일어났습니다. 부하 몇이 그 자루 안에 아이올로스 신이 준 선물인 황금과 은이 가득 들어 있고, 그것을 제가 혼자 독차지하려고 한다고 오해를 했던 것입니다. 그래서 그들은 마침내 자루를 풀었고, 바로 그 순간 그 안에서 온갖 해로운 바람이 모두 튀어나와 함선을 다시 아이올리에 섬으로 몰고 갔습니다.

저는 하는 수 없이 전령 한 명과 부하 한 명을 대동하고 다시 궁전으로 아이올로스 신과 그의 가족을 찾아갔습니다. 그들은 저를 보더니 깜짝 놀라며 어찌 된 일인지 물었습니다. 제가 그간의 사정을 말하자 아이올로스 신은 저희에게 냉정하게 돌아가라고 대답했습니다. 신들에게 미움을 받는 자들은 고향까지 호송할 이유도 의무도 없다는 것입니다. 저희는 하는 수 없이 힘들게 노를 저어가며 항해를 계속했습니다. 밤낮으로 노를 저어 7일 만에 저희는 드디어 거인 식인종 라이스트리고네스Laistlygones족이 사는 텔레필로스Telepylos에 도착했습니다.

그곳 포구는 입구가 좁고 좌우로 가파른 절벽으로 길게 둘러싸여 배가 안으로 들어가면 파도가 전혀 일어나지 않아 포구로서는 천혜의 조건을 갖추고 있었습니다. 부하들은 아무 생각 없이 그 안으로 11척의 함선을 몰아 포구에 정박시켜 놓았습니다. 하지만 저는 뭔가 불길한 예감에 사로잡혀 제가 탄 함선을 몰고 포구로 들어가지 않고, 포구 밖 절벽의 끄트머리에 정박시키고 바위에 밧줄을 묶어 두게 했습니다. 그런 다음 전령을 포함하여 부하 3명을 선발하여 그곳 사람들이 어떤 종족

인지 알아 오도록 보냈습니다.

　　3명의 부하들은 함선에서 내려 신작로를 따라가다가 물을 긷던 거인 소녀를 발견하고는 그녀에게 다가가 누가 이곳의 왕인지 물었습니다. 그녀는 멀리 보이는 지붕이 높다란 자기 집을 손가락으로 가리키며 가 보라는 시늉을 했습니다. 부하들이 그 집에 들어서자 혐오스러워 보일 정도로 뚱뚱한 거인 아낙네가 그들을 맞이했습니다. 그녀는 제 부하들을 보더니 곧장 하인을 회의장으로 보내 남편 안티파테스 Antiphates를 불렀습니다. 아내의 전갈을 받고 부리나케 집으로 달려온 거인 안티파테스는 다짜고짜 제 부하 3명 중 1명을 점심으로 먹기 위해 잡아 메쳤습니다.

　　그걸 보고 나머지 부하 2명이 기겁하며 원래 그들이 내렸던 저희 함선이 아닌 포구에 정박해 있는 함선들을 향해 도망치자 안티파테스가 커다랗게 함성을 질러 동료들을 불렀습니다. 그러자 갑자기 라이스트리고네스족이 사방에서 절벽 주위로 새까맣게 몰려들더니 커다란 바윗덩이를 들어 정박해 있는 저희 함선들을 향해 던졌습니다. 그들은 인간이 아니라 마치 거인족 기간테스 같았습니다. 함선들이 부서지는 소리와 제 부하들의 비명이 뒤엉켜 포구는 한순간에 아수라장으로 변해 버렸습니다. 부하들이 전멸하자 라이스트리고네스족은 그들을 점심 식사로 먹을 요량으로 마치 물고기처럼 하나씩 커다란 작살로 꿰어서 집으로 가져갔습니다. 그 광경을 보고 저는 재빨리 칼을 뽑아 포구 밖 바위에 묶어 둔 제 함선의 밧줄을 끊고 부하들을 독려하여 젖 먹던 힘을 다해 노를 젓게 하여 간신히 그곳을 벗어날 수 있었습니다.

　　저희는 제가 탄 함선을 제외한 나머지 11척의 함선들과 생떼 같은 부하들을 다 잃어 비통한 마음 금할 수 없었지만 그나마 구사일생으로

〈오디세우스의 함선 11척을 파괴하고 부하들을 몰살하는 라이스트리고네스족〉, 1902

야콥 카를 안드레J. C. Andrä, 『청소년을 위한 그리스 영웅 전설』(독일 베를린)의 삽화

살아난 것을 다행으로 여기며 항해를 계속하다가 이번에는 아이아이에Aiaie섬에 도착했습니다. 이 섬에는 키르케라는 마녀가 살고 있었습니다. 키르케는 오케아노스의 딸 페르세Perse와 티탄 신족의 태양신 헬리오스와의 사이에서 태어난 딸로 콜키스Kolchis의 왕 아이에테스Aietes의 누이였습니다. 저희는 그곳 해안에 상륙해서 이틀 동안 아무것도 하지 않고 쉬며 그동안 쌓인 피로를 풀었습니다. 사흘째 되는 날 저는 창과 칼을 들고 마침 근처에 높이 솟아있던 산에 올라가 섬을 살펴보았습니다. 그러자 저 멀리 숲속에서 키르케의 궁전이 보이고 그곳에서 연기가 피어올랐습니다.

저는 직접 그곳에 가서 누가 살고 있는지 알아보려다가 아무래도 부하들을 보내는 게 좋을 것 같았습니다. 이런저런 생각들을 하며 하산하다가 저는 운이 좋게도 큼직한 살진 사슴 한 마리를 발견하고 추격 끝에 사냥에 성공하여 녀석을 가져다가 부하들에게 오랜만에 실컷 고기 맛을 보도록 했습니다. 저희는 밤늦도록 먹고 마시며 흥겨운 연회를 벌이다가 그 자리에 누워 잠이 들었습니다. 이윽고 다음 날 아침이 되자 저는 부하들을 모아놓고 이렇게 말을 했습니다.

"전우들이여, 내 말을 잘 들어라. 우리는 지금 도대체 어디에 있는지 알 수가 없다. 우리에게 빛을 가져다주는 태양조차 어디에서 뜨고 어디로 지는지 알 수가 없다. 참으로 답답하기 그지없는 노릇이다. 그래서 내가 궁리 끝에 마침 근처에 높이 솟아있는 산이 있길래 정상에 올라가 주위를 둘러보니 이곳은 망망대해로 둘러싸인 섬이었다. 그런데 섬 한가운데 우거진 숲속에 궁전이 하나 보이고 연기가 피어오르고 있었다."

부하들은 제 말을 듣고 잔뜩 공포에 질린 얼굴을 하며 웅성거렸습니다. 그들은 제가 무슨 일을 하려는지 지레짐작하고는 라이스트리고네스족과 키클로페스족 폴리페모스의 만행을 떠올리고는 몸서리를 쳤습니다. 그들은 눈물을 흘리며 키르케의 궁전에 가지 않으려고 했지만 누가 제 고집을 꺾을 수 있겠습니까. 저는 부하들의 수를 세어 균등하게 두 편으로 나누어 하나는 제가 지휘를 맡고, 나머지는 제 매제 에우릴로코스Eurylochos에게 지휘를 맡겼습니다. 이어 그 궁전으로 갈 편을 정하기 위해 제 청동 투구에 저와 에우릴로코스의 이름을 써 넣은 제비를 넣고 흔든 다음 제가 하나를 뽑자 에우릴로코스의 제비가 나왔습니다.

에우릴로코스는 울며불며 가지 않으려는 20명의 제 부하들을 이끌고 키르케의 궁전으로 다가갔습니다. 궁전 주변에는 늑대와 사자들이 어슬렁거리며 돌아다니고 있었습니다. 녀석들은 키르케의 마법에 걸려 짐승으로 변신한 선원들로 사납게 덤벼들지는 않고 꼬리를 흔들

며 곰살맞게 굴었습니다. 녀석들은 마치 주인이 연회를 하고 귀가하면
그 주위에서 꼬리를 흔들며 아양을 떠는 개들과 같았습니다. 제 부하
들이 궁전 정문에 들어서자 안에서 키르케가 베를 짜면서 고운 목소리
로 노래 부르는 소리가 들렸습니다.

　　이어 폴리테스Polites의 제안으로 함성을 질러 주인을 부르자 곧바
로 키르케가 나와 그들을 반갑게 맞이하고 안으로 안내했습니다. 모두
가 그녀를 따라 들어갔지만 에우릴로코스만은 불길한 예감이 들어 뒤
에 처져 있었습니다. 그가 뒤에 숨어서 살펴보니 키르케는 제 부하들
을 모두 안락의자에 앉히더니 치즈, 보릿가루, 꿀, 포도주를 섞은 음료
수 잔을 건네주었습니다. 이 음료수 안에는 그것을 마신 사람에게 고
향을 잊게 하는 이상한 약이 들어 있었습니다. 그걸 알 턱이 없는 제

Wright Barker, 〈키르케〉, 1889

부하들은 마침 목이 마른 터라 그것을 벌컥벌컥 모두 마시자 키르케는 갑자기 지팡이로 그들을 가볍게 쳐서 돼지로 변신시키더니 우리 안에 가두어 버렸습니다.

에우릴로코스는 그 광경을 보고 깜짝 놀라 재빨리 궁전을 빠져나와 제가 있는 곳으로 달려왔습니다. 그는 너무 놀란 나머지 말을 하고 싶어도 말문이 막혀 말이 나오지 않았습니다. 한참 만에 정신을 가다듬고 그는 제게 키르케의 마법에 걸려 돼지로 변한 부하들이 우리에 갇혀있다는 충격적인 얘기를 들려주었습니다. 저는 즉시 활을 어깨에 메고 칼을 들고서 에우릴로코스에게 키르케의 궁전으로 가는 길을 안내하라고 명령했습니다.

그러자 에우릴로코스는 겁에 질린 나머지 저에게 다시는 그곳에 가고 싶지 않으며 부하들과 똑같은 불행을 당하지 않으려면 그냥 그들을 버리고 달아나자고 애원했습니다. 저는 그에게 정 가고 싶지 않으면 그냥 함선에 남아 있으라고 말한 뒤 혼자 길을 나섰습니다. 제가 부리나케 숲길을 달려가는데 갑자기 날개 달린 황금 지팡이를 지닌 헤르메스 신이 한창 젊을 때의 모습을 하고 나타나서 제게 말했습니다.

'안타깝구나, 도대체 너는 이곳 지리도 모르면서 어디로 가고 있느냐? 너는 돼지로 변해 키르케의 우리에서 살고 있는 부하들을 풀어 주려 가고 있느냐? 내 분명 말하지만 이대로 갔다가는 너도 부하들처럼 돼지로 변해 우리에 갇혀 오도 가도 못할 게 뻔하다. 내가 이곳에 온 이유는 너를 그 위험에서 구해 주기 위해서다. 자, 이따 내가 약초를 하나 줄 테니 그것을 품에 지니고 가거라. 그 약초는 너를 키르케의 마법에서 구해 줄 것이다. 키르케는 너를 반갑게 맞이하고 안락의자에 앉힌 다음 이상한 약을 탄 음료수를 건넬 것이다. 하지만 걱정할 필요가 없다. 그 약초가 그 약의 효능을 없애 줄 것이다. 내가 더 자세히 말해 주겠다. 네가 음료수를 다 마신 뒤 키르케가 지팡이로 살짝 너를 치려고 할 때 너는 칼을 빼 죽일 듯이 그녀에게 덤벼들도록 하여라. 그러면 아마 키르케는 겁이 나서 네게 같이 사랑을 나누자고 할 것이다. 너는 부하들을 살리려면 그녀의 요구를 거절해서는 안 된다. 그 대신 너는 키르케에게 다시는 마법을 쓰지 않을 것이며, 네가 그녀와 사랑을 나누기 위해 옷을 벗더라도 다른 술수를 부리지 않겠다고 신들의 이름을 걸고 맹세를 시키도록 하라.'

헤르메스는 이렇게 말하며 주위 풀밭을 두리번거리더니 약초 하나를 골라 뽑아 제게 주고 올림포스로 돌아갔습니다. 그것은 몰리_{Moly}라고 부르는 약초로 뿌리는 검고 꽃은 우유처럼 새하얗습니다. 저는 그 약초를 가슴에 품고 키르케의 궁전 문에 도착하여 그녀를 불렀습니다. 그러자 키르케는 저를 반갑게 맞이해서 안락의자에 앉힌 뒤 과연 헤르메스 신이 말한 음료수를 잔에 따라 건네주었습니다. 제가 그 음료수를 다 마시자 그녀는 지팡이로 나를 치면서 돼지우리로 가서 누우라고 주문을 외쳤습니다. 바로 그때 나는 칼을 빼 들고 키르케에게 덤벼들었습니다. 그러자 키르케는 비명을 지르며 제 무릎을 부여잡고 울면서 말했습니다.

'당신은 누구시며 어디서 오셨어요? 당신의 고향 도시는 어디이며 부모님은 누구시죠? 당신이 제 약을 먹고도 마법에 걸리지 않다니 그저 놀라울 뿐이에요. 저는 그 약을 마시고도 이겨 낸 사람을 지금까지 본 적이 없어요. 당신 가슴 속엔 선천적으로 마법에 걸리지 않는 힘이 있는 것 같아요. 당신은 분명 오디세우스임에 틀림이 없어요. 언제가 헤르메스 신께서 제게 말씀하셨지요. 오디세우스라는 영웅이 트로이

Studiolo di Francesco I, 〈율리시스, 머큐리, 키르케〉, 1570-1573

그림 왼쪽 아래에는 헤르메스가 오디세우스에게 약초 몰리를 건네주는 장면이, 오른쪽에는 키르케가 오디세우스의 부하들을 돼지로 변신시키는 장면이 그려져 있다

John William Waterhouse, 〈오디세우스에게 음료수 잔을 건네는 키르케〉, 1891

에서 고향으로 돌아갈 때 제 섬에 들르게 될 것이라고 말예요. 자, 당신은 칼을 칼집에 도로 집어넣으세요. 이제 우리 서로를 믿고 침대에 올라 사랑을 나누도록 해요.'

그녀가 이렇게 말하자 저는 헤르메스 신이 시킨 대로 그녀에게 이제 다시는 마법을 쓰지 않을 것이며, 제가 옷을 벗었을 때도 다른 술수를 부리지 않겠다고 신들의 이름을 걸고 맹세하기 전에는 결코 침대에 오르지 않겠다고 대답했습니다. 그러자 그녀는 의외로 순순히 그러겠다고 맹세를 했습니다. 그제야 저는 침대에 올라 그녀와 사랑을 나누었습니다.

그러고 나서 한참 후에 시녀 하나가 세발솥에 물을 데워 놓고 저를 데려가더니 욕조에 앉히고 세발솥에서 퍼온 물에 찬물을 적당히 섞어서 머리와 두 어깨에 부으며 씻겨 주었습니다. 또한 제 몸 이곳저곳을 안마해 주어 그동안 켜켜이 쌓인 피로를 말끔히 가시게 해 주었습니다. 이어 목욕 후에는 제 몸에 올리브기름을 발라 주고 저를 귀한 옷으로 갈아입힌 뒤 안락의자에 앉혔습니다. 그러자 다른 시녀 하나가 손을 씻도록 황금 항아리에 물을 갖고 와 은 대야에 부어 주었고 다른 시녀 하나는 제 앞에 식탁을 갖다 놓고 진수성찬을 차려 놓았습니다.

하지만 저는 돼지로 변신한 부하들 걱정으로 음식에 손을 댈 수 없었습니다. 음식도 먹지 않고 근심에 쌓여 있는 저를 보고 키르케가 무슨 일이냐고 물었습니다. 자신이 또 마법을 걸까 봐 두려워서 그러냐며 한 번 맹세를 한 이상 절대 그런 일은 없다고 저를 안심시켜 주었습니다. 그래서 저는 우리에 갇힌 부하들이 풀려나서 원래대로 돌아오기 전에는 어떻게 제 목에 음식이 넘어가겠느냐고 반문했습니다. 그러자 키르케는 곧바로 제 부하들을 풀어 주고 원래대로 돌려준 다음, 우리

Jacob Jordaens, 〈키르케를 위협하는 오디세우스〉, 1630-1635
그림 오른쪽 아래로 오디세우스의 부하가 변신한 돼지 2마리가 보인다

함선이 정박하고 있는 곳으로 가서 함선 안에 있는 물건과 삭구를 모두 해안 근처 동굴에 보관해 두고 부하들을 전부 궁전으로 데려오라고 말했습니다.

제가 함선에 도착하자 부하들은 그 안에서 애처롭게 울고 있었습니다. 그들은 저를 보자 기뻐 울면서 제 주위로 몰려들었습니다. 부하들은 마치 어미 소 떼가 바깥에서 풀을 실컷 뜯다가 축사로 돌아오면 어미를 보고 기뻐 날뛰며 그 주위로 몰려드는 송아지들 같았습니다. 그들은 제가 영락없이 죽은 줄로만 생각했던 것입니다. 하지만 그들은 다른 동료들이 안 보이자 곧 다시 슬픔에 젖어 걱정스럽게 그들의 안위를 물었습니다. 저는 그들은 키르케의 궁전에서 아무 탈 없이 잘 먹고 있으니 걱정하지 말라고 하면서 모든 물건과 삭구를 근처 동굴에 보관하고 함께 키르케의 궁전으로 가자고 말했습니다.

모두가 제 말에 복종했으나 제 매제 에우릴로코스만은 부하들까지 말리며 완강하게 가지 않겠다고 했습니다. 그는 아직도 여전히 키르케의 궁전에서 받은 충격에서 벗어나지 못했던 것입니다. 심지어 그는 부하들을 향해 키클로페스족 폴리페모스에게 당한 때를 회상시키며 저를 따라가면 그때처럼 모두 목숨을 잃을 것이라고 경고했습니다. 저는 순간적으로 모욕감을 느끼고 그의 목을 베려고 칼에 손을 갖다 댔지만 부하들이 사방에서 말리며 그를 그냥 배에 남겨 두고 저희끼리만 가자고 제안했습니다. 하지만 저희가 막상 출발하자 에우릴로코스도 하는 수 없이 저희를 따라왔습니다. 그는 나중에 제게 받을 질책이 두려웠던 것입니다.

한편 키르케는 제가 없는 사이 궁전에서 제 부하들을 목욕시켜 주고 올리브기름을 발라 준 다음 진수성찬을 마련하여 연회를 베풀고 있었습니다. 제가 궁전에 도착하자 함선에서 데려온 부하들과 키르케의 궁전에 남아 있던 부하들은 서로를 알아보고 부둥켜안은 채 오랫동안 기쁨의 눈물을 흘렸습니다. 한참 후에 키르케가 제게 와서 이제 슬픔일랑 잊어버리고 즐겁게 먹고 마시며 그동안 숱한 고생으로 바닥이 나버린 기력을 회복시켜야 한다고 충고했습니다. 그러면 그때 저희를 고향으로 보내 주겠다는 약속도 했습니다.

그 후 저는 키르케의 섬에서 꼬박 1년 동안 날마다 고기와 포도주로 연회를 벌였습니다. 그러던 어느 날 아침 부하들이 제게 면담을 요청하더니 꼭 돌아가고야 말겠다던 고향 이타케섬은 벌써 잊었냐며 저를 신랄하게 비난했습니다. 저는 그들의 말을 듣고 가슴을 쥐어뜯으며 깊이 반성했습니다. 그래서 그날도 여느 때처럼 하루 종일 거나하게 연

회를 벌였지만 제 마음이 내내 불편했습니다. 이윽고 해가 지고 밤이 되었을 때 키르케와 동침할 시간이 되자 저는 그녀의 무릎을 부여잡고 고향에 보내 주겠다던 약속을 지켜 달라고 애원했습니다. 저뿐 아니라 부하들도 그녀만 없으면 저를 잡고 고향에 보내 달라고 떼를 쓴다는 말도 덧붙였습니다. 그러자 제 말을 조용히 듣고 있던 키르케가 말했습니다.

'라에르테스의 아들 오디세우스여, 저는 더 이상 당신을 억지로 제 궁전에 붙들어 두지 않겠어요. 하지만 당신은 귀향하기 전에 먼저 다른 여행을 해야 해요. 당신은 지하 세계의 왕 하데스 신과 그분의 아내 페르세포네 여신의 궁전에 가서 지금은 고인이 된 눈먼 예언가 테이레시아스Teiresias의 혼령을 만나 당신이 앞으로 귀향 중에 어떤 난관을 만나게 될지, 아울러 그것을 어떻게 해야 헤쳐 나갈 수 있을지 물어보아야 해요. 보통 사람들은 죽은 뒤에는 허깨비처럼 살아가는데 페르세포네 여신은 테이레시아스에게만은 살아있을 때의 예언력을 빼앗지 않았답니다.'

저는 키르케의 말을 듣고 그만 온몸에 힘이 빠지고 말았습니다. 이제 귀향도 불가능한 것처럼 보였습니다. 지하 세계를 어떻게 가야 할지도 막막했고, 설령 갈 수는 있어도 돌아올 수 있을지도 기약할 수 없었기 때문입니다. 저는 키르케에게 누가 제 길잡이가 될 수 있겠느냐고 다급하게 물었습니다. 그러자 키르케가 즉시 이렇게 대답했습니다.

'라에르테스의 아들 오디세우스여, 지하 세계로 당신을 안내하는 길잡이가 없다고 걱정하지 마세요. 당신은 그냥 당신의 함선을 타고 앉아 계시기만 하면 돼요. 북풍이 당신 함선을 밀고 그곳까지 데리고 갈 테니까요. 하지만 당신 함선이 백양나무와 버드나무가 서 있는 소위 페르세포네의 숲에 닿거든 즉시 그곳에 함선을 정박시킨 다음 거기서부터는 걸어서 지하 세계로 들어가세요. 당신이 가셔야 할 곳은 플레게톤Phlegeton강과 스틱스Styx강의 지류인 코키토스Kokytos강이 합류하여 아케론Acheron강으로 흘러드는 곳이에요. 바로 그 2개의 강, 다시 말해 플레게톤강과 코키토스강이 합류하는 곳에 큰 바위가 하나 있어요. 당신은 바로 그 바위 근처에 사방 1큐빗cubit(역주: 약 45cm)의 구덩이를 파고 그 주위에 죽은 자들을 위해 첫번째는 꿀을 탄 우유를, 두 번째는 포도주를, 세 번째는 물을 붓고 그 위에 보릿가루를 뿌리도록 하세요. 그런 다음 당신이 귀향하면 죽은 자들에게는 새끼를 배어 본 적이 없는 암소 한 마리를, 테이레시아스에게는 어린 가축 중에서 가장 좋은 검은 수컷 한 마리를 바치겠다고 약속한 뒤 숫양 한 마리와 검은 암양

한 마리를 잡아 제물로 바치세요. 이때 제물들의 머리는 지하 세계의 짙은 어둠인 에레보스Erebos로 향하고, 당신은 그것을 보지 말고 강 쪽으로 얼굴을 돌려야 해요. 그러면 얼마 지나지 않아 수많은 혼령이 당신에게 다가올 거예요. 바로 그 순간 당신은 칼을 빼 들고 테이레시아스의 혼령이 제일 먼저 구덩이의 피를 맛보기 전까지는 다른 혼령들이 가까이 오지 못하도록 쫓아 내야 해요. 그러면 그 후 곧 테이레시아스가 나타나 당신에게 귀향 과정에 만나게 될 난관과 그것을 헤쳐 나가는 방법 등을 알려 줄 거예요.'

저희 두 사람이 이렇게 이야기를 나누는 사이 시간은 어느덧 아침이 되었습니다. 저는 키르케가 입혀 준 옷을 입고 온 궁전을 돌아다니며 부하들을 깨워 출발 준비를 시켰습니다. 바로 그때 엘페노르Elpenor라는 자가 포도주에 취해 사다리를 타고 올라가 궁전 지붕에서 자다가, 전우들이 내는 시끄러운 소리에 놀라 잠이 깨어, 비몽사몽간에 사다리를 타고 내려오는 것을 잊고 지붕을 평지로 알고 그냥 그대로 내려오다가 그만 땅바닥으로 떨어져 즉사하고 말았습니다.

저는 갈 길이 급한 터라 안타까운 마음을 뒤로 하고 부하들을 모두 모아놓고 고향으로 가기 전에 지하 세계로 테이레시아스를 만나러 가야 하는 사정을 말해 주었습니다. 부하들은 죽은 자들의 나라인 지하 세계로 가야 한다는 절망감에서 머리를 쥐어뜯으며 울음을 터트렸지만 아무 소용없는 짓이었습니다. 한편 제 부하들이 그렇게 눈물을 뚝뚝 흘리며 함선을 타러 가는 사이 키르케는 이미 저희를 앞질러 가서 제물로 쓸 숫양 한 마리와 검은 암양 한 마리를 그 함선 안에 묶어두었습니다.

오디세우스의 이야기 3: 키르케의 충고에 따른 지하 세계 방문

오디세우스가 키르케의 도움으로 마침내 지하 세계를 방문하다

오디세우스가 테이레시아스로부터 귀향에 필요한 충고를 듣다

오디세우스가 어머니 안티클레이아, 아킬레우스 등 수많은 혼령을 만나다

오디세우스가 함선을 타자마자 북풍이 불어 그의 함선을 지하 세계의 출구로 밀어 준다. 오디세우스가 함선을 정박하고 도보로 키르케가 일러준 곳에 당도하여 구덩이를 파고 그 안에 제물의 피를 흥건히 붓는다. 혼령들이 에레보스에서 피 냄새를 맡고 무수히 몰려온다. 맨 먼저 어머니 안티클레이아의 혼령이 다가오자 오디세우스가 눈물을 머금고 그녀를 제지한다.

테이레시아스 혼령이 제물의 피를 마신 뒤 오디세우스에게 귀향에 필요한 충고를 해 준다. 마침내 오디세우스의 어머니의 혼령이 피를 마신 뒤 아들과 이야기를 나눈다. 아가멤논의 혼령이 귀향한 후 아내와 정부에게 살해당한 이야기를 해 준다. 아킬레우스의 혼령이 지하 세계의 통치자로 사느니 차라리 지상의 소작농의 머슴으로 사는 게 훨씬 낫다고 항변한다.

큰 아이아스의 혼령이 멀리서 나타나 아킬레우스의 무구를 차지한 오디세우스에게 여전히 적개심을 보이며 다가오지 않는다. 혼령들을 심판하는 미노스가 보인다. 사냥꾼 오리온과 타르타로스에서 벌을 받고 있는 티티오스, 탄탈로스, 시시포스가 보인다. 오디세우스가 끝으로 헤라클레스의 혼령을 만나본 후 갑자기 공포가 밀려와 서둘러 지하 세계를 빠져나온다.

저희는 모두 정말 착잡한 심정으로 지하 세계로 가기 위해 함선에 올라탔습니다. 그 순간 키르케가 말한 것처럼 정말 뒤에서 북풍이 불었습니다. 그래서 함선은 저희가 힘들여 노를 저을 필요가 없이 절로 돛을 잔뜩 부풀린 채 거침없이 쌩쌩 달리기 시작했습니다. 해가 지고 사방이 어둠에 싸일 때쯤 저희는 마침내 오케아노스와 지하 세계의 경계에 도달했습니다. 그곳은 킴메리오이Kimmerioi족이 사는 곳으로 사시사철 칠흑 같은 어둠이 드리워져 있어 태양조차 밝게 비출 수 없었습니다.

저희는 그곳을 지나 페르세포네의 숲까지 가서 함선을 정박했습니다. 저는 부하들에게는 모두 함선에 남아 있으라 당부했습니다. 다만 페리메데스Perimedes와 에우릴로코스만은 제물로 쓸 숫양과 검은 암양을 어깨에 메게 하여 데리고 상륙했습니다. 이어 한참을 걸어서 마침내 키르케가 일러 준 플레게톤강과 코키토스강이 합류하는 지점에서 예의 그 큰 바위를 찾은 다음 재빨리 그 옆에 사방 1큐빗의 구덩이를 파고 첫 번째는 꿀 우유를, 두 번째는 포도주를, 세 번째는 물을 부은 다음 그 위에 보릿가루를 뿌렸습니다. 또한 지하 세계의 죽은 혼령들을

향해 제가 고향 이타케섬에 돌아가면 정성스러운 제물을 바치겠다고
기도한 뒤 구덩이 위에서 부하 둘이 들고 있던 제물의 목을 쳤습니다.

제물 2마리 양에서 검붉은 피가 뚝뚝 떨어져 구덩이에 고이자 갑
자기 죽은 자들의 혼령들이 피 냄새를 맡고 칠흑 같은 에레보스에서
모여들기 시작했습니다. 무시무시한 공포가 저를 사로잡았습니다. 저
는 두 부하에게 제물의 가죽을 벗기고 살점을 완전히 태우며 하데스와
페르세포네에게 기도하라고 명령한 뒤 다시 칼을 빼 들고 그곳에 앉아
다른 혼령들이 피에 다가오지 못하도록 위협했습니다.

맨 처음 피 냄새를 맡고 다가온 것은 지붕에서 떨어져 죽은 엘페
노르의 혼령이었습니다. 그는 아직 사자에게 마땅한 장례를 받고 매장
되지 못해 지하 세계에 가지 못한 채 스틱스강변을 헤매고 있어서 제
물의 피를 마시지 않고도 저와 이야기를 나눌 수 있었습니다. 저희가

지하 세계의 5개의 강

서둘러 지하 세계로 출발하는 바람에 그의 장례를 치르지 못했기 때문입니다. 과연 그는 제게 키르케의 궁전으로 돌아가거든 제발 자신의 시신을 갑옷 등 자신이 쓰던 모든 물건과 함께 화장해서 매장해 달라고 애원했습니다.

엘페노르는 다만 자기가 동료들과 동고동락하며 바다를 젓던 노만은 자신의 무덤 위에 꽂아 달라고 부탁했습니다. 저는 꼭 그렇게 하겠다고 그에게 굳게 약속했습니다. 그와 이런저런 이야기를 나누는 사이 제 어머니 안티클레이아의 혼령이 다가오셨습니다. 어머니는 제가 트로이에 있는 동안 고인이 되셨던 것입니다. 저는 어머니를 보자 그리움으로 사무쳤지만 그렇다고 테이레시아스_{Teiresias}가 오기 전에 어머니의 혼령에게 먼저 피 맛을 보게 허락할 수는 없는 노릇이었습니다. 저는 눈물을 머금고 어머니의 혼령이 구덩이에 다가오지 못하도록 칼을 휘둘렀습니다. 바로 그 순간 테이레시아스의 혼령이 황금 홀을 들고 나타나더니 제게 칼을 치우라고 호령했습니다. 제가 구덩이에서 한발 물러서며 칼을 칼집에 꽂자 그는 검붉은 피를 마시고 나더니 제게 이렇게 말했습니다.

'오디세우스여, 너는 편히 귀향하기를 바라겠지만 포세이돈 신께서 너의 귀향을 어렵게 하고 있다. 그분은 사랑하는 자기 아들 폴리페모스의 하나밖에 없는 눈을 네가 멀게 한 것에 깊은 원한을 품고 계시기 때문이다. 하지만 너는 온갖 고초를 당해도 부하들만 잘 단속한다면 고향에는 돌아갈 것이다. 특히 앞으로 트리나키에_{Thrinakie}섬에 도착하거든 그곳에서 풀을 뜯고 있는 헬리오스 신의 소 떼와 양 떼는 절대 손대지 마라. 그렇게만 한다면 너는 고생을 해도 고향 이타케섬에 쉽게 도착할 수 있을 것이다.

오른손에 지팡이를 들고 있는 테이레시아스
뒤로 희생 제물의 피 냄새를 맡고 몰려온 수
많은 혼령이 보인다

하지만 만약 소 떼와 양 떼에게 손을 댄다면 너만은 목숨을 건진
다 해도 너의 배와 전우들은 파멸을 면치 못하게 될 것이다. 너는 결국
부하들을 모두 잃고 나중에 비참하게 남의 배를 얻어 타고 귀향할 것
이고, 집에 도착해서도 큰 고초를 당할 것이다. 현재 오만불손한 구혼
자들이 네 아내에게 치근대며 네 재물을 축내고 있기 때문이다. 하지
만 너는 귀향하자마자 그들에게 통쾌하게 응징을 가하게 될 것이다.

너는 구혼자들을 죽인 뒤에는 어깨에 노를 하나 메고 바다를 전
혀 몰라 소금기가 있는 음식을 전혀 먹지 않는 사람들이 사는 곳에 이
를 때까지 길을 떠나라. 그곳에서 만난 어떤 사람이 네가 어깨에 메고
있는 노를 보고 곡식을 까부르는 키를 메고 있다고 말하거든 바로 그

곳에 그 노를 박고 포세이돈 신께 숫양, 수소, 수퇘지 각각 한 마리씩을 제물로 바쳐라. 그런 다음 집에 돌아가서도 모든 신들께 성대한 제물을 바쳐라. 그러면 너는 안락하게 여생을 보낸 후에 바다 쪽에서 온 죽음의 사자에 의해 지하 세계로 내려가게 될 것이다.'

테이레시아스가 이렇게 말하며 떠나가려 하자 저는 그를 다급하게 붙잡으며 어머니의 혼령이 저를 알아보게 하려면 어떻게 해야 하는지 물어보았습니다. 그러자 테이레시아스는 혼령들이 제물의 피를 마시면 생전의 의식을 회복하게 된다고 알려 주었습니다. 테이레시아스가 떠나고 제가 그 자리에 그대로 머물러 있자 마침내 어머니의 혼령이 피가 고여있는 구덩이로 다가왔습니다.

어머니는 피를 마시자마자 저를 금방 알아보더니 깜짝 놀라시며 어떻게 해서 지하 세계로 왔는지 물으셨습니다. 저는 어머니께 그간의 전후 사정을 모두 얘기해 드리며 도대체 어떻게 돌아가셨는지, 그리고 제 아내 페넬로페는 어떻게 지내고 있는지 물었습니다. 그러자 어머니께서는 제게 집안 사정을 아주 소상하게 말해 주셨습니다.

'내가 지하 세계로 오기 전까지 네 아내는 너에 대한 정절을 굳게 지키며 살고 있었지만, 하루하루 눈물 속에서 보내고 있었다. 네 지위나 명예도 아직 다른 사람들이 차지하진 않았다. 텔레마코스도 아직 어려도 그때까진 별 탈 없이 영지를 돌보며 원로회의에 참석하고 있었다. 모든 원로가 너 대신 그 아이를 초청하기 때문이다. 네 아버지는 교외 농장에 사시면서 도시 궁전에는 오시지를 않는다.

그분은 침상도 이불도 담요도 없이 겨울에는 하인들이 자는 화톳불 옆 땅바닥 위에서, 가을이면 낙엽 위에서 주무시며 몸에도 남루한 옷만을 걸치고 사셨다. 그분은 그렇게 날마다 슬픔에 젖어 네가 돌아오기만을 학수고대하고 계셨다. 이미 연로하신 상태라 아주 걱정이었다. 나도 그렇게 노년에 기력이 쇠하다가 결국 어느 날 갑자기 쓰러져 죽고 말았다. 너에 대한 그리움이 내 명을 재촉했으면 몰라도 화살을 맞거나 병으로 죽은 것은 아니다.'

어머니의 얘기를 듣고 있던 저는 어머니를 한번 안아보고 싶은 강한 욕망에 사로잡혔습니다. 그래서 저는 어머니께 달려가 세 번이나 안으려 했지만, 어머니께서는 그림자처럼 제 손에서 사라져 버리셨습니다. 저는 괴로운 나머지 어머니에게 그 이유를 물었습니다. 그러자 어머니께서는 육체를 떠난 혼령은 눈에 그 모습은 보여도 실체는 손으로 잡을 수 없는 그림자에 불과할 뿐이라고 말해 주신 다음 홀연히 에레보스 속으로 사라지셨습니다.

그러는 사이 오래전에 죽은 명망 있는 여인들의 혼령이 웅성거리며 구덩이로 다가왔습니다. 저는 그들이 한꺼번에 몰려들지 않고 하나씩 와서 피를 맛보도록 순서를 정해 주었습니다. 저는 그들에게 가문과 이름을 물어보았습니다. 맨 먼저 제게 다가온 것은 살모네우스Salmoneus의 딸 티로Tyro였습니다. 그녀는 아이올로스의 아들 크레테우스Kretheus의 아내였습니다.

티로는 한때 강의 신 에니페우스Enipeus에게 반해 강가로 놀러 가곤 했습니다. 하지만 우연히 포세이돈 신의 눈에 들어 쌍둥이 아들 펠레우스와 넬레우스를 낳았습니다. 두 아들은 장성하여 각각 이올코스Iolkos와 필로스의 지배자가 되었습니다. 티로는 나중에 크레테우스와 결혼하여 황금 양피의 영웅 이아손Iason의 아버지 아이손Aison과 페레스Pheres와 아미타온Amythaon도 낳았습니다.

다음은 아소포스Asopos의 딸 안티오페Antiope 차례였습니다. 그녀는 제우스 신의 사랑을 받고 두 아들 암피온Amphion과 제토스Zethos를 낳았습니다. 안티오페의 두 아들은 나중에 테베에 일곱 개 성문과 성벽을 세웠습니다. 다음은 암피트리온Ampytrion의 아내로 제우스 신과의 사이에서 헤라클레스를 낳은 알크메네Alkmene가 다가왔고, 이어 헤라클레스의 첫 번째 아내였던 크레온Kreon의 딸 메가라Megara가 다가왔습니다.

다음은 오이디푸스Oidipous의 어머니 이오카스테Iokaste가 다가왔습니다. 그녀는 부지불식간에 아들과 결혼했는데, 그녀의 아들도 부지불식간에 그전에 이미 친부를 살해했습니다. 이 사실을 알고 그녀는 목매 자살하고 아들은 고통스러운 속죄의 삶을 살아야 했습니다. 다음은 넬레우스의 눈에 들어 수많은 선물을 받고 그와 결혼한 클로리스Chloris가 다가왔습니다.

그녀는 이아소스Iasos의 아들 암피온의 딸로 남편에게 세 아들 네스토르, 크로미오스Chromios, 페리클리메노스Periklymenos와 외동딸 페로Pero를 낳아주었습니다. 넬레우스는 자신의 딸 페로를 당시 튼실하기로 널리 소문난 필라코스Phylakos의 소 떼를 가져오는 자에게 아내로 주겠다고 천명했습니다.

예언가 비아스Bias가 페로에게 반해 필라코스의 소 떼를 훔치려 했지만 사나운 개가 지키고 있는지라 감히 엄두를 내지 못했습니다. 그러자 그와 마찬가지로 예언자였던 그의 형 멜람푸스Melamphus가 나섰습니다. 그는 동물들의 말을 알아들을 수 있는 능력을 이용하여 필라코스의 아들 이피클로스Iphiklos의 생식불능을 치료해 주고 그 대가로 소 떼를 받아 동생 비아스의 소원을 풀어 주었습니다.

다음은 틴다레오스의 아내 레다Leda가 다가왔습니다. 그녀는 백

조로 변신한 제우스 신과의 사이에서 말을 길들이는데 명수인 카스토
르Kastor와 권투에 능한 폴리데우케스Polydeukes를 낳았습니다. 형제가
죽자 제우스 신의 피를 이어받은 폴리데우케스는 불사의 몸이 되어 하

Peter Paul Rubens,
〈레다와 백조〉, 1601
미켈란젤로 원작의 모사품

Giovanni Battista
Cipriani, 〈카스토르와
폴리데우케스〉, 1783

늘로 불려 가고 카스토르는 지하 세계로 내려갔습니다. 폴리데우케스는 제우스 신께 형제 카스토르가 지하 세계에 남아 있는 한 불사의 몸을 거부하겠다고 고집을 피웠습니다.

제우스 신께서는 하는 수 없이 형제를 하루씩 번갈아 가면서 하늘과 지하 세계에서 살도록 했습니다. 폴리데우케스는 그야말로 형제애의 화신이 아닐 수 없습니다. 다음은 알로에우스Aloeus의 아내 이피메데이아Iphimedeia가 다가왔습니다. 그녀는 엄청나게 큰 거인 오토스Otos와 에피알테스Ephialtes를 낳았습니다. 두 아들은 어느 날 하늘의 올림포스 신들을 위협했습니다. 올림포스산 위에 오사Ossa산을, 오사산 위에 펠리온Pelion산을 쌓아 그것을 사다리 삼아 하늘의 올림포스 궁전으로 올라가 신들을 지상으로 끌어내리겠다는 겁니다.

결국 그들은 제우스 신이 던진 번개를 맞고 아주 젊은 나이에 요절하고 말았습니다. 그 이외에도 파이드라Phaidra, 프로크리스Prokris, 아테네의 영웅 테세우스에게 버림받은 아리아드네Ariadne도 다가왔고, 아르테미스 여신의 추종자였다가 제우스 신의 아들 로크로스Lokros를 낳고 여신에게 죽임을 당하는 마이라Maira, 클리메네Klymene, 뇌물을 받고 남편 암피아라오스Amphiaraos를 전쟁터로 보내 죽게 만든 에리필레Eriphyle도 다가왔습니다.”

오디세우스는 이렇게 말하고 자신이 만난 여인들 얘기를 다 하자면 밤이 새도 모자란다고 하며 밤이 깊었으니 오늘은 그만하고 잠을 자고 싶다고 했다. 모두가 그의 이야기에 한창 빠져 있는 터라 한동안 말이 없었다. 갑자기 아레테가 좌중을 돌아보며 말문을 열어 오디세우스에게 선물을 듬뿍 주어 귀향시키자고 제안했다. 그러자 파이아케스족 족장 중 가장 연장자인 에케네오스가 그 말에 맞장구를 치며 자신도 같은 의견이지만 우선 모든 것을 손에 쥐고 있는 알키노오스 왕의 뜻을 들어 보자고 했다.

그러자 왕은 모두의 의견에 찬성하지만 자신은 오디세우스의 이야기를 더 듣고 싶다고 했다. 그는 오디세우스의 이야기는 마치 가인의 노래처럼 기품 있고 재미있다고 치켜세우며 지하 세계에서 혹시 트로이에서 함께 싸우다 죽은 전우는 만나지 못했는지 물었다. 오디세우스는 조금 전에는 잠을 자고 싶다고 했으면서도 한발 물러서며 왕이 원하신다면 기꺼이 이야기를 계속하겠다며 계속 말꼬리를 이어갔다.

"여인들의 혼령이 모두 물러가자 이제 아트레우스의 아들로 미케네의 왕이었던 아가멤논의 혼령이 다가왔습니다. 그의 주변에는 그와 함께 아내 클리타임네스트라의 정부 아이기스토스의 손에 죽은 혼령들이 모여 있었습니다. 아가멤논은 검붉은 피를 마시고 나서 저를 알아보더니 눈물을 흘렸습니다. 저는 그런 모습을 보자 불쌍한 생각이 들어 어떻게 지하 세계로 내려왔는지 물었습니다. 그러자 그는 아내 클리타임네스트라의 정부 아이기스토스의 손에 억울하게 죽은 이야기를 쏟아 내며 이렇게 말했습니다.

'그러니 당신도 앞으로 당신 아내를 너무 믿지 마시오. 아내에게 모든 것을 알려 주지 마시고 어떤 것은 말하되 어떤 것은 숨기시오. 하지만 오디세우스여, 당신은 아내 손에 죽지는 않을 것이오. 당신 아내 페넬로페는 매우 절개가 곧고 정숙하기 때문이오. 우리가 트로이로 떠날 때 당신은 신혼이었지요. 엄마 품에 안겨 있던 어린아이는 벌써 성인이 되어 있겠네요. 그 아이가 장차 귀향하게 될 아버지를 본다면 얼마나 행복해할까요? 그런데 내 아내는 내가 아들을 보기 전에 나를 죽여 버렸소. 그래서 당신에게 물어볼 게 있소. 당신은 혹시 내 아들 오레스테스가 어디에 살아있다는 얘기를 들은 적이 없소? 그는 아직 죽어 지하 세계로 내려오지 않았기 때문이오.'

저는 그에게 솔직하게 그것에 대해서는 아는 것이 하나도 없다고 대답했습니다. 그와 이런저런 이야기를 나누는 동안 이번에는 아킬레우스, 파트로클로스, 안틸로코스, 큰 아이아스 등의 혼령이 다가왔습니다. 제일 먼저 아이아코스Aiakos의 손자 아킬레우스가 제게 안타까운 표정으로 아무 의식이 없는 그림자들만이 사는 지하 세계에 내려온 이유를 물었습니다. 제가 고인이 된 테이레시아스에게 귀향에 필요한 조언을 듣기 위해 왔다고 하면서 살아있을 때도 그리스군의 존경을 한 몸에 받더니 죽어서도 사자들을 통치하는 제왕이 되었을 테니 너무 행복하겠다고 그를 치켜세웠습니다. 그러자 그는 손사래를 치며 이렇게 말했습니다.

'오디세우스여, 나를 위로하러 드시지 마시오. 나는 죽어 사자들의 나라를 통치하는 제왕이 되느니 차라리 시골에서 농토도 별로 없는 소작농의 머슴으로 살고 싶소. 그건 그렇고 혹시 당신은 내 아들 네오프톨레모스의 소식을 아시오? 그는 트로이 전쟁터에서 용감하게 싸웠소? 그리고 우리 아버님 펠레우스에 대해서도 아는 게 있으면 말해 주시오. 그분은 아직도 백성들의 존경을 한몸에 받고 계시오, 아니면 그들에게 업신여김을 받고 계시오? 내 비록 트로이 전쟁터에서 수많은 트로이군을 죽였어도 이제는 미약하기 짝이 없소. 아아, 내가 옛날 무공을 날리던 모습으로 우리 아버님을 찾아뵐 수만 있다면 그분을 욕보이는 자들을 혼쭐내 줄 수 있을 텐데!'

저는 아킬레우스에게 그의 아버지 펠레우스에 대해서는 잘 몰라도 아들 네오프톨레모스에 대해서는 많은 것을 얘기할 수 있었습니다.

그래서 저는 그에게 네오프톨레모스를 신탁에 따라 외갓집이 있던 스키로스섬에서 트로이 전쟁터로 데려온 것, 그가 회의에서 항상 바른말만 한 것, 트로이군과 싸울 때 절대로 물러서지 않고 앞장서서 용감하게 싸운 것, 미시아의 왕 텔레포스Telephos의 아들로 대단한 전사이자 멤논 다음으로 미남자였던 에우리필로스Eurypylos를 죽인 것, 에페이오스가 만든 목마에 들어가겠다고 당당하게 자원하여 트로이로 잠입한 뒤 혁혁한 전공을 세운 것, 그리고 마지막으로는 전쟁이 끝나서 당당하게 자기가 받을 전리품을 챙겨 무사히 귀향한 것 등을 얘기해 줬습니다. 아킬레우스는 얘기를 다 듣고 나서 아주 흐뭇한 표정을 지으며 에레보스 속으로 총총히 사라졌습니다.

이렇게 많은 혼령이 제게 다가와 이야기를 나누었지만 유독 큰 아이아스의 혼령만이 멀리 떨어져 다가오지 않았습니다. 그는 아킬레우스의 갑옷을 놓고 경합이 벌어졌을 때 제가 그를 이긴 것에 죽어서까지 깊은 원한을 품고 있었던 것입니다. 그는 그리스군 중 아킬레우스 다음으로 용감했던 인물입니다. 저는 그에게 다정한 목소리로 제게 품고 있는 분노가 있으면 이제 풀고 가까이 다가와서 피를 맛보라고 권했습니다. 하지만 그는 한마디 말도 없이 다른 혼령들과 함께 에레보스 속으로 사라져 버렸습니다. 그는 지상에서 제게 품고 있던 원한을 지하 세계에서도 내려놓지 못하고 있었던 것입니다.

이후 저는 그곳에서 저 멀리 아스라이 지하 세계에서 제우스 신의 아들 미노스Minos가 황금 홀을 손에 쥐고 죽은 자들에게 판결을 내리는 것을 보았습니다. 거인 사냥꾼 오리온이 끔찍한 몽둥이를 들고 생전에 죽인 사냥감들을 모는 장면도, 티티오스가 땅바닥에 누워있고 독수리가 그의 간을 파먹고 있는 장면도 보았습니다. 티티오스는 레토

Titian, 〈티티오스의 형벌〉, 1565년경

Michel de Marolles, 〈탄탈로스〉, 1655

제11권 오디세우스의 이야기 3: 키르케의 충고에 따른 지하 세계 방문

Leto를 함부로 욕보이려다 그런 형벌을 받고 있었습니다. 아버지 제우스 신을 비롯한 다른 신들을 속인 벌을 받아 그칠 줄 모르는 허기와 갈증에 시달리며 고통에 신음하는 탄탈로스Tantalos도 보았습니다.

그는 물이 턱밑까지 차오른 상태로 호수에 서 있었습니다. 하지만 목이 말라 물을 마시려고 허리를 굽히면 물은 순식간에 사라지고 땅이 드러나 끝없는 갈증으로 고통을 받고 있었습니다. 또한 그의 머리 위로는 배나무, 석류나무, 사과나무, 올리브나무, 무화과나무 등 온갖 과일나무들이 탐스러운 열매들을 매단 채 가지를 드리우고 있었습니다. 하지만 그가 열매를 따려고 손을 내밀면 순식간에 바람이 가지를 그의 손이 닿지 않는 곳으로 밀어내 버렸습니다. 저는 또한 시시포스Sisyphos가 커다란 바위를 산 정상으로 힘들게 굴리는 것도 보았습니다. 하지만 그가 산 정상에 돌을 올려놓으면 돌은 다시 밑으로 굴러 내려 그는 영원히 같은 일을 아무 성과도 없이 반복해야 했습니다.

Antonio Zanchi,
〈시시포스〉,
1660-1665

저는 마지막으로 헤라클레스Herakles를 보았습니다. 사실 지하 세계의 헤라클레스는 환영에 불과했습니다. 그는 죽은 뒤 신이 되어 헤라의 딸 청춘의 여신 헤베Hebe와 결혼하여 신들과 함께 하늘에 살고 있었기 때문입니다. 그가 나타나자 혼령들은 너무 놀라 마치 날아가는 새 떼처럼 부리나케 달아났습니다. 그러자 헤라클레스는 활시위에 활을 얹어 당장이라도 쏠 듯한 자세를 취하며 그들을 노려보다가 저를 알아보고 자신도 지하 세계에 왔던 것을 상기하며 이렇게 말했습니다.

'라에르테스의 아들 오디세우스여, 당신도 내가 지상에서 살고 있을 때처럼 고단한 삶을 살아가고 있는 걸 보니 동병상련을 느끼는구려. 당신도 알다시피 나는 신들의 왕 제우스님의 아들이었소. 그런데도 바보왕 에우리스테우스Eurystheus에게 예속되어 그가 시키는 일은 무엇이든 해야만 했소. 그러다가 끝내는 이 지하 세계로까지 와서 머리가 셋 달린 괴물 개 케르베로스를 데려가 그에게 보여 주어야 했소. 물론

제11권 오디세우스의 이야기 3: 키르케의 충고에 따른 지하 세계 방문

나는 아테나 여신과 헤르메스 신의 도움으로 그 과업을 훌륭하게 완수했소.'

헤라클레스는 이렇게 말한 뒤 에레보스 속으로 총총히 사라졌습니다. 그 뒤 저는 영웅 테세우스Theseus나 그의 친구 페이리토오스Peirithoos 등 다른 영웅들이 나오지 않을까 기다렸습니다. 그런데 기대와는 달리 수많은 다른 혼령들이 떼를 지어 고함을 치며 몰려왔습니다. 그 순간 저는 갑자기 지하 세계의 여왕 페르세포네Persephone 여신이 혹시 인간이든 동물이든 살아있는 것은 무엇이든 그 얼굴을 보기만 하면 하도 끔찍하여 돌로 변해 버리는 고르곤Gorgon 메두사Medusa를 보내지 않을까 하는 공포에 사로잡혔습니다. 그래서 저는 부리나케 함선을 정박해 둔 곳으로 돌아가 부하들을 재촉하여 지하 세계를 떠나왔습니다."

오디세우스의 이야기 4: 세이렌, 스킬라와 카립디스, 헬리오스의 섬

키르케가 마지막으로 오디세우스에게 항해 중 닥치게 될 위험을 일러 주다
오디세우스가 세이렌의 섬, 스킬라와 카립디스, 헬리오스의 섬을 지나가다
오디세우스가 함선과 부하들을 모두 잃고 혼자 칼립소의 섬에 상륙하다

오디세우스가 지하 세계에서 키르케의 섬으로 돌아와 하루를 푹 쉬고 나서 드디어 함선을 타고 고향으로 출발한다. 그는 괴조 세이렌의 섬을 지나가면서 부하들 귀에 밀랍을 발라 노래를 듣지 못하게 하여 그들의 목숨을 구해 주고, 자신은 부하들을 시켜 돛대에 몸을 꽁꽁 묶도록 하여 괴로워 몸부림치면서도 노래도 듣고 목숨도 구한다.

오디세우스가 괴물 스킬라와 엄청난 소용돌이 카립디스 사이의 협곡을 지나면서 스킬라에게 부하 6명을 잃는다. 그는 헬리오스의 섬을 그냥 지나치려다가 부하들의 성화를 이기지 못하고 잠깐 쉬어 갈 요량으로 상륙한다. 그런데 다음 날 아침부터 폭풍우가 일어나 출발하지 못하고 한 달이나 섬에 지체하는 바람에 식량이 바닥나고 만다.

오디세우스가 폭풍우를 멎게 해달라고 신들에게 기도하러 간 사이에 부하들이 배고픔을 이기지 못하고 헬리오스의 소들을 잡아먹는다. 분노한 헬리오스는 그새 바다가 잠잠해진 틈을 타 출항한 오디세우스의 함선을 난파시키고 부하들을 몰살시킨다. 오디세우스만 용골에 몸을 의지한 채 바다를 표류하다가 간신히 칼립소의 섬에 상륙한다.

"저희 함선이 대양강 오케아노스Okeanos를 떠나 바다를 거쳐 아이아이에섬으로 귀환했을 때는 이미 야심한지라 저희는 키르케의 궁전으로 돌아가지 않고 바닷가에 내려 적당한 곳에 잠자리를 마련한 다음 잠을 청했습니다. 아침이 되자 저는 부하들을 키르케의 궁전으로 보내 엘페노르의 시신을 가져와 그와 약속한 대로 장례를 치러 주고 무덤 한가운데에 그의 노를 꽂아 주었습니다.

그 후 키르케가 시녀들을 대동하고 바닷가로 빵과 고기와 포도주를 날라왔습니다. 이어 제게 살아서 지하 세계에 다녀온 터라 두 번 죽는 셈이니 큰일을 해냈다며 내일 아침 떠나기 전 맘껏 먹고 마시며 휴식을 취하라고 격려했습니다. 그래서 저희는 그날 해가 질 때까지 고기와 포도주로 연회를 벌였습니다. 밤이 깊어 모두가 함선 옆에서 자려고 눕자 키르케는 저를 그곳에서 조금 떨어진 한적한 곳으로 데리고 가서는 제게 다정하게 몸을 기대며 지하 세계에서 보고 들은 것을 자세하게 묻더니 장차 자신의 섬을 떠나 귀향 중에 닥치게 될 일을 이렇게 미리 알려 주었습니다.

'오디세우스여, 제 말을 명심해서 들으세요. 당신은 우리 섬을 출발해서 제일 먼저 세이렌Seiren 자매가 사는 섬을 지나갈 거예요. 누구든지 그들의 노랫소리를 들으면 목숨을 부지할 수가 없어요. 그들에게 더 가까이 가려다가 결국 배가 암초에 부딪혀 침몰하여 모두 바다에 빠져 죽기 때문이죠. 그 섬 주변에는 그렇게 죽어간 선원들의 뼈가 산더미처럼 쌓여 있어요. 그러니 부하들에게는 그들의 노랫소리가 들리지 않도록 밀랍을 이겨 귀에 발라 주세요.

하지만 당신은 원한다면 목숨을 부지한 채 그들의 노랫소리를 들을 수 있어요. 우선 부하들을 시켜 돛대에 당신 몸을 묶도록 하세요. 그리고 부하들에게 당신이 세이렌의 노랫소리를 듣고 몸부림치며 풀어 달라고 애원하면 더 단단히 묶어 달라고 이르세요. 세이렌의 섬을 통과한 다음에는 항로가 두 갈래로 나뉘어 있어요. 하나는 플랑크타이Planktai 암벽이라고 부르는데 지나가는 것은 무엇이든 서로 부딪혀서 가루를 내는 2개의 암벽이지요.

지금까지 어떤 배도 그곳을 지나가지 못했어요. 그러니 당신도 이 항로는 피해야 해요. 황금 양피를 탈취한 이아손의 아르고Argo호만이 콜키스의 왕 아이에테스Aietes의 추격을 당하다가 헤라 여신의 은총으로 그곳을 통과할 수 있었지요. 다른 하나는 2개의 깎아지른 듯한 암벽이 마주 보며 우뚝 솟아있는 해협이에요. 그중 하나의 암벽 중간쯤에는 동굴이 하나 있는데 그 안에는 스킬라Skylla라는 괴물이 살고 있어요.

스킬라의 발은 12개, 목과 머리는 6개나 되고 모든 입에는 이빨이 세 줄로 촘촘하게 줄지어 돋아나 있어요. 스킬라는 아랫도리를 동굴 안쪽에 깊게 뿌리내린 채 기다란 머리를 밖으로 내어 사방으로 자유자재로 움직이면서 돌고래나 물개를 잡아먹곤 하지요. 지금까지 배를 타

〈세이렌 미니어처 장례품 조각상〉,
B.C. 370년경, 아테네 국립 고고학
박물관

John William Waterhouse, 〈세이렌〉, 1900

John William Waterhouse, 〈오디세우스와 세이레네스〉, 1891
'세이렌'의 복수가 '세이레네스Seirenes'다. 세이렌에서 영어 단어 '사이렌Siren'이 유래했다

제12권 오디세우스의 이야기 4: 세이렌, 스킬라와 카립디스, 헬리오스의 섬

고 그곳을 무사히 통과한 배는 없어요. 스킬라가 눈 깜짝할 사이에 목을 빼 들고 입 하나에 선원 한 사람씩 한꺼번에 6명씩 낚아채 가기 때문이죠.

또 다른 암벽은 첫 번째 것보다 약간 작고 낮은데 그 맞은편에 있어요. 그 암벽 아래쪽에는 무화과나무가 한 그루 자라고 있는데, 그 나무 밑 바닷속에 카립디스Charybdis라는 괴물이 살고 있어요. 그 괴물은 하루에 3번씩 바닷물을 빨아들였다가 내뱉는 엄청나게 큰 소용돌이에요. 따라서 당신은 절대로 그쪽으로 가서는 안 돼요. 카립디스에게 한번 빨리면 포세이돈 신이라도 당신을 구해 줄 수 없으니까요. 그러니

Adolf Hirémy-Hirschl,
〈스킬라와 카립디스 사이〉, 1910

차라리 스킬라가 사는 동굴 쪽에 붙어서 그쪽으로 통과하도록 하세요. 한꺼번에 부하들 모두를 잃느니 6명만 잃는 게 훨씬 나을 테니까요.'

저는 키르케의 말을 듣고 나서 그녀에게 스킬라로부터 제 부하들을 지킬 수 있는 방도가 없는지 물었습니다. 그러자 그녀는 깜짝 놀라며 인간은 불사의 몸인 스킬라를 막을 수 없으며 스킬라가 부하들을 낚아채는 순간 죽을힘을 다해 가능한 한 빨리 그곳을 벗어나는 게 상책이라고 충고하며 말을 이었습니다.

'당신이 스킬라와 싸우기 위해 무장하고 그곳에 남아 있다가는 스킬라가 다시 덤벼들어 똑같이 부하 6명을 잡아갈까 두려워요. 다만 그곳을 통과하면서 스킬라의 어머니 크라타이이스Krataiis의 이름을 부르면 스킬라가 다시 덤벼드는 것은 막아 줄 거예요. 그 후엔 당신은 트리나키에섬에 도착할 거예요. 그곳에는 티탄 신족의 태양신 헬리오스의 암소들과 양들이 풀을 뜯고 있어요. 소 떼와 양 떼는 각각 일곱 무리인데 각각의 무리마다 50마리씩이에요.

그들은 헬리오스와 요정 네아이라Neaira 사이에서 태어난 파에투사Phaetusa와 람페티에Lampetie 요정이 돌보고 있지요. 당신은 그 소 떼와 양 떼만 해치지 않는다면 고생은 해도 부하들을 데리고 고향 이타케섬에 무사히 가게 될 거예요. 하지만 그 소와 양을 해친다면 당신 함선과 부하들은 파멸을 면치 못할 거예요. 당신만은 죽음을 피할 수는 있어도 부하들을 모두 잃고 비참하게 귀향할 거예요. 그러니 그 섬엔 상륙하지 말고 가능한 한 지나쳐 가세요.'

키르케와 이야기를 나누는 동안 어느새 아침이 되었습니다. 키르케는 궁전으로 돌아가고 저는 함선이 정박하고 있는 곳으로 가 부하들을 재촉하여 얼른 그곳을 출발했습니다. 저희 함선은 키르케가 순풍을 보내 주어 힘들게 노를 젓지 않아도 순항을 계속했습니다. 기회를 보아 저는 부하들에게 우선 키르케가 괴조 세이렌에 대해 제게 해 준 말을 하나도 빠짐없이 전해 주며 그대로 하라고 단단히 일렀습니다.

그 순간 갑자기 바람이 잦아들었습니다. 저희 함선이 드디어 세이렌 자매가 사는 섬 근처에 도착한 것입니다. 부하들이 일어서서 돛을 내렸습니다. 그사이 저는 얼른 밀랍을 녹여 부하들의 귀에 발라 주었습니다. 그러자 그들도 제가 미리 일러 준 대로 저를 돛대에 묶고는 힘껏 노를 젓기 시작했습니다. 세이렌 자매는 저희 함선에서 사람의 고함이 들릴 만한 거리가 되었을 때 제 이름을 부르며 저희를 향해 더욱더 감미로운 노래를 불렀습니다.

'오디세우스여, 자, 이리 오세요. 배를 세우고 달콤한 우리 노랫소리를 한 번 들어 보세요. 우리 입에서 흘러나오는 노랫소리를 제대로 듣지 않고 이곳을 통과한 배는 아직 하나도 없어요. 우리 노랫소리를 들은 사람은 죽어서도 더 많은 것을 알고 가지요. 우리는 풍성한 대지 위에서 일어나는 일은 무엇이든 다 알고 있으니까요. 우리는 트로이에서 그리스군과 트로이군이 벌인 전쟁에 대해서도 아주 잘 알고 있어요.'

세이렌 자매가 달콤한 목소리로 노래 부르자 부하들은 아무런 감정의 변화 없이 열심히 노만 저었으나 저는 귀가 열려있는지라 그들에게 더 가까이 다가가서 더 많은 것을 듣고 싶은 강렬한 욕망에 사로잡혀 막무가내로 몸부림치며 부하들에게 저를 풀어 달라고 명령했습니다. 하지만 그들은 귀에 밀랍을 발라 아무 소리도 듣지 못하는 터라 계속 노를 젓기만 했습니다. 그러다가 페리메데스와 에우릴로코스가 제가 몸부림치는 것을 보더니 더 많은 밧줄로 저를 더욱더 꽁꽁 묶어 버렸습니다. 부하들은 세이렌 자매의 노랫소리가 하나도 들리지 않을 만

오디세우스와 세이레네스,
B.C. 480-B.C. 470년경
그리스 도기 그림

큼 섬에서 멀리 떨어지자 비로소 자신들의 귀에 바른 밀랍을 떼어 내
고 저도 밧줄에서 풀어 주었습니다.

세이렌 자매의 섬을 지나고 얼마 지나지 않아 저희는 곧 너울과
물보라를 일으키며 노호하는 바닷소리를 들었습니다. 그건 바로 엄청
난 소용돌이 카립디스였습니다. 제가 사전에 아무 정보도 주지 않았지
만, 부하들은 그걸 보자 잔뜩 겁을 집어먹고 노 젓는 일을 그만 멈추고
말았습니다. 그래서 저는 함선 안을 돌아다니며 부하들을 격려했습니
다. 흉악한 외눈박이 키클로페스족 폴리페모스의 동굴에서 탈출했는
데 이까짓 소용돌이는 아무것도 아니라고 말이지요. 그러면서 저는 키
잡이에게 함선을 카립디스를 피해 스킬라가 사는 절벽 옆에 바싹 붙여
항해하도록 유도했습니다.

그런데 제가 아무리 눈을 부릅뜨고 그 절벽을 살펴봐도 스킬라는
보이지 않았습니다. 부하들은 오히려 반대편 절벽 아래에서 요동치는

카립디스에게 정신이 팔려 있었습니다. 카립디스가 물을 내뿜을 때는 바닷물은 마치 가마솥의 끓는 물처럼 밑바닥으로부터 끓어올라 하늘 높이 물보라를 일으켰고, 다시 바닷물을 빨아들일 때는 소용돌이치며 바닥의 시커먼 모래땅이 드러났습니다.

부하들은 공포에 떨며 계속해서 카립디스 쪽을 쳐다보고 있었습니다. 바로 그때 우리가 배를 몰던 절벽 동굴에서 갑자기 스킬라가 나타나 목을 쭉 내밀더니 순식간에 제 부하 여섯을 낚아채 갔습니다. 스킬라는 마치 낚시꾼이 미끼를 문 물고기를 물 밖으로 끌어낼 때처럼 비명을 지르며 버둥대는 부하들을 높이 들어 올려서는 동굴 입구에서 잡아먹기 시작했습니다. 그것은 정말 지금까지 제가 본 것 중 가장 참

Pellegrino Tibaldi, 〈헬리오스의 소를 잡아먹는 오디세우스의 부하들〉, 1554-1556

혹한 광경이었습니다. 저는 울분을 삼키며 부하들에게 힘껏 노를 저으라고 명령하여 재빨리 그곳을 빠져나왔습니다.

저희가 그다음에 도착한 곳은 헬리오스 신의 섬이었습니다. 섬에 가까이 다가가자 섬으로부터 시끄러운 소 떼의 울음소리가 들려왔습니다. 저는 아이아이에섬에서 키르케가 신신당부하던 말이 생각나서 부하들에게 그 섬에는 상륙하지 말고 그냥 지나치자고 했습니다. 그러자 저의 매제인 에우릴로코스가 부하들을 대표하여 저를 원망하며 모두가 너무 지쳤으니 하룻밤만 그 섬에서 묵고 가자고 애원했습니다. 저는 불길한 예감에 사로잡히면서도 그들에게 소 떼나 양 떼를 해치지 않겠다고 맹세하면 그렇게 하겠다고 약속했습니다. 그러자 부하들은 순순히 제 뜻에 따라 키르케가 싸 준 음식만 먹겠다고 맹세했습니다.

저희는 그 섬 바닷가에 내려 스킬라에게 잡아먹힌 6명의 동료를 추모하며 실컷 먹고 마신 다음 잠이 들었습니다. 하지만 한밤중이 되자 제우스 신께서 무서운 폭풍을 일으켜 천지를 암흑으로 뒤덮더니 엄청난 비를 내리기 시작했습니다. 저희는 거처를 동굴로 옮기고 폭풍우가 그치기를 기다렸지만 비는 한 달 내내 내렸습니다. 부하들은 함선에 있던 양식들이 동이 나자, 처음에는 맹세한 대로 섬에 있는 소 떼와 양 떼에는 전혀 손을 대지 않고 주로 새나 물고기를 잡아먹었습니다.

그러던 어느 날 저는 폭풍우를 잠재워 달라고 신들께 기도를 드리기 위해 부하들만 남겨 두고 섬의 한가운데에 있는 산 정상으로 올라가 기도를 드리다가 그만 깜박 잠이 들고 말았습니다. 바로 그 틈을 이용하여 에우릴로코스가 허기에 시달리는 동료들을 꼬드기기 시작했습니다.

'여러분, 내 말을 좀 들어 보시오. 가련한 인간에겐 어떤 죽음이든

비참하오. 하지만 그중 가장 비참한 것은 굶어서 죽는 것이오. 자 우리 이 섬에 있는 헬리오스 신의 소 떼 가운데 가장 훌륭한 녀석들을 골라 먼저 신들께 제물로 바치고 우리도 배불리 먹읍시다. 그 대가로 고향에 돌아가면 헬리오스 신께 훌륭한 신전을 지어 드립시다. 그래도 신께서 우리를 파멸시키시겠다면 나는 외딴 섬에서 굶주려 죽느니 차라리 바다에 빠져 죽는 게 낫겠소.'

에우릴로코스의 말에 다른 전우들이 모두 찬성했습니다. 그들은 곧장 가까운 풀밭으로 가서 가장 튼실한 소 몇 마리를 끌고 와 잡아서는 넓적다리뼈에 날고기를 둘러 장작불에 태워 신들께 바친 다음 나머지는 꼬챙이에 꿰어 실컷 구워 먹었습니다. 제가 얼마 후 잠에서 깨어 함선으로 다가갔을 때 고기 굽는 냄새가 주위에 진동했습니다. 저는 사태를 짐작하고 제 부하들을 시험해 보기 위해 저를 잠재운 신들을 원망했습니다. 부하들을 심하게 꾸짖었지만 그렇다고 이미 죽은 소가 살아올 것도 아니고 이미 물은 엎질러진 뒤였습니다.

그사이 자매 파에투사와 함께 아버지의 소 떼를 돌보고 있던 요정 람페티에가 급히 헬리오스 신께 날아가 제 부하들이 겁도 없이 그분의 소들을 잡아먹었다는 사실을 알렸습니다. 분기탱천한 헬리오스 신께서는 신들의 회의에서 제 부하들에게 그에 상응하는 벌을 내리지 않으면 자신은 지상이 아닌 지하 세계로 가서 죽은 자들 가운데서 빛을 비추겠다고 으름장을 놓았습니다. 그러자 제우스 신께서 헬리오스 신에게 제 함선을 바다 한가운데서 번개를 쳐서 산산조각 낼 것이니

Theodoor van Thulden, 〈오디세우스의 부하들이 헬리오스의 성스러운 소들을 잡아먹자 그 사실을 아버지에게 알리는 람페티에〉, 1632-1633
그림 오른쪽 위로 태양마차를 모는 헬리오스와 람페티에의 모습이 보인다

제12권 오디세우스의 이야기 4: 세이렌, 스킬라와 카립디스, 헬리오스의 섬

223

화를 풀라고 달랬습니다.

이어 곧바로 신들이 보내는 불길한 전조가 나타났습니다. 소에서 벗겨 낸 가죽들이 땅 위를 기어 다녔고, 먹다 남은 꼬챙이의 살점들이 ‘음매!’하고 소 울음소리를 냈습니다. 제 부하들이 엿새 동안이나 소들을 잡아 연회를 벌이고 일곱째 날이 되자 거짓말처럼 폭풍우가 멎었습니다. 저희는 즉시 함선에 올라 돛을 올렸습니다. 저희가 한참을 달려 육지는 보이지 않고 하늘과 바다만 보이는 순간 갑자기 사방에 먹구름이 끼더니 엄청난 돌풍이 일어 순식간에 함선의 돛대를 부러뜨렸습니다.

더구나 돛대는 쓰러지면서 키잡이의 머리를 쳐 그를 절명시키고 말았습니다. 이어 천둥소리와 함께 번개가 일더니 저희 함선을 쳐서 산산조각으로 만들어 앙상한 용골만 남겨 놓았고, 그 와중에 부하들은 요동치는 바다에 떨어져 모두 죽고 말았습니다. 저만 간신히 용골을 잡고 강풍에 떠밀려 다니던 중에, 그때까지 돌풍을 일으키며 불던 서풍이 그치고 갑자기 남풍이 불기 시작하더니, 끔찍하게도 저를 다시 스킬라와 카립디스가 있는 곳으로 데리고 갔습니다. 카립디스는 그때 마침 바닷물을 빨아들이고 있었습니다.

제가 타고 있던 용골도 속절없이 막 카립디스의 입속으로 빨려 들어가고 있었습니다. 바로 그 순간 저는 순간 용골을 손에서 내려놓고 훌쩍 뛰어올라 카립디스 주둥아리 바로 위쪽 암벽에 자라고 있던 무화과나무 가지를 잡고 매달렸습니다. 무화과나무 뿌리는 아래를 향하고 가지는 허공으로 뻗어 있어 저는 내려가지도 올라가지도 못한 채 그렇게 매달린 채 계속 아래를 주시하며 카립디스가 용골을 도로 토해 내기를 기다렸습니다. 얼마간의 시간이 흐르고 마침내 카립디스가 다시

물을 뿜어내면서 그의 주둥아리에서 용골이 다시 튀어나오자, 저는 기다렸다는 듯이 그 위로 뛰어내려 사력을 다해 두 손으로 노를 젓기 시작했습니다.

다행스럽게도 그때 스킬라는 나타나지 않았습니다. 만약 그랬더라면 저는 거기서 살아 나오지 못했을 것입니다. 그렇게 바다 위를 10일 동안이나 항해한 끝에 저는 마침내 요정 칼립소가 사는 오기기에섬에 도착했습니다. 어제 이미 말씀드렸듯이 제가 섬에 상륙하자 칼립소는 저를 반갑게 맞아 주고 7년 동안이나 지극정성으로 섬기고 보살펴 주었습니다."

제13권

이타케섬에 도착한 오디세우스를 거지 노인으로 변신시키는 아테나

파이아케스족 선원들이 잠든 오디세우스를 이타케섬 해안에 내려놓다

분노한 포세이돈이 파이아케스족의 배를 돌로 변신시키다

아테나가 오디세우스를 초라한 거지 노인으로 변신시키다

파이아케스족 선원들이 잠든 오디세우스를 선물들과 함께 이타케섬의 포르키스만에 내려놓는다. 분노한 포세이돈이 오디세우스의 호송을 끝마치고 항구로 들어가는 배를 돌로 만들어 버린다.

잠에서 깨어난 오디세우스가 전혀 고향을 알아보지 못한다. 아테나가 양치기의 모습을 하고 나타나 그곳이 이타케섬이라는 것을 확인시켜 준 다음 누구에게도 신분을 밝히지 말라고 충고한다.

아테나가 오디세우스에게 우선 그와 그의 가족에 대한 충성심을 아직도 잃지 않고 있는 돼지치기 에우마이오스를 찾아가 보라고 충고한 다음 그를 초라한 거지 노인의 모습으로 변신시킨다.

오디세우스의 긴 이야기가 전부 끝났는데 모두 아무 말이 없었다. 아직도 그의 이야기가 발산하는 마력에서 벗어나지 못했기 때문이다. 한참 만에 알키노오스가 말문을 열었다. 그는 먼저 오디세우스에게 지금까지 갖은 고생을 했지만 자기 나라에 온 이상 이제 편안하게 귀향하게 될 것이라고 위로했고, 이어 족장들을 향해서는 오디세우스에게 세발솥과 가마솥도 하나씩 더 선물을 하자고 제안했다. 모두가 그의 말에 찬성하며 집으로 돌아가 잠을 청했다.

아침이 되자 족장들은 솥들을 하인의 손에 들린 채 오디세우스가 타고 갈 배로 가져와서 노 저을 때 방해가 되지 않도록 의자 밑에 넣어 둔 다음 아침 식사를 하기 위해 알키노오스의 궁전을 향했다. 그들은 우선 제우스에게 황소 한 마리를 바친 후 가인 데모도코스의 연주와 노래가 울려 퍼지는 가운데 흥겨운 이별 연회를 베풀었다. 하지만 오디세우스는 연회에는 별 관심이 없고 자꾸만 서쪽을 바라보며 해가 빨리 서산으로 넘어가기만을 고대했다. 저녁이 되면 배가 고향으로 출발하기로 되어 있었기 때문이다. 그의 모습은 마치 하루 종일 들판에서 일하던 일꾼이 얼른 일을 마치면 집에 돌아가서 하게 될 저녁 식사를 고대하는 것과 같았다.

　이윽고 해가 서산으로 뉘엿뉘엿 넘어가고 출발할 시간이 되자 오디세우스는 알키노오스 왕과 그곳에 함께 한 족장들과 신하들에게 그동안 베풀어 준 친절에 대해 깊은 고마움을 표시하며 신의 축복을 기원했다. 오디세우스는 마지막으로 아레테 왕비에게 다가가 만수무강을 기원한 뒤 전령 폰토노오스의 안내를 받아 배로 행했다. 그러자 하인들과 시녀들이 오디세우스가 받은 선물을 넣은 궤짝과 항해 중에 입을 옷을 들고 그 뒤를 따랐다.

　오디세우스가 바닷가에 도착하자 배에는 이미 항해 중에 먹을 것과 마실 포도주가 충분하게 실려 있었다. 선원들은 오디세우스를 위해 선미 갑판에 아마포를 깔아 잠자리를 만들어 주었다. 이윽고 파이아케

Claude Lorrain, 〈파이아케스족의 나라를 떠나는 오디세우스〉, 1646

스족의 선원들이 노 젓는 의자에 앉아 노를 젓기 시작하자, 오디세우스는 그 잠자리에 누워 금세 죽음과도 같은 깊은 잠에 빠져들었다. 배는 마치 4필의 말이 끄는 마차처럼 선수를 약간 든 채 아주 빨리 앞으로 나아갔다. 마치 새 중에서 가장 빠른 매조차도 따라잡지 못할 것 같았다.

새벽의 여신이 등장하는 것을 알리는 샛별이 떠올랐을 때쯤 배는 이미 오디세우스의 고향 이타케섬에 다가가고 있었다. 이타케섬에는 이타케항 말고도 바다의 노인으로 불리는 바다의 신 포르키스Phorkys의 이름을 딴 조그마하고 한적한 포구가 있는데 양쪽으로 길고 가파른 곶이 돌출해 있어서 포구 밖의 파도를 막아 주고 있었다. 따라서 포구는 밧줄을 매지 않고 정박해도 배가 전혀 흔들리지 않을 정도로 수면이 고요했다. 포구 안쪽 해안에는 아름드리 올리브나무 한그루가 있고 그 옆에는 물의 요정 나이아데스Naiades에게 바친 동굴이 있었다.

파이아케스족의 선원들은 그쪽으로 배를 몰아 정박했다. 어찌나 세게 몰았던지 배가 전체의 반이나 백사장 위로 올라왔다. 그들은 우선 아마포 전체를 들어 잠에 곯아떨어져 있는 오디세우스를 모래밭에 누이고 나서 그가 받은 선물도 모두 내렸다. 그들은 선물을 다시 무화과나무 밑동 옆에다 가지런히 쌓아 놓았다. 혹시 길 가던 행인이 오디세우스가 깨기 전 그것을 훔쳐 가지 못하도록 하기 위한 배려였다.

선원들은 임무를 끝마치자 다시 고향으로 출발했다. 하지만 바로 그 순간 포세이돈이 올림포스 궁전에서 신들과 함께 그들의 행동을 유심히 관찰하다가 제우스에게 불평을 털어놓았다. 자신은 제우스의 뜻을 받들어 오디세우스를 죽이지 않고 고향에 가도록 하겠다고는 했지만, 파이아케스족이 눈엣가시 같은 오디세우스에게 저렇게 많은 선물을 주고 후대하는 것은 마음에 들지 않는다는 것이다.

포세이돈은 괜히 심술이 나 파이아케스족을 벌하고 싶었던 것이다. 제우스는 포세이돈의 의중을 금세 알아차리고 그의 위신을 세워주기 위해 하고 싶은 대로 하라고 했다. 그러자 포세이돈은 오디세우스를 호송하고 돌아오는 배를 파이아케스족이 보는 앞에서 부숴 버리고 그들의 항구를 높은 산으로 둘러싸 버리고 싶다고 말했다. 그 말을 듣고 파이아케스족을 아끼던 제우스가 이렇게 중재안을 내놓았다.

"포세이돈 신이여, 이렇게 하는 게 어떻겠소. 파이아케스족이 항구에서 오디세우스를 호송하고 들어오는 배를 보고 있을 때 그들에게 경종을 울리기 위해 그 배가 정박하기 바로 직전 돌로 바꿔 버리는 것이오. 그것은 비록 상징적이나마 당신이 그들의 항구를 높은 산으로 둘러싸는 것이나 마찬가지가 될 것이오. 그러면 파이아케스족은 앞으로 이방인을 호송할 때 이번처럼 자신들 마음대로 행동하여 당신 마음을 상하게 하지는 않을 것이오."

포세이돈은 고개를 끄덕이며 서둘러 파이아케스족이 사는 스케리아섬으로 갔다. 이어 얼마지 않아 오디세우스를 호송했던 배가 빠른 속도로 항구를 향해 들어오는 순간 갑자기 배를 돌로 바꾼 다음 손바닥으로 쳐 바닷속에 깊이 박아 버렸다. 그걸 보고 파이아케스족 백성들은 누가 그렇게 만들었는지 영문을 몰라 했지만, 알키노오스만은 옛날 아버지에게 들었던 신탁을 떠올리며 신하들에게 이렇게 말했다.

"아아, 바야흐로 아주 오래전 내 아버님께서 말씀하시던 신탁이 실현될 조짐이 보이고 있소. 아버님은 포세이돈 신께서 우리에게 늘 화를 품고 계신다고 말씀하셨소. 우리가 누구든 원하기만 하면 배에 태워 안전하게 원하는 곳으로 데려다주기 때문이오. 아버님은 또 언젠가 우리 배가 이방인의 호송을 마치고 돌아올 때 포세이돈 신께서 그것을 부숴 버리고 우리 주도인 항구를 높은 산으로 둘러싸실 거라고도 하셨소. 자, 그러니 모두 내가 하자는 대로 합시다. 포세이돈 신께서 우리를 불쌍하게 여겨 장차 우리 도시를 정말 높은 산으로 둘러싸지 않도록 그분에게 황소 12마리를 가장 좋은 것으로 골라 바칩시다."

이렇게 파이아케스족이 포세이돈에게 제물을 바치며 간절하게 기도하고 있는 바로 그 시각에 오디세우스는 잠에서 깨어났다. 하지만 그는 자신이 있는 곳이 고향 이타케섬이라는 것을 알지 못했다. 20년 동안이나 고향을 떠나 있었을 뿐 아니라 아테나가 그의 주위에 짙은 안개를 풀어놓았기 때문이다. 그것은 오디세우스가 구혼자들을 응징하기 전에는 아무도 그가 귀향했다는 사실을 알지 못하게 하려는 아테나의 배려였다. 오디세우스는 주변을 두리번거리면 둘러보다가 탄식하며 소리쳤다.

"아아, 슬프구나, 나는 도대체 이번에는 어떤 나라에 왔단 말인가? 이곳 사람들은 어떤 사람들일까? 이곳 사람들은 야만적이고 오만할까, 아니면 이방인들에게 친절하고 신들을 공경할까? 나는 이제 이 많은 선물을 어디로 가져가며 또 어디로 가야 한단 말인가? 차라리 이 선물을 파이아케스족의 나라에 맡겨 두고 왔더라면 좋았을 것을! 그랬다면 나는 아무 걱정 없이 나를 고향으로 호송해 줄 사람들을 찾으러 다닐 수 있었을 텐데. 아아, 나를 엉뚱한 곳에 내려놓다니, 파이아케스족은 자신들이 노련한 뱃사람이라고 자랑하더니 전혀 그렇지 않구나! 멀리 빤히 보이던 이타케섬에 데려다 주겠다고 해 놓고선 이런 낯선 곳에 내려놓다니! 아, 그렇지, 혹시 그들이 내 선물이 탐이 나서 날 이런 알 수 없는 곳에 내려놓은 것은 아닐까?"

제13권 이타케섬에 도착한 오디세우스를 거지 노인으로 변신시키는 아테나 오디세우스는 이렇게 중얼거리며 없어진 선물이 있나 살펴보았지만, 선물 궤짝을 묶은 끈의 매듭도 손을 댄 흔적이 없고, 궤짝의 숫자나 세발솥이나 가마솥 등 다른 선물도 모두 그대로였다. 오디세우스는 망연자실하여 바닷가로 가까이 가서 계속해서 흐느끼며 울었다. 바로 그때 아테나가 양치기의 모습을 하고 나타났다. 오디세우스는 구세주를 만난 듯 그의 무릎을 부여잡고 자기를 구해 달라고 애원하며 이곳이 어디인지 물었다. 아테나는 누구에게나 잘 알려진 이곳을 모르는 것을 보니 먼 데서 오신 것 같다고 하며 이곳은 바로 이타케섬이라고 말해 주었다. 보통 사람 같았으면 고향이라는 얘기를 듣고 기뻐하며 자기 신분을 밝혔을 것이다. 하지만 영리한 오디세우스는 속으로는 무척 감격해하면서도 짐짓 그것을 감추며 자신의 출신을 거짓으로 지어내서 말했다.

"나는 이타케섬에 대해서는 저 멀리 크레타섬에서도 들었습니다. 나는 크레타섬에서 내 전 재산을 갖고 도망쳐 나오는 길입니다. 이도메네우스의 아들 오르실로코스Orsilochos를 죽였기 때문입니다. 그는 내가 트로이에서 받은 전리품을 강제로 빼앗으려 했습니다. 그래서 전우 한 명과 길목에 매복했다가 창으로 그를 살해했지요. 그 후 나는 크레타에 자주 들르는 페니키아 선원들에게 많은 뱃삯을 주고 필로스나 엘리스로 데려가 달라고 부탁했습니다. 하지만 그들의 배는 예상과는 달리 변덕스러운 바람 때문에 한밤중에 이쪽으로 오고 말았지요. 그런데 아침 늦게 눈을 떠보니 그들은 온데간데없어지고 나만 홀로 남아 있었습니다. 내 재물이 그대로 있는 것을 보면 그들은 나쁜 뜻은 없었던 것 같고, 아마 물품 납품 기일이 촉박하여 서둘러 최종 목적지인 시돈으로 떠난 것 같습니다."

아테나는 오디세우스의 말을 모두 듣고 나더니 지긋이 미소를 지으며 원래 여신의 모습으로 변신해서는 귀엽다는 듯이 그의 머리를 쓰다듬으며 이렇게 말했다.

"꾀돌이 오디세우스여, 신이라도 계략에서 너를 이기자면 아주 신경을 써야 할 것 같구나. 너는 고향에 돌아와서도 기만과 술수를 그만두지 않으니 말이다. 자, 계략에 있어서는 우리 둘 다 능하니까, 이제 그 얘기는 그만하도록 하자. 너는 조언과 언변이 모든 인간 중에서 가장 뛰어나고, 나는 전략과 전술에서 모든 신 중에서 가장 뛰어나니 말이다. 너는 알아차리지 못했지만 나는 그동안 너와 동행하며 내내 너를 지켜 주었다. 내가 지금 네 앞에 나타난 것도 구혼자들을 응징하기 위해 너와 함께 계략을 짜고, 네가 앞으로 집에 도착해서도 얼마나 많은 고난을 겪어야 하는지 알려 주기 위해서다. 너는 앞으로 그 누구에게도 함부로 방랑하다가 돌아온 오디세우스라고 밝히지 마라. 그리고 구혼자들이 네게 어떤 행패를 부려도 꾹 참고 견디도록 하라."

아테나의 말을 듣고 오디세우스는 깜짝 놀라 그녀에게 무례하게 군 것에 용서를 빌며 자신이 아무리 혜안이 있다고 해도 여신을 알아보는 것은 어렵다고 고백했다. 여러 모습으로 자유자재로 변신하는 여신의 모습을 자신이 어떻게 알아보겠냐는 것이다. 이어 지금까지 아테나가 자신에게 베풀어 준 은총에 대해 깊이 감사를 표한 다음, 자신이 있는 곳이 정말 고향 이타케섬이 맞는지 물었다. 그곳이 이타케섬이 아니라 아직도 영 낯선 나라인 것만 같고, 그녀가 이타케섬이라고 하는 것도 자기를 놀리기 위해 그러는 것 같다는 것이다.

아테나는 오디세우스의 말이 마치 좀 더 일찍 도와주지 않은 자신에 대한 원망의 말로 들렸다. 그래서 그녀는 지금까지 자신이 오디세우스의 귀향을 지체시키는 포세이돈에게 적극적으로 개입하지 않은 것은 아버지 제우스의 형제이자 숙부인 포세이돈과 싸우고 싶지도 않았고, 오디세우스가 부하들을 모두 잃고서라도 결국 귀향하게 되리라는 것을 알고 있었기 때문이라고 속내를 털어놓았다. 이어 아테나는 오디세우스에게 상륙한 곳이 이타케섬이라는 사실을 분명히 보여 주기 위해 주변을 감싸고 있던 안개를 흩어 버리며 말했다.

"지금 네가 서 있는 이곳이 바로 포르키스 포구다. 자, 저기 저 아름드리 올리브나무를 보아라. 나무 옆에는 물의 요정 나이아데스 요정들에게 바친 동굴도 보인다. 네가 요정들에게 성대한 제물을 바치곤 하던, 사시사철 절대로 마르지 않는 샘물이 있던 그 동굴 말이다. 그리고 저기 멀리 보이는 산은 네가 사냥을 하던 네리톤산이다."

그제야 오디세우스는 자신이 서 있는 곳이 고향 땅임을 알아보고 당장 땅에 엎드려 입을 맞추더니 요정들을 향해 다시는 못 보는 줄 알았다며, 만약 아테나가 자신을 끝까지 보호해 준다면 다음에 성대한 제물을 바치겠다고 기도했다. 그러자 아테나는 그 점은 아무 걱정하지 말라며 우선 파이아케스족으로부터 받은 선물을 안전하게 동굴로 옮겨 놓고 앞으로 어떻게 할지 궁리해 보자고 말했다.

이어 그들은 선물을 동굴 깊숙이 넣고 입구를 돌로 막은 다음 아름드리 올리브나무 옆에 앉았다. 먼저 아테나가 말문을 열어 그의 아내 페넬로페가 구혼자들에게 언젠가 그중 하나를 남편으로 택할 거라는 희망을 품게 하고 있지만, 사실은 궁전에서 남편의 귀향을 학수고대하고 있다고 말했다. 그러자 오디세우스는 아테나가 자신이 어떤 일을 해도 자상하게 이끌어 주지 않았다면 자신은 아마 아트레우스의 아들 아가멤논처럼 비참하게 죽었을 것이라고 대답했다. 이어 오디세우스는

Giuseppe Bottani, 〈오디세우스에게 나타나 이타케섬을 보여 주는 아테나〉, 연도 미상

아테나만 자기와 함께 한다면 구혼자들이 300명일지라도 아무 걱정 없다며, 구혼자들을 응징할 수 있는 계책을 알려 달라고 간청했다. 그러자 아테나가 말했다.

"앞으로 나는 한순간도 네게서 눈을 떼지 않을 것이다. 나는 우선 누구도 너를 알아보지 못하도록 만들 것이다. 나는 네 고운 살갗을 쪼그라지게 할 것이고, 금발 머리카락은 없앨 것이며, 눈도 흐릿하게 만들 것이고, 너의 몸을 누더기로 감쌀 것이다. 구혼자들 뿐 아니라 네 아내나 아들도 너를 보면 혐오감을 느낄 것이다. 어쨌든 네가 그렇게 볼품없는 거지 노인으로 변신하거든 제일 먼저 돼지치기 에우마이오스를 찾아가라. 그는 아직도 너에게뿐 아니라 네 아들과 아내에게도 충성심을 잃지 않고 있다. 너는 그의 오두막에 머물면서 그에게 모든 것을 물어보도록 하라. 그러는 동안 나는 스파르타에 가서 너의 아들 텔레마코스를 데려올 것이다. 그는 지금 너의 행방을 수소문하려고 스파르타의 메넬라오스에게 가 있다."

오디세우스는 아테나의 말을 듣고 몹시 의아한 생각이 들었다. 여신이 자신의 행적을 잘 알고 있으면서도 아들 텔레마코스에게는 알려 주지 않고 고의로 스파르타로 가게 내버려 두었기 때문이다. 그가 그 이유를 묻자 아테나는 텔레마코스에게 담력도 키워 주고 명예도 높여 주기 위해서 그랬다고 대답하며 그를 황금 지팡이로 살짝 건드렸다. 그 순간 오디세우스는 누가 보아도 추하고 초라한 거지 노인의 모습으로 변신했다.

오디세우스의 얼굴을 비롯한 온몸은 온통 쭈글쭈글한 주름투성

이 노인의 살갗으로 변했고, 금빛 나는 머리털은 새하얀 백발이 되었으며, 형형하던 눈빛도 흐릿하게 변했고, 파이아케스족으로로부터 선물로 받아 입고 있던 깨끗하고 멋진 옷은 찢어지고 때 묻고 연기에 그을린 누더기로 변했다. 게다가 그의 어깨에는 어느새 군데군데 찢긴 바랑이 매여 있었고, 오른손에는 볼품없는 지팡이가 쥐어져 있었다.

제13권 이타케섬에 도착한 오디세우스를 거지 노인으로 변신시키는 아테나

제14권

아테나의 충고로
돼지치기 에우마이오스를
만나는 오디세우스

오디세우스가 돼지치기 에우마이오스를 찾아가다

오디세우스가 정체를 숨기고 에우마이오스와 이야기를 나누다

오디세우스가 에우마이오스의 충성심을 확인하고 감동하다

오디세우스가 아테나의 지시대로 돼지치기 에우마이오스를 찾아간다. 그가 오디세우스를 반갑게 손님으로 맞이하고 새끼돼지 구이를 대접하며 구혼자들이 후안무치하다고 비난한다.

오디세우스가 그에게 정체를 숨기고 그동안 자신이 겪은 일을 적당히 지어내어 이야기한다. 그가 오디세우스는 틀림없이 귀향할 것이라고 말하자 에우마이오스가 그 말을 믿지 않는다.

다른 동료 돼지치기들이 들판에서 돼지들을 몰고 돌아오자 에우마이오스가 그중 튼실한 녀석 한 마리를 잡아 저녁을 마련한다. 오디세우스가 에우마이오스의 충성심을 확인하고 감동한다.

아테나가 오디세우스를 거지 노인으로 변신시키고 스파르타로 텔레마코스를 만나러 가고 있는 동안, 오디세우스는 아테나가 일러 준 대로 숲속 오솔길을 따라 돼지치기 에우마이오스의 오두막을 찾아갔다. 그의 오두막 앞쪽에는 넓은 마당이 펼쳐져 있었고, 그 안에는 꽤

제14권 아테나의 충고로 돼지치기 에우마이오스를 만나는 오디세우스

큰 돼지우리가 10개 들어서 있었다. 그 우리는 각각 암퇘지들 50마리의 잠자리로 쓰였고, 수퇘지들은 우리 없이 그냥 마당에서 잠을 잤다. 특히 수퇘지들은 구혼자들이 연회를 벌이며 계속해서 잡아먹으며 축을 냈어도 아직 360마리나 남아 있었다.

에우마이오스는 오두막에서 가죽으로 신발을 만들고 있었고, 다른 3명의 돼지치기는 다 자란 암퇘지와 수퇘지들을 몰고 각각 다른 방향으로 먹이를 찾아 나섰으며, 또 다른 돼지치기 하나는 구혼자들이 연회에 쓸 수퇘지 한 마리를 몰고 시내 궁전으로 가고 없었다. 오디세우스가 오두막의 대문에 들어서자 돼지를 지키고 있던 개 4마리가 사납게 짖으며 한꺼번에 그에게 달려왔다. 오디세우스는 공포에 질려 그만 짚고 있던 지팡이를 떨어뜨리고 말았다.

바로 그때 에우마이오스가 오두막에서 재빨리 뛰쳐나와 개들을 제지했다. 이어 하마터면 큰일 날 뻔했다고 하며 오디세우스를 오두막으로 안내했다. 그는 오디세우스에게 염소 가죽으로 만든 두툼한 방석도 내놓았다. 오디세우스가 그의 친절에 감사를 표시하자 에우마이오스는 아무리 행색이 초라한 걸인이나 나그네라도 집에 찾아온 손님은 모두 제우스가 보낸 것인 만큼 박대하는 것은 도리가 아니며 자기가 모셨던 주인이 알면 경을 칠 일이라고 대꾸했다.

그러다가 그는 문득 평소 인정 많던 주인 오디세우스가 생각난 듯이 트로이로 원정을 떠난 주인이 지금까지 귀향하지 않은 걸 보면 죽은 게 틀림없다며, 주인을 트로이 전쟁으로 끌어들인 스파르타의 왕 메넬라오스의 왕비 헬레네를 원망하는 말을 몇 마디 내뱉더니, 서둘러 돼지우리로 가서 양손에 새끼돼지 2마리를 잡고 와서 먼저 하늘을 향해 신들에게 제물로 바치는 의식을 거행한 다음, 녀석들을 잡아 고기를 잘게 썰고 꼬챙이에 꿰어 오두막 화덕에 구워서 오디세우스 앞에 내어 놓았다. 이어 에우마이오스는 그에게 물로 희석한 포도주를 권하며 말했다.

"노인이시여, 우선 이걸로 급한 허기를 좀 달래십시오. 새끼돼지 고기입니다. 다 자란 암퇘지와 수퇘지들은 동료들이 몰고 나갔습니다. 그중 살진 수퇘지는 오만하고 파렴치한 왕비님의 구혼자들이 날마다 한 마리씩 먹어 치우고 있습니다. 남의 땅에 침입한 적들도 전리품을 갖고 돌아갈 때면 신들의 분노를 두려워하는 법입니다. 하지만 구혼자들은 전혀 신들을 무서워하지 않는 것 같습니다. 날마다 궁전에 찾아와서 죽치고 앉아 아무 거리낌 없이 우리 주인님의 가산을 축내고 있으니까요. 그들은 밤낮 연회를 벌이며 하루에 잡아먹는 가축만도 한두 마리가 아니며 포도주도 엄청나게 마셔 댑니다. 정말 화가 치밀어오르는 노릇이지요.

물론 우리 주인님 재산은 아주 많지요. 이타케섬은 말할 것도 없고 본토에서도 그처럼 많은 재산을 가진 분은 없을 것입니다. 다른 귀족 20명의 재산을 다 합쳐도 그를 따라갈 수 없습니다. 본토에 소목장이 20개나 있고 양이나 염소 목장도 그만큼 있습니다. 이타케섬에도 염소 목장이 전부 11개나 있는데, 그것을 돌보는 염소치기가 매일 몇 마리씩 가장 좋은 녀석들로 골라 구혼자들에게 몰고 가고, 나도 여기서 돼지를 키우며 마찬가지로 매일 수퇘지 한 마리씩 가장 좋은 녀석으로 골라 그들에게 갖다줘야 한답니다."

오디세우스는 아무 말 없이 고기를 먹고 포도주를 마시고 있었어도 속으로는 구혼자들의 행패에 치를 떨며 그들을 응징할 방도를 궁리하고 있었다. 그는 실컷 새끼돼지 고기를 먹고 난 뒤 에우마이오스가 자신의 빈 잔을 다시 채워 주자 짐짓 아무것도 모르는 듯 그에게 도대체 그렇게 부유한 주인 이름이 뭐냐고 물었다. 자신도 많이 떠돌아다녔으니 혹시 소문을 듣거나 보았을 수도 있다는 것이다. 그러자 돼지치기는 자기 주인 이름은 오디세우스이며 자기 주인처럼 하인들에게 친절한 사람은 본 적이 없으며, 그래서 자신은 그를 깊이 존경한다고 말했다. 이어 그는 주인이 돌아오기만을 학수고대하고 있지만 아마 이미 타향에서 죽어 어딘가 묻혀 있을 것이라 단정했다. 그러자 초라한 거지 노인의 모습을 한 오디세우스가 말했다.

"나의 친구시여, 당신은 오디세우스 왕께서 고향으로 돌아오시지 못할 것이라고 확신에 차서 이야기하셔서 드리는 말씀인데, 내 장난으로 그러는 게 아니라 이곳저곳을 돌아다니다가 그분에 대해 얼핏 들은 말이 있어 말씀드리겠습니다. 그분은 꼭 돌아오실 겁니다. 나중에라도 만약 당신 주인이 돌아오신다면 그에 대한 보상으로 나에게 외투와 옷을 주십시오. 다시 한번 제우스 신의 이름을 걸고 분명히 말하겠습니다. 오디세우스 왕께서는 1년 안에 꼭 돌아오셔서 자신의 아내와 아들을 능멸하고 있는 구혼자들에게 통쾌하게 복수하실 겁니다."

에우마이오스는 마음이 괴로웠다. 예전부터 그는 누군가가 주인을 상기시키는 말을 할 때마다 사무치는 그리움을 주체할 수 없었기 때문이다. 그래서 에우마이오스는 간신히 마음을 추스른 다음 노인에게 주인은 절대 돌아오지 못할 것이라고 다시 한번 잘라 말했다. 이어 지금 그에게는 그것보다 더 걱정스러운 일이 있다며 그 얘기는 그만두자고 했다. 작은 주인 텔레마코스가 아버지의 행방을 알아보려 필로스로 간 사이 구혼자들이 그를 죽이려고 이타케섬 근처 아스테리스섬에 매복하고 있다는 것이다. 그래서 텔레마코스의 증조할아버지 아르케이시오스가 세운 가문이 몰락의 위기에 처해 있다면서 무척 어두운 표정을 짓다가 다시 슬픈 이야기는 그만하자고 하더니, 먼저 자신의 이름을 에우마이오스라고 밝히고 나서, 오디세우스에게 도대체 어디서 온 누구인지 물었다. 그러자 오디세우스는 자기 신분을 지어내서 이렇게 말했다.

"나는 크레타섬 출신의 거부 카스토르의 아들입니다. 나에게는 형이 여럿 있었는데, 그들은 적자였고 나는 첩의 자식이었습니다. 아버지는 나를 적자들 못지않게 예뻐하셨습니다. 하지만 아버지가 돌아가시자 형들은 아버지의 재산을 자기들끼리 마음대로 나눠 갖고는 내게는 보잘것없는 것만 주었습니다.

그런데 그 후 나는 아주 부유한 사람의 딸을 아내로 맞이했습니다. 지금은 이렇게 초라하게 보이지만 난 젊었을 땐 용감한 전사였기 때문입니다. 나는 적군과 싸울 때는 물러설 줄 몰랐으며 항상 맨 앞에 나가 싸웠습니다. 나는 트로이 전쟁에 참전하기 전에 이미 9번이나 함선들을 이끌고 나가 싸워 혁혁한 전공을 세우고 많은 전리품을 받았습니다.

그 후 내 재산은 급속히 늘어났고 나는 크레타섬 사람들의 존경을 한 몸에 받았습니다. 트로이 전쟁이 일어나자 나는 이도메네우스를 따라 당연히 함선들을 이끌고 참전했습니다. 그리고 자주는 아니어도 가끔 먼발치서 당신 주인 오디세우스 왕을 본 적도 있고, 한번은 함께 트로이 성 가까이 매복을 나간 적도 있습니다. 어쨌든 트로이에서 우리 그리스군은 9년 동안이나 지루한 공방전을 벌이다가 10년째 되는 해 드디어 트로이를 몰락시키고 고향을 향해 함께 떠났지만 어떤 신의 저주로 각기 흩어져서 일부는 죽고 일부만 돌아올 수 있었습니다.

다행히 나는 고향에 돌아왔건만 특유의 방랑벽 탓에 오래 머물지를 못했습니다. 나는 겨우 한 달 동안만 가족과 지내다가 9척의 배를 마련하고 사람들을 모집하여 다시 이집트로 떠났습니다. 배는 일사천리로 바다를 달려 5일 만에 이집트에 닿았습니다. 나는 항구에 배를 정박하고는 부하들을 시켜 군대가 숙영할 장소를 알아보도록 했습니다. 그런데 정탐하던 부하들은 근처에 있는 이집트인들의 마을을 약탈하여 부녀자들과 아이들은 끌어오고 남자들은 죽였습니다. 곧 그 소식이 마을 근처 도시로 전해지고 날이 새자마자 그 도시의 왕은 대군을 이끌고 와서 단숨에 우리를 포위한 채 무자비하게 공격하기 시작했습니다.

그사이 내 부하 중 일부는 왕의 군대와 격렬하게 맞서 싸우다 전사했고, 일부는 포로가 되었습니다. 나도 완강하게 저항하면서 전황을 살펴보다가 중과부적인지라 어쩔 수 없이 항복하기로 결심하고 투구를 벗고 창을 버린 다음 이집트인들의 왕 앞에 가서 무릎을 꿇었습니다. 그러자 그 왕은 나를 보더니 제우스 신의 계시를 받았는지 금세 분노를 삭이고 내 목숨을 살려 주었습니다. 그 후 나는 자유의 몸이 되어 7년 동안이나 이집트에서 살며 재물을 모았습니다.

이러구리 8년째 되던 해 페니키아인 하나가 상선을 몰고 선원들과 함께 그곳에 도착했습니다. 그는 천부적인 사기꾼으로 온갖 달콤한 말로 나를 구슬려 자기 나라로 데려갔습니다. 해가 바뀌자 그는 리비아로 장사를 하러 간다며 같이 가자고 나를 꼬드겼습니다. 그는 사실 나를 비싼 값에 팔아 버릴 작정이었습니다. 불길한 예감이 들었지만 나는 우선 그곳을 떠나야겠다는 일념으로 그의 배에 올랐습니다.

그리하여 페니키아인들의 배가 크레타 위쪽 망망대해를 달리고 있는 동안 제우스 신이 그들에게 파멸을 준비했습니다. 그분은 배 위쪽 하늘에 검은 구름을 일으키더니 천둥과 벼락을 보내 배를 산산조각 내 버렸습니다. 선원들은 모두 바다에 빠져 익사했지만, 나만은 제우스 신의 은총으로 부러진 돛대를 잡고 목숨을 구할 수 있었습니다. 그렇게 바다를 떠다니던 나는 테스프로토이Thesprotoi족의 나라에 도착하여 우연히 해안으로 놀러 왔던 페이돈Pheidon 왕의 아들 눈에 띄어 왕궁에 들어가 좋은 옷도 입고 후한 대접을 받았습니다.

나는 그때 그곳에 머물면서 오디세우스 왕의 소식을 들었습니다. 바로 페이돈 왕이 고향 이타케섬으로 돌아가다가 들른 오디세우스 왕을 환대한 적이 있다며 그가 맡기고 간 재물을 보여 주었습니다. 그 재물은 엄청나서 그의 후손이 자자손손 13대까지 쓰고도 남을 정도였습니다. 페이돈 왕의 말에 따르면 오디세우스 왕은 고향으로 어떻게 돌아갈 것인지, 예를 들면 개선장군처럼 의기양양하게 돌아갈 것인지, 아니면 몰래 은밀히 돌아갈 것인지 고민하다가 제우스 신의 신탁을 물으러 도도네Dodone로 갔다고 했습니다. 더구나 페이돈 왕은 오디세우스 왕이 돌아오면 곧바로 그를 고향까지 호송할 배가 이미 출항 준비를 마친 채 항구에서 대기하고 있다고도 했습니다.

그 후 페이돈 왕은 딱한 내 처지를 듣더니 부하들에게 나를 우선 아카스토스Akastos 왕이 다스리는 둘리키온섬으로 호송해 주라고 명령했습니다. 마침 테스프로토이족의 배 한 척이 그곳으로 출발하려고 했기 때문입니다. 페이돈 왕은 사통팔달로 항로가 뚫려 수많은 배가 오고 가는 둘리키온섬이 나중에 내가 고향으로 돌아가기에 유리할 것으로 생각했던 것입니다. 하지만 페이돈 왕의 부하들은 일찍부터 내가 입고 있던 좋은 옷들이 무척 탐이 났습니다.

그래서 그들은 망망대해를 달리고 있는 사이 내 옷을 모두 벗기고 그 대신 여기 이 누더기를 입혔습니다. 이어 저녁 무렵 이타케섬에 도착하자 나를 밧줄로 꽁꽁 묶어 배 안에 남겨 둔 채 그곳에 상륙하여 불을 피워 밥을 해 먹었습니다. 나는 그 틈을 노려 밧줄을 풀고 바다에 뛰어들어 헤엄을 쳐서 그들로부터 멀리 떨어진 다른 해안으로 올라가 근처 덤불 속으로 기어들어가 몸을 숨겼습니다. 이렇게 해서 저는 이곳 당신 오두막까지 오게 된 것입니다.”

에우마이오스는 거지 노인의 이야기를 모두 듣고 나서 그의 파란만장한 인생사에 깊은 인상을 받았다. 하지만 아무리 생각해도 그가 페이돈에게서 들었다는 주인 오디세우스에 관한 이야기는 믿을 수 없었다. 전에도 가끔 몇몇 사람이 돈 몇 푼 얻어볼 요량으로 주인의 소식을 가져왔다며 페넬로페를 호린 적이 있었다. 그럴 때면 페넬로페는 그를 비롯한 몇몇 식솔들을 불러 그로부터 남편 오디세우스의 이야기를 들으며 그리움을 달래곤 했다. 하지만 그것도 언젠가 아이톨리아 사람이 와서 거짓말을 한 뒤로는 식상한지 오래였다.

그 사람은 이도메네우스가 다스리는 크레타섬에서 배를 수리하는 오디세우스를 보았다고 주장했다. 그래서 오디세우스는 그해 여름이나 초가을쯤 분명히 집에 돌아온다는 것이다. 하지만 그 사람이 그 기쁜 소식을 가져온 대가로 돈 몇 푼 챙겨 돌아가고 시간이 흘러 초가을이 되어도 주인 오디세우스는 돌아오지 않았다. 그 사건 이후로 페넬로페나 식솔들은 누군가로부터 오디세우스가 살아있다는 소식을 들을 때마다 전혀 믿지 않고 그가 죽었다고 확신했다. 에우마이오스는 이 사건을 떠올리며 자신의 환심을 사려고 괜한 거짓말을 하지 말라고 노인을 조용히 타일렀다.

오디세우스는 답답했다. 그래서 에우마이오스에게 올림포스의 신들을 걸고 맹약을 맺자고 제안했다. 자신의 말대로 정말 주인이 집에 돌아오면 좋은 옷을 입혀 자신을 둘리키온섬으로 데려다 주고, 그렇지 않으면 하인들을 시켜 자신을 절벽에서 떨어뜨려 죽여도 좋다는 것이다. 하지만 돼지치기는 손님을 접대하고서 죽게 만든다면 사람들로부터 손가락질을 받을 게 틀림없다며 그의 제안을 정중하게 거절했다.

두 사람이 이렇게 이야기를 나누는 동안 돼지들을 몰고 나갔던 다른 3명의 돼지치기가 돌아왔다. 그들이 암돼지들을 우리에 가두자 녀석들이 시끄러운 소리를 냈다. 돼지 울음소리를 듣고 에우마이오스가 그들에게 수돼지 중 튼실한 녀석을 한 마리만 가져오라고 외쳤다. 노인에게도 제대로 대접하고 그도 정말 오랜만에 동료들과 돼지고기 맛을 좀 볼 참이었다. 동료들이 다섯 살배기 수돼지 한 마리를 가져오자 에우마이오스는 우선 녀석의 머리털을 뽑아 화로의 여신 헤스티아의 화로 속에 던져 넣고는 신들에게 주인 오디세우스를 돌아오게 해 달라고 기도했다.

이어 에우마이오스는 참나무 몽둥이로 돼지를 후려쳐 숨통을 끊고 바로 녀석의 멱을 따서 잡아 부위별로 분류한 다음 다리의 실한 고기는 넓적다리뼈에 얹고 기름 조각으로 싸서 그 위에 보릿가루를 뿌리고 화로 속에 던져 신들께 바쳤다. 또한 나머지 고기는 잘게 썰어 7개의 꼬챙이에 꿰어 오두막 화덕에 구운 뒤 요정들과 헤르메스에게 각각 꼬치 하나씩을 바치고, 남은 5개 꼬치 중 하나는 자신이 차지하고, 나머지는 동료 셋과 오디세우스에게 각각 하나씩 건넸다. 그가 손님을 예우하는 차원에서 오디세우스에게는 등심 꼬치를 내밀자 오디세우스는 보잘것없는 사람에게 후한 대접을 한다며 그에게 신의 축복을 기원했다.

그들은 포도주를 마시며 자기 앞에 놓여있는 고기와 빵을 실컷 먹었다. 그들에게 빵은 메사울리오스Mesaulios가 나누어 주었는데, 그는 오디세우스가 트로이로 떠나고 없는 사이 돼지치기 에우마이오스가 타포스인들에게서 돈을 주고 사 온 하인이었다. 밤이 이슥해지자 그들은 몸이 피곤한지라 서둘러 잠자리를 펴고 누웠다. 잠들기 전 오디세우스는 돼지치기를 시험해 보려고 이렇게 말했다.

"에우마이오스여, 내 말을 한번 들어 보시오! 내 부탁이 하나 있어서 그러오. 포도주를 좀 마셔서 그런지 주책없이 요구가 많구려. 포도주란 녀석은 평소에는 신중하고 점잖은 사람도 웃고 춤추게 만들고, 말하지 않는 게 더 좋은 이야기도 실토하도록 만드는 법이오. 아까 말한 적이 있습니다만, 예전에 나는 트로이에서 딱 한 번 당신 주인 오디세우스 왕과 함께 트로이 성 근처에서 매복조를 이끈 적이 있었소. 그때 우리는 갈대밭에 누워 밤을 새워야 했는데 어찌나 춥던지 우리 몸 위에 올려놓았던 방패에 온통 두꺼운 얼음이 덮여 있었소. 그때 다른 사람들은 외투를 갖고 와서 그것을 입고 방패를 덮어 춥지 않게 잘 수 있었지만, 나는 실수로 그만 외투를 가져오지 못했소. 한밤중이 되자 나는 곁에 누워있는 오디세우스 왕을 팔꿈치로 치며 나지막한 목소리로 추워 죽을 지경이라고 하소연을 했소.

그러자 오디세우스 왕이 묘안이 떠올랐다며 잠깐만 기다리라고 하더니 부하들을 향해 아군 진영으로 돌아가서 아트레우스의 아들 아가멤논 왕에게 지원군을 몇 명 더 보내 달라고 요청할 사람이 있는지 물었소. 그러자 안드라이몬Andraimon의 아들 토아스Thoas가 벌떡 일어나 외투를 벗어 놓고는 아군 진영으로 달려갔소. 그래서 나는 오디세우스 왕 덕분으로 토아스가 돌아온 새벽녘까지 그의 외투를 입고 따뜻하게 누워 있었소. 아아, 내가 그때처럼 젊고 힘이 세다면 좋을 텐데. 그렇다면 당신들 중 누군가 존경심에서 내게 외투를 벗어 줄 텐데. 그런데 당신들은 지금 몸에 누더기를 걸치고 있다고 날 무시하는 것 같군요."

그러자 에우마이오스가 선뜻 그에게 외투는 물론이고 손님으로서 받아야 할 것은 무엇이든 내놓겠다고 했다. 물론 그는 조건을 제시했다. 외투는 오늘 밤만 빌려 주겠다는 것이다. 자기도 외투는 한 벌밖에 없었고, 비상시에 쓰기 위해 마련해 둔 여벌도 한 벌밖에 없었기 때문이다. 그 대신 오디세우스의 아들 텔레마코스가 돌아오면 틀림없이 그에게 새 외투와 옷도 주고 원하는 곳에 데려다줄 것이라고 말해 주었다.

그런 다음 에우마이오스는 일어나서 노인을 위해 모닥불 옆에 염소 가죽과 양가죽을 깔아 잠자리를 만들어 준 뒤 노인이 그 위에 눕자 여벌로 마련해둔 큼직한 외투를 가져다 덮어 주었다. 하지만 에우마이오스는 노인과 함께 눕지 않았다. 그는 들짐승이나 도둑들이 침입하지 않을지, 돼지들이 걱정된다고 중얼거리며 칼을 메고 창을 집어 들더니 외투와 모피를 든 채 밖으로 나갔다. 그는 돼지들 옆에서 잘 심산이었다. 오디세우스는 주인이 없는데도 알뜰히 그의 살림을 챙기는 에우마이오스를 보고 마음이 아주 흡족했다.

제15권

이타케섬으로 무사 귀환하여
에우마이오스의 오두막을 향하는
텔레마코스

텔레마코스가 아테나의 도움으로 구혼자들의 매복처를 피해 항해하다

에우마이오스가 오디세우스에게 이타케섬으로 팔려 온 과정을 이야기하다

텔레마코스가 이타케섬에 무사히 도착하여 에우마이오스의 오두막으로 향하다

텔레마코스가 스파르타에서 아테나의 재촉을 받고 급히 귀향 길에 오른다. 그는 필로스항에서 살인죄로 쫓기던 예언가 테오클리메노스의 간청을 받고 그를 배에 태워 데려온다.

텔레마코스가 아테나의 경고로 구혼자들의 매복처를 피해 이타케섬으로 향한다. 에우마이오스가 오디세우스에게 자신이 이타케섬으로 팔려 온 과정을 소상하게 이야기해 준다.

텔레마코스가 이타케항에서 조금 떨어진 해안에 도착한다. 그는 잠시 휴식을 취한 뒤 배와 동료 선원들은 먼저 이타케항으로 보내고 자신은 에우마이오스의 오두막으로 향한다.

초라한 거지 노인의 모습을 한 오디세우스가 돼지치기 에우마이오스의 오두막에 머무르고 있는 동안, 아테나는 텔레마코스가 이제 이타케섬으로 돌아갈 때가 되었는데 늑장을 부리고 있다고 생각했다. 그래서 급히 스파르타의 메넬라오스 궁전에 가보니 과연 텔레마코스와 네스토르의 아들이 객사에 누워 있었다. 때는 새벽녘이었는데, 네스토르의 아들 페이시스트라토스는 먼 길을 온 터라 너무 피곤하여 곤히 잠들어 있었으나, 텔레마코스는 아버지에 대한 걱정으로 이미 깨어 있었다. 아테나가 그에게 가까이 다가가 말했다.

"텔레마코스여, 모든 것을 오만불손한 구혼자들에게 맡긴 채 이렇게 오랫동안 궁전을 비우는 건 좋지 않다. 그들이 네 재산을 모조리 먹어 치우고 나누어 가질까 걱정이 되는구나. 자, 너는 이제 메넬라오스에게 빨리 집에 보내 달라고 부탁하라. 구혼자 중 에우리마코스가 엄청나게 많은 지참금으로 구혼을 하는 바람에 네 외할아버지와 외삼촌들이 지금 네 어머니를 그와 결혼하라고 설득하고 있다. 네 어머니가 네 뜻과 달리 그와 결혼해서 아버지의 재물을 차지하지 않을까 두렵구나. 여자의 마음이 어떤 것인지 너도 잘 알 것이다. 여자란 한 남자와 결혼하면 그의 재산을 늘리기 위해 애를 쓰지만, 일단 남편이 죽고 재혼하면 전남편과의 사이에서 태어난 자식들은 잊는 법이다. 그러니 너는 얼른 궁전으로 돌아가서 시녀 중 가장 믿을 만한 자에게 집안 살림을 맡겨라. 네가 명심해야 할 것이 또 있다. 구혼자들이 네가 고향에 도착하기 전에 너를 죽이려고 20명을 선발하여 배를 타고 이타케섬과 사모스섬 사이에 있는 조그만 아스테리스섬의 포구에 매복하여 기다리고 있다. 그러니 너는 배를 그쪽으로 몰고 가서는 안 된다. 또한 위험할 수 있으니 곧바로 이타케항으로 들어가지 말고 일단 근처 해안에 배를 정박시켜라. 이어 거기서 잠깐 숨을 돌린 다음 배와 동료 선원들만 항구로 보내고 너는 돼지치기 에우마이오스의 오두막으로 가거라. 그는 충직한 종으로 믿을 만하다. 너는 그 오두막에서 하룻밤을 보내고, 다음 날 에우마이오스를 어머니에게 보내 네가 필로스에서 무사히 돌아온 사실을 알려라."

아테나가 이렇게 말하고 올림포스 궁전으로 떠나자 텔레마코스는 네스토르의 아들 페이시스트라토스를 발꿈치로 깨워 얼른 출발 준비를 해 달라고 부탁했다. 그러자 페이시스트라토스는 환대해 준 주인에게 감사의 말도 없이 손님이 떠난다는 것은 예의에 어긋난다면서 날이 밝으면 메넬라오스에게 인사를 하고 곧장 출발하자고 대답했다. 이윽고 동이 트자 시녀들이 간단한 아침을 대령했고, 그들이 그것을 먹고 얼마 지나지 않아 메넬라오스가 객사로 그들을 찾아왔다. 텔레마코스는 그와 한참 동안 대화를 나누다가 적당한 기회를 봐서 얼른 집에 가고 싶다는 속내를 털어놓았다. 그러자 메넬라오스가 말했다.

"텔레마코스여, 자네가 집에 돌아가기를 원하니 더 이상 자넬 붙잡지 않을 것이네. 과유불급이라고 지나친 것은 미치지 못한 것과 같다고 하지 않았나. 난 하인들을 너무 좋아하거나 너무 싫어하는 주인도 딱 질색이네. 매사에 중용을 지키는 것이 가장 좋은 법이지. 더 있고 싶어 하는 손님을 서둘러 돌려보내는 것이나, 서둘러 가려고 하는 손님을 붙드는 것은 모두 잘못이네. 머무는 손님은 환대하고, 가고 싶어 하는 손님은 보내 주어야지. 하지만 내가 자네에게 줄 선물들을 마차에 실을 때까지만 잠깐 기다려 주게. 또한 시녀들에게는 궁전에서 이른 점심을 준비하라고 시키겠네. 먼 길 떠나면서 점심은 든든하게 먹어야 하네. 하지만 자네가 마음을 바꾸어 이곳에 며칠 더 머물면서 근처에 있는 도시들을 구경하고 싶다면 난 자네를 그리로 안내하겠네. 우리가 찾아가면 아마 아무도 우리를 빈손으로 그냥 보내진 않을 걸세.”

메넬라오스의 이야기가 끝나자마자 텔레마코스는 자신은 생각 같아서는 지금 당장이라도 떠나고 싶다고 말했다. 스파르타로 떠나오기 전 궁전의 살림을 꼼꼼하게 챙길 관리인을 지정하지 않아서 너무 오래 자리를 비웠다가는 가산을 모두 잃을까 두렵다는 것이다. 메넬라오스는 이 말을 듣고 즉시 시녀들에게는 얼른 이른 점심을 준비하도록 지시하고, 텔레마코스에게는 잠시만 기다리라고 한 다음 궁전으로 돌아와 아내 헬레네와 아들 메가펜테스를 대동하고 창고로 향했다. 그는 창고로 들어서서 보물이 쌓여있는 곳에 이르자 자신은 손잡이가 둘 달린 잔 하나를 집은 다음, 아들에게는 포도주를 희석하는 데 쓰는 은제 항아리 하나를 들도록 했다. 헬레네는 아주 예쁘게 수놓은 옷들이 한가득 들어 있는 궤짝 앞에 서서 한참을 고른 끝에 옷 하나를 집어 들었다.

그 후 세 사람은 함께 객사로 텔레마코스를 찾아가 들고 온 선물을 건넸다. 메넬라오스는 그에게 잔을 주면서 아들 손에 들려 있는 은

제 항아리의 유래를 설명했다. 그 항아리는 가장자리가 금으로 마감되어 있었는데 대장장이의 신 헤파이스토스의 작품으로 메넬라오스가 귀향 중 시돈의 왕 파이디모스에게 들렀다가 거기서 선물로 받은 것이었다. 헬레네도 텔레마코스에게 옷을 주면서 나중에 결혼할 때 신부에게 선물로 주라고 일렀다. 페이시스트라토스는 텔레마코스로부터 선물을 건네받아 마차에 실으면서 그 화려한 모습에 감탄을 금치 못했다.

곧이어 메넬라오스가 그들을 궁전으로 안내하여 안락의자에 앉혔다. 그러자 시녀 하나가 손 씻을 물 항아리를 가져와 은 대야에 물을 부어 주고 그들 앞에 식탁을 갖다 놓았다. 다른 시녀 하나가 빵이며 온갖 음식을 그 위에 올려놓자 보에토오스Boethoos의 아들 에테오네우스는 그 옆에서 고기를 썰어 주었고, 메넬라오스의 아들 메가펜테스는 포도주를 따라 주었다. 텔레마코스와 네스토르의 아들은 그것을 충분히 먹고 마신 뒤 마침내 마차에 올랐다. 그러자 메넬라오스가 그들을 배웅하며 필로스의 네스토르에게 안부를 전해 달라고 부탁했다.

바로 그때 독수리 한 마리가 그들 오른쪽 하늘에서 날아오더니 궁전 뜰에서 갑자기 거위 한 마리를 낚아채 날아갔다. 사람들이 고함을 지르며 쫓아갔지만, 독수리는 마차를 지나 순식간에 오른쪽으로 멀리 사라지고 말았다. 네스토르의 아들 페이시스트라토스가 그것을 보고 메넬라오스에게 제우스가 그 새들의 신탁을 자기 두 사람에게 내린 것인지, 아니면 그에게 내린 것인지 물었다. 메넬라오스가 어떻게 대답할까 곰곰이 생각하는 사이 헬레네가 나서서 말했다.

"내가 어디 한번 그 새들의 신탁을 풀이할 테니 들어 보세요. 나는 제우스 신께서 내게 명령하신 대로 말씀드리겠어요. 저 독수리가 산에 있는 자신의 둥지와 새끼들을 떠나 민가에 사는 거위를 낚아채

간 것처럼 오디세우스 왕께서도 많은 고생과 방랑 끝에 반드시 집에 돌아와 구혼자들에게 복수할 거예요. 어쩌면 벌써 돌아와 그 방법을 궁리하고 있는지도 모르죠.”

텔레마코스는 그 말을 듣고 두 귀가 번쩍 뜨였다. 그는 약간 들뜬 목소리로 만약 그렇게만 된다면 집에 가서도 그녀를 신처럼 공경하겠다고 말했다. 그는 이렇게 말하고 채찍을 휘두르며 말을 몰아 저녁에 파라이Pharai에 있는 오르실로코스의 아들 디오클레스Diokles의 집에 들렀다. 그는 그곳에서 하룻밤을 보내고 디오클레스가 주는 선물까지 챙겨서 다음 날 아침 다시 그곳을 출발했다. 얼마 지나지 않아 필로스가 멀리서 보이자 텔레마코스는 네스토르의 아들에게 궁전이 아니라 자기가 타고 온 배가 정박해 있는 항구로 데려다 달라고 부탁했다. 그렇게 하지 않으면 고집불통 네스토르 노인이 예의가 아니라며 막무가내로 그를 붙들지 몰랐기 때문이다. 텔레마코스는 될 수 있으면 빨리 집에 돌아가고 싶었다.

페이시스트라토스는 어떻게 할까 잠시 고민하다가 아무래도 텔레마코스의 뜻대로 하는 게 좋겠다고 생각했다. 그는 배가 정박해 있는 곳으로 마차를 몰아 텔레마코스에게 메넬라오스에게서 받은 선물을 내려 주며 서둘러 출발하라고 권했다. 그가 궁전을 향해 떠나자 텔레마코스는 동료 선원들에게 빨리 배에 오르라고 독려했다. 텔레마코스가 출발 준비를 마치고 배 옆에서 아테나에게 기도를 드리고 있는데 어떤 낯선 남자가 그에게로 다가왔다. 그는 아르고스 출신의 예언가로 실수로 사람을 죽이고 도망치는 신세였는데, 멜람푸스Melampus의 후손 테오클리메노스Theoklymenos였다.

멜람푸스는 아미타온의 아들로 비아스라는 동생이 있었다. 비아스는 백부이자 필로스 왕 넬레우스의 딸 페로를 아내로 삼고 싶었지만, 넬레우스는 필라케Phylake 왕 필라코스의 소 떼를 가져와야 딸을 주겠다고 했다. 비아스는 그 소 떼를 훔치려다 사나운 개 때문에 실패하자 멜람푸스 형에게 도움을 요청했다. 그러자 멜람푸스는 동물들의 말을 알아들을 수 있는 신비한 능력에서 생긴 예언력을 이용하여 필라케로 떠난 지 1년 만에 그 소 떼를 몰고 와서 동생 비아스에게 바라던 신부를 안겨 주었고, 얼마 후에는 신탁대로 아르고스Argos의 왕이 되었다.

멜람푸스는 슬하에 안티파테스와 만티오스Mantios라는 두 아들

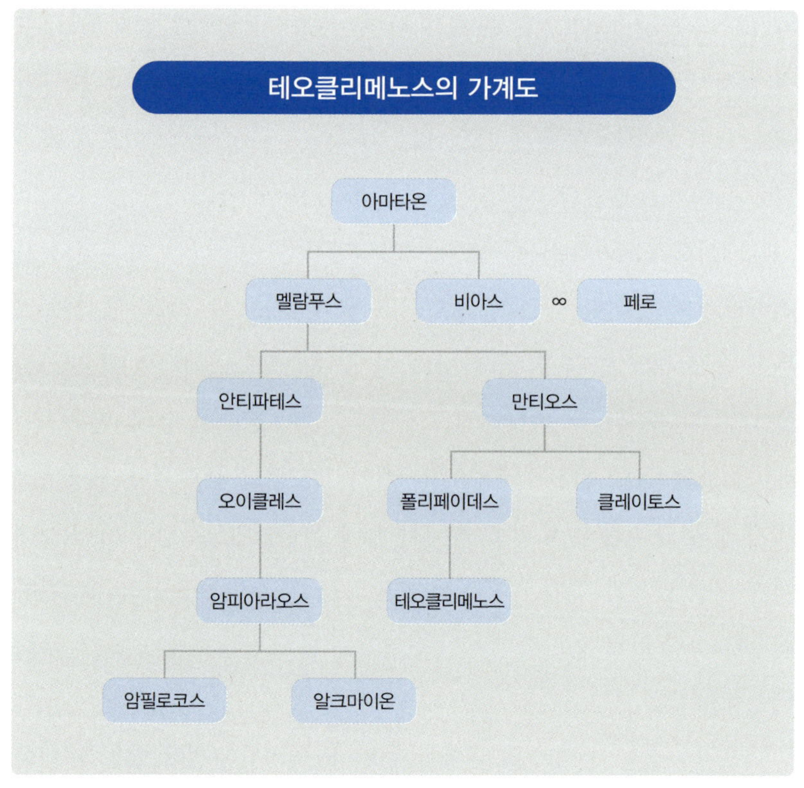

을 두었다. 그중 안티파테스는 오이클레스Oikles를 낳았고, 오이클레스는 암피아라오스를 낳았는데, 암피아라오스는 예언의 신 아폴론의 은총을 받아 뛰어난 예언가로 활약하다가 테베 전쟁 때 그만 요절하고 말았다. 또한 만티오스는 폴리페이데스Polypheides와 클레이토스Kleitos를 낳았는데, 클레이토스는 잘생긴 얼굴 때문에 새벽의 여신 에오스가 낚아채 갔고, 폴리페이데스는 아폴론의 은총을 받아 암피아라오스 이후 가장 뛰어난 예언가로 활동했다.

필로스항에서 출항하기 전 아테나에게 기도하는 텔레마코스에게 다가온 사람은 바로 폴리페이데스의 아들 테오클리메노스였다. 그는 텔레마코스에게 다가와 이름을 물어보고 그의 출신을 확인하더니 살인죄로 쫓기고 있는 자신의 처량한 신세를 한탄하며 배에 태워 달라고 부탁했다. 텔레마코스는 흔쾌히 그를 배에 태우고 동료 선원들을 독려해서 배를 출항시켰다. 아테나가 뒤에서 순풍을 보내 주자 배는 재빠르게 크루노이Krounoi, 칼키스Chalkis, 페아이Pheai, 엘리스 해안을 지나 구혼자들의 매복처를 피해 이타케섬을 향해 나아갔다.

한편 오디세우스는 돼지치기 에우마이오스의 오두막에서 그를 비롯한 그의 동료들과 실컷 먹고 마신 다음 그의 마음을 한번 떠보기 위해 이렇게 말했다.

"에우마이오스여, 내 말을 들어 보시오. 나는 당신과 당신 동료들에게 짐이 되지 않기 위해 내일 아침 날이 밝는 대로 구걸을 하러 시내로 들어갈 참이오. 그러니 내게 조언을 해 주시고 안내할 사람을 좀 붙여 주시오. 물론 일단 시내로 들어가면 혼자 돌아다니며 구걸을 하다가 오디세우스 왕의 궁전에도 가 볼 것이오. 페넬로페 왕비에게 내가 들은 오디세우스 왕의 소식을 전한 뒤 필요하다면 구혼자들에게도 음식을 구걸해 볼 생각이오. 나는 그들이 원하는 것은 무엇이든 다 할 수 있소. 장작을 패거나, 불을 지피거나, 고기를 썰어 나누어 주거나, 포도주를 따르는 일에 있어서 나를 능가하는 사람은 없을 것이오.”

에우마이오스가 그의 말을 듣고 정색을 하며 그런 몰골을 하고 구혼자들을 찾아갔다가는 뼈도 추리지 못할 것이라고 충고했다. 구혼자들에게 시중드는 하인들은 모두 잘 차려입고 머리에도 기름을 바르고 있다는 것이다. 에우마이오스는 걱정이 되는 듯 노인에게 시내로 가지 말고 귀찮아할 사람은 아무도 없으니 제발 자기 오두막에 있으라고 애원하다시피 했다. 또 오디세우스의 아들 텔레마코스가 여행에서 돌아와서 노인의 사정을 이야기하고 부탁하면 틀림없이 외투와 옷을 줄 것이고, 어디든지 원하는 대로 그를 데려다줄 것이라고 안심을 시키기도 했다. 거지 노인은 다시 한번 그에게 제우스의 축복을 기원하며 오디세우스의 아버지와 어머니는 어떻게 되었는지 물었다. 그러자 에우마이오스가 대답했다.

“오디세우스 주인님의 아버지 라에르테스 님께서는 아직 살아계시나 제우스 신께 날마다 데려가 달라고 기도하십니다. 아내의 죽음이 그분을 더욱 슬프게 만들어 삶의 의욕을 꺾어 버린 것이지요. 주인님의 어머니 안티클레이아 님께서는 트로이에서 돌아오지 않는 아들을 그리워하시다가 노환으로 돌아가셨습니다. 그분은 어렸을 적 이곳에 팔려 온 나를 어머니처럼 손수 길러 주셨지요. 그분은 내게 화내는 법이 없이 항상 친절하게 대해 주시곤 하셨지요. 구혼자들 때문에 골머리를 썩여 항상 어두운 얼굴을 하고 있는 페넬로페 왕비님을 생각하면, 항상 밝게 웃으시던 그분이 가끔 그립습니다.”

그러자 오디세우스는 에우마이오스에게 보아하니 이타케섬이 고향은 아닌 것 같은데 그가 이곳으로 오게 된 사연을 물었다. 살던 곳이 적군의 침입을 받아 노예로 끌려와 팔렸는지, 아니면 양 떼나 소 떼를 지키고 있다가 유괴되어 팔려 왔는지 알고 싶다는 것이다. 그러자 에우마이오스는 마음속 깊이 꽁꽁 담아 두었던 이야기를 꺼내 차근차근 털어놓기 시작했다.

　　"당신도 들어 보았는지 모르겠지만 시리에Syrie라는 섬이 있소. 그 섬은 오르티기에Ortygie섬 위쪽에 있는데, 인구는 그리 많지 않지만 비옥한 곳이라 소나 양 떼도 많고 포도주와 곡식도 많이 납니다. 아주 축복받은 섬으로 병이나 기근이 사람들을 괴롭힌 적도 없어서 주민들은 모두 천수를 누리다가 죽습니다. 그 섬에는 도시 2개가 있는데 모두 오르메노스Ormenos 님의 아들인 우리 아버지 크테시오스Ktesios 왕의 통치를 받고 있었습니다. 그러던 어느 날 페니키아 선원들이 배에다 물건을 잔뜩 싣고 나타났습니다. 그런데 그중 하나가 우리 궁전의 시녀와 서로 눈이 맞아 동침을 하곤 했습니다. 이후 선원은 그녀가 페니키아 출신으로 납치당해 시리에로 팔려 온 사실을 알고 가문을 물었습니다. 그녀가 시돈 출신의 거부 아리바스Arybas의 딸이라고 하자, 선원은 몸값을 두둑하게 챙길 요량으로 그녀를 집에 데려다주겠다고 꼬드겼습니다. 시녀는 그의 말을 듣고 기뻐하며 앞으로는 안전을 위해 자신을 만나도 아는 체하지 말라고 부탁하며, 가져온 물건을 모두 팔고 나서 싣고 갈 물건을 모두 구입해 떠날 준비가 되면 기별해 달라고 했습니다. 뱃삯도 두둑이 가져가고 시리에 왕의 아들도 납치해 오겠다는 말도 잊지 않았습니다. 1년이 지나 그 선원은 떠날 만반의 준비를 한 다음 시녀에게 알렸고, 그녀는 어린 내 손을 잡고 평소 눈여겨 두었던 객사에 들러 황금 포도주잔 3개를 훔쳐 그에게 달려갔습니다. 우리가 배에 오르자 페니키아 선원들은 순풍을 타고 바다 위를 달렸습니다. 그런데 13일째 되는 날 무슨 병에 걸렸는지 시녀가 갑자기 쓰러져 그만 죽고 말았습니다. 당황하고 동시에 실망한 그들은 그녀의 시신을 바다 위로 던져 물개와 물고기 밥이 되게 한 다음 이타케섬에 상륙하여 저를 당시 왕이셨던 라에르테스 노인에게 팔았고, 저는 그때부터 이렇게 돼지를 맡아 기르게 된 것입니다.”

오디세우스는 에우마이오스의 말을 듣더니 그가 당한 불행은 가슴 아프지만 그래도 좋은 주인을 만난 것은 다행이라고 위로했다.

그 시각 텔레마코스 일행은 무사히 구혼자들의 매복을 피해 이타케항에서 조금 떨어진 해안에 정박했다. 그들은 배에서 내려 점심을 준비하여 포도주와 함께 먹고 마셨다. 이윽고 충분히 먹고 마셨다는 생각이 들자 텔레마코스는 선원들에게 먼저 배를 몰아 시내로 가 있으라고 했다. 자신은 돼지치기 에우마이오스를 만나 그가 맡아 기르고 있는 돼지 떼를 둘러본 다음 뒤쫓아가겠다는 것이다. 그는 그들에게 내일 아침 적당한 보수도 주고 연회도 베풀어 주겠다는 말도 잊지 않았다. 텔레마코스의 말이 끝나자 도망자이자 예언가 테오클리메노스가 자신은 어디로 가야 하는지 물었다. 텔레마코스가 대답했다.

“예전 같았으면 나는 당신에게 우리 궁전에 가 있으라고 했을 것이오. 우리 궁전은 손님 접대에 한 치의 소홀함이 없었으니까 말이오. 하지만 지금은 상황이 많이 달라졌소. 나도 집에 없고 어머니도 당신을 만나려고 하지 않으실 것이오. 어머니는 구혼자들에게 자주 모습을 드러내지 않고 2층 방에 틀어박혀 베만 짜고 계시오.

하지만 내가 당신이 찾아갈 만한 사람을 하나 추천하겠소. 폴리보스의 아들 에우리마코스라는 사람인데 그는 구혼자 중 가장 재력이 있고 머리도 뛰어나 어머니와 결혼할 가능성이 가장 큰 사람이오. 물론 제우스 신께서 결혼하기 전 그에게 죽음을 안겨 줄 것이 틀림없을 테지만 말이오."

바로 그 순간 어디선가 독수리 한 마리가 날아와 텔레마코스 오른쪽 나무의 우듬지에 앉더니 발톱 사이에 움켜쥐고 있던 비둘기를 부리로 뜯어 먹고 있었다. 비둘기 깃털이 나무 아래뿐 아니라 바람에 날려 정박해 있는 배와 텔레마코스 사이에도 떨어졌다. 테오클리메노스가 그 광경을 보더니 텔레마코스에게 다가와 그의 손을 꼭 잡으면서 말했다.

"텔레마코스여, 저 독수리는 신의 뜻이 아니었다면 당신 오른쪽에 나타나지 않았을 것이오. 나는 저 독수리를 보자 금방 신들이 보낸 사자임을 알아차렸소. 독수리가 보인 행동은 앞으로도 당신 가문이 이타케섬을 영원히 통치하게 될 전조가 분명하오."

텔레마코스는 테오클리메노스의 말을 듣자 기분이 좋아졌다. 그래서 그를 구혼자 에우리마코스에게 보내려는 마음을 바꾸어서 동료 선원 중 가장 미더워서 이미 메넬라오스에게서 받은 선물을 맡겼던 페이라이오스Peiraios를 불러 아예 그도 좀 맡아 달라고 부탁했다. 테오클리메노스를 내일 오전 시내 광장으로 데려와 달라는 부탁도 덧붙였다. 그가 텔레마코스에게 아무 걱정하지 말라고 대답하며 배에 먼저 오르자 동료 선원들도 서둘러 따라 올랐다. 배가 이타케항을 향해 떠나자 텔레마코스는 잰걸음으로 에우마이오스의 오두막으로 향했다.

제16권

20년 만에
아들 텔레마코스와 감격의 상봉을 하는
오디세우스

에우마이오스가 궁전으로 텔레마코스의 무사 귀환을 알리러 가다

오디세우스가 아테나의 지시로 텔레마코스에게 아버지라고 밝히다

구혼자들이 텔레마코스를 암살하기로 모의하다

텔레마코스가 에우마이오스의 오두막에 도착한다. 돼지치기가 자신이 들은 대로 거지 노인을 크레타 출신으로 그에게 소개한다. 에우마이오스가 텔레마코스의 부탁으로 궁전의 페넬로페에게 그의 무사 귀환을 알리러 간다. 그 사이 아테나가 오디세우스를 밖으로 불러내서 아들에게 정체를 밝히라고 충고하고 그를 원래 모습으로 변신시킨다.

잠시 밖에 나갔다가 완전 딴사람이 되어 돌아온 오디세우스를 보고 텔레마코스가 소스라치게 놀라며 그를 신으로 오해한다. 오디세우스가 자신을 아버지라고 밝히고 20년 만에 아들과 감격의 상봉을 한 다음 그간의 행적을 이야기한다. 오디세우스가 텔레마코스에게 구혼자들의 숫자 등을 묻고 아들과 함께 그들을 몰살시킬 계획을 세운다.

텔레마코스의 동료 선원들이 이타케항에 도착한 뒤에 그를 암살하려고 매복했던 구혼자들도 빈손으로 돌아온다. 구혼자들이 비밀회의를 개최하여 텔레마코스가 백성들 전체 회의를 소집하여 선동하기 전에 그를 암살하기로 뜻을 모은다. 돼지치기 에우마이오스가 오두막으로 돌아와 텔레마코스에게 페넬로페를 만나고 온 결과를 보고한다.

오디세우스와 돼지치기 에우마이오스는 날이 새자 화로에서 불씨를 가져와 화덕에 불을 피우고 아침을 준비했고, 다른 돼지치기들은 여느 때처럼 돼지 떼를 몰고 밖으로 나갔다. 바로 그때 텔레마코스가 오두막 대문을 열고 마당으로 들어서자 먼저 알아본 개들이 짖지 않고 오히려 꼬리를 살랑거리며 반갑게 맞이했다.

귀가 밝은 오디세우스는 오두막 안에서 밖의 인기척을 느끼고 에우마이오스에게 누가 찾아온 것 같다고 말해 주었다. 그 말이 끝나기가 무섭게 텔레마코스가 오두막 방문을 열었다. 에우마이오스는 그를 보더니 마치 죽었다가 살아난 사람이나 되는 것처럼 뛸 듯이 기뻐하며 부둥켜안고 소리 내어 울었다. 그 모습은 마치 속을 무척이나 썩이다가 10년 만에 타향에서 돌아온 사랑하는 아들을 반기는 아버지 같았다.

에우마이오스는 최근에 텔레마코스가 자신의 오두막을 찾는 횟수가 점점 줄어들자 무척 아쉬워하고 있었다. 그러다가 얼마 전 그가 이타케섬의 청년들을 데리고 필로스로 아버지의 행방을 찾으러 갔다는 소문을 듣고는 이젠 그를 영영 볼 수 없을지 모른다고 생각했다. 구혼자들이 아스테리스섬에 매복해서 그의 목숨을 노리고 있다는 말을 들었기 때문이다. 그런 텔레마코스가 불쑥 찾아왔으니 얼마나 반가웠 겠는가.

그래서 에우마이오스는 텔레마코스를 부둥켜안고 얼굴과 손에 입을 맞추며 실컷 감격의 눈물을 흘린 다음에야 비로소 무슨 일로 왔 는지 물었다. 이에 대해 텔레마코스는 우선 그의 안부가 궁금했고, 또 한 어머니가 아직도 궁전에 있는지, 아니면 자신이 궁전을 비운 사이 구혼자 중 하나를 택해 결혼하여 따라갔는지 알고 싶어 왔다고 대답했 다. 에우마이오스는 자신의 안부가 궁금했다는 텔레마코스의 말에 만 면에 미소를 머금으면서 얼른 그의 청동 창을 받아 든 다음, 페넬로페 왕비는 조금도 흔들리지 않고 당당하게 궁전에 남아 있다고 대답했다.

이윽고 텔레마코스가 문턱을 넘어 방 안으로 들어서자 오디세우 스는 그에게 자리를 양보하려고 일어섰다. 하지만 텔레마코스가 그대 로 앉아 있으라며 제지하자 그는 도로 그 자리에 주저앉았다. 에우마 이오스가 얼른 양가죽을 깔고 자리를 마련해 주자 텔레마코스는 그곳 에 앉았다. 이어 에우마이오스는 어제 먹고 남은 고기와 빵을 접시에 담아서 내어 오고 포도주도 물에 희석하여 차려 놓은 다음 오디세우 스 맞은편에 자리를 잡고 앉았다.

충분히 먹고 마셨다는 생각이 들었을 때 텔레마코스가 에우마이 오스에게 동석한 거지 노인이 어디서 온 누구인지 물었다. 에우마이오 스는 조금 전 들은 그대로 노인은 크레타 출신으로 세상 이곳저곳을 돌아다니다가 최근에는 테스프로토이족이 모는 배에 잡혀 있다가 천 신만고 끝에 탈출하여 자신의 오두막을 찾아왔다고 하면서, 이제는 그 에게 노인을 맡길 테니 잘 보살펴 달라고 대답했다. 그러자 텔레마코 스가 한숨을 내쉬며 말했다.

"에우마이오스여, 당신 말을 들으니 내 가슴이 무척 아프오. 지금 상황에서 내가 어떻게 이 노인을 맡을 수 있겠소. 나는 구혼자들이 우리 궁전에 와서 행패를 부려도 대적하지 못할 정도로 아직 담력이 크지 못하오. 또한 현재 어머니께서는 우리 궁전에 남아 있을 것인지, 아니면 구혼자 중 누구를 따라가야 할지를 놓고 저울질하시느라 경황이 없으시오. 그러니 당신만 괜찮다면 이 노인을 당분간 이 오두막에서 모시고 보살펴드리도록 하시오. 그러면 내가 당신과 동료들에게 짐이 되지 않도록 이분이 이곳에 머무는 동안 필요한 옷과 양식을 보내겠소. 어쨌든 난 지금은 이 노인을 구혼자들이 판을 치고 있는 우리 궁전으로 데려갈 수는 없소. 오만불손한 구혼자들은 분명 이분을 조롱하며 괴롭힐 것이기 때문이오."

오디세우스는 이 말을 듣고 텔레마코스의 속마음을 한번 떠보고 싶어서 왜 그렇게 무례한 구혼자들에게 소극적으로 대하는지 물었다. 백성들이 구혼자들의 편이어서 그런지, 아니면 형제들이 같이 싸워 주지 않아서 그러냐는 것이다. 자기라면 끝까지 싸우다 힘에 밀려 맞아 죽을망정 구혼자들을 가만두지 않겠다는 말도 덧붙였다.

텔레마코스는 이 말을 듣고도 전혀 화를 내지 않았다. 그는 자신이 구혼자들에게 대들지 못하는 것은 백성들이 자기편이 아니어서도 아니고, 더구나 형제들이 같이 싸워 주길 기다려서도 아니라고 대답했다. 자기 집안은 원래 증조할아버지 아르케이시오스 때부터 대대로 외아들이라서 같이 싸워 줄 형제가 없다는 것이다.

텔레마코스는 여기까지 얘기하다가 이야기의 맥락을 놓쳤는지 어쨌든 더 이상 오디세우스의 질문에 대해 자세한 답변을 하지 않았다. 그 대신 구혼자들이 궁전에 몰려와서 자기 집 가산을 축내다가 끝내는 자신도 죽일지 모르지만 결국 모든 것은 신의 뜻에 달려 있지 않겠느냐고 적당하게 얼버무린 다음, 갑자기 에우마이오스에게 궁전으로 가서 어머니 페넬로페에게 자신이 필로스에서 무사히 돌아왔다는 소식을 전해 달라고 부탁했다. 그러자 에우마이오스가 말했다.

"왕자님, 잘 알겠습니다. 그런데 하는 김에 궁전 밖 농장에 계시는 왕자님 할아버지 라에르테스 님께도 왕자님의 무사 귀환 소식을 전해 드릴까요? 그분은 아들 오디세우스 주인님이 돌아오지 않을 때는 마음이 괴로워도 하인들을 감독도 하고 식사도 하시고 그러셨습니다. 하지만 왕자님이 필로스로 떠나신 후로는 하인들 감독도 안 하시고 식음도 전폐하시다시피 하셔서 앙상하게 뼈만 남으셨다고 들었습니다."

텔레마코스는 에우마이오스의 물음에 지금은 할아버지에게는 알리지 말고 어머니에게만 알리고 난 뒤 즉시 돌아오라고 말했다. 할아버지에게는 어머니가 나중에 시녀를 보내 알릴 수도 있다는 것이다. 돼지치기 에우마이오스가 떠나자 아테나가 수공예의 여신답게 수공예에 능한 여인의 모습을 하고 대문을 열고 그의 오두막으로 들어섰다. 텔레마코스는 그녀가 온 걸 알아차리지 못했으나, 오디세우스는 느낌으로 알아차렸다. 개들도 그녀를 보고 꼬리를 내리며 오두막 뒤로 숨었다. 오디세우스가 보이지 않는 실에 이끌리듯 혼자 잠시 밖으로 나오자 그녀는 이렇게 말했다.

"라에르테스의 아들 오디세우스여, 이제는 아들에게 네 정체를 밝힐 때가 되었다. 아들에게 모든 사실을 숨김없이 말한 뒤 너희들 두 사람은 구혼자들을 응징할 방도를 마련해서 궁전으로 가도록 하라. 앞으로 내가 너희들과 항상 함께할 테니 아무 걱정 하지 마라."

아테나는 이렇게 말하고 황금 지팡이로 그를 살짝 건드렸다. 그러자 오디세우스는 어제 20년 만에 고향 이타케섬에 도착했을 때의 모습으로 다시 돌아왔다. 그의 피부는 구릿빛이 되었고 쭈글쭈글하던 두 볼은 팽팽해졌고, 백발은 금발로 변했으며, 턱 주위에는 수염이 덥수룩했다. 아테나가 돌아간 뒤 오디세우스가 오두막에 들어서자 텔레마코스는 완전히 달라진 그의 모습을 보고 소스라치게 놀라며 신으로 오해한 나머지 나중에 제물을 풍성하게 바칠 테니 제발 살려 달라고 애원했다. 그러자 오디세우스가 자신의 정체를 밝혔다.

"텔레마코스야, 나는 신이 아니다. 왜 너는 나를 신으로 여기느냐? 나는 바로 네 아버지 오디세우스다. 이 못난 아버지 때문에 그동안 얼마나 많은 고생을 하고 구혼자들한테 얼마나 많은 수모를 당했느냐?"

오디세우스는 이렇게 말하며 아들의 볼에 입을 맞추며 그동안 꾹꾹 눌러왔던 울음을 터뜨렸다. 하지만 텔레마코스는 아버지를 만난 것을 전혀 실감하지 못한 채 여전히 그를 신으로 의심하며 그의 말을 강하게 부정했다. 모든 게 자신을 더욱더 슬프고 비참하게 만들려고 하는 신의 장난일 뿐이라는 것이다. 그러자 오디세우스가 약간 역정을 내며 말했다.

"텔레마코스야, 사랑하는 아버지가 집에 돌아왔는데도 네가 지나치게 의심하는 것은 좋지 않은 행동이다. 나는 갖은 고생과 방랑 끝에 20년 만에 고향에 돌아온 바로 네 아버지 오디세우스가 틀림없다. 이 모든 것은 아테나 여신의 작품이다. 나를 추하고 초라한 거지 노인으로 변신시킨 것도 그분이시고, 지금의 모습으로 변신시킨 것도 바로 그분이시다. 아테나 여신께서는 에우마이오스가 올 때쯤이면 아마 나를 다시 추하고 초라한 거지 노인으로 변신시킬 것이다."

그제야 텔레마코스는 아버지의 목을 껴안고 꺼이꺼이 울기 시작

했다. 그렇게 그들은 서로 얼싸안고 한참을 실컷 울었다. 두 사람은 마치 갓 태어난 새끼를 잃은 독수리보다도 더 구슬프게 울었다. 그렇게 마음껏 울며 회포를 풀고 난 뒤 텔레마코스가 먼저 말문을 열어 아버지에게 어떻게 돌아오실 수 있었는지 묻자 오디세우스는 이렇게 대답했다.

"내 아들아, 나를 이타케섬으로 데려다준 것은 천부적인 뱃사람들인 파이아케스족이다. 그들은 부탁을 받으면 누구든지 친절하게 원하는 곳까지 호송해 주곤 하지. 그들은 내가 잠든 사이 나를 배에 태워 이타케섬에 내려놓았다. 게다가 그들은 내게 황금과 청동 그리고 옷까지 선물로 주었다. 나는 아테나 여신의 지시대로 현재 그것을 동굴에 안전하게 숨겨 놓았다. 내가 이곳에 온 것은 아테나 여신의 명령 때문이다. 그분은 너를 만나 구혼자들을 응징할 방도를 찾아보라고 하셨다. 우선 내게 구혼자들이 몇명이며, 어떤 자들인지 자세하게 말해 주거라. 그래야 그들을 응징할 수 있는 계략을 짤 수 있을 것이다.”

텔레마코스는 아버지의 말을 듣고 놀라움을 금치 못했다. 예전부터 아버지의 용맹함은 익히 들어 잘 알고 있었지만 이렇게 대담한 분인지는 몰랐기 때문이다. 하지만 그는 오디세우스에게 자신이랑 아버지 둘이서 구혼자들을 대적하기엔 역부족이라고 말했다. 구혼자들이 일이십 명이 아니라 100명이 넘었기 때문이다. 그는 아버지에게 각 섬에서 온 구혼자들의 수를 자세하게 말했다. 둘리키온섬에서는 52명의 구혼자와 6명의 시종이, 사메섬에서는 24명의 구혼자가, 자킨토스섬에서는 20명의 구혼자가, 이타케섬 자체에서는 12명의 구혼자와 전령 메돈, 가인 페미오스, 고기 써는 달인인 2명의 시종이 와 있다는 것이다.

텔레마코스는 다시 한번 아버지에게 단 둘이서 그들을 대적하기에는 아무래도 위험부담이 클 것이니 누구를 우리 편으로 끌어들일지 생각해 보라고 권했다. 오디세우스는 108명이나 되는 구혼자들의 숫자를 듣고 아들이 불안해하는 것은 당연하다고 생각했다. 우선 아들의 불안을 잠재울 필요가 있었다. 그는 텔레마코스에게 제우스 신과 아테나 여신이 도와주기로 약속했는데, 또 다른 협력자가 더 필요하겠냐고 물었다. 그제야 텔레마코스는 기쁜 표정을 지으며 두 신이 도와준다면야 다른 협력자가 무슨 필요가 있겠냐고 대답했다. 오디세우스는 텔레마코스가 안심하는 모습을 보고서야 비로소 앞으로 할 일을 하나하나 지시하기 시작했다.

“우리가 궁전에서 구혼자들과 전투를 벌이게 되면 두 신께서는 틀림없이 우리를 도와주실 것이다. 너는 날이 밝는 대로 궁전에 돌아가서 아무 일 없다는 듯이 구혼자들과 어울려라. 나는 나중에 돼지치기 에우마이오스와 함께 네가 처음에 보았던 초라한 거지 노인의 행색을 하고 궁전에 나타날 것이다. 너는 내가 구혼자들에게 모욕을 당해도 꾹 참아야 한다. 그들이 내 발을 잡고 나를 궁전 밖으로 끌어내도, 물건을 들어 나를 향해 던져도 참아야 한다. 또 하나 명심해야 할 일이 있다. 적당한 때가 되면 나랑 함께 궁전 홀 한편에 보관되어 있던 칼, 창, 활, 방패 등 무구들을 몽땅 궁전 밀실로 옮겨 숨겨 놓도록 하자꾸나. 혹시 구혼자들이 그것들이 어디 갔는지 묻거든, 고기를 구울 때 나는 그을음에 상할까 봐 다른 곳으로 옮겨 놓았다고 말하거라. 혹은 그들이 포도주에 취해 말다툼을 벌이다가 불상사가 일어날까 봐 다른 곳으로 치워 놓았다고 둘러대라. 네가 명심해야 할 것이 또 있다. 그 누구도 내가 돌아왔다는 것을 알아서는 안 된다. 네 할아버지나 어머니도 예외가 아니다. 그 사실은 오직 너와 나 단 둘이만 알고 있다가 시녀들과 하인들의 의중을 알아보자꾸나. 누가 우리를 무시하고 누가 우리에게 충직한지 말이다."

이렇게 둘이 이야기를 나누는 동안 텔레마코스가 필로스에서 타고 온 배는 이타케항으로 들어갔다. 텔레마코스의 동료 선원들은 서둘러 배를 뭍으로 끌어올리고 텔레마코스가 받은 선물을 클리티오스Klytios의 집으로 날랐다. 이어 궁전의 페넬로페에게 아들의 무사 귀환을 알리기 위해 그들 중 하나를 전령으로 선발하여 보냈다. 페넬로페에게 똑같은 소식을 전하러 갔던 돼지치기 에우마이오스가 마침 그 전령과 궁전에서 마주쳤다. 그들이 함께 페넬로페 앞에 서자 먼저 전령이 멀찌감치에서 큰 소리로 간단하게 아들이 무사히 도착했다는 말만 전하고 돌아갔다. 그러자 에우마이오스가 그녀에게 가까이 다가가 귓속말로 텔레마코스가 전하라고 한 것을 빠짐없이 모두 말한 다음 재빨리 궁전을 빠져나와 오두막으로 향했다.

한편 구혼자들은 텔레마코스가 이미 자신들이 보낸 추격대를 피해 무사히 이타케섬으로 돌아왔다는 소문을 들었다. 그들은 풀이 죽어 궁전 밖 항구 근처 비밀 장소에 모여 다른 사람들은 얼씬 못 하게 철통경계를 선 뒤 대책을 논의하고 있었다. 그들 중에서 폴리보스의 아들 에우리마코스가 나서며 놀랍게도 텔레마코스가 이번 여행을 무사히 마치고 돌아왔으니 빨리 그를 처치하러 떠났던 동료 매복조를 부르러 전령을 보내자고 제안했다. 바로 그때 선 채로 항구를 살피던 암피노모스Amphinomos가 막 이타케항에 매복조가 도착했다고 알렸다. 구혼자들은 서둘러 우르르 항구로 몰려가더니 매복조를 데리고 다시 비밀 장소로 돌아가 계속해서 대책을 궁리했다. 에우페이테스의 아들 안티노오스가 먼저 말문을 열었다.

"아마 신들께서 텔레마코스를 구해 주신 것 같소. 우리 매복조는 텔레마코스를 잡아 죽이기 위해 낮에는 온종일 바람 부는 언덕에 앉아 물샐틈없이 경계를 섰고, 밤에는 배를 타고 바다로 나가 물길을 지키고 있었소. 그런데도 우리가 그를 잡을 수 없었다면 신들께서 그를 도와주셨음에 틀림이 없소. 그러니 이제 우리 여기서 텔레마코스를 죽일 궁리를 합시다. 우리는 그가 살아 있는 한 뜻을 이루지 못할 수도 있소. 텔레마코스는 아마 백성들의 전체 회의를 다시 소집하여 우리가 그를 죽이려고 꾸민 계획을 폭로할지 모르오. 백성들도 우리의 악행을 듣고 나면 우리를 비난하고 텔레마코스에게 힘을 모아 줄지 모르오. 그들은 내심으로 우리에게 등을 돌린 지 오래이기 때문이오. 그러면 텔레마코스는 백성들의 힘을 업고 우리를 낯선 나라로 추방할지도 모르오. 그러니 우리가 먼저 선수를 칩시다. 그가 이타케섬에서 잘 다니는 길목에 매복해 있다가 그를 잡아 죽입시다. 재산은 우리끼리 나누어 갖고 궁전은 그의 어머니와 그녀를 차지할 구혼자에게 주도록 합시다."

이렇게 말하자 모두가 안티노오스의 말에 선뜻 찬성하지 못한 채 아무 말이 없었다. 그때 침묵을 깨고 니소스의 아들 암피노모스가 일어나 자신은 텔레마코스를 죽이는 데 반대한다고 말했다. 왕가의 혈통을 끊어 버린다는 것은 인간으로서 할 짓이 아니라는 것이다. 이어 그는 현명한 제우스의 뜻을 물어보자고 제안했다. 제우스가 승인한다면 자신도 당연히 찬성하겠다는 것이다.

그는 둘리키온섬에서 온 구혼자로 마음씨가 착해서 페넬로페가 그나마 마음에 들어 했던 자였다. 암피노모스가 이렇게 말하자 일리가 있는지라 모두가 그의 말에 동조하며 다시 오디세우스의 궁전 홀로 자리를 옮겨 대책 회의를 계속했다. 바로 그때 페넬로페가 홀로 들어섰다. 좀처럼 모습을 드러내지 않았던 페넬로페로서는 이례적인 일이었다. 그녀는 구혼자들의 전령 메돈에게서 그들이 아들을 죽이려고 한다는 말을 전해 듣고 도저히 2층 방안에 그대로 앉아 있을 수 없었다.

페넬로페는 홀로 들어서자마자 안티노오스를 꾸짖었다. 안티노오스의 아버지 에우페이테스는 언젠가 폭정에 분노한 백성들을 피해 오디세우스를 찾아와 몸을 의탁했다. 이타케 백성들은 그를 달갑게 여기지 않았다. 한때 그가 타포스의 해적들과 한패가 되어 이타케섬의 우방인 테스프로토이족을 괴롭혔기 때문이다. 이타케 백성들은 모두 에우페이테스를 죽이고 싶었다. 하지만 오디세우스가 끝까지 그를 변호해 줘 에우페이테스는 생명을 구할 수 있었다. 그녀는 이런 사실을 상기시키면서 배은망덕도 유분수지 어떻게 그런 사람의 아들이 자기 아들을 죽일 계획을 세울 수 있냐고 비난했다.

　　그러자 에우리마코스가 일어나 그녀를 안심시켰다. 그는 오디세우스로부터 큰 은혜를 입은 자신이 살아있는 한 텔레마코스에게 손댈 사람은 아무도 없다고 맹세했다. 하지만 그의 말은 새빨간 거짓말이었다. 에우리마코스는 누구보다도 텔레마코스를 죽이고 싶어 안달했기 때문이다. 페넬로페도 그의 속내를 훤히 들여다보고 있었기에 아무 말 없이 더 이상 홀에 머물지 않고 2층 방으로 돌아와 너무 답답한 마음에 남편 오디세우스를 생각하며 목 놓아 울다 지쳐 잠이 들었다.

　　한편 에우마이오스의 오두막에서는 오디세우스와 텔레마코스가 복수에 필요한 계획을 모두 세운 뒤 한 살배기 돼지를 올림포스 신들에게 제물로 바치며 앞으로 구혼자들과 벌일 혈전에서 자신들을 도와달라고 기도하고 있었다. 그때 마침 궁전에 갔던 에우마이오스가 멀리서 오두막을 향해 바삐 걸어오고 있었다. 아테나가 올림포스 궁전에서 그걸 보고 순식간에 오두막으로 내려가 황금 지팡이로 오디세우스를 가볍게 쳐서 다시 추하고 초라한 거지 노인으로 변신시켰다. 이윽고 에우마이오스가 오두막에 들어서자 텔레마코스는 자신을 죽이려고 아스테리스섬에 매복하고 있던 구혼자들이 돌아왔는지 물었다.

　　에우마이오스는 궁전으로 가는 도중에 텔레마코스의 동료 선원들이 보낸 전령을 만나 함께 페넬로페를 찾아가 그의 무사 귀환 소식을 전하자마자 곧장 돌아온 터라 자세히는 모르겠지만, 시내를 빠져나와 언덕길을 따라오다가 멀리서 배 한 척이 이타케항으로 들어오는 것을 보았는데, 배 안에는 남자들이 타고 있었고, 무구들이 가득 들어차 있었다고 대답했다. 텔레마코스는 에우마이오스의 말을 듣고 아버지를 쳐다보며 의미심장한 미소를 지어 보였다. 이어 저녁 식사가 차려지고 세 사람은 실컷 먹고 마신 다음 깊은 잠에 빠져들었다.

에우마이오스의 안내로
궁전에 도착하는 거지 노인
오디세우스

궁전에 도착한 텔레마코스가 페넬로페에게 아버지의 귀향을 비밀로 하다
에우마이오스가 거지 노인 행색을 한 오디세우스를 궁전으로 안내하다
오디세우스가 자신을 부른 페넬로페에게 저녁에 찾아가겠다고 전하다

텔레마코스가 궁전에 도착하여 어머니에게 여행 중 보고 들었던 것을 이야기한다. 하지만 에우마이오스의 오두막에서 아버지와 해후한 일은 비밀로 한다. 얼마 후 에우마이오스가 거지 노인의 행색을 한 오디세우스를 시내 궁전으로 안내한다. 구혼자들에게 살진 염소들을 데려가던 염소치기 멜란티오스가 그들을 발견하고 조롱하더니 급기야 오디세우스의 엉덩이를 발로 걷어찬다.

오디세우스가 궁전 입구에 다가가자 트로이로 떠나기 전 늘 데리고 다니며 사냥을 하던 개 아르고스가 거름으로 쓰기 위해 궁전 앞에 모아 둔 가축의 분뇨 더미 옆에 누워 이제는 죽을 날만 기다리다가 주인의 발자국 소리를 알아듣고 간신히 머리를 들고 살짝 꼬리를 흔든다. 오디세우스가 그걸 보고도 정체가 탄로 날까 봐 눈물을 머금고 그냥 지나친다. 아르고스는 이내 숨을 거둔다.

오디세우스가 궁전으로 들어가 홀 문턱에 자리를 잡고 연회를 벌이던 구혼자들을 돌며 먹을 것을 간청한다. 안티노오스가 거지 노인을 데려온 에우마이오스를 힐책한 뒤 자신을 조롱하는 오디세우스에게 발판을 던진다. 페넬로페가 거지 노인이 혹시 남편 소식을 알고 있을까 봐 에우마이오스를 시켜 그를 부른다. 오디세우스가 그녀에게 구혼자들이 모두 돌아간 뒤 홀에서 보자고 전한다.

다음 날 아침 텔레마코스는 시내에 있는 궁전으로 가기 위해 서둘
러 채비를 했다. 그는 떠나기 전 돼지치기 에우마이오스에게 아무래도
거지 노인이 지내기에는 시골 오두막보다는 시내가 더 좋겠다고 말했
다. 솔직히 말해 현재 자기 처지로서는 오두막에 있는 그에게 뭘 보내
줄 마음의 여유나 겨를이 없으니 자기가 떠난 다음 노인을 시내로 데
려다주면 그가 직접 이 집 저 집 돌아다니며 먹을 것을 구걸할 수 있지
않겠느냐는 것이다.

이 말을 듣고 오디세우스는 텔레마코스를 향해 그렇지 않아도 옹
색한 에우마이오스에게 신세를 지는 게 미안해 시내로 가서 당분간 구
걸하며 지낼 생각이었다고 말했다. 자신은 오두막에 머물면서 돼지 키
우는 일을 돕기에는 너무 굼뜬 나이라고도 했다. 그런 다음 이번에는
에우마이오스를 향해 이따가 시내로 데려다주기만 해달라고 부탁했
다. 그러면 밤사이 얼은 몸을 좀 녹인 다음 그를 따라 시내로 가겠다는
것이다.

텔레마코스는 그제야 안심이 되었는지 에우마이오스의 오두막을
떠났다. 얼마 후 그가 잰걸음으로 궁전에 도착해서 내실로 들어서자

맨 먼저 유모 에우리클레이아가 그를 보고 눈물을 글썽이며 달려왔다. 이어 시녀들이 몰려들어 텔레마코스의 머리와 어깨에 입을 맞추며 그를 반겼다. 소란한 소리를 듣고 페넬로페도 2층 방에서 내려와 사랑하는 아들을 부둥켜안은 채 눈물을 흘리며 그의 머리와 두 눈에 수없이 입을 맞추었다.

페넬로페는 흐느끼면서도 맨 먼저 남편 오디세우스의 소식을 묻는 것을 잊지 않았다. 그러자 텔레마코스는 어머니에게 막 위험에서 벗어나 경황이 없고 급히 해결해야 할 일이 있으니 나중에 소상하게 알려 줄 테니 우선 시녀들과 함께 제우스에게 자신의 무사 귀환을 감사하는 기도나 드려 달라고 부탁했다. 그는 얼른 시내 광장으로 나가 동료 선원 페이라이오스를 만나 그에게 맡겨서 필로스를 떠날 때 배에 태워 데려온, 예언가 테오클리메노스를 궁전으로 데려올 참이었다.

페넬로페가 하는 수 없이 제우스에게 기도하기 위해 2층 방으로 올라가자 텔레마코스는 홀과 마당을 지나 궁전 밖으로 나가니 어느새 개 2마리가 꼬리를 흔들며 따라나섰다. 시내 광장에는 구혼자들이 이곳저곳에 무리를 짓고 모여 있었다. 그는 그들을 피해 아버지의 친구들이었던 멘토르, 안티포스, 예언가 할리테르세스 등이 모여 있는 곳으로 갔다. 텔레마코스가 그들과 한참 이야기를 나누고 있는데 드디어 페이라이오스가 테오클리메노스를 데리고 광장에 나타났다. 먼저 페이라이오스가 텔레마코스에게 자신이 보관하고 있는 메넬라오스의 선물을 보낼 수 있도록 시녀들을 자기 집으로 보내 달라고 요청했다. 텔레마코스가 그에게 말했다.

"페이라이오스여, 앞으로 우리 궁전 상황이 어떻게 전개될지 알 수가 없소. 만약 파렴치한 구혼자들이 나를 죽이고 우리 재산을 자기

들끼리 나누어 가진다면 나는 당신이 그 선물을 차지하기를 바라오. 하지만 내가 구혼자들을 응징하게 된다면 내 선물을 돌려주시오. 그때라면 내 기꺼이 받을 것이오."

이렇게 말하고 그는 페이라이오스와 작별 인사를 나눈 후 테오클리메노스를 데리고 궁전으로 돌아와 우선 함께 목욕부터 했다. 그들이 욕조에 들어가자 시녀들이 목욕을 시켜 준 다음 올리브기름을 발라 주고 새 옷을 입혀 주었다. 그들이 의자에 앉자, 시녀 한 명이 물 항아리를 가져와 은 대야에 손 씻을 물을 부어 주고 그들 앞에 식탁을 차렸고, 다른 시녀 한 명은 식탁 위에 빵을 비롯하여 진수성찬을 차려 놓았다. 그들의 맞은편에서는 페넬로페가 안락의자에 앉아 실을 잣고 있었다. 이윽고 그들이 충분히 먹고 마시고 나자 페넬로페가 아들 텔레마코스를 향해 자기는 이제 피곤해서 침실로 자러 가려고 하니 아버지에 대해 들은 게 있으면 좀 말해 달라고 부탁했다. 그러자 텔레마코스는 어머니에게 아버지를 만났다는 사실만 쏙 빼고 이렇게 말했다.

"어머니, 이제 모두 말씀드리겠어요. 제가 필로스로 네스토르 왕을 찾아가자 그분은 저를 마치 여러 해 만에 객지에서 돌아온 아들처럼 따뜻하게 대해 주셨어요. 하지만 그분은 아버지에 대해서는 전혀 들은 얘기가 없다고 하면서 저를 스파르타의 메넬라오스 왕에게 보내셨지요. 그래서 저는 스파르타로 메넬라오스 왕을 찾아가 그동안의 어수선한 집안 사정과 용건을 말했더니 그분은 구혼자들의 행패에 깊은 분노를 표하셨어요. 그분은 장차 아버지께서 그들에게 비참한 최후를 안겨 줄 것이라고 확신하셨습니다. 그러면서 구혼자들을 마치 갓 태어난 새끼를 겁도 없이 사자의 은신처에 뉘어 놓았다가 나중에 돌아온 사자에게 비참한 최후를 맞이한 사슴으로 비유하셨지요. 그분은 또한 아버지께서는 오래전 레스보스에서 필로멜레이테스와 레슬링 경기를 벌여 그를 통쾌하게 꺾던 때처럼 구혼자들을 가만두지 않을 것이라고도 하셨습니다. 그런 다음 그분은 바다의 노인이라고도 불리는 바다의 신 프로테우스로부터 전해 들은 아버지에 관한 소식을 전해 주었습니다. 프로테우스 노인에 따르면 아버지는 어떤 섬에서 칼립소라는 요정이 붙잡고 있어 고향에 돌아오시지 못한답니다. 아버지에게는 배도 없고 부하들도 없기 때문이랍니다."

텔레마코스의 말을 가만히 듣고 있던 예언가 테오클리메노스가 모자의 대화에 끼어들었다. 그는 페넬로페에게 메넬라오스의 말은 확실하지 않으니 믿지 말고 지금부터 자신이 하는 예언을 명심하라고 주문하면서 텔레마코스와 함께 배를 타고 오면서 하늘을 날던 새들이 보여 준 전조를 말해 주었다. 그것에 따르면 오디세우스는 어디에 있는지는 정확하게 알 수는 없어도 이미 고향 땅에 와 있고, 구혼자들에게 죽음을 안겨 주기 위해 호시탐탐 기회를 노리고 있다고 말해 주었다.

그들이 이렇게 이야기를 나누는 사이 어느새 궁전으로 꾸역꾸역 모여든 구혼자들이 마당에서 원반던지기와 창던지기를 하며 거드름을 피우며 놀고 있었다. 이윽고 점심때가 되어 사방에서 연회 때 쓸 가축들이 속속 도착하고, 그들이 가장 좋아하는 전령 메돈이 점심 식사 시간임을 알리자, 구혼자들은 궁전 홀로 들어와 가축들을 잡아 연회 준비를 시작했다.

같은 시각 오디세우스와 에우마이오스는 오두막에서 시내로 막 출발하려던 참이었다. 에우마이오스는 노인이 오두막에 남아 돼지 돌보는 일을 도와주었으면 했지만, 우선 본인의 의사를 무시할 수 없었고, 특히 작은 주인 텔레마코스의 명을 거역할 수 없었다. 에우마이오스가 시내까지 길을 안내할 테니 떠나자고 하자 노인은 길이 미끄러울 수 있으니 지팡이로 쓸 막대기 하나를 마련해 달라고 부탁했다.

노인이 원래 짚고 왔던 지팡이는 어제 오두막 대문을 들어섰을 때 개들이 짖는 바람에 놀라 떨어뜨린 이후 아무리 찾아도 보이지 않았기 때문이다. 얼마 후 그들이 출발하여 어떤 샘물 가까이 다가갔을 때 저쪽에서 염소를 몰고 오던 돌리오스의 아들 멜란티오스Melanthios 일행과 마주쳤다. 그는 구혼자들의 연회에 쓰기 위해 다른 두 동료와 함께 살진 염소들을 골라 몰고 오는 중이었다. 그는 에우마이오스를 보자 거친 말을 해 대며 조롱했다.

"거지가 거지를 데리고 가는 꼴이라니 정말 가관이다. 신은 인간을 항상 유유상종하게 만드신다니까. 재수 없는 돼지치기여, 그 성가신 거지를 어디로 데려가느냐? 네가 그자를 내게 주어 염소 농장을 돌보게 한다면 그자는 염소의 젖 찌꺼기라도 먹고 목숨이라도 부지할 수 있을 텐데. 하기야 그자 얼굴을 보아하니 배운 것이라고는 나쁜 짓뿐이어서 일은 하지 않고 구걸로 연명할 인상이긴 하다. 내가 분명히 말하지만, 그자를 궁전으로 데려갔다가는 구혼자들이 가만 놔두지 않을 것이다. 그들은 분명 그자를 쫓아내기 위해 발판을 던져 갈비뼈를 분질러 놓을 것이다."

이렇게 말하며 그는 지나가면서 오디세우스의 엉덩이를 발로 세게 걷어찼다. 하지만 오디세우스는 조금도 밀려나지 않고 그 자리에서 꼼짝하지 않은 채 버티고 서 있었다. 오디세우스는 그자를 쫓아가서 손에 들고 있던 막대기로 쳐서 죽일까 아니면 그자를 들어 올려 땅바닥에 메다꽂을까 하고 한참을 망설이면서 꾹 참고 있었다. 그런데 돼지치기가 그의 마음을 읽었는지 근처에 있던 샘물을 향해 큰 소리로 기도했다.

"샘물의 요정들이시여, 오디세우스 왕께서 당신들께 제물을 드리는 데 인색하지 않았다면 제 소원을 들어주소서. 오디세우스 왕께서 하루속히 돌아오셔서 주인의 은혜도 저버린 채 저렇게 비겁하게 구혼자들에게 빌붙어 사는 녀석들을 쓸어 버리게 하소서."

멜란티오스가 에우마이오스의 기도 소리를 듣고 마음 한구석이 몹시 찔렸는지 애먼 오디세우스를 향해 개자식이라고 욕을 내뱉은 다음 언젠가 반드시 그를 이타케섬에서 멀리 떨어진 곳에 비싼 값을 주고 팔아 버리겠다고 엄포를 놓았다. 이어 멜란티오스는 잰걸음으로 궁전에 도착해서는 자신을 가장 아꼈던 구혼자 에우리마코스 맞은편에 앉았다. 그러자 시녀들이 고기와 빵을 멜란티오스 앞에 갖다 놓았다.

얼마 후 오디세우스와 에우마이오스가 마침내 궁전에 도착해서 대문 앞에 멈춰 섰다. 안쪽 마당으로부터 가인 페미오스가 구혼자들을 위해 포르밍크스를 연주하며 노래를 부르는 소리가 들려왔다. 오디세우스가 감회에 젖어 에우마이오스에게 짐짓 아무것도 모르는 척 대문을 가리키며 오디세우스의 궁전이냐고 물었다. 에우마이오스가 무관심하게 그렇다고 대답하며 괜히 시내를 돌아다니며 구걸하느라 고생하지 말고 자신이 먼저 궁전으로 들어갈 테니 바로 따라 들어오라고 노인에게 당부한 다음 대문 쪽으로 한걸음 발을 뗐다.

바로 그때 궁전 대문 맞은편에 쌓여 있던 가축의 분뇨 앞에 죽은 듯이 누워있던 폭삭 늙은 개 한 마리가 갑자기 눈은 여전히 감은 채로 간신히 머리를 살짝 들어 올리더니 무슨 익숙한 소리가 들리는 듯 귀를 쫑긋 세웠다. 그 분뇨는 나중에 오디세우스의 영지에 거름으로 쓰기 위해 임시로 대문 앞에 쌓아 둔 것이었다. 그 개는 바로 오디세우스가 트로이로 떠나기 전에 기르던 아르고스Argos라는 개로 주인이 트로이로 떠나고 20년이 흘러 이미 오래전에 기대수명을 넘기고 돌보는 이가 없는 터라 이제 죽을 날만 기다리며 대문 앞 분뇨 앞에서 벌레투성이가 된 채 누워서 막 저승길로 갈 참이었다. 그런데 오디세우스가 가까이 오자 죽어가던 아르고스는 주인의 발자국 소리를 제대로 알아들었다.

바로 그 순간 아르고스는 저승길을 잠시 미룬 채 혼신의 힘을 다해 머리도 아까보다는 약간 더 들어 올리고 꼬리도 살짝 흔들며 반가움을 표시했다. 하지만 너무 노쇠한 나머지 눈을 뜨고 일어나 그에게

Theodoor van Thulden, 〈오디세우스를 알아보는 그의 충견 아르고스〉, 1632-1633
맨 앞은 궁전 대문에서 손님을 안내하는 시동侍童일 것이고, 아르고스를 두 손으로 어루만지고 있는 것은 에우마이오스, 그 뒤는 오디세우스다. 물론 호메로스의 원전에는 시동은 등장하지 않고, 에우마이오스가 개를 어루만졌다는 이야기도 없다

제17권 에우마이오스의 안내로 궁전에 도착하는 거지 노인 오디세우스

다가올 힘은 없었다. 오디세우스는 에우마이오스에게 들키지 않으려고 녀석을 외면한 채 고개를 돌려 얼른 눈물을 훔친 다음 지나가는 말로 아르고스가 어떤 개였는지 물었다. 다행히 에우마이오스는 아무것도 눈치채지 못한 채 주인 오디세우스가 데리고 사냥할 때 녀석의 추격을 피할 수 있는 들짐승은 하나도 없었다고 대답하면서 먼저 궁전으로 들어섰다. 그러자 아르고스는 갑자기 머리를 땅바닥에 떨어뜨리고 숨을 거두고 말았다.

궁전 안에서는 텔레마코스가 아까부터 홀에 앉아서 연신 대문을 응시하고 있다가 돼지치기 에우마이오스가 마당으로 들어서는 걸 맨 먼저 알아차리고 그를 향해 자기 옆으로 오라고 눈짓했다. 에우마이오스는 주위를 둘러보다가 빈 의자를 하나 집어 들고 텔레마코스가 앉아 있는 식탁으로 가 마주 앉았다. 그 의자는 구혼자들에게 고기를 썰어 주던 자가 앉곤 하던 거였다. 에우마이오스가 식탁에 앉자, 시종이 그 앞에 빵과 고기를 갖다 놓았다.

잠시 후 초라한 늙은 거지 행색을 한 오디세우스가 조금 전 충견 아르고스의 죽음을 목도한 터라 애써 슬픔을 감춘 채 궁전 대문으로 들어서더니 마당을 지나 물푸레나무로 만든 홀 문턱에 걸터앉았다. 텔레마코스가 거지 노인을 보고 반가운 표정을 지으면서 돼지치기 에우마이오스에게 재빨리 빵과 고기를 두 손아귀에 쥘 만큼 건네주며 그에게 갖다주고 구혼자들을 일일이 찾아다니며 구걸을 하게 하라고 일렀다. 오디세우스는 아들이 건네는 빵과 고기를 받아서 어깨에 메고 다니던 바랑을 내려 그 위에 올려놓고 먹었다. 이어 그는 가인 페미오스가 연주와 노래를 끝마치자 내려놓았던 바랑을 들고 오른쪽으로 돌며 구혼자들에게 구걸하기 시작했다.

구혼자들은 측은한 생각이 들어 먹을 걸 조금씩 그에게 나누어 주고 나서 옆자리 동료에게 서로 그의 출신을 물었다. 염소치기 멜란티오스가 나서서 그 거지를 데려온 것은 돼지치기 에우마이오스가 분명한데 출신은 잘 모르겠다고 대답했다. 구혼자들의 수장인 안티노오스는 그 말을 듣고 에우마이오스를 꾸짖었다. 연회에 매일 몰려드는 거지만도 넘쳐 귀찮아 죽겠는데 또 다른 거지를 데려왔다는 것이다.

이에 대해 에우마이오스가 잔칫집에 거지가 오는 것은 당연한 게 아니냐고 반문하며 왜 고의로 거지를 데려왔다고 트집을 잡느냐며 투덜거렸다. 텔레마코스가 대화에 끼어들어 안티노오스를 향해 괜히 애먼 하인에게 시비나 걸지 말고 불쌍한 거지 노인에게 음식 적선 좀 해주라고 권했다. 그러자 안티노오스는 화를 내며 큰 소리로 헛소리 그만하라고 외쳤다. 이어 구혼자들이 자기만큼만 적선하면 거지 노인은 석 달 동안이나 궁전에 얼씬도 하지 않을 것이라고 소리치며 갑자기 그를 향해 발을 올려놓는 발판을 들어 세게 던지는 시늉을 하더니 다시 내려놓았다.

그건 거지 노인에겐 발판이라면 모를까 먹을 것은 눈곱만큼도 주지 않겠다는 뜻이거나, 혹은 만약 거지 노인이 자신에게 가까이 다가와 구걸하면 발판으로 흠씬 패 주겠다는 뜻이었다. 오디세우스는 이미 다른 구혼자들에게서 받은 음식물로 바랑이 가득 찬 상태라서 다시 자기 자리인 홀 문턱으로 돌아가서 음식 맛을 보려 하다가 아무래도 안티노오스의 무례한 행동이 마음에 거슬려 그의 식탁 앞으로 다가가 말했다.

"나리, 음식 적선 좀 해 주십시오. 나리께서는 구혼자 중에서 가장 훌륭한 분 같아 보이시니 다른 분들보다 제게 더 많이 주셔야 하옵니다. 저도 예전엔 저를 찾아온 손님에겐 부랑자일지라도 아주 후하게 베풀었습니다. 저도 한때는 하인도 많았을 뿐 아니라 없는 게 없을 정도로 큰 부자였습니다. 하지만 제우스 신께서 모든 걸 순식간에 빼앗아 버리셨습니다. 그분이 저를 해적과 어울리게 하더니 이집트로 보내 파멸시키셨기 때문입니다. 저는 언젠가 그곳에 도착하자 정찰대를 만들어 정탐하도록 했습니다. 그런데 그 정찰대가 주변 들판에서 원주민 마을을 발견하고 남자들은 죽이고 아이들과 여자들은 끌어오는 실수를 저질렀습니다. 이 소식은 금세 주변 시내로 퍼졌고 다음 날 시내 궁전에 주둔하고 있던 왕의 군대가 몰려와 들판은 순식간에 전쟁터로 변해 버리고 말았습니다. 결국 왕의 군대는 중과부적인 저희를 제압하고 일부는 죽이고 저를 비롯한 일부는 노예로 끌고 갔습니다. 그런데 저는 마침 그곳에 손님으로 와 있던 키프로스의 왕이자 이아소스의 아들 드메토르Dmetor의 눈에 띄어 키프로스로 끌려갔다가 천신만고 끝에 탈출하여 이곳에 오게 된 것입니다."

오디세우스의 말이 채 끝나기도 전에 안티노오스가 얼굴이 붉으락푸르락 해지며 자기 식탁에서 멀리 꺼지라고 소리쳤다. 오디세우스는 짐짓 겁을 집어먹은 듯 그의 식탁에서 물러나면서도 한마디 하는 것을 잊지 않았다. 그는 안티노오스를 향해 먹을 걸 앞에 산더미처럼 쌓아 두고도 거지에게 조금도 집어 줄 용기가 없으니 겉으로 보기보다는 소인배라고 그를 조롱한 뒤 자신의 자리인 문턱을 향해 돌아섰다.

안티노오스는 이 말을 듣고 더 이상 참을 수 없었다. 그는 자신을 모욕한 이상 곱게 이 마당을 떠날 수 없다고 하며 아까 던지는 시늉을 하며 들어 보였던 발판을 들어 재빨리 오디세우스의 등을 향해 던졌다. 발판이 날아와 자신의 등을 세게 맞혔는데도 오디세우스는 바위처럼 흔들리지 않고 그 자리에 그대로 서서 안티노오스가 불쌍하다는 듯이 고개를 가로젓더니 문턱으로 돌아가서는 바랑을 내려놓은 다음 구혼자들을 향해 외쳤다.

"구혼자들이시여, 제 말을 들어 보십시오. 제가 여러분들에게 하고 싶은 말이 있습니다. 사람이 소 떼든 양 떼든 자기 재산을 지키기 위해 싸우다 얻어맞으면 고통이나 슬픔을 느끼지 못하는 법입니다. 하지만 저는 굶주린 불쌍한 이 배腹 때문에 안티노오스 님의 발판에 얼어 맞았습니다. 그래서 저는 올림포스 신들이나 복수의 여신들께서 혹시 거지들도 도와주신다면 안티노오스 님이 결혼하시기 전에 그분에게 죽음을 안겨 주시길 기도드립니다."

이제 안티노오스의 분노는 극에 달했다. 그는 오디세우스에게 조용히 구걸한 음식이나 먹거나 아니면 다른 곳으로 꺼지지 않으면 구혼자들과 함께 그의 손과 발을 잡고 궁전을 질질 끌고 돌아다니며 초주검을 만들어 놓겠다고 으름장을 놓았다. 일부 구혼자가 거지에게 발판을 던진 것은 너무 가혹한 처사라고 안티노오스를 타박하기도 했지만, 그는 그들의 말에 조금도 신경을 쓰지 않았다.

텔레마코스는 아버지가 발판으로 맞는 것을 보고 마음이 아주 괴로웠으나 분노를 삭이며 나중에 반드시 복수하고 말겠다고 속으로 다짐했다. 페넬로페도 2층 자신의 방에서 거지 노인이 홀에서 발판으로 얻어맞는 소리를 듣고 시녀들과 함께 안티노오스를 저주하더니 돼지치기를 불러 노인을 자신에게 불러 달라고 부탁했다. 그녀는 그 노인이 혹시 이곳저곳을 돌아다니다가 남편 오디세우스의 행방을 얻어들어 알고 있는지 물어보고 싶었던 것이다. 페넬로페의 의중을 눈치챈 돼지치기는 안 그래도 거지 노인이 테스프로토이족에게서 주인에 관한 소문을 들었다고 주장한다고 말했다. 페넬로페는 돼지치기의 말을 듣고 더욱더 만나보고 싶은 마음에 재차 그를 자신에게 데려다 달라고 부탁했다. 이에 에우마이오스가 홀로 내려가 오디세우스에게 다가가서는 귓속말로 페넬로페의 뜻을 전하자, 그는 난색을 표명하며 이렇게 말했다.

"에우마이오스여, 나는 당장이라도 이카리오스의 따님이신 페넬로페 왕비님을 만나 오디세우스 왕의 소식을 전하고 싶소. 하지만 후안무치한 구혼자들이 두렵소. 조금 전에도 나는 아무 짓도 한 게 없는데 저자가 발판을 던져 나를 심하게 아프게 했소. 그런데 텔레마코스 왕자님을 비롯한 아무도 그를 말리지 못했소. 그러니 당신은 페넬로페 왕비님께 구혼자들이 모두 돌아간 이슥한 밤까지 기다리시라고 하시오. 그때 왕비님 방이 아니라 홀에서 뵙고 모든 것을 자세하게 말씀드리겠다고 말이오."

페넬로페는 에우마이오스가 혼자 오는 것을 보고 그 이유를 물었다. 돼지치기가 자초지종을 다 말해 주자, 페넬로페는 고개를 끄덕이며 거지 노인이 보통 사람이 아님을 직감했다. 이어 에우마이오스는 홀로 다시 내려가 텔레마코스에게 다가가서는, 구혼자들이 엿듣지 못하도록 작은 목소리로, 자신은 돼지들이 걱정되어 오두막으로 빨리 가봐야겠으니, 부디 구혼자들에게 변을 당하지 않도록 항상 조심하라고 부탁했다. 텔레마코스가 아무 걱정 하지 말고 저녁을 든든히 먹고 가라며 그를 붙잡았다. 돼지치기는 못 이기는 체하고 도로 의자에 앉아 실컷 먹고 마신 뒤 여전히 연회가 벌어지고 있는 궁전 홀을 뒤로 하고 자신의 오두막을 향해 발걸음을 재촉했다.

제 18 권

오디세우스와 거지 이로스의 결투,
페넬로페에 대한
구혼자들의 선물 공세

오디세우스가 텃세를 부리는 거지 이로스와 권투 시합을 벌여 이기다

페넬로페가 구혼자들에게 짐짓 구혼선물을 요구하자 선물 공세가 이어지다

오디세우스와 구혼자 에우리마코스 사이에 가벼운 설전이 벌어지다

구혼자들이 염소 밥통을 상품으로 내놓고 오디세우스와 거지 이로스에게 권투 경기를 시킨다. 일격에 이로스를 쓰러뜨린 오디세우스가 축하주를 건네는 암피노모스에게 얼른 궁전을 떠나라고 속삭이지만 무시당한다. 페넬로페가 권투 경기를 보고 손님을 소홀하게 대접한다고 텔레마코스를 꾸짖는다.

페넬로페가 옛 풍습에 따르면 구혼자는 자신의 가축들을 직접 몰고 와 잡아서 신부와 그녀의 친척들에게 연회를 베풀어 주었다며 은근히 구혼자들을 비난하자 그들의 선물 공세가 이어진다. 페넬로페가 선물을 모두 흔쾌하게 받아들이자 구혼자들은 그녀의 선택을 받을 수 있다는 헛된 희망에 부푼다.

에우리마코스가 오디세우스를 일은 하지 않고 구걸만 할 자라고 조롱한다. 오디세우스가 풀베기 등 일솜씨를 한번 겨루어 보자고 응수한다. 분노한 에우리마코스가 그를 향해 발판을 던지자 그가 살짝 피한다. 텔레마코스가 얼른 앞으로 나서서 포도주 기운 때문이라며 사태가 커지는 것을 막는다.

구혼자들의 연회가 한창 무르익고 있는 사이 이타케섬 시내 잔칫집을 돌아다니며 구걸로 살아가던 거지 하나가 오디세우스의 궁전 마당으로 들어왔다. 그는 걸신들린 것으로 악명 높은 아르나이오스Arnaios였는데, 사람들은 그를 부탁만 하면 심부름을 잘한다고 하여 심부름꾼이라는 뜻의 이로스Iros라고 불렀다. 그는 홀 문턱에 앉아 있는 오디세우스를 발견하고 분기탱천하여 자기 구역이니 꺼지지 않으면 가만두지 않겠다고 으름장을 놓았다. 그러자 오디세우스가 그를 노려보며 말했다.

"정말 이상한 사람 다 보겠소. 나는 당신에게 해코지한 적도 없고, 또한 누가 나보다 당신에게 더 많이 집어 주더라도 시기하지도 않을 거요. 보아하니 나와 똑같은 신세이고, 이 문턱도 우리 두 사람이 앉아 있기에도 충분하니 같이 사이좋게 지내도록 합시다. 괜히 시비를 걸어 내 화를 돋우지 마시오. 내 비록 나이가 들긴 했어도 당신 하나쯤은 온몸을 피로 물들일 자신이 있소."

그러자 화가 난 이로스는 어디 한번 덤벼보라고 맞장을 떴다. 그는 오디세우스에게 마치 멧돼지의 엄니를 뽑듯이 그의 이빨들을 모조리 뽑아 놓겠다고 큰소리치며 금방이라도 달려들 태세를 취했다. 두 사람이 티격태격하는 걸 재미있다는 듯이 지켜보던 구혼자들의 수장 안티노오스가 동료들을 향해 이 두 거지에게 권투 경기를 시켜 보는 게 어떻겠냐고 제안했다.

"구혼자 여러분, 내 말을 들어 보시오. 우리는 지금 여기 장작불 위에 기름과 피를 가득 채운 염소 밥통 2개를 익히고 있소. 우리가 저녁에 먹으려고 남겨 둔 것이지요. 두 거지에게 권투 경기를 시켜 승자에게 이 밥통 중 하나를 상품으로 주도록 합시다. 또한 승자에게는 앞으로 우리와 항상 같이 먹을 수 있는 특권을 주고, 패자는 다시는 우리에게 구걸하지 못하도록 합시다."

구혼자들이 모두 안티노오스의 제안에 찬성하자 오디세우스가 경기를 벌이는 것은 좋지만 조건이 있다고 말했다. 이로스가 경기 중 아무리 불리해도 그를 도와주기 위해 구혼자 중 그 누구도 자신에게 달려들어서는 안 된다는 것이다. 그러자 텔레마코스가 나서서 그런 자가 있으면 가만두지 않겠다고 하며 안티노오스와 에우리마코스가 그것을 보증할 것이라고 선수를 치자 모두가 함성을 질러 그 말에 찬성을 표시했다.

오디세우스는 함성이 끝나기가 무섭게 걸치고 있던 누더기 중 윗옷은 벗어 앉았던 자리에 접어두고 바지는 말아 올렸다. 그러자 굵직한 넓적다리와 넓은 어깨와 가슴 그리고 우람한 팔이 드러났다. 게다가 아테나는 남들이 보이지 않게 그에게 가까이 다가가 사지에 힘을 더 불어넣어 주었다. 구혼자들은 그의 체격을 보고 깜짝 놀라며 서로 수군댔다. 어떤 자는 오늘이 바로 이로스의 제삿날이 될 것이라고 예측하기도 했다.

이로스도 막상 오디세우스의 탄탄한 몸을 보자 지레 겁을 집어먹고 불안감을 감추지 못했다. 그래서 하인들의 안내를 받고 마지못해 궁전 마당 한가운데로 나온 그의 사지가 벌벌 떨렸다. 안티노오스가 그런 이로스의 모습을 보고 허풍쟁이라고 꾸짖으며 만약 이 싸움에서 지면 당시 잔인하고 폭력적인 것으로 유명했던 에피로스Epiros의 왕 에케토스Echetos에게 보내 코와 두 귀를 베어 버리고 남근을 잘라 개에게 던져 주도록 하겠다고 으름장을 놓았다.

그러자 이로스의 사지는 더욱더 심하게 떨렸다. 이윽고 두 사람이 싸우기 위해 궁전 마당 한가운데로 들어섰을 때 오디세우스는 상대를 강하게 쳐서 절명을 시킬 것인지, 아니면 가볍게 쳐서 바닥에 쓰러지게만 할 것인지를 놓고 고민하다가 후자의 방법을 쓰기로 마음먹었다. 자신의 정체가 드러나면 안 되었기 때문이다. 바로 그 순간 두 사람이 거의 동시에 주먹을 뻗어 이로스는 오디세우스의 오른쪽 어깨를 쳤고, 오디세우스는 이로스의 귀밑 목을 쳐서 뼈를 으스러뜨렸다.

두 거지가 서로 때리고 맞았어도 오디세우스는 아무렇지도 않았다. 하지만 이로스는 곧바로 입에 검붉은 피를 쏟으며 쓰러졌다. 이로스가 비명과 함께 이를 갈며 바닥에 쓰러지자, 구혼자들이 배꼽을 잡고 웃어 댔다. 오디세우스는 쓰러진 이로스의 발을 잡고 질질 끌고 가서는 궁전 마당 벽에 기대어 놓고 앞으론 그곳에 앉아 개나 쫓으라고 비웃으며 자기 자리인 궁전 홀의 문턱으로 돌아가 앉았다.

이내 오디세우스에게 구혼자들의 격한 찬사가 이어졌다. 이어 안티노오스는 약속대로 그에게 다가와 피가 가득 채워진 염소의 밥통을 건넸고, 암피노모스는 광주리에서 빵 덩어리 2개를 큰 걸로 골라 손수 들고 오디세우스 앞으로 오더니 포도주가 가득 든 황금 잔과 함께 건

Jan Harmensz Muller, 〈오디세우스와 이로스의 싸움〉, 1589

Lovis Corinth,
〈거지 이로스와 싸우는 오디세우스〉, 1903

네며 축하 인사를 했다. 오디세우스는 암피노모스를 보자 갑자기 할 말이 생각난 듯 남이 듣지 못하도록 작은 목소리로 말을 꺼냈다.

"암피노모스여, 당신은 아주 신중한 사람처럼 보이오. 당신이 둘리키온의 니소스Nisos의 아들이라니 당연한 일일 것이오. 나는 당신 아버지가 부유하지만 선하다는 얘기를 들었소. 그래서 말인데 내 말을 잘 명심하시오. 지상의 생물 중에서 인간보다 더 나약한 것은 없소. 인간은 신들의 은총으로 사지가 팔팔하게 움직이는 동안에는 재앙을 당하리라고는 꿈에라도 생각하지 않소.

하지만 신들은 어느 날 갑자기 재앙을 내리는 법이오. 그러면 인간은 어쩔 수 없이 그것을 아무 대책 없이 받아들일 수밖에 없소. 지상에서 인간이 어떻게 되느냐는 전적으로 신들의 의지에 달려 있다는 말이오. 나도 한때는 세상에서 잘 나가는 사람이었소. 하지만 나는 나의 아버지와 형제들을 등에 업고 내 완력을 의지한 채 못된 짓만 수없이 저지르다 그만 이런 꼴이 되고 말았소.

내가 이런 말을 하는 것은 구혼자들이 후안무치하게도 아주 못된 짓을 자행하고 있기 때문이오. 그들은 남의 재산을 탕진하고, 남의 아내를 탐내고 있소. 하지만 오디세우스 왕은 아주 가까이 와 있소. 나는 그분이 고향에 돌아왔을 때 당신이 그와 마주치지 않았으면 하오. 그분이 일단 집에 돌아오면 피비린내 나는 싸움이 벌어질 건 뻔하니까 말이오."

오디세우스는 이렇게 말하고 받았던 황금 포도주잔을 비우고 그에게 돌려주었다. 암피노모스는 포도주잔을 받아 드는 순간 불길한 예감에 사로잡혔다. 만약 그가 그길로 집으로 돌아갔다면 그는 장차 죽음을 피할 수 있었을 것이다. 하지만 그는 도로 자기 자리에 털썩 주저앉음으로써 자기의 운명을 피하지 못했다. 그는 결국 나중에 오디세우스의 아들 텔레마코스의 창에 찔려 죽는다.

바로 그때 아테나가 페넬로페의 마음속에 한 가지 묘안이 떠오르게 했다. 페넬로페는 갑자기 구혼자들 앞에 나타나 그들은 헛된 희망에 들뜨게 하고 아들과 남편은 그녀를 더 신뢰하게 만들고 싶은 강한 열망을 느낀 나머지 시녀장 에우리노메Eurynome를 불러 자신의 뜻을 전했다. 그러자 에우리노메는 그녀에게 몸을 씻고 화장을 하고 가라고 권했다. 하지만 페넬로페는 남편도 없는 여자가 무슨 화장이냐며 자신을 수행할 시녀로 아우토노에Autonoe와 히포다메이아Hippodameia나 불러달라고 부탁했다.

에우리노메가 시녀들을 부르러 간 동안 아테나는 페넬로페를 잠시 단잠에 빠지게 했다. 그래서 그녀는 안락의자에 앉은 채 스르르 잠이 들었다. 그 사이 아테나는 그녀의 얼굴을 우미의 여신 카리테스Charites 세 자매가 춤을 추러 갈 때면 얼굴을 씻곤 하던 불멸의 약수로 깨끗하게 씻겨 주고, 몸매는 더욱더 풍만하고 피부는 백옥처럼 하얗게 만들어 주었다.

단잠에서 깨어난 페넬로페는 그사이 대령한 시녀들을 대동하고 2층 방을 나와 홀에 모여 연회를 벌이고 있던 구혼자들 앞에 나타났다. 구혼자들은 그녀를 보고 그 매력에 흠뻑 빠져 오금이 저렸으며 그녀를 아내로 삼아 동침하기를 모두 열망했다. 페넬로페는 이미 거지 이로스와 거지 노인 오디세우스와의 결투에 대해 들어 알고 있던 터라 우선 아들 텔레마코스에게 가까이 다가가 귓속말로 말했다.

"텔레마코스야, 넌 어려서부터 심성이 참으로 고왔지. 그런데 오늘 보니 더 이상 그렇지 않은 것 같구나. 어찌 우리 궁전에 손님으로 온

저 거지 노인이 저처럼 수치스러운 대접을 받도록 내버려 둘 수 있느냐? 어찌 이런 일이 오디세우스의 궁전에서 일어날 수 있느냐 말이다. 손님이 우리 궁전에서 부당한 대접을 받고 변이라도 당한다면 그 책임은 누구에게 돌아가겠느냐? 만약 그렇게 되면 너는 아마 세상 사람들로부터 온갖 비난과 멸시를 피하기 힘들 것이다.”

텔레마코스는 어머니의 말을 듣고 그 말이 옳다고 생각했다. 그래서 그는 어머니가 자신의 행동에 대해 못마땅해하는 것은 당연하다고 대답했다. 이어 그는 뭐가 옳고 그른가는 알고 있지만 도움을 받을 곳이 없는 상황에서 선뜻 나설 수 없어 답답하기만 하다고 하소연도 했다. 자신은 구혼자들을 마치 거지 노인에게 당한 이로스처럼 만들고 싶지만, 아직 생각만 할 뿐 구체적인 방법을 모르겠다는 말도 덧붙였다.

바로 그때 에우리마코스가 모자의 대화에 끼어들며 페넬로페의 미모를 격찬했다. 만약 고대의 영웅들도 지금 그녀의 모습을 보았더라면 그녀에게 구혼하기 위해 궁전에 몰려들었을 것이 분명하다는 것이다. 그러자 페넬로페는 남편 오디세우스를 그리워하며 말했다.

“에우리마코스여, 내 미모와 몸매는 내 남편 오디세우스 왕께서 트로이로 출병한 날부터 이미 망가지기 시작했어요. 혹시 그분이 돌아오셔서 나를 보살펴 주신다면 옛 전성기를 되찾겠지요. 하지만 지금은 아니에요. 온갖 불행이 꼬리에 꼬리를 물고 나를 괴롭히고 있으니까요. 그분은 고향을 떠나실 때 내 오른쪽 손목을 잡으며 이렇게 말씀하셨지요.

‘부인, 그리스군이 모두 고향으로 돌아오지는 못할 것이오. 트로이군도 정말 훌륭한 전사들이라는 말을 들었기 때문이오. 그러니 나도 집으로 돌아오게 될지, 혹은 트로이에서 최후를 맞이할지 알 수 없소.

혹시 내가 돌아오지 못하면 이곳의 모든 일은 당신이 맡아서 해 주시오. 아버님도 잘 부탁하오. 하지만 내 아들 얼굴에 거뭇거뭇 수염이 나기 시작하거든 누구든지 당신이 원하는 구혼자와 결혼해서 이 집을 떠나시오'

그분은 이렇게 말씀하셨는데 드디어 이제 그날이 온 것 같아요. 이 저주받은 여인의 불행한 결혼이 임박했단 뜻이에요. 그런데 신경 쓰이는 일이 하나 있어요. 이런 식으로 여러분들이 구혼하는 것은 옛 풍습에 맞지 않는다는 것이에요. 옛날 구혼자는 예비 신부의 집에 손수 자신의 가축을 몰고 와 잡아서 연회를 베풀고 선물은 주었어도, 빈손으로 와 예비 신부의 가산을 축내지는 않았어요!"

오디세우스는 페넬로페의 말을 들으며 그녀의 의중을 알아채고 빙그레 미소를 지었다. 페넬로페의 말이 끝나자 에우페이테스의 아들 안티노오스가 당장 자신들이 그녀에게 구혼선물을 줄 테니 예전처럼 거절하지 말고 받아달라고 대답했다. 곧이어 구혼자들에게 각자 집으로 전령을 보내 페넬로페에게 줄 구혼선물을 가져오도록 했다.

얼마 후 안티노오스는 페넬로페에게 12개의 황금 브로치가 달린 아름다운 옷 한 벌, 에우리마코스는 황금 목걸이 하나, 에우리다마스Eurydamas는 귀걸이 한 쌍, 페이산드로스Peisandros는 짧은 목걸이 하나를 가져왔으며 다른 구혼자들도 각각 선물을 하나씩 내어 놓았다. 페넬로페는 금세 자기 앞에 줄지어 놓인 구혼선물을 보더니 아주 흡족한 표정을 지으며 2층 방으로 올라갔고 나중에 시녀들이 구혼선물을 그녀의 방으로 날라 주었다.

구혼자들은 페넬로페가 자리를 뜨자 춤을 추고 노래를 부르면서 저녁을 기다렸다. 저녁이 되자 그들은 시녀들에게 조명용 화덕을 3개

가져와 불을 지피도록 했다. 시녀들은 화덕에 장작과 소나무 잔가지를 넣거나 화덕을 쑤석거리며 불이 꺼지지 않도록 애를 쓰고 있었다. 오디세우스는 시녀들 마음을 떠보기 위해 마침 문턱 가까이에 있던 시녀들에게 화덕은 자신이 돌볼 테니 2층으로 올라가 페넬로페 왕비를 도와주거나 말동무가 되어 주라고 권해 보았다.

그러자 시녀들은 서로를 쳐다보며 의미심장한 웃음만 교환할 뿐 가타부타 아무런 말을 하지 않았다. 그런데 그중에는 돌리오스의 딸 멜란토Melantho라는 시녀가 있었다. 그녀는 왕비 페넬로페의 은총은 잊어버린 채 그녀를 위해 주거나 모시기는커녕 구혼자 중 에우리마코스의 애인이 되어 틈만 나면 그와 애정행각을 벌이고 있는 아주 질이 나쁜 시녀였다. 한참 어색한 침묵이 흐른 뒤 마침내 멜란토가 오디세우스에게 말했다.

"당신은 정말 정신이 나갔군요. 겁대가리 없이 아무 말이나 해대고 있으니 말이에요. 혹시 포도주를 많이 마셔 정신이 돈 거 아니에요? 아니면 원래 그런 사람이었든지요. 세상 물정 모르고 허튼소리를 함부로 지껄여 대다니 정말 불쌍하군요. 혹시 거지 이로스를 이겼다고 우쭐해진 거 아니에요? 그렇다면 충고하겠는데 이로스보다 더 힘센 거지가 나타나서 당신을 피투성이로 만들지 모르니 부디 조심하세요."

오디세우스는 분노가 치밀었다. 그래서 구혼자들이 듣지 못하도록 작은 목소리로 개 같은 여자라고 멜란토를 비난하며 텔레마코스에게 알려서 가만두지 않게 하겠다고 했다. 장차 아무도 몰래 그녀를 죽여 토막을 내서 들판에 버리겠다는 협박도 했다. 시녀들은 갑자기 거칠게 돌변한 그를 보고 깜짝 놀라 겁을 집어먹은 채 뿔뿔이 헤어졌다. 이제 혼자 남은 오디세우스는 조명용 화덕을 돌보며 구혼자들의 행태를 하나하나 관찰하고 있었다. 바로 그때 구혼자들이 다시 오디세우스에게 모욕을 가하기 시작했다. 그것은 그의 원한을 더 사무치게 만들려는 아테나의 계획이었다.

에우리마코스가 먼저 말문을 열어 거지 노인의 대머리를 조롱했다. 이렇게 주위가 밝은 것은 조명용 화덕 때문이 아니라 거지 노인의 대머리에서 엄청난 광채가 뿜어져 나오기 때문이라는 것이다. 이어 그는 오디세우스에게 삯은 쳐줄 테니 자기 집에 와서 머슴으로 일할 생각은 없는지 물은 다음, 곧바로 배운 게 구걸뿐일 테니 일은 하지 않고 계속 구걸이나 할 것이라고 자문자답해 버렸다. 그러자 오디세우스가 대답했다.

"에우리마코스여, 나는 봄철에 당신과 일솜씨를 한번 겨루고 싶소. 가령 우거진 풀밭에서 낫을 하나씩 갖고 누가 지치지 않고 계속해서 풀을 벨 수 있는지 겨루고 싶소. 아니면 소에 쟁기를 메어 밭을 가는 솜씨를 겨루고 싶소. 그러면 당신은 누가 쉬지 않고 계속해서 쟁기로 밭을 가는지 확인할 수 있을 것이오. 아니면 어디에선가 오늘 당장 전쟁이 일어나 내가 선봉에 서서 물러나지 않는 것을 보면 당신은 날 더 이상 조롱하지 않을 것이오. 당신은 정말 교만하기 짝이 없는 사람이오. 당신은 자신이 강하다고 생각하지만, 그건 당신이 보잘것없는 사람들과 어울리기 때문이오. 만약 오디세우스 왕께서 고향에 돌아오시기만 한다면 저 홀의 문이 아주 넓어 보여도 도망치는 당신에게는 금세 좁아질 것이오."

에우리마코스는 속으로 화가 머리끝까지 치밀어 올랐다. 그는 오디세우스에게 포도주에 취했거나, 조금 전 거지 이로스를 이겨 우쭐해진 나머지 제정신이 아닌 것 같다고 외치며 그를 향해 자신이 딛고 있던 발판을 하나 들어 던졌다. 오디세우스는 얼른 옆자리 암피노모스 쪽으로 몸을 돌려 피했다. 그러자 발판은 엉뚱하게도 그에게 포도주를 따르던 시종의 손목을 맞추어, 그가 들고 있던 포도주병이 요란한 소리를 내며 바닥에 떨어졌고, 시종은 비명을 지르며 뒤로 나자빠졌다.

구혼자들은 이 돌발사태를 목격하고 웅성거렸다. 한낱 거지 노인 하나 때문에 연회의 흥이 깨져 버렸다는 것에 무척 자존심이 상한 나머지 금방이라도 그를 응징하려는 눈치였다. 텔레마코스가 사태를 수습하기 위해 얼른 앞으로 나서서 모두가 포도주를 많이 마셔 좀 흥분한 것 같다며, 오늘은 그만하고 각자 집에 가서 자고 내일 다시 모이는 게 어떻겠냐고 제안했다. 그러자 다행히 암피노모스가 그 말에 동조하며 말했다.

"친구들이여, 텔레마코스의 말이 옳소. 자, 이제 밤도 이슥하고 모두가 거나하게 취한 것 같으니 오늘 연회는 이것으로 마칩시다. 모두 앞에 있는 잔에 포도주를 따라 신들께 헌주를 한 다음 집에 가서 눈을 좀 붙인 다음 내일 다시 모입시다. 그리고 저 노인은 텔레마코스의 손님이니 궁전에 남아 그가 돌보게 내버려 둡시다."

이어 암피노모스의 시종 물리오스Moulios가 포도주를 가져와 각자에게 따라 주자, 구혼자들은 먼저 신들에게 헌주하고, 자신들도 입가심으로 한 잔씩 더 마신 다음, 모두 각자 집으로 향했다.

발을 씻겨 주다가
자신을 알아본 유모에게 함구령을 내리는
오디세우스

오디세우스가 자신의 신분을 속이고 페넬로페와 이야기를 나누다

에우리클레이아가 허벅지의 흉터로 오디세우스를 알아보다

페넬로페가 오디세우스에게 남편감을 고를 방법을 밝히다

텔레마코스가 오디세우스와 함께 궁전 홀 한편에 보관되어 있던 무구들을 궁전 밀실로 숨긴다. 오디세우스가 페넬로페에게 자신을 크레타의 왕 이도메네우스의 동생으로 소개하며 이야기를 나눈다. 페넬로페가 그에게 구혼자들 때문에 고초를 당하고 있는 자신의 신세를 한탄하며 남편을 그리워한다.

오디세우스가 틀림없이 남편이 돌아올 것이라고 말해 주지만 페넬로페는 그 말을 믿지 않는다. 유모 에우리클레이아가 오디세우스의 발을 씻겨 주다가 흉터를 발견하고 그를 알아본다. 유모가 기쁨을 감추지 못하며 잠시 한눈을 팔고 있던 페넬로페에게 그 사실을 알리려 하자 오디세우스가 제지한다.

페넬로페가 오디세우스에게 남편이 트로이로 떠나기 전 심심하면 보여 주곤 하던 활솜씨를 똑같이 보여 줄 수 있는 구혼자를 남편감으로 선택하겠다는 결심을 밝힌다. 오디세우스가 좋은 생각이라고 치켜세우며 구혼자들의 궁술 경기 중에 남편이 나타날 것이라고 말해 주지만 페넬로페가 그 말을 흘려듣는다.

구혼자들이 모두 집으로 돌아가고 아들과 단둘이 남은 오디세우스는 구혼자들을 응징할 방도를 곰곰이 생각하다가 우선 궁전 홀 한편에 보관되어 있던 칼, 창, 활, 방패 등 무구들을 안 보이는 곳에 감추어 두는 게 좋겠다고 생각했다. 그래서 아들 텔레마코스에게 무구들을 궁전 밀실로 치우라고 명한 뒤 구혼자들이 그 이유를 물어보면 둘러댈 대답을 다시 한번 숙지시켰다. 무구들이 녹이 너무 슬어 그을음이 없는 곳에 두는 게 필요하고, 또한 큰일을 앞두고 포도주에 취해 그 무구들 때문에 불상사가 일어나는 것을 방지하기 위해 안전한 곳에 잘 보관해 두었다고 하라는 것이다.

텔레마코스는 유모 에우리클레이아를 불러 자신이 거지 노인과 함께 무구들을 치우는 동안 시녀들이 밖으로 나오지 못하도록 해 달라고 부탁한 다음 그것들을 궁전 밀실로 옮기기 시작했다. 그들이 무구들을 치우는 동안 아테나가 그들 곁에서 황금 등을 들고 환하게 길을 밝혀 주었다. 그래서 불이 없는데도 주변이 온통 대낮처럼 환했다. 텔레마코스가 그걸 보고 신기하다는 듯 아버지에게 신들이 정말 자신들을 도와주고 있는 것 같다고 하자, 오디세우스는 왼쪽 집게손가락을 입술에 갖다 대며 작은 목소리로 신들이 하는 일을 방해하지 말고 조용히 하라고 일렀다.

무구들을 옮기는 일이 모두 끝나자 오디세우스는 아들에게 먼저 방에 들어가 잠을 자라고 한 뒤 홀에서 약속대로 페넬로페를 기다렸다. 이윽고 페넬로페가 나타나고 시녀들이 의자 하나를 갖다 놓자 그녀가 그 위에 앉았다. 시녀들은 또 구혼자들이 먹던 잔칫상을 모두 치운 다음 조명용 화덕에 장작을 새로 넣어 불길이 더 활활 타오르게 했다. 바로 그때 오디세우스가 아직도 홀에 앉아 있는 것을 본 시녀 멜란토가 그를 향해 다시 욕설을 퍼부었다. 그러자 오디세우스가 그녀를 노려보며 이렇게 대꾸했다.

"당신은 정말 이상하오. 어째서 내게 이렇게 화를 내는 것이오. 내 모습이 추하고 입은 옷이 지저분하기 때문이오? 아니면 내가 거지라서 그런 거요? 하지만 거지란 항상 그런 것이오. 나도 한때는 상당한 부자로 우리 집을 찾아온 거지들에게 은전을 베풀곤 했소. 하지만 제우스 신께서 어느 날 갑자기 그 모든 것을 앗아 가셨소. 그러니 당신도 조심하는 게 좋을 거요. 당신도 언제 그 자리를 잃을지 모르기 때문이오. 페넬로페 왕비님께서 당신을 언제 내칠지도 모르는 일이고, 오디세우스 왕께서도 언제 돌아오실지 모르오. 그분이 돌아오시지 못하신다고 해도 그분의 아들 텔레마코스 왕자님이 계시오. 그분도 이제 시녀가 궁전에서 못된 짓을 일삼는 것을 모를 나이는 아니오."

그 말을 듣고 페넬로페가 오디세우스를 두둔하며 시녀 멜란토를 심하게 꾸짖었다. 자신이 주인의 소식을 묻기 위해 부른 손님에게 너무 무례하다는 것이다. 이어 그녀는 시녀장 에우리노메에게 의자 하나를 가져와 양가죽을 깔게 하고 그 위에 오디세우스를 앉힌 다음 그에게 이름과 출신지를 물었다. 그러자 오디세우스는 제발 그것만은 물어보지 말아 달라고 부탁했다. 하도 불행한 일을 많이 겪은 터라 고향을 생각하면 가슴이 아파 울음밖에 나오지 않는다는 것이다. 그러자 페넬로페는 자신도 남편이 떠난 뒤 모든 게 엉망이 되어 버렸다고 말하며 신세를 한탄하기 시작했다.

"나도 요즘 너무 힘들어요. 남편이 트로이에서 돌아오지 않자 둘리키온Doulichion과 사메Same와 자킨토스Zakinthos 등 이타케섬 주변 섬들의 귀족들이나 그 아들들이 나를 찾아와서는 구혼을 한답시고 매일 연회를 하며 우리 가산을 탕진하고 있기 때문이에요. 그들이 하도 결혼을 해달라고 재촉하기에 나는 기발한 꾀를 한 가지 생각해 낸 적이 있어요. 나는 어느 날 구혼자들을 모아놓고 시아버지 라에르테스 님의 수의를 다 짜면 그들 중 하나를 선택해 결혼하겠다고 선언했지요. 그런 다음 낮이면 큼직한 베틀에 앉아 베를 짰고, 밤이면 횃불을 밝혀 놓고 그것을 다시 풀곤 했어요. 이렇게 나는 3년 동안 구혼자들의 집요한 결혼 요구를 피했어요. 하지만 4년째 되는 어느 날 구혼자들과 놀아난 시녀들이 그들에게 밀고하는 바람에 결국 내 속임수가 들통이 나서 나는 마지못해 수의를 완성하지 않을 수 없었어요. 그래서 이제 나는 결혼을 피할 수 없게 되었어요. 게다가 부모님도 내게 결혼하라고 성화시고, 텔레마코스도 구혼자들이 매일 연회를 벌이며 우리 가산을 축내는 걸 아주 못마땅하게 생각하고 있어요."

페넬로페는 이렇게 말하며 그에게 다시 한번 이름과 출신을 물었다. 그러자 오디세우스는 고향을 생각하는 것 자체가 고통이지만 왕비님이 정 원하시면 사실대로 모두 말씀드리겠다며 자신의 출신을 지어내서 말하기 시작했다.

제19권 발을 씻겨 주다가 자신을 알아본 유모에게 함구령을 내리는 오디세우스

Bela Čikoš Sesija, 〈페넬로페〉, 1894

John Roddam Spencer Stanhope,
〈페넬로페〉, 1864

"저는 크레타 출신으로 저의 아버지는 데우칼리온Deukalion이시고, 할아버지는 크노소스Knosos의 미노스 왕이십니다. 아버지는 저와 형 등 두 형제를 두셨는데, 제 이름은 아이톤Aithon이고 저의 형 이름은 이도메네우스입니다. 제가 오디세우스 왕을 본 것은 바로 크레타에서였습니다. 당시 오디세우스 왕께서는 전쟁에 참전하러 트로이로 항해하다가 말레아Malea 곶에서 폭풍우를 만나 항로에서 벗어나 엉뚱하게도 크레타로 밀려 왔었습니다. 그분은 그곳에 상륙한 후 궁전에 들러 절친한 친구라며 이도메네우스 형님을 찾았습니다. 하지만 형님은 당시 트로이로 떠난 지 이미 열흘이 넘었었습니다. 그래서 저는 그분을 형님 대신 정성껏 잘 대접해 드리고 모자라는 물품도 실어 주었지요. 그 후 오디세우스 왕께서는 폭풍우 때문에 크레타에 12일간을 머물다 13일째 되는 날 다시 트로이로 떠났습니다."

오디세우스가 그럴듯하게 거짓말을 늘어놓자, 페넬로페는 남편에 대한 그리움으로 감자기 억수같은 눈물을 쏟아내기 시작했다. 눈물은 마치 봄에 산간지방에서 눈이 녹아 아래로 콸콸 쏟아 내리는 계곡물 같았다. 그걸 보고 오디세우스도 눈가에 눈물이 고였지만 애써 참고 있었다. 그녀는 한참을 그렇게 실컷 울고 나더니 갑자기 의심이 들었던지 남편이 입고 있던 옷과 전령의 인상착의 등을 물었다. 그동안 많은 사람이 찾아와 몇 푼 얻어 볼 요량으로 거짓으로 남편 소식을 전하는 통에 실망한 적이 한두 번이 아니었기 때문이다.

오디세우스는 하도 오래되어서 기억이 잘 나지는 않아도 그가 두 겹으로 된 두툼한 외투를 입고 있었던 것 같으며 거기에 달려 있던 황금 장식이 아주 인상적이었다고 말해 주었다. 그 장식에는 사냥개 한 마리가 발아래서 버둥거리는 새끼 사슴을 노려보고 있었다는 말도 잊지 않았다. 아울러 오디세우스를 늘 가까이서 보필하는 전령 에우리바테스Eurybates의 인상착의도 어깨가 둥글고 살빛은 가무잡잡하며 머리는 텁수룩했다며 아주 자세하게 설명해 주었다.

페넬로페는 남편이 트로이로 떠날 때 자신이 챙겨 주었던 옷을 거지 노인이 정확하게 묘사하자 한편으로는 더욱더 슬픔이 복받쳐 오르면서도 다른 한편으로는 기쁨에 겨워 다시 눈가에 눈물이 촉촉이 맺혔다. 그래서 바로 그 옷을 자신이 보물 창고에서 가져와 남편에게 주었으며 황금 장식도 자신이 직접 달아 주었다며 감격해 마지않았다. 하지만 기쁨도 잠시 그녀는 이내 남편 오디세우스는 더 이상 다시는 볼 수 없을 것이라며 이젠 트로이라는 말만 들어도 이가 갈린다고 하면서 몸서리를 쳤다. 오디세우스는 그 말을 듣자 너무 안타까운 마음에 테스프로토이족의 왕 페이돈으로부터 들었다며 이렇게 그녀를 위로했다.

"페넬로페 왕비시여, 제 말 좀 들어 보십시오. 테스프로토이족의 왕 페이돈이 제게 말했습니다. 오디세우스 왕께서는 트리나키에Thrinakie섬에서 티탄 신족의 태양신 헬리오스의 소를 잡아먹고 신의 분노를 사서 배와 부하들은 잃었어도 간신히 자신의 목숨은 부지한 채 파이아케스족의 나라에 상륙했습니다. 그러자 그들은 오디세우스 왕의 딱한 처지를 듣고 그분에게 많은 선물을 주어 고향으로 안전하게 호송해 주겠다고 자청했습니다. 오디세우스 왕은 그때 그들의 제안을 받아들였더라면 이미 고향에 왔을 겁니다. 하지만 그분은 그것을 사양하고 파이아케스족의 나라에서 잠시 몸을 추스른 후 그곳을 떠나 여러 나라를 돌아다니며 갖고 있는 재능을 충분히 발휘하여 수많은 재물을 모아 테스프로토이족의 나라에 들렀던 것입니다.

페이돈 왕은 그때 제게 오디세우스 왕이 맡긴 재물도 보여 주었습니다. 그것은 그분의 후손들이 자자손손 13대까지 쓰고도 남을 정도로 많았습니다. 오디세우스 왕은 그 재물을 그곳에 맡긴 채 고향으로 출발하기 전 제우스 신의 신탁을 들으러 도도네로 갔다고 합니다. 그분은 고향에 돌아갈 때 공공연히 가야 할지, 아니면 은밀하게 가야 할지를 몰라, 그것을 물어보고 싶었던 것입니다. 저는 신들의 왕 제우스 신과 오디세우스 왕의 화로에 걸고 맹세합니다. 이달이 가고 다음 달이 되면 오디세우스 왕께서는 틀림없이 돌아오십니다.”

페넬로페는 그의 말을 듣고 만약 그렇게만 된다면 그에게 선물을 듬뿍 안겨 주겠다고 하면서도 여전히 그 말을 믿지 못했다. 그녀는 다시 한번 확신이라도 하듯 남편은 다시는 고향에 돌아오지 못할 것이라고 중얼거렸다. 이어 그도 고향에 데려다주고 싶어도 궁전에 그럴만한 사람이 없어 안타깝다며 미안해했다. 그러더니 페넬로페는 시녀들을 불러 그에게 발을 씻겨 주고, 홀에 이불을 펴 주고, 아침에는 목욕도 시켜 주고, 올리브기름도 발라 주라고 지시했다. 또한 그에게 함부로 구는 자가 있으면 앞으로 가만두지 않을 것이며, 앞으로 그는 식사도 텔레마코스와 함께할 것이라고 했다.

그러자 오디세우스는 손사래를 치며 모든 것을 사양했다. 자신은 항해를 시작한 이래로 습관이 되어 좋은 잠자리와 식사는 딱 질색이며 발을 씻겨 주는 것도 세상사를 아는 노파라면 몰라도 시녀들은 싫다는 것이다. 페넬로페는 거지 노인의 말을 듣고 그에게 더욱더 신뢰를 보이며 그럴만한 노파가 있다며 당장 오디세우스의 어렸을 적 유모 에우리클레이아를 불러 그의 발을 씻겨 주라고 명령했다. 그러자 에우리클레이아가 기쁘게 달려와 그에게 이렇게 말했다.

“당신이 왜 시녀들이 발을 씻기는 것을 사양하신 이유를 알겠어요. 당신은 그들로부터 또다시 모욕을 당하기 싫으신 거죠? 하지만 저는 페넬로페 왕비님께 당신 발을 씻겨 드리라는 명령을 받고 그게 전혀 싫지 않았어요. 저는 왕비님을 위해 그리고 당신을 위해 기꺼이 발을 씻겨 드릴 거예요. 그런데 참 이상한 게 있습니다. 그동안 수많은 나그네와 거지들이 궁전을 다녀갔어도 체격이며 목소리며 발이 당신처럼 그렇게 우리 주인 오디세우스 왕을 닮은 분은 본 적이 없어요.”

이 말을 듣자 오디세우스는 속이 찔리는 데가 있어 얼른 자기와 오디세우스 두 사람을 모두 본 사람들은 이구동성으로 그녀처럼 그렇게 이야기한다고 받아넘겼다. 그러자 노파는 옛날에 오디세우스의 발을 씻겨 주곤 하던 대야를 가져와 먼저 찬물을 넣고 더운물을 탔다. 이때 오디세우스는 얼른 밝은 화덕에서 떨어져 앉으며 시선을 다른 쪽으로 향했다. 에우리클레이아가 발을 씻겨 주다가 혹시 허벅지의 흉터를 발견하고 자신의 얼굴을 뜯어보고 모든 게 탄로 날까 봐 약간 걱정이 되었기 때문이다. 하지만 오디세우스의 그런 우려는 금세 현실로 다가왔다. 그녀는 그의 발을 씻겨 주다가 이내 허벅지에서 그의 흉터를 발견했기 때문이다.

그 흉터는 오디세우스가 어렸을 적 외할아버지 아우톨리코스와 삼촌들을 만나러 파르나소스산 근처의 외갓집으로 갔을 때 멧돼지의 엄니에 받쳐 입은 상처가 아물면서 생긴 거였다. 아우톨리코스는 도둑질에서 타의 추종을 불허했는데 그건 그가 많은 제물을 바치고 경배했던 도둑의 신 헤르메스의 은총을 입어서였다. 아우톨리코스는 오디세우스가 갓난아기일 때 이타케섬으로 딸을 찾아온 적이 있었다. 그때 딸은 아버지의 무릎에 아들을 올려놓으며 이름을 지어 달라고 부탁했다. 그러자 아버지는 마침 딸네 집에 오기 전에 다른 사람과 다툰 후

씩씩거리며 왔던 터라 '화내는 자'라는 뜻을 지닌 '오디세우스'라는 이름을 주었다. 이어 딸에게 손자가 자라 청년이 되거든 파르나소스산 근처 자신의 집으로 보내면 선물을 듬뿍 주겠다고 약속했다.

그래서 오디세우스는 청년이 되자 어머니의 권유로 파르나소스산 근처의 외갓집을 찾아갔다. 그러자 아우톨리코스는 다섯 살배기 황소를 잡아 연회를 벌이며 그를 환대했다. 다음 날 아침 외삼촌들이 사냥개들을 대동하고 사냥을 떠나자 오디세우스도 호기심에서 그들을 따라갔다. 그들이 파르나소스산 사냥터에 도착하자 사냥개들이 앞장서 가고 외삼촌들이 그 뒤를 따르며 사냥이 시작되었다. 오디세우스도 삼촌들 틈에 섞여 창을 휘두르며 사냥개들을 바싹 뒤따르고 있었다.

그런데 숲속 짙은 덤불 속에 멧돼지 한 마리가 살고 있었다. 덤불은 바람이나 햇빛, 심지어 빗물조차도 통과할 수 없을 정도로 빽빽했고 안에는 낙엽이 푹신하게 깔려 있었다. 멧돼지는 사냥개 소리와 사람들 소리가 들리자, 은신처에서 뛰쳐나와 눈에 쌍심지를 켠 채 그들 앞에 버티고 섰다. 바로 그때 오디세우스가 창을 들고 맨 먼저 앞으로 나오자마자 멧돼지가 선수를 쳐서 그에게 덤벼들더니 엄니로 무릎 위 허벅지를 들이받아 짓뭉개 놓았다. 하지만 그 와중에도 오디세우스는 정신을 잃지 않고 창을 던져 멧돼지의 오른쪽 어깨를 맞추어 녀석의 숨통을 끊어 놓았다.

오디세우스의 허벅지 상처는 예상외로 깊지 않아 뼈가 드러나지 않았다. 응급조치를 취하고 외갓집에 돌아온 오디세우스는 다시 외삼촌의 극진한 치료를 받은 다음 외할아버지가 준 선물을 챙겨서 이타케의 집으로 돌아왔다. 에우리클레이아는 바로 이 상처가 아물면서 생긴 흉터를, 한 손으로는 그의 발을 들고 다른 손으로는 다리와 허벅지 등을 씻겨 주다가 감촉으로 알아본 것이었다. 그녀는 소스라치게 놀라며 발을 들었던 손을 놓아 버렸고, 그러자 오디세우스의 발이 떨어지며 대야를 치자 물이 바닥에 엎질러졌다. 에우리클레이아는 기쁨과 고통 사이를 오락가락하면서 눈물이 눈 앞을 가렸으며 말문이 막히고 말았다. 간신히 정신을 가다듬은 그녀는 오디세우스의 손을 잡으며 '주인님 시군요, 흉터를 만져 보기 전에는 전혀 알 수가 없었답니다!'라고 말하며 조금 떨어져 있던 페넬로페 쪽으로 시선을 돌렸다.

마침 페넬로페는 아테나의 개입으로 시선과 마음을 다른 쪽으로 돌리고 있어 오다세우스 쪽의 상황을 전혀 눈치채지 못하고 있었다. 오디세우스는 얼른 노파를 가까이 끌어당겨 귓속말로 강하게 경고했다. "유모, 왜 내 계획을 망치려 드시오? 내가 돌아온 사실은 아직 그 누구도 알아서는 안 되오. 만약 그 사실을 발설했다가는 당신이 아무리 젖을 먹여 나를 키워 준 유모라도 가만두지 않을 것이오. 만약 그랬다가는 나중에 불충한 시녀들을 단죄할 때 같이 죽음을 면치 못할 것이오!" 그러자 에우리클레이아는 금세 주인의 말귀를 알아듣고 그런 일이라면 아무 걱정하지 말라며 발 씻을 물을 다시 가지러 나갔다.

유모가 다시 물을 가져와 마저 오디세우스의 발을 씻겨 준 다음 올리브기름을 발라 주고 홀 밖으로 나가자, 오디세우스는 몸을 덥히려고 페넬로페 근처 화덕 가까이 다가갔다. 물론 그는 누더기로 재빨리 흉터를 단단히 가리는 것을 잊지 않았다. 이윽고 페넬로페가 오디세우스에게 물어볼 게 있다며 다시 말문을 열었다. 우선 그녀는 밤만 되면 잠이 오지 않는다고 하소연했다. 궁전에 남아 남편과 아들에게 절개를 지킬 것인가, 아니면 구혼자 중 하나를 택해서 결혼을 해서 궁전을 떠날 것인가를 놓고 밤새도록 심한 갈등에 빠져 잠을 이룰 수 없다는 것

이다. 이어 그녀는 최근에 자신이 꾼 꿈이 무슨 뜻인지 물었다.

"나는 궁전에서 거위 20마리를 키우고 있었어요. 그런데 어느 날 갑자기 산에서 커다란 독수리 한 마리가 나타나더니 거위들을 덮쳤어요. 독수리는 그들을 모두 목을 분질러 죽이고 멀리 날아가 버렸지요. 나는 꿈인데도 아끼고 사랑하던 거위가 죽은 것에 너무 슬퍼 소리 내어 엉엉 울었어요. 그러자 시녀들이 내 주위에 모여 슬픔을 함께 나누었지요. 그런데 바로 그때 그 독수리가 다시 나타나 용마루에 앉더니 사람 목소리로 나를 이렇게 위로했어요. '이카리오스의 딸이여, 용기를 내시오. 죽은 거위들은 구혼자들이고 독수리는 당신 남편이오. 당신 남편은 반드시 돌아와서 구혼자들에게 거위처럼 비참한 종말을 안길 것이오. 이것은 꿈이 아니라 반드시 이루어질 현실이오.'"

페넬로페의 말이 끝나기가 무섭게 오디세우스는 자신의 해몽도

제19권 발을 씻겨 주다가 자신을 알아본 유모에게 함구령을 내리는 오디세우스

독수리의 말과 똑같다고 맞장구를 쳤다. 오디세우스는 조만간 반드시 귀향하여 모든 구혼자에게 파멸을 안겨 준다는 것이다. 하지만 페넬로페는 모든 꿈은 뿔 문과 상아 문 중 하나에서 나오고, 상아 문에서 나온 꿈은 실현되지 않아도 뿔 문에서 나온 꿈은 실현된다고 하는데, 자기 꿈은 아마도 상아 문에서 나온 것 같다고 말했다. 즉 자기 꿈은 실현되지 않을 꿈이라는 것이다. 이렇게 말하며 그녀는 내일이 바로 구혼자 중 하나를 선택하여 남편으로 삼는 날이라고 밝히며 오디세우스에게 남편감을 선출할 방법을 이렇게 설명했다.

"이제 곧 나를 오디세우스의 집에서 떼어 놓을 사악한 아침이 밝아 올 거예요. 내일 나는 구혼자들에게 광에 있는 도끼들을 과녁으로 삼아 궁술 경기를 시켜 볼 거예요. 우리 남편 오디세우스는 트로이로 떠나기 전에 심심할 때면, 12개나 되는 그 도끼들을, 마치 배 만들 때

Bela Čikoš Sesija, 〈페넬로페〉, 1894

목재를 받치는 받침목처럼, 끝자락에 구멍이 뚫린 도낏자루가 위로 향하도록 일정한 간격을 두고 일직선으로 세워 놓고, 멀찍이 떨어진 채 화살을 날려 12개의 구멍을 모두 꿰뚫곤 하셨지요. 나는 구혼자들에게 바로 그 궁술 경기를 시켜 볼 거예요. 만약 구혼자 중 누구든지 활에 풀어놓은 시위를 건 다음 화살을 날려 12개의 도낏자루 구멍을 모두 관통하는 사람이 있으면 나는 그와 결혼할 거예요.”

그러자 오디세우스는 정말 좋은 방법이라고 치켜세운 다음, 페넬로페에게 다시 한번 내일 구혼자들이 도낏자루 구멍을 꿰뚫기 전에 오디세우스는 틀림없이 고향에 돌아올 것이라고 말했다. 페넬로페에게 자신이 돌아왔다는 것을 암시하기 위해서였다. 하지만 페넬로페는 그의 말을 귓등으로 흘려들으며 거지 노인에게 홀에서 자라고 당부한 다음 자신은 2층 침실로 올라가서는 시녀들과 함께 남편 오디세우스를 그리워하며 슬피 울다가 지쳐 잠이 들었다.

제20권

오디세우스를 격려하는 아테나,
소몰이의 충성심,
테오클리메노스의 예언

아테나가 거사를 앞두고 잠을 이루지 못하는 오디세우스의 용기를 북돋우다

소몰이 필로이티오스가 오디세우스에 대한 충성심을 토로하다

예언가 테오클리메노스가 구혼자들에게 죽음을 예고하지만 무시당하다

오디세우스가 객사에서 잠을 이루지 못한 채 몸을 뒤척이며 구혼자들을 몰살시킬 방도를 궁리한다. 그는 밖에서 시녀 몇이 아직 귀가하지 않은 구혼자들과 놀아나며 시시덕거리는 소리가 들려오자 애써 분노를 삭인다. 아테나가 그런 오디세우스에게 나타나 끝까지 함께 하겠다고 용기를 북돋운 다음 그를 잠재운다.

다음 날 아침 소몰이 필로이티오스가 연회에 쓸 암소 한 마리를 몰고 와서 구혼자들을 비난하며 주인 오디세우스에 대한 충성심을 토로한다. 갑자기 독수리 한 마리가 비둘기를 낚아채서 구혼자들의 왼쪽으로 날아간다. 암피노모스가 불길한 징조로 해석하고 텔레마코스를 살해하려는 동료들의 계획을 접게 만든다.

크테십포스가 적선을 베풀겠다며 오디세우스에게 고기 광주리에서 소 다리를 집어 던지자 텔레마코스가 그를 비난한다. 아테나가 구혼자들의 정신을 혼미하게 하여 그들을 웃게 했다가 갑자기 울게 만든다. 예언가 테오클리메노스가 그 광경을 보고 그들에게 죽음을 예언하지만 구혼자들은 그가 미쳤다고 생각한다.

오디세우스는 페넬로페가 시녀들에게 지시한 것처럼 궁전 홀이 아니라 자기 고집대로 결국 바로 그 옆 객사에서 잠을 청했다. 그는 무두질하지 않은 쇠가죽 하나를 밑에 깔고 그 위에 양가죽을 몇 장 깔았다. 그가 그 위에 눕자 시녀장 에우리노메가 두툼한 외투를 가져와 덮어 주었다. 오디세우스는 잠자리에는 누웠어도 구혼자들을 응징할 생각에 금세 잠을 이루지 못한 채 몸을 계속해서 이리저리 뒤척이고 있었다.

바로 그때 시녀들이 시시덕거리며 홀에서 나오는 소리가 들렸다. 아마 구혼자들과 몸을 섞으러 가는 것 같았다. 순간 오디세우스의 마음은 바로 뛰쳐나가 그들을 죽여 버릴지 아니면 마지막으로 구혼자들과 몸을 섞게 내버려 둘지를 놓고 두 갈래로 갈라졌다. 하지만 그는 결국 외눈박이 종족 폴리페모스를 처치할 때의 일을 생각하고 참기로 했다. 당시 그는 눈앞에서 폴리페모스가 부하들을 잡아먹는 이보다 더 험한 꼴을 당했어도 꾹 참았다가 결국 통쾌하게 부하들의 복수를 해 주었었다.

오디세우스는 그렇게 마음을 다잡은 다음 계속해서 몸을 이리저리 뒤척이며 파렴치한 구혼자들을 어떻게 하면 혼내 줄까 궁리하고 있었다. 그는 마치 피와 비계로 가득 찬 가축의 밥통을 장작불 위에 올려놓고 잘 익도록 이리저리 뒤집을 때처럼 그렇게 몸을 뒤척거렸다. 바로 그때 올림포스 궁전에서 아테나가 쏜살같이 내려와서 그의 머리맡에 선 채 이제 아들과 아내가 곁에 있는데 왜 잠을 이루지 못하는지 물었다. 오디세우스가 대답했다.

"아테나 여신이여, 저는 지금 혼자서 어떻게 그렇게 많은 구혼자를 제대로 상대할 수 있을까 하고 걱정하고 있습니다. 또 하나 더 걱정되는 것은 설령 제우스 신의 도움으로 제가 그들을 모두 죽인다고 해도 그들 가족을 피해 도대체 어디로 도망칠 수 있을까 하는 점입니다."

아테나는 이 말을 듣고 오디세우스에게 용기를 북돋아 주었다. 인간도 신하고는 비교도 안 되는 동료들을 믿고 싸우는데 하물며 제우스뿐 아니라 자신도 그를 도와줄 텐데 무슨 걱정이냐는 것이다. 그녀는 구혼자들의 수가 아무리 많아도 그는 단숨에 해치울 수 있고, 몸을 피신할 장소도 마련해 두었으니 아무 걱정하지 말고 얼른 눈을 붙이라고 격려한 다음 그의 눈에 잠을 쏟아붓고 돌아갔다.

한편 오디세우스의 아내 페넬로페는 꼭두새벽부터 잠에서 깨어 흐느껴 울며 사냥의 신 아르테미스에게 제발 화살을 날려 자신을 죽여 달라고 기도했다. 또한 괴조 하르피이아이_{Harpyiai}가 판다레오스_{Pandareos}의 딸들을 채어가 복수의 여신 에리니에스_{Erynies}에게 시녀로 준 것처럼 자신도 낚아채어 바다에 던져 주기를 간청했다. 그녀는 오디세우스보다 못난 자를 새 남편으로 삼는 것이 죽기보다 싫었던 것이다.

이윽고 동이 트자 오디세우스는 자리에서 일어나 궁전 마당으로 들어오다가 아내의 울음소리를 들었다. 그는 가슴이 찡해지며 마음속

Gustav Klimt,
〈팔라스 아테나〉, 1898
왼손에 들고 있는 것은 승리의 여신 니케Nike, 가슴 한가운데 혀를 내밀고 있는 것은 영웅 페르세우스로부터 선물 받은 메두사Medusa의 머리다

Rembrandt Harmensz. van Rijn,
〈팔라스 아테나〉, 1655년경

제20권 오디세우스를 격려하는 아테나, 소몰이의 충성심, 테오클리메노스의 예언

으로 제우스에게 궁전 안쪽에서는 누군가가 길조가 되는 말을 하게 해주고, 궁전 바깥쪽에서는 직접 다른 좋은 전조를 내려 달라고 기도했다. 제우스가 그의 기도를 듣고 하늘에서 천둥으로 화답했다. 오디세우스는 몹시 기뻐하며 궁전 안에서 무슨 말이 들리지 않나 하고 귀를 기울이고 있었다. 그때 궁전 안쪽에서 맷돌로 보리와 밀을 빻던 12명의 시녀 중 하나가 이렇게 말했다.

"신들과 인간들의 아버지 제우스 신이시여, 당신이 방금 하늘에서 천둥을 치셨으나 하늘엔 구름 한 점 없는 것을 보아 이것은 분명 누구에게 좋은 전조를 보낸 것입니다. 부디 저의 소원도 들어주소서! 제발 오늘이 구혼자들이 우리 궁전 홀에서 연회를 벌이는 마지막 날이 되게 하소서! 오늘이 제가 그들을 위해 보리와 밀을 빻는 마지막 날이 되게 하소서!"

오디세우스는 제우스의 천둥소리에 이어 시녀의 푸념 소리가 들리자 크게 기뻐했다. 이제야말로 구혼자들을 응징할 때가 왔음을 직감했기 때문이다. 그러는 동안 궁전의 다른 시녀들이 홀에 나와 화덕에 불을 지폈으며 텔레마코스도 자리에서 일어나 옷을 입은 다음 칼을 차고 창을 집어 들더니 방문 옆에 서서 에우리클레이아에게 어젯밤 거지 노인에 대한 대접이 소홀하지 않았는지 꼬치꼬치 캐물었다. 그런 다음 개 2마리를 데리고 궁전 홀과 마당을 지나 원로들이 모여 조례를 개최하는 실내 회의장으로 갔다.

텔레마코스가 떠난 뒤 에우리클레이아는 서둘러 아침 식사를 준비하기 시작했다. 그녀는 시녀들을 몇 그룹으로 나누어 홀을 정리하게도 하고, 설거지도 시키고, 물을 길으러 보내기도 했다. 남자 하인들이 궁전 마당에서 장작을 패는 사이 돼지치기가 살진 돼지 3마리를 끌고 마당으로 들어섰다. 그는 오디세우스를 보더니 밤새 아무런 일이 없었냐며 안부를 물었다. 이어 염소치기 멜란티오스가 다른 동료 둘과 함께 튼실한 염소들을 몰고 와서 마당 한쪽에 묶어 두고는 오디세우스에게 아직도 궁전에서 꺼지지 않았냐며 또다시 시비를 걸었다.

오디세우스는 그의 말에 아무런 대꾸도 하지 않고 꾹 참으며 나중에 그를 혼내줄 궁리를 하고 있는 사이 소몰이 필로이티오스_{Philoitios}가 암소 한 마리를 몰고 왔다. 그는 암소를 마당 한쪽에다 단단히 묶어 둔 다음 돼지치기 에우마이오스에게 오디세우스를 가리키며 도대체 저 거지 노인이 누구냐고 물었다. 보통 사람처럼 보이지 않고 마치 왕처럼 기품이 있어 보인다는 말도 덧붙였다. 이어 그는 오디세우스에게 가까이 다가와 인사를 건네며 말을 걸었다.

"내가 당신을 보니 우리 오디세우스 왕이 생각나 눈물이 납니다. 그분도 살아 계신다면 어딘가에서 당신처럼 이런 누더기를 걸치고 계실 테니까 말입니다. 하지만 그분이 이미 지하 세계로 내려가셨다면 그분을 깊이 애도합니다. 그분은 트로이로 떠나시기 전 아직 소년이었던 내게 영지 안의 소 떼를 맡기셨습니다. 녀석들은 정말 잘 자라고 있습니다. 이 세상에서 소들이 이처럼 불어나는 곳은 없을 것입니다. 그런데 그 소 떼를 우리 왕이 아닌 구혼자 놈들이 먹어 치우려고 매일 한 마리씩 가져오라고 명령하고 있습니다. 그들은 조만간 오랫동안 궁전을 비우고 계신 우리 왕의 재산을 나누어 가질 심산인 것 같습니다. 그분의 상속자인 텔레마코스 왕자님도 무시하고 신들도 전혀 두려워하지 않습니다. 나는 가끔 소 떼를 몰고 멀리 도망칠 생각도 해 보았습니다. 물론 그건 아직 왕자님이 살아계시는 마당에 아주 나쁜 짓이겠지요. 하지만 이곳에 남아 얼토당토않은 놈들이 주인 행세를 하는 소 떼를 기르자니 정말 열불이 납니다. 제발 우리 왕께서 늦게라도 반드시 고향에 돌아오시어 구혼자들을 확 쓸어 버리면 얼마나 좋을까요.”

그러자 오디세우스는 소몰이에게 제우스와 오디세우스의 화로를 걸고 그가 이곳에 있는 동안 오디세우스는 돌아올 것이고 구혼자들이 그의 손에 죽는 장면도 보게 될 것이라고 말해 주었다. 소몰이는 만약 제우스가 그렇게만 해 준다면 목숨을 바쳐 오디세우스를 돕겠다고 다짐했다. 곁에 있던 에우마이오스도 신들에게 제발 오디세우스를 집에 보내 달라고 간절히 기도했다.

한편 구혼자들은 궁전 밖 비밀 장소에 모여 텔레마코스를 암살할 계획을 세우고 있었다. 그때 독수리 한 마리가 비둘기 한 마리를 발톱에 차고는 그들 왼쪽으로 날아갔다. 그걸 보고 구혼자 암피노모스가 동료들에게 텔레마코스를 죽이려는 계획이 수포로 돌아갈 것이라고 예언하며 그 계획을 접고 즐겁게 연회나 벌이자고 제안했다. 모두가 그의 말이 일리가 있다고 생각하여 궁전 홀에 돌아와 가축들을 잡아서 고기를 굽고 포도주를 물로 희석하며 연회를 준비했다. 드디어 연회가 시작되자 텔레마코스는 홀로 들어가는 문턱에 오디세우스를 데려다 앉히고는 조그마한 탁자 하나를 앞에 갖다 놓고 음식을 한가득 올려놓은 다음 모두가 듣도록 큰 소리로 외쳤다.

“노인이시여, 이제 이곳에 앉아 음식뿐 아니라 포도주도 맘껏 드십시오. 구혼자들이 당신을 모욕하거나 주먹다짐을 하면 이제는 제가 막아 주겠습니다. 이 궁전은 공적인 장소가 아니라 바로 우리 아버지 오디세우스 왕의 집이기 때문입니다. 그리고 구혼자들이여, 당신들은 싸움이 일어나지 않도록 앞으론 욕설과 주먹다짐은 삼가해 주시길 바랍니다.”

구혼자들은 텔레마코스의 당당한 태도를 보고 놀라움을 금치 못했다. 그들 중 안티노오스가 일어나 동료들에게 텔레마코스의 말이 좀 귀에 거슬리기는 하나 받아들이자고 제안했다. 그가 일찍 죽을 목숨이었지만 신들의 은총을 받아 살아난 이상 무시할 수 없다는 것이다. 연회가 무르익자 아테나는 텔레마코스의 담력을 키워주기 위해 구혼자들을 시켜 오디세우스에게 모욕을 가하게 했다.

구혼자 중에는 사메 출신의 크테시포스Ktesippos라는 자가 있었는데 그는 온갖 불법을 자행하는 자였다. 그는 구혼자들 사이에서 갑자기 일어나더니 거지 노인에게 자신도 적선을 베풀고 싶다며 고기 광주리에서 쇠다리 하나를 집어 들어 재빨리 오디세우스를 향해 힘껏 던졌다. 하지만 오디세우스가 머리를 돌려 그것을 피하자, 쇠다리는 벽에 맞고 떨어졌다. 텔레마코스가 그 광경을 보고 크테시포스를 강하게 비난했다.

"크테시포스여, 잘 들으시오. 저 노인이 쇠다리에 맞지 않은 게 천만다행이오. 만약 그랬더라면 나는 내 창으로 당신 몸 한가운데를 꿰뚫었을 것이고, 당신 부친은 이 궁전 홀에서 결혼식이 아니라 당신 집에서 장례식을 치르느라 바빴을 것이오. 그러니 앞으로는 누구도 내 집에서 저런 무례한 짓은 저지르지 마시오. 난 이제 더 이상 어린애가 아니라 옳고 그름을 가릴 수 있는 청년이란 말이오. 난 당신 구혼자들이 우리 가축을 잡아먹고, 포도주를 마셔 없애고, 빵을 먹어 치우는 것은 꾹 참을 것이오. 하지만 우리 집에 온 손님에게 무례를 범하는 것은 도저히 참을 수 없소. 이런 말을 하는 나를 죽이고 싶다면 지금이라도 당장 죽이시오. 나는 당신들이 우리 궁전에서 벌이는 악행을 보느니 차라리 죽는 게 나을 것 같소."

텔레마코스의 말이 끝났지만 아무도 대꾸를 하지 못했다. 그의 말이 그들 가슴 한쪽을 뜨끔하게 쑤시고 들어왔기 때문이다. 한참 만에 다마스토르Damastor의 아들 아겔라오스Agelaos가 일어나 텔레마코스의 말이 옳으니 거지 노인은 물론이고 오디세우스의 하인들도 더 이상 괴롭히지 말자고 제안했다. 이어 텔레마코스에게 할 말이 있다고 운을 뗀 뒤 그의 아버지 오디세우스가 이젠 다시 고향으로 돌아올 수 없는 이상 페넬로페가 이제는 구혼자 중 선물을 가장 많이 주는 사람과 결혼을 하도록 어머니를 설득하라고 요구했다. 텔레마코스가 그에게 대답했다.

"아겔라오스여, 제우스 신을 걸고 맹세하지만 나는 어머니의 결혼을 결코 늦춘 적이 없소. 나는 오히려 어머니가 원하시는 분과 결혼하기를 재촉하고 있으며, 만약 그렇다면 선물까지 얹어드릴 생각이오. 하지만 그렇다고 어머니 의사를 무시하고 강제로 궁전에서 내쫓을 순 없지 않소?"

텔레마코스의 말이 끝나자 아테나는 구혼자들을 환한 얼굴로 웃게 했다가 갑자기 슬픈 얼굴로 울게 하면서 계속해서 그들의 생각을 혼미하게 만들었다. 그 광경을 보고 텔레마코스가 필로스에서 배에 태우고 데려왔던 도망자이자 예언가인 테오클리메노스가 말했다.

"불쌍한 구혼자들이여, 당신들은 무슨 일로 그렇게 갈피를 잡지 못하고 있는가? 아, 당신들 몸은 온통 어둠에 싸여 있고, 입은 비명으로 가득 차 있으며, 궁전 벽과 기둥과 들보는 피로 범벅이 되어 있구나. 궁전 홀과 마당과 대문도 지하 세계의 에레보스로 달려가는 죽은 자들의 그림자로 꽉 차 있고, 해는 하늘에서 사라지고 사악한 안개가 세상을 뒤덮고 있구나."

테오클리메노스의 말을 듣고 구혼자들은 모두 그가 미쳤다고 생각하여 서로를 쳐다보며 크게 웃었다. 결국 에우리마코스가 동료들을 향해 그를 궁전 밖으로 끌어내라고 소리쳤다. 구혼자 둘이 그의 팔을 잡고 끌어내려 하자 그는 혼자 갈 수 있다며 그들의 손을 세게 뿌리친 다음 보무도 당당하게 궁전 밖으로 사라졌다. 이내 구혼자들이 그를 데려온 텔레마코스를 비웃기 시작했다. 구혼자 중에는 이렇게 말하는 사람이 있었다.

"텔레마코스여, 당신처럼 정말 이상한 손님을 받는 사람도 없을 것이오. 당신이 돌보고 있는 거지 노인은 식량만 축낼 뿐 아무짝에도 쓸모가 없고, 아까 그자는 예언한답시고 도통 이해할 수 없는 말을 지껄여 대니 하는 말이오. 당신에게 충고하건대 이렇게 하는 것이 어떻겠소? 저 두 나그네를 배에 태워 노예 상인에게 파시오. 그럼 몇 푼이라도 손에 쥘 수 있을 것 아니오?"

이렇게 구혼자들이 말했으나 텔레마코스는 그것을 귓등으로 흘려듣고 아버지 쪽을 바라보았다. 그는 아버지가 언제쯤 이런 후안무치한 구혼자들을 응징할까 하고 마음속으로 저울질하고 있었던 것이다.

제21권

오디세우스의 애장품
활과 화살로 궁술 경기를 진행하는
108명의 구혼자

페넬로페가 구혼자들에게 활솜씨로 남편감을 선택하겠다고 공표하다

구혼자 중 아무도 오디세우스의 활에 시위조차 걸지 못하다

오디세우스가 활시위를 당겨 12개의 도낏자루의 구멍을 꿰뚫다

페넬로페가 구혼자들에게 남편의 활에 시위를 건 다음 화살을 날려 12개의 도낏자루 구멍을 꿰뚫는 사람을 남편감으로 선택하겠다고 공표한다. 텔레마코스가 제일 먼저 나서서 활에 시위를 걸려고 시도하다가 오디세우스가 눈짓으로 제지하자 그만둔다. 레오도스를 시작으로 구혼자들이 차례로 활에 시위를 걸려고 하지만 모두 실패한다.

구혼자들이 안티노오스의 제안으로 활을 불로 데우고 비계를 발라 부드럽게 만들어서 시위를 걸려 하지만 아무도 성공하지 못한다. 그 와중에 오디세우스가 돼지치기와 소몰이를 조용히 홀 밖으로 데려가 자신의 정체를 밝힌 다음 나중에 구혼자들이 도망가지 못하도록 아무도 눈치채지 못하게 홀의 문을 걸어 잠그라고 명령한다.

안티노오스가 오늘은 즐겁게 연회나 즐기고 내일 궁술의 신 아폴론에게 제물을 바치고 기도한 다음 경기를 계속하자고 제안한다. 그러자 오디세우스가 구혼자들에게 자신도 시위를 한 번 걸게 해달라고 간청했다가 텔레마코스의 도움으로 허락을 받는다. 오디세우스가 단숨에 활에 시위를 걸고 화살을 날려 12개의 도낏자루의 구멍을 꿰뚫는다.

이카리오스의 딸로 오디세우스의 아내인 페넬로페는 아테나의 계시로 이제 바야흐로 2층 방에서 궁전 홀로 내려가 구혼자들에게 남편 오디세우스의 활과 화살통을 갖다주고 새 남편을 선발하기 위한 궁술 경기를 개최할 때가 되었다는 것을 직감했다. 그녀는 시녀들을 데리고 궁전 홀에서 가장 멀리 떨어진 곳에 있던 창고로 들어갔다. 거기에는 청동과 황금과 무쇠를 비롯하여 명궁수 에우리토스의 아들 이피토스가 남편에게 선물로 준 명품 활과 화살통 등 많은 보물이 보관되어 있었다.

오디세우스가 이피토스를 만난 것은 메세네였다. 그 당시 메세네의 젊은이들이 이타케섬으로 건너와서 양 300마리를 훔쳐 배에 싣고 가자 오디세우스는 아버지와 원로들의 명을 받고 그 양들을 찾으러 메세네로 갔다가 오르실로코스의 집에 묵었고, 이피토스는 잃어버린 암말 12필을 찾기 위해 헤라클레스를 만나러 티린스Tiryns로 가는 도중에 날이 저무는 바람에 마찬가지로 메세네의 오르실로코스의 집에서 하룻밤 묵게 되었다.

그들은 그렇게 메세네의 오르실로코스의 집에서 우연히 만나 이야기를 나누다가 서로에게 반한 나머지 친구가 되기로 맹세했다. 또한 그 기념으로 이피토스는 아버지 에우리토스에게서 물려받은 활과 화살이 빼곡히 들어 있는 화살통을 오디세우스에게 주었고, 오디세우스는 이피토스에게 날카로운 칼과 창을 주었다.

하지만 오디세우스는 불행하게도 이피토스와 그 우정을 이어가지는 못했다. 다음 날 이피토스가 티린스에 도착하여 헤라클레스의 집으로 그를 만나러 갔다가 그에게 살해당했기 때문이다. 어쨌든 오디세우스는 이타케섬에서는 항상 그 활과 화살통을 갖고 충견 아르고스를 데리고 사냥을 하며 친구를 기리다가 트로이 전쟁이 발발하자 그것들을 창고에 보관해 두고 트로이로 출발했었다. 페넬로페는 활과 화살통

Angelica Kauffmann,
〈오디세우스의 활을 내리는 페넬로페〉,
1768

을 보니 남편에 대한 그리움이 밀물처럼 다시 밀려와 울음을 터뜨렸다. 그녀는 그렇게 창고에서 실컷 운 다음 자신은 활과 화살통을 들고 시녀들에게는 도끼가 들어있는 상자를 들려 궁전 홀 안으로 들어서서는 호흡을 가다듬고 구혼자들을 향해 큰 소리로 외쳤다.

"구혼자들이여, 내 말을 들으시오. 당신들은 내 남편이 없는 사이 우리 궁전에 난입하여 나와 결혼하고 싶다는 명분으로 아주 오랫동안 이곳에서 먹고 마시며 우리 가족을 괴롭혀 왔소. 구혼자들이여, 자, 여기 활과 화살통을 보시오. 또한 12자루의 도끼도 있소. 누구든지 가장 빨리 그동안 풀어놓은 시위를 활에 건 다음 화살을 날려 홀에 일정한 간격을 두고 일직선으로 세워 놓은 12개의 도낏자루의 구멍을 꿰뚫는 사람이 있으면, 나는 바로 그 사람을 내 남편으로 삼아 미련 없이 그와 함께 이 궁전을 떠날 것이오. 내 남편 오디세우스는 트로이로 떠나기 전 심심할 때면 그 놀이를 하곤 했소. 내 남편이 되려면 그 정도의 힘과 활 솜씨는 있어야 하지 않겠소?"

이렇게 말하고 페넬로페는 돼지치기 에우마이오스를 불러 활과 화살통을 구혼자들에게 갖다주도록 했다. 에우마이오스가 눈물을 흘리며 페넬로페에게서 그것들을 받아 구혼자들 앞에 갖다 놓자 소몰이도 멀리서 눈에 익은 주인의 무기를 보고 오열했다. 그러자 구혼자들의 수장 안티노오스가 그들을 내쫓으며 밖에 나가 울라면서 꾸짖었다. 그 이유는 왕비의 마음을 더 아프게 하지 말라는 것이었지만, 사실은 그들 때문에 조금이라도 경기가 지체될까 봐 걱정되었기 때문이다. 안티노오스는 그만큼 얼른 활에 시위를 걸어 당기고 싶었다. 바로 그때 텔레마코스가 큰 소리로 외쳤다.

"아아, 제우스 신께서 나를 바보로 만들어 버리셨나 보오. 우리 어머니께서 다른 남자를 따라가시겠다고 하시는데도 속으로 웃으며 기뻐하고 있으니 말이오. 자, 구혼자들이여, 여기 이분, 우리 어머니이신 페넬로페 왕비님을 잘 보시오. 이분이 바로 오늘 궁술 경기 우승자에게 주는 상품이오. 이런 분은 지금껏 그리스 땅에는 없었소. 필로스에도, 아르고스에도, 미케네에도 없었고, 이타케섬에도 없었소. 여러분들도 익히 알고 있는 사실이니 더 이상 길게 이야기할 필요는 없을 것이오. 그러니 이분을 차지하시려거든 어서 지체 없이 한번 시위를 걸어 당겨 보기를 바라오. 나도 제일 먼저 한번 활에 시위를 걸어 당겨볼 것이오. 내가 만약 시위를 걸고 당겨 12개의 도낏자루의 구멍을 꿰뚫을 수만 있다면 어머니께서 다른 남자를 따라가더라도 전혀 슬퍼하거나 아쉬워하지 않을 것이오. 내가 이제 아버지의 무기를 계승할 수 있는 어엿한 사내대장부가 되었다는 보증서이니까 말이오."

이렇게 말하며 그는 몸소 궁전 홀에 길게 도랑을 판 다음 그 속에 조금 전 시녀들이 갖다 놓았던 도끼 상자에서 12개의 도끼를 꺼내 끝자락에 구멍이 뚫린 자루가 위로 향하게 일정한 간격으로 세우고 그 주위를 다시 흙으로 다졌다. 이어 멀리 떨어진 홀의 문턱에 가서 활을 시험해 보았다. 그는 3번이나 활에 시위를 걸려고 애를 써 보았지만 3번 모두 힘에 부쳐 실패하고 말았다. 만약 그가 다시 한번 시도를 했더라면 마침내 활에 시위를 걸었을 것이다. 하지만 막 4번째로 활을 구부려 시위를 걸려는 순간, 그만두라는 아버지 오디세우스의 눈짓을 받고 이내 꼬리를 내리며, 자기는 도저히 안 될 것 같으니 어디 다른 힘 있는 사람이 한번 해 보라고 외치며 자기 자리에 가서 앉았다.

구혼자들의 수장 안티노오스가 그걸 보고 그럴 줄 알았다는 듯이 회심의 미소를 지으며 구혼자들을 향해 자신을 중심으로 오른쪽으로 돌아가면서 활을 시험해 보자고 제안했다. 모두가 이에 찬성하자 첫 번째 타자로 오이놉스Oinops의 아들 레오데스Leodes가 일어섰다. 그는 구혼자들의 예언자로 유일하게 동료들의 무례한 행동을 못마땅하게 생각하고 있었다. 하지만 그는 활에 시위를 걸 수 없었다. 활이 미동도 하지 않자 그는 그 활에 시위를 걸려고 용을 썼다가는 오히려 용기를 잃고 자존심만 상하겠다고 불평하며 자리에 가서 앉았다.

레오데스는 자리에 앉아서도 페넬로페를 아내로 삼으려고 활에 시위를 걸려고 애쓰는 것보다 다른 여자에게 구혼하는 게 더 쉬울 거라며 계속해서 투덜댔다. 참다못한 안티노오스가 그의 어리석음을 질타하여 불만을 잠재웠다. 자신이 할 수 없다고 해서 다른 사람들도 그럴 것으로 생각하는 건 말도 안 된다는 것이다. 이어 안티노오스는 활이 20년 동안이나 쓰지 않아 딱딱하게 굳어있을 터이니 그것을 불에 데우고 비계를 발라 부드럽게 한 다음 한번 시험해 보자며 염소치기 멜란티오스를 불러 홀 화덕에 불을 피우고 커다란 비곗덩어리를 하나 가져오라고 명령했다. 하지만 그렇게 하고 차례대로 시험을 해 보았어도 여전히 아무도 활에 시위를 걸 수 없었다.

그렇게 구혼자들이 활을 놓고 씨름을 하는 동안 오디세우스는 돼지치기 에우마이오스와 소몰이를 데리고 밖으로 나갔다. 그는 주변에 아무도 없는 것을 확인하고 만약 신의 도움으로 지금이라도 오디세우스 왕이 고향에 돌아오면 어떻게 할 것인지 물었다. 두 사람은 이구동성으로 그렇게만 해 준다면 목숨을 바쳐 도울 것이라며 자신들은 늘 왕이 돌아오기만을 간절히 기도하고 있다고 말했다. 두 사람의 충성심을 확인하고서야 비로소 오디세우스는 자신의 정체를 밝혔다.

"너희들의 주인 오디세우스 왕은 벌써 집에 와 있다. 바로 내가 오디세우스다. 나는 천신만고 끝에 20년 만에 고향에 돌아왔다. 그리고 나는 내 하인 중 너희 둘만 내가 돌아오기를 학수고대했다는 것도 알고 있다. 나는 어떤 다른 하인도 내가 돌아오기를 기도하는 걸 본 적이 없다. 나는 구혼자들을 물리친 다음 너희들을 결혼시켜 주고, 집도 주고, 재산도 줄 것이다. 그때면 너희들은 더 이상 하인이 아니라 텔레마코스의 동료이자 형제가 될 것이다. 나는 너희들이 확실하게 믿도록 내가 오디세우스라는 증거를 보여 주겠다. 자 여기 허벅지의 흉터를 봐라. 이것은 내가 외삼촌들과 함께 파르나소스에서 사냥할 때 멧돼지 엄니에 받쳐 입었던 상처가 아물어 생긴 흉터다."

이렇게 말하며 그는 흉터를 덮고 있던 누더기를 걷었다. 그것을 보고 오디세우스임을 확신한 두 사람은 그를 부둥켜안고 감동의 눈물을 흘리며 그 머리와 어깨에 입을 맞추었다. 오디세우스는 재빨리 우는 그들을 제지했다. 홀에서 누가 나오다가 그들을 보고 구혼자들에게 고자질하면 큰일이기 때문이다. 그들의 흥분이 가라앉자 그는 우선 홀로 들어갈 때 함께 들어가지 말고, 자신이 먼저 들어갈 테니 나중에 들어오라고 이르며 앞으로 할 일을 자세하게 지시했다.

"돼지치기 에우마이오스는 구혼자들이 모두 내게 활과 화살통을 주려고 하지 않을 테니 적당히 기회를 보아 내게 갖다주도록 하라. 그리고 시녀들에게 방문을 잠그고 혹시 신음이나 함성이 들려도 절대로 문을 열어 보지 말라고 일러라. 특히 소몰이 필로이티오스는 홀에서 바깥으로 통하는 문의 빗장을 지르고 그것을 단단한 줄로 묶어라."

이렇게 말하고 그가 먼저 홀에 들어가 자리에 앉자 적당한 시간을 두고 돼지치기와 소몰이가 들어왔다. 그때는 막 에우리마코스가 불에 활을 이곳저곳 데우고 있었다. 하지만 그도 역시 활에 시위를 걸 수 없었다. 그는 한숨을 쉬며 침통한 표정을 지었다. 활에 시위를 걸지 못해 페넬로페와 결혼할 수 없어서가 아니라 자신이 힘에서 오디세우스보다 뒤진다는 사실에 비통함을 금치 못했다.

그러자 에우페이테스Eupheites의 아들 안티노오스가 오늘은 경기를 중단했다가 내일 궁술의 신 아폴론에게 성대하게 제물을 바치고 나서 다시 시작하자고 제안했다. 오늘은 연회나 벌여 맛있게 먹고 마신 다음 내일 아침 제물들을 가져와 아폴론에게 바치고 기도한 후 다시 경기를 시작하자는 것이다. 이 말을 듣고 재빨리 오디세우스가 나서서 말했다.

"구혼자들이시여, 제 말 좀 들어 보시오! 제가 여러분들에게 드리고 싶은 말이 있소. 저는 누구보다도 에우리마코스 님과 안티노오스 님께 간청하는 바이오. 지금은 활을 쉬게 하자는 안티노오스 님의 말은 참 합리적이라고 생각하오. 내일 아침 궁술을 관장하시는 아폴론 신께 제물을 바치고 나서 경기를 다시 시작하면 아폴론 신께서는 분명 승리자를 점지하실 것이오. 자, 그러니 막간을 이용해서 그 활과 화살통을 제게도 한 번 건네 주시오. 당신들 앞에서 저도 제 힘을 한번 시험해 보고 싶소. 전에 젊었을 때의 힘이 아직도 남아 있는지, 아니면 오랜 방랑으로 소진해 버렸는지 알고 싶소."

오디세우스의 말을 듣고 구혼자들 모두가 극도로 흥분하며 화를 냈다. 그들은 무엇보다도 오디세우스가 활에 시위를 걸고 당길까 두려웠다. 특히 안티노오스는 오디세우스에게 다른 거지들과는 달리 자신들과 함께 스스럼없이 어울리는 것도 모자라서 무슨 헛소리냐고 그를 꾸짖었다. 그는 오디세우스가 분명 포도주에 취해 망발을 지껄였을 거라고 비난하며 한 번만 더 그런 욕심을 부렸다간 큰코다칠 거라고 위

히포메다이아를 납치
하려는 에우리티온을
저지하는 페이리토오스,
B.C. 350-B.C. 340년경
그리스 도기 그림

협했다. 그러면서 포도주에 취해 페이리토오스Peirithoos의 결혼식장
에서 그의 신부 히포다메이아를 납치하려는 만행을 저지르다가 귀와
코가 잘린 채 쫓겨난 반인반마의 켄타우로스Kentauros족 에우리티온
Eurytion을 예로 들었다.

안티노오스의 말이 끝나기가 무섭게 페넬로페가 끼어들어 오디세
우스 편을 들었다. 그녀는 안티노오스에게 오디세우스가 활에 시위를
걸고 당기는 데 성공한다 해도 거지 주제에 자신을 아내로 데려갈 것
으로 생각하겠느냐고 물었다. 안티노오스는 그렇게 생각하지는 않아도
사람들이 구혼자들을 손가락질하는 것이 걱정된다고 대답했다. 사람들
은 번듯한 영웅들도 하지 못하는 일을 일개 거지가 해냈다고 떠들며 돌
아다닐 것이 뻔하다는 것이다. 페넬로페는 남의 집에 무작정 들어와 남
의 가산이나 축내는 자들이 별걸 다 수치로 여긴다고 하면서 에우마이
오스를 향해 얼른 거지 노인에게 활과 화살통을 갖다주라고 재촉했다.

심지어 페넬로페는 만약 거지 노인이 화살을 날리는 데에 성공하면 그에게 상품으로 옷뿐 아니라 호신용 투창과 칼 한 자루를 줄 것이고, 그가 원하는 곳까지 데려다주겠다고 약속했다. 바로 그때 텔레마코스가 어머니를 향해 그런 일은 자신이 알아서 할 테니 그녀는 궁전 내실로 들어가 시녀들과 집안일이나 하라고 권했다. 아버지가 집안에 없는 동안에는 그의 활과 화살통에 가장 큰 권한이 있는 사람은 자신이기 때문에, 자신이 그것들을 거지 노인에게 주어도 항의할 사람은 아무도 없다는 것이다. 페넬로페는 갑자기 단호해진 아들의 태도에 약간 놀라 2층 방으로 올라가서 남편 오디세우스를 그리며 한없이 울다 지쳐 잠이 들었다.

그러는 사이 돼지치기는 오디세우스에게 갖다줄 요량으로 활과 화살통을 들고 기회를 엿보고 있었다. 구혼자들이 모두 그런 그를 발견하고 그것들을 도대체 어디로 가져가려 하느냐고 고함을 질렀다. 돼지치기가 놀라 활과 화살통을 내려놓자 이번에는 텔레마코스가 에우마이오스에게 자기 집에서 쫓겨나지 않으려면 그것들을 다시 집어 들고 거지 노인에게 갖다주라고 외치며 남의 집에 들어와 주인행세를 하는 무례한 구혼자들을 당장 쫓아내지 못하는 자신의 신세를 한탄했다. 구혼자들은 텔레마코스의 푸념을 듣고 모두가 즐겁게 웃으며 잠시 돼지치기에 대한 경계를 늦추었다.

그 틈을 노려 에우마이오스는 재빨리 활과 화살통을 집어 들고 홀을 가로질러 오디세우스에게 달려가 그의 손에 쥐여주었다. 그런 다음 홀 밖으로 나가 유모 에우리클레이아에게 가서 텔레마코스의 명령이라며 방문을 잠근 채 시녀들에게 비명이나 함성이 들려도 절대 밖으로 나오지 못하도록 하라고 일렀다. 소몰이 필로이티오스도 말없이 홀의 문으로 가서 구혼자들이 눈치채지 못하도록 빗장을 지르고 그것을 단단한 끈으로 묶은 다음 자리에 돌아와 앉은 다음 조용히 오디세우스를 쳐다보았다.

그러는 동안 오디세우스는 활을 이리저리 꼼꼼하게 만져 보면서 혹시 벌레들이 갉아먹지 않았는지 살피고 있었다. 조금 전까지만 해도 활이 오디세우스의 손에 들어가는 것을 저어하던 구혼자들도 언제 그랬냐는 듯이 마치 심심하던 차에 볼만한 구경거리나 생긴 것처럼 조용히 숨을 죽인 채 그를 지켜보고 있었다. 심지어 그들 중 하나는 오디세우스의 행동을 보고 동료에게 그가 마치 활에 아주 정통한 사람 같다고 속삭였다. 그렇게 한참 동안 활을 자세히 살펴보던 오디세우스는 10년 동안이나 풀어놓았던 시위를 마치 포르밍크스에 정통한 가인이 현을 고정할 때처럼 아주 능숙하고 손쉽게 활에 걸었다. 이어 그가 오른손으로 한번 시위를 당겨보자 마치 제비가 지저귀는 것 같은 감미로운 소리가 났다.

구혼자들은 그 광경을 보고 두려움으로 안색이 창백해졌다. 그와 동시에 제우스가 크게 천둥을 쳐 오디세우스를 응원해 주었다. 오디세우스는 천둥소리를 듣고 기뻐하며 어느새 화살통에서 빼서 자기 식탁 옆에 놔두었던 화살 하나를 집어 들어 재빨리 시위에 얹고는 과녁을 겨누고 시위를 당겼다. 화살은 경쾌한 소리를 내며 과녁인 12개의 도낏자루의 구멍을 향해 날아갔다. 오디세우스는 화살이 한 치의 오차도 없이 12개의 구멍을 꿰뚫고 지나가는 것을 확인하고서야 텔레마코스를 향해 큰 소리로 이름을 부르며 이제 복수할 시간이 되었다고 외쳤다. 그러자 그 순간만을 기다리던 텔레마코스가 얼른 옆구리에 차고 있던 칼을 빼 손에 든 채 앉은 자리에서 벌떡 일어섰다.

제 22 권

화살을 날려 12개의 도낏자루의 구멍을 꿰뚫고 구혼자들을 몰살하는 오디세우스

오디세우스가 화살로 제일 먼저 구혼자들의 수장 안티노오스를 죽이다

오디세우스가 텔레마코스와 함께 나머지 구혼자들을 모두 몰살하다

오디세우스가 불충한 시녀들을 모두 색출하여 처단하다

오디세우스가 화살통을 발 앞에 쏟은 다음 제일 먼저 구혼자들의 수장 안티노오스를 화살로 쏘아 죽인다. 에우리마코스가 그에게 목숨을 간청하지만 거절당한다. 오디세우스의 화살이 떨어지자 텔레마코스가 그에게 무구를 갖다준다.

오디세우스와 구혼자들 사이에 싸움이 벌어진다. 돼지치기와 소몰이가 구혼자들에 줄 무구를 찾아 들고 오는 염소치기 멜란티오스를 덮쳐 생포한다. 아테나가 처음에는 멘토르, 나중에는 제비의 모습을 하고 오디세우스를 격려한다.

오디세우스와 텔레마코스가 108명의 구혼자와 그 일당을 몰살한다. 그중 가인 페미오스와 전령 메돈만 목숨을 건진다. 오디세우스가 에우리클레이아를 불러 불충한 시녀들을 색출하여 먼저 홀을 청소하게 한 다음 교수형에 처한다.

오디세우스는 화살 하나를 날려 12개의 도낏자루의 구멍을 꿰뚫은 다음, 잽싸게 화살통을 엎어 그 안에 들어 있던 화살을 모두 앞에 쏟아 놓고, 순식간에 홀의 문턱 위로 올라서서는 다시 화살 하나를 시위에 얹고 첫 번째 과녁을 찾았다. 맨 먼저 그의 눈에 띈 건 바로 구혼자들의 수장 안티노오스였다. 그는 막 황금 잔을 들어 올려 포도주를 마시려는 참이었다. 안티노오스를 비롯한 그 누구도 홀 안에서 이런 일이 일어나리라고는 전혀 상상하지 못했기 때문이다.

오디세우스는 그런 안티노오스의 목을 향해 정조준하더니 화살을 날렸다. 화살이 그의 목을 관통하자 그는 포도주잔을 떨어뜨리며 꼬꾸라졌다. 안티노오스가 콧구멍에서 검붉은 피를 쏟아 내며 식탁으로 꼬꾸라지는 바람에 식탁이 부서지며 음식이 사방으로 쏟아졌다. 당황한 구혼자들이 홀을 아무리 둘러보아도 이전에는 홀 한쪽에 보관되어 있던 칼, 창, 활, 방패 등 무구들이 하나도 보이지 않았다. 그래서 우선 오디세우스를 향해 이타케섬에서 가장 훌륭한 젊은이를 죽이다니 당장 독수리 밥으로 만들어 버리겠다고 엄포를 놓았다. 그들은 아직도 사태의 심각성을 파악하지 못한 채 거지 노인이 실수로 안티노오스를 죽였다고 생각했다. 그 사이 오디세우스는 어느새 또다시 화살 하나를 시위에 얹은 다음 구혼자들을 노려보며 이렇게 말했다.

"개 같은 자들이여, 너희들은 내가 트로이에서 다시는 돌아오지 못할 줄 알았더냐? 너희들은 내가 살아있는데도 내 가산을 탕진하고 내 시녀들과 동침하며 내 아내에게 구혼했다. 너희들은 하늘의 신들도 전혀 두려워하지 않았고 백성들이 보내는 무언의 비난도 전혀 개의치 않았다. 이제 너희들은 파멸을 면치 못할 것이다."

바로 그 순간 오디세우스는 아테나의 도움으로 추하고 초라한 거지 노인에서 그저께 20년 만에 고향 이타케섬에 도착했을 때의 모습으로 다시 돌아왔다. 그제야 비로소 구혼자들은 거지 노인이 다름 아닌 오디세우스였음을 알아차리고 공포에 사로잡혀 얼굴이 창백해졌다. 이어 말문이 막힌 채 안절부절 어쩔 줄 모르며 도망갈 구멍만을 찾고 있었다. 에우리마코스가 간신히 정신을 차리고 오디세우스에게 진짜 오디세우스라면 이제 자신들의 수장 안티노오스가 죽었으니 화를 풀라고 대답했다. 그는 모든 잘못을 안티노오스의 탓으로 돌리며 안티노오스는 사실 결혼보다도 이타케섬의 권력에 더 욕심이 있었다고 항변했다. 또한 자신들이 오디세우스의 궁전에서 먹어 치운 것은 모두 보상하겠다고 약속했다. 각자 그 값으로 소 20마리에 청동과 황금을 내놓겠다는 것이다. 오디세우스는 그를 매섭게 노려보며 외쳤다.

"에우리마코스여, 너희들이 너희 아버지의 재산을 다 준다 해도, 그리고 너희들이 지금 갖고 있는 재산에다 더 많은 것을 얹어 준다고 해도, 나는 심판의 화살을 멈추지 않을 것이다. 이제 너희들에게 남은 길은 도망치느냐, 아니면 나와 맞서 싸우느냐 양자택일밖에 없다. 할 수만 있다면 어디 한 번 내 죽음의 화살을 피해 보라."

Thomas Degeorge Ulysse, 〈페넬로페의 구혼자들을 처단하는 오디세우스와 텔레마코스〉, 1812

　　에우리마코스는 이 말을 듣고 오디세우스와 협상을 해 보려는 마음을 완전히 바꾸어 구혼자들을 향해 식탁을 방패로 삼아 그와 맞서 싸우자고 외치더니 앉은 자리에서 일어나 평소 옆구리에 차고 다니던 칼을 빼 들고 오디세우스에게 달려들 태세를 취했다. 바로 그 순간 오디세우스가 화살을 날려 그의 가슴을 뚫자, 안티노오스처럼 그도 식탁 위에 꼬꾸라지면서 음식과 포도주잔을 땅바닥에 쏟아 버렸다. 이번에는 암피노모스가 오디세우스에게 달려들었지만, 텔레마코스가 잽싸게 던진 창에 어깨를 맞고 절명하고 말았다.

　　그 와중에 오디세우스는 텔레마코스에게 화살이 떨어지기 전에 얼른 궁전 밀실에 감추어 둔 무구를 가져오라고 지시했다. 오디세우스의 말이 떨어지기가 무섭게 텔레마코스는 돼지치기와 소몰이를 데리고 밀실로 달려가서 갑옷 4벌, 방패 4개, 칼 4자루, 창 8자루, 청동 투구 4개를 들고 재빨리 다시 아버지 곁으로 돌아왔다. 그는 스스로 제일 먼저 무구를 갖춘 뒤에 돼지치기와 소몰이에게도 무구를 나눠 주고 그들과 함께 오디세우스의 좌우에 섰다. 오디세우스도 화살로 구혼자들을 계속 쓰러뜨리다가 얼마 후 화살이 다 떨어지자 얼른 갑옷을 입고 투구를 쓴 다음 허리춤에는 칼을 차고 양손에 창을 하나씩 들었다.

그런데 홀의 벽에는 오디세우스가 서 있는 문 바로 옆에 바깥 복도로 통하는 조그마한 쪽문이 하나 있었다. 오디세우스는 누가 그곳으로 도망갈까 봐 걱정되어 돼지치기 에우마이오스에게 그 쪽문을 지키게 했다. 구혼자 중 아겔라오스가 누구든 얼른 그 쪽문을 통해 바깥으로 빠져나가 가족들에게 도움을 요청하라고 외쳤다. 하지만 구혼자들과 함께 있던 염소치기 멜란티오스가 반대했다. 그 쪽문은 오디세우스가 서 있는 홀의 문과 아주 가깝고 게다가 에우마이오스가 지키고 있어 아주 위험하다는 것이다. 그래서 멜란티오스는 자신이 궁전 밀실로 들어가서 무구를 가져오겠다고 자원했다. 무구가 있을 곳은 그곳밖에 없다는 것이다.

멜란티오스는 궁전의 지리를 잘 아는 터라 홀 환기구를 통해 금세 그곳을 빠져나가 궁전의 밀실로 잠입해서 12개의 방패와 투구 그리고 12자루의 창을 가져와 구혼자들에게 건네주었다. 오디세우스는 구혼자 중 일부가 투구를 쓰고 방패를 든 채 칼과 창을 휘두르는 것을 보고 크게 우려하여 텔레마코스에게 누가 구혼자들에게 무구를 훔쳐다 주었는지 알아보라고 지시했다. 텔레마코스는 밀실의 문단속을 제대로 하지 않은 자신의 불찰이라고 하며 에우마이오스를 불러 무구를 훔친

게 시녀들인지 아니면 염소치기 멜란티오스인지 은밀히 알아보라고 명령했다.

그러는 사이 염소치기 멜란티오스가 무구를 더 가지러 다시 궁전 밀실로 잠입했다. 그보다 먼저 와서 숨어 망을 보고 있던 돼지치기는 그걸 보고 재빨리 오디세우스에게 돌아와 그를 죽여야 할지 아니면 사로잡아야 할지 물었다. 오디세우스는 그를 죽이지 말고 소몰이와 함께 힘을 합해 사로잡아 손과 발을 단단히 결박하여 일단 밀실 들보에 매달아 놓으라고 대답했다. 돼지치기가 소몰이를 데리고 다시 부리나케 밀실로 가보니 멜란티오스는 여전히 아무것도 모른 채 무구를 챙기고 있었다. 두 사람은 문 앞에서 기다렸다가 무구를 한 아름 들고나오는 그를 덮쳐 단단히 결박한 다음 오디세우스가 말한 대로 밀실 들보에 매달아 놓았다.

두 사람은 밀실 문단속을 단단히 하고 다시 오디세우스 곁으로 돌아왔다. 바로 그때 아테나가 오디세우스의 절친 멘토르의 모습을 하고 나타났다. 오디세우스는 금세 그가 아테나임을 알아챘지만 전혀 내색은 하지 않은 채 다급하게 그를 향해 구혼자들의 공격을 막아달라고 외쳤다. 그걸 보고 구혼자 아겔라오스도 멘토르를 향해 오디세우스를 도와주지 말라고 외치며 만약 자신의 충고를 듣지 않으면 오디세우스를 제압한 뒤 그의 목숨을 빼앗고 가족들도 가만두지 않겠다고 위협했다. 아테나는 그 말을 듣고 오히려 오디세우스에게 역정을 냈다.

"오디세우스야, 너는 이제 예전의 그 용감했던 오디세우스가 아니구나. 너는 10년 동안 트로이군과 싸우면서 수많은 적군을 죽였고, 난공불락이던 트로이도 결국 너의 계책에 의해 함락되었다. 그런데 고향에 돌아온 지금 너는 무엇이 두려워 그 용기를 보여 주지 못한단 말이냐. 이리 와서 알키모스Alkimos의 아들 멘토르가 사랑하는 너를 위해 어떻게 적들을 물리치는지 보아라."

하지만 멘토르의 모습을 한 아테나는 아직은 오디세우스에게 결정적인 승리를 안겨 주지 않고 그와 텔레마코스의 힘과 용기를 시험해 보고 싶었다. 그래서 오디세우스를 위해 일거에 구혼자들을 제압해 주려는 마음을 바꾸어 눈 깜짝할 사이에 제비로 변신하여 천장에 올라가 그들의 싸움을 관망했다. 그사이 다마스토르의 아들 아겔라오스가 동료들을 부추겨 오디세우스 일행과 용감하게 맞서 싸우게 했다. 에우리노모스Eurynomos, 암피메돈Amphimedon, 데모프톨레모스Demoptolemos, 폴릭토르Polyktor의 아들 페이산드로스, 폴리보스도 아겔라오스처럼 용감하게 동료들을 격려했다.

특히 아겔라오스는 구혼자들에게 한꺼번에 오디세우스 일행을 향해 창을 던지라고 독려했다. 하지만 그들이 창을 던지자 아테나의 개입

Christoffer Wilhelm Eckersberg, 〈페넬로페의 구혼자들에게 복수하는 오디세우스〉, 1814

으로 창들은 모두 오디세우스를 비켜 날아가고 말았다. 어떤 것은 홀의 문설주를, 또 어떤 것은 문을 맞혔고, 또 다른 것은 벽에 꽂혔다. 구혼자들의 창이 빗나가자, 이번에는 오디세우스 일행이 그들에게 창을 던져 모두가 목표물에 적중했다. 오디세우스는 데모프톨레모스를, 텔레마코스는 에우리아데스Euryades를, 돼지치기는 엘라토스Elatos를, 소몰이는 페이산드로스를 맞혔다.

구혼자들이 다시 전열을 가다듬고 오디세우스 일행을 향해 창을 던졌지만, 또다시 아테나의 개입으로 그들의 창은 모두 빗나가고 말았다. 다만 크테시포스Ktesippos의 창이 에우마이오스의 어깨를 스치고 지나가면서 그에게 가벼운 상처만 입혔을 뿐이다. 그러자 오디세우스 일행이 또다시 창을 던져 모두 목표물을 명중시켰다. 오디세우스는 에우리다마스를, 텔레마코스는 암피메돈을, 돼지치기는 폴리보스를 맞히고, 소몰이는 조금 전 주인 오디세우스에게 쇠다리를 던진 보답이라고 외치며 크테시포스의 가슴을 꿰뚫었다.

오디세우스 일행은 아테나의 도움으로 아무리 창을 던져도 늘 곁에 또 다른 창이 준비되어 있었다. 하지만 구혼자들은 창을 한 번 던지면 힘겹게 주변의 떨어진 창을 찾아다녀야 했다. 어쨌든 이후 접전이 벌어지자 오디세우스는 창으로 다마스토르의 아들 아겔라오스를 찔렀고, 텔레마코스는 에우에노르의 아들 레오크리토스를 찔렀다. 이때 아테나가 지붕에서 원래의 모습으로 돌아와 아무도 보이지 않게 아이기스 방패를 높이 쳐들자, 구혼자들은 마음이 산란해진 나머지 홀 안에서 갈피를 잡지 못하고 이리저리 헤맸다.

구혼자들은 마치 쇠파리가 달려들면 흩어지는 암소 떼 같았다. 이에 비해 오디세우스를 비롯한 네 사람은 마치 갑자기 산에서 날아와 마을의 작은 새들을 덮치는 독수리 같았다. 이때 오이놉스의 아들 레오데스가 달려와 오디세우스의 무릎을 부여잡고 애원했다.

"오디세우스여, 당신의 무릎을 부여잡고 애원합니다. 저를 불쌍히 여겨 주십시오. 저는 예언자로서 당신 궁전에서 하인들과 시녀들에게 못된 말이나 못된 짓을 해 본 적이 없습니다. 오히려 저는 그런 짓을 일삼는 다른 구혼자들을 말리곤 했습니다. 제 말을 듣지 않던 그들이 비참한 최후를 맞이하는 것은 당연합니다. 하지만 저는 아무 잘못이 없습니다. 제가 이대로 죽는다면 저는 정말 억울합니다. 제발 저를 살려 주십시오."

오디세우스는 그를 노려보더니 그가 예언자였다면 더욱더 살려 줄 수 없다며 조금 전 아겔라오스가 죽어 쓰러지면서 떨어뜨린 칼을 집어 그의 목덜미를 쳤다. 그도 구혼자로서 동료들과 궁전에서 신나게 놀아나면서 신들에게 오디세우스가 제발 고향에 돌아오지 못하게 해 달라고, 그래서 페넬로페가 자신을 남편으로 선택하여 자신의 아이를 낳도록 해 달라고 간절히 기도했을 게 틀림없다는 것이다.

바로 그 시각 구혼자들이 연회를 벌일 때 노래를 불러 주던 가인이자 테르피스Terpis의 아들 페미오스는 포르밍크스를 들고 쪽문 곁에 서서, 홀 밖으로 빠져나가 제우스의 제단에 몸을 의탁할 것인가, 아니면 오디세우스의 무릎을 부여잡고 용서를 빌 것인가를 두고 갈등하고 있었다. 그는 아무래도 오디세우스의 무릎을 부여잡는 게 더 좋겠다고 생각했다. 그래서 그는 포르밍크스를 내려놓고 오디세우스에게 달려가 그의 무릎을 부여잡고 빌기 시작했다.

"오디세우스 왕이시여, 당신의 무릎을 부여잡고 용서를 빕니다. 저를 불쌍히 여겨 주십시오. 만약 당신이 신들과 인간들을 위해 노래하는 가인을 죽이신다면 당신 자신에게도 고통이 되실 겁니다. 제발 저의 목을 베지 말아 주십시오. 제가 구혼자들을 위해 노래한 것은 자진해 서가 아니라 강압에 못 이겨서입니다. 당신의 아들 텔레마코스 왕자도 그것을 증언할 수 있을 것입니다.”

오디세우스가 그의 간청에도 아랑곳하지 않고 막 칼을 내리치려 는 순간 그와 약간 떨어져 있던 텔레마코스가 재빨리 달려와 아버지 를 제지했다. 그는 페미오스는 아무 잘못이 없으며 전령 메돈도 소몰 이 필로이티오스나 돼지치기 에우마이오스가 아직 그를 죽이지 않았 다면 살려줘야 한다는 것이다. 텔레마코스의 말을 듣고 안락의자 밑에 숨어 있던 전령 메돈이 밖으로 나오며 살려 달라고 애원했다. 오디세 우스는 칼을 거두고 그들에게 아들 덕택에 목숨을 건졌으니 이제 안심 하라고 위로하며 마당으로 나가 제우스의 제단 옆에 가서 피해 있으라 고 말해 주었다.

오디세우스는 홀 안에 있던 눈에 보이는 구혼자들을 모두 죽인 뒤 혹시 아직도 그들 중 일부가 혹시 어디에 숨어 있지나 않은지 살펴 보기 위해 궁전 곳곳을 이 잡듯이 뒤졌다. 하지만 아무도 살아 있는 자 는 없었다. 모두가 온몸이 피와 먼지투성이가 된 채 바닥에 널브러져 있었다. 구혼자들은 마치 어부가 그물에 걸린 고기를 바닷가에 말릴 때처럼 그렇게 홀 안에 죽은 채 누워 있었다.

오디세우스는 구혼자들이 모두 죽은 걸 확인한 다음 텔레마코스 에게 유모 에우리클레이아를 불러 달라고 했다. 그녀가 텔레마코스의 안내를 받아 오디세우스에게 가서 보니 그는 마치 들판에서 소를 잡 아먹고 숲속으로 돌아가는 사자처럼 온몸이 피로 범벅이 되어 있었다. 그녀는 홀 안에 죽어 널브러져 있는 구혼자들을 보고 환호성을 지르려다가 오디세우스의 제지로 그만두었다. 그는 에우리클레이아에게 이렇게 말했다.

"유모, 마음속으로만 기뻐하고 환호성은 지르지 마시오. 이미 죽은 자들 앞에서 기뻐하는 것은 불경한 짓이오. 여기 누워있는 자들은 자업자득으로 이렇게 되었소. 그들은 누가 자신들을 찾아와도 인간에 대한 최소한의 예의를 보이지 않았던 아주 사악한 자들이오. 그래서 그들은 자신들의 못된 짓 때문에 신들에 의해 비참한 최후를 맞이한 것이오. 자, 이제 유모는 내게 우리 궁전에 있는 시녀들에 관해 말해 주시오. 누가 나를 업신여겼고, 누가 내게 충실했소?"

오디세우스의 질문에 에우리클레이아는 총 50명의 시녀 중 12명이 구혼자들과 부정한 짓을 저질렀다고 알려 주었다. 이어 그녀는 어서 곤히 자고 있는 페넬로페에게 가서 그가 돌아온 것을 알려야겠다며 서둘렀다. 그러자 오디세우스는 아직 아내를 깨우지 말라고 유모를 제지하며 우선 구혼자들과 한편이 되어 수치스러운 짓을 한 시녀들을 홀로 데려오라고 일렀다. 그녀가 불충한 시녀들을 데리러 가자 오디세우스는 텔레마코스와 돼지치기와 소몰이를 불러 놓고 말했다.

"너희들은 구혼자들의 시신들을 홀 밖 빈 창고로 치우고 불충한 시녀들이 오면 그들에게 홀을 깨끗이 청소하라고 시켜라. 홀 안의 의자와 식탁들도 깨끗이 닦도록 해라. 그렇게 홀 안을 잘 정돈한 다음 시녀들을 원형 창고 건물과 성벽 사이 한적하고 좁은 곳으로 데리고 가서 모두 칼로 목을 베도록 하라."

이렇게 이야기를 나누는 사이 구혼자들과 놀아난 불충한 시녀들이 눈물을 흘리면서 몰려왔다. 텔레마코스는 아버지가 시킨 대로 시녀들과 함께 홀 안을 깨끗이 치웠다. 홀 바닥에 스민 피를 없애기 위해 바닥의 땅도 일정 부분 파내서 밖에 버리도록 했다. 정리 정돈이 끝나자 텔레마코스는 시녀들을 데리고 원형 건물 쪽으로 갔다. 하지만 텔레마코스는 구혼자들과 잠자리를 같이하며 어머니와 자신을 모욕한 시녀들을 그냥 단칼에 죽일 수는 없다고 생각했다.

그는 긴 동아줄에 올가미를 12개 만든 다음 시녀들의 목에 걸고 동아줄의 끝자락 하나는 원형 건물의 꼭대기에 묶고 다른 하나는 주랑의 큰 기둥에 감은 채 돼지치기와 소몰이와 함께 팽팽하게 잡아당겼다. 시녀들은 잠시 버둥대더니 이내 모두가 사지를 늘어뜨리고 숨이 끊어졌다. 그들은 마치 지빠귀와 비둘기 떼가 덤불 속에 쳐놓은 그물에 걸린 것처럼 올가미에 목이 걸린 채 동아줄에 대롱대롱 매달려 있었다.

그들은 그렇게 불충한 시녀들을 처단한 뒤 궁전 밀실 들보에 매달아 놓았던 염소치기 멜란티오스를 데려와 개에게 줄 요량으로 칼로 그의 코와 귀를 베고 남근을 잘라 냈다. 염소치기가 너무 고통스러운 나머지 몸부림치며 단말마의 비명을 질러 댔다. 하지만 그들은 그것을 보고도 분이 풀리지 않자 그의 사지를 잘라 숨통을 끊어 놓았다. 그들이 손을 깨끗이 씻고 궁전 홀로 들어가니 오디세우스가 막 에우리클레이아에게 이렇게 지시를 내리고 있었다.

“유모, 유황과 횃불을 좀 가져오시오. 홀 안을 유황으로 정화하려고 하오. 그런 다음 왕비 페넬로페에게 가서 시녀들과 함께 이리 오라고 하고 시녀들도 모두 이곳에 모이라고 하시오.”

에우리클레이아가 유황과 횃불을 가져오자 오디세우스는 궁전 홀 구석구석에 유황을 뿌리고 횃불로 태워 정화했다. 어느새 그녀의 전갈을 받은 시녀들이 홀 안으로 몰려와 오디세우스를 둘러싸고 그의 머리와 두 어깨와 손을 붙잡으며 입을 맞췄다. 오디세우스는 그제야 울컥

하고 터져 나오는 울음을 간신히 꾹 참고 있었다. 그제야 긴장이 풀리며 귀향한 것을 실감했기 때문이다.

제 23 권

침상에 얽힌 둘만의
비밀을 듣고서야 오디세우스를
알아보는 페넬로페

페넬로페가 남편이 돌아왔다는 에우리클레이아의 말을 믿지 못하다

페넬로페가 침상의 비밀을 듣고서야 비로소 오디세우스를 남편으로 인정하다

오디세우스가 궁전 밖 농장으로 아버지 라에르테스를 찾아가다

에우리클레이아가 2층 방으로 달려가 단잠에 빠져있는 페넬로페를 깨워 오디세우스가 돌아왔다고 알린다. 페넬로페가 그녀의 말을 믿지 못하고 미심쩍은 표정으로 궁전 홀로 향한다. 페넬로페가 오디세우스를 대면하고도 여전히 남편으로 여기지 않자 텔레마코스는 어머니를 원망한다.

오디세우스가 구혼자들 가족이 아들의 죽음을 알고 궁전으로 몰려오기 전 피신할 시간을 벌기 위해 하인들과 시녀들에게 가인의 포르밍크스 연주와 노래에 맞춰 춤을 추도록 명령한다. 백성들이 그 소리를 듣고 궁전에서 왕비가 구혼자 중 하나를 택해 결혼식을 거행한다고 착각한다.

페넬로페가 오디세우스로부터 침상에 얽혀 있는 둘만의 비밀을 듣고서야 비로소 그를 남편이라고 인정한다. 오디세우스가 침실에서 페넬로페에게 그동안 자신이 겪었던 일들을 얘기하며 회포를 푼다. 아침에 오디세우스가 텔레마코스 등을 데리고 교외 농장으로 아버지를 찾아간다.

　구혼자들의 시신과 피로 범벅이 된 궁전 홀의 정리 정돈이 모두 끝나자 에우리클레이아는 곤히 잠들어 있는 페넬로페에게 남편 오디세우스가 돌아왔다는 걸 알리기 위해 궁전 2층 방으로 뛰어 들어가 흥분된 목소리로 외쳤다.

　"페넬로페 왕비님, 얼른 일어나세요. 왕비님이 날마다 간절히 바라시던 일이 드디어 이루어졌으니 직접 확인해 보세요. 오디세우스 주인님께서 드디어 궁전에 돌아오셨어요. 더구나 그분은 왕비님 가산을 축내고 왕비님과 왕자님을 괴롭히던 구혼자들을 모두 죽이셨어요."

　페넬로페는 워낙 깊은 잠에 빠져있던 터라 잠자리에서 간신히 눈만 뜬 채 유모가 미쳐도 단단히 미쳤다고 생각했다. 조금 전까지만 해도 깜깜무소식이었던 남편이 아니었던가? 그래서 지금 궁전 홀에선 구혼자들이 서로 자신을 아내로 삼겠다고 궁술 경기를 벌이고 있지 않은가? 그런데 갑자기 남편이 돌아왔다니 말도 안 되는 소리였다. 게다가 그녀는 지금까지 단 한 번도 이렇게 단잠에 빠진 적이 없어서 더 자고만 싶었다. 그래서 허무맹랑한 말로 자신을 깨우는 유모에게 무척 짜증이 났다. 그렇다고 늙은 유모를 다른 시녀들처럼 혼낼 수도 없었다.

Angelika Kauffmann, 〈페넬로페를 깨우는 에우리클레이아〉, 1772

그녀는 조용히 유모를 타이르며 자신을 그만 놀리고 돌아가라고 일렀다. 하지만 에우리클레이아는 계속 고집을 피웠다.

"왕비님, 절대로 왕비님을 놀리는 게 아니에요. 정말로 오디세우스 왕께서 궁전에 돌아오셨다니까요. 궁전 홀에서 모든 구혼자가 업신여기던 거지 노인이 바로 그분이셨어요. 텔레마코스 왕자님께서는 물론 그분이 주인님이시라는 걸 이미 알고 계셨지만 오만방자한 구혼자들을 응징할 때까지 그분의 귀향을 비밀로 하고 계셨던 거예요."

그제야 페넬로페는 반색하며 잠자리에서 벌떡 일어나 유모를 안고 기쁨의 눈물을 흘렸다. 하지만 이내 다시 의심이 들었는지 유모에게 어떻게 오디세우스 혼자서 그 많은 구혼자를 몰살할 수 있었는지 말해 달라고 재촉했다. 에우리클레이아는 자신은 그 광경을 보지 못했고 방안에서 시녀들과 함께 남자들의 비명과 함성만 들었다고 대답했다. 얼마 후 오디세우스가 불러 가 보았더니 구혼자들이 모두 죽어 피투성이가 된 채 홀 바닥에 널브러져 있었다는 것이다. 페넬로페는 그녀의 말을 듣고 피식 웃으며 대답했다.

"그렇다면 오디세우스 왕께서 돌아오셨다고 유모가 한 말은 사실이 아니에요. 구혼자들을 죽인 것은 오디세우스 왕이 아니라, 어떤 신께서 그들의 악행과 교만에 분노하여 그만 그들을 내치신 거예요. 그 자들은 그 거지 노인에게 그런 것처럼 누가 찾아와도 인간에 대한 최소한의 예의도 보이지 않았던 아주 사악한 자들이에요. 그래서 어떤 신께서 그들에게 비참한 최후를 내리신 거예요. 내 남편 오디세우스 왕께서는 분명 멀리 타향에서 목숨을 잃으신 게 틀림없으니까요."

에우리클레이아는 답답했다. 지금 궁전에 와 있는 남편을 두고 죽었다니 페넬로페의 의심하는 버릇이 심해도 너무 심했다. 에우리클레이아는 왕비에게 믿음을 주려면 보다 명확한 증거물이 필요하다고 생각했다. 그래서 페넬로페에게 엊저녁에 오디세우스의 발을 씻다가 멧돼지의 엄니에 받혀 생긴 허벅지의 흉터를 발견했다며 자기 목숨을 걸겠다고도 했다. 페넬로페는 그래도 그녀의 말을 믿지 못하는 눈치였다. 그녀는 아무리 나이가 많아도 에우리클레이아가 구혼자들을 응징한 신의 깊은 뜻을 헤아리기는 어려울 거라고 중얼거리며 일단 사정을 알아보기로 했다.

페넬로페는 2층 방에서 내려와 홀 안으로 들어가 오디세우스 맞은편에 앉았지만 어떻게 해야 할지 몰랐다. 오디세우스는 큰 기둥 옆에 가만히 앉아서 눈을 내리깔고 아내가 자신에게 무슨 말을 해 주기를 기다렸다. 하지만 그녀는 너무 실감이 나지 않아서 그런지 내내 두 눈으로 오디세우스의 얼굴을 흘끔흘끔 쳐다보기만 했다. 그녀는 누더기를 걸친 그를 아직 남편으로 생각하고 있지 않은 것 같았다. 동석하고 있던 텔레마코스가 어머니를 질책하며 말했다.

"어머니는 정말 너무 하세요. 20년 만에 아버지를 만나고도 어떻게 아무 말도 감흥도 없으신 거예요? 천신만고 끝에 고향에 돌아온 남편에게 이렇게 쌀쌀맞게 구신 분은 이 세상에 아마 우리 어머니밖에 없으실 거예요. 어머니 마음은 정말 바위보다도 차갑고 단단하네요."

아들이 이렇게 말하자 페넬로페는 하도 실감이 안 나서 똑바로 얼굴을 쳐다볼 수도, 무슨 말을 할 수 없다면서 대답했다.

"이분이 정말 내 남편 오디세우스 왕이 맞다면, 우리 둘은 그것이 사실인지 아닌지를 쉽게 확인할 방법이 있다. 우리에게는 다른 사람은 알 수 없는 우리 둘만 아는 비밀이 있으니 하는 말이다."

오디세우스도 그녀 말에 동조했다. 그는 지금은 누더기를 걸친 자신을 알아보지 못해도 곧 자신이 진짜 남편임을 시인할 테니 좀 더 급한 문제부터 처리하자고 제안했다. 구혼자들이 죽었다는 소식을 들으면 그 가족들이 가만히 있지 않을 텐데 앞으로 어떻게 하는 것이 좋겠냐는 것이다. 텔레마코스는 아버지께서 모든 것을 알아서 해 주시라고 말하자 오디세우스가 대답했다.

"그렇다면 내가 생각한 것을 말할 테니 명심하도록 해라. 우리가 구혼자들의 가족들이 몰려오면 궁전보다 방어하기에 쉬운 네 할아버지의 교외 농장으로 가기 전에 구혼자들이 몰살당했다는 소문이 시내에 퍼져서는 안 된다. 그러니 너를 비롯하여 하인과 시녀들은 모두 우선 목욕재계하고 좋은 옷으로 갈아입은 다음 가인의 포르밍크스 연주와 노래에 맞춰 춤을 추도록 하라. 그러면 행인이든 인근 백성이든 궁전 밖을 지나다가 그 소리를 듣고는 아마 마침내 왕비가 구혼자 중에 남편감을 선택해서 결혼식이 벌어지고 있는 것으로 생각할 것이다. 그 다음 일은 그때 가서 궁리해 보기로 하자."

오디세우스가 이렇게 말하자 궁전의 모든 사람은 그가 시킨 대로 했다. 그러자 가인의 포르밍크스 연주와 노랫소리와 함께 춤추는 사람들이 발로 땅바닥을 치는 소리로 갑자기 궁전이 시끌벅적해졌다. 이어 궁전 밖에서 사람들이 그 소리를 듣고 이제 마침내 왕비가 구혼자 중 누군가를 남편감으로 선택해 결혼식이 벌어지고 있다고 착각하며 전 남편 오디세우스의 침상을 끝까지 지켜내지 못한 왕비를 아쉬워했다.

그러는 동안 궁전 내실에서는 시녀장 에우리노메가 오디세우스를

Gerard de Lairesse, 〈오디세우스의 이타케로의 귀한〉, 1719

목욕시켜 주고 나서 올리브기름을 바른 다음 그에게 멋진 옷을 입혔다. 그러자 아테나가 그의 머리에서 고수머리가 마치 히아신스처럼 흘러내리게 하여 머리에 품위와 우아함이 넘쳐흐르도록 만들었다. 이후 오디세우스는 목욕탕에서 나와 페넬로페 맞은편 의자에 앉아서 그녀를 원망했다. 천신만고 끝에 20년 만에 귀향한 남편에게 어떻게 그렇게 무쇠처럼 무정하게 대할 수 있느냐는 것이다.

오디세우스는 무척 마음이 상한 듯 시녀 에우리클레이아에게 이제 밤이 이슥하여 잘 때가 되었으니 아무 데나 자신의 침상을 마련해 달라고 부탁했다. 그 말을 듣자 마치 기다렸다는 듯이 페넬로페는 유모에게 남편이 트로이로 떠난 이후 줄곧 비워 두었던, 신혼 초 남편이 손수 지은 신방 안에 있는 침상을 궁전 홀에 가져다가 그 위에 침구를 깔아 주라고 일렀다. 이렇게 그녀가 은근히 오디세우스를 시험해 보자 오디세우스는 깜짝 놀라며 페넬로페에게 말했다.

"부인, 신방 안의 침상을 옮길 수 있다니 말도 안 되오. 내가 그 침상을 직접 만들었기 때문에 나는 그 사실을 잘 알고 있소. 원래 이 궁전이 들어서기 전 이곳에는 줄기가 기둥처럼 굵은 커다란 올리브 나무 하나가 자라고 있었소. 나는 그 올리브나무를 중심으로 넓게 성벽을 쌓아 궁전의 터를 다졌소. 이어 그 안에 건물을 지으면서 올리브나무 둘레에다 벽돌을 쌓고 신방을 만들었소. 또한 올리브나무의 우듬지를 잘라 내고 곁가지를 다듬어 받침대로 삼고 그 위에 금, 은, 상아 등으로 장식한 예쁜 침상을 만들었소. 그러니 올리브나무 둥치를 베어 버리고 새 침상을 들여놨으면 몰라도 그 침상은 절대 옮길 수 없는 노릇이지요."

페넬로페는 오디세우스가 남편이라는 명백한 증언을 하자 흥분하여 무릎과 심장이 떨렸다. 그녀는 울면서 달려가 두 팔로 오디세우스의 목을 끌어안고 머리에 수없이 입을 맞추며 말했다.

"내 남편 오디세우스 왕이시여, 제가 당신을 처음 본 순간 알아보지 못했다고 해서 제게 화내지 마세요. 모든 것은 신의 뜻이에요. 신께서는 저와 당신이 늘 함께 지내면서 노년을 맞는 걸 바라지 않으셔서 20년 동안이나 헤어져 살게 만든 거지요. 그래서 당신을 알아보지 못한 거예요. 저는 그동안 사람들이 오디세우스 왕이라고 자처하며 저를 속이지 않을까 늘 노심초사하며 살았어요. 그런 식으로 제게 사기를 치려는 사람이 한둘이 아니었기에 말씀드리는 거예요. 그런데 이제 당신과 저 그리고 제가 시집올 때 아버지가 시녀로 딸려 보내 주셔서 우리 신방의 문을 든든하게 지켜 주었던 악토르Aktor의 딸 에우리노메 말고는 그 누구도 본 적이 없는 우리 침상에 얽힌 비밀을 증거로 대시니 그동안 경직되고 긴장됐던 마음이 스르르 풀려 버리네요."

오디세우스는 아내의 애정 어린 말을 들으니 더욱더 울고 싶은 마음이 간절했다. 그래서 아내를 끌어안고 마침내 펑펑 울기 시작했다. 페넬로페도 마치 난파당해 표류하다 구조된 선원이 가족을 끌어안고 있을 때처럼 너무 기쁜 나머지 남편 목에서 손을 떼려고 하지 않았다. 그들이 그렇게 꿈같은 해후를 만끽하는 동안 어느새 밤이 깊어 하마터면 날이 밝을 뻔했다. 하지만 아테나는 그들의 해후를 좀 더 길게 끌기 위해 기발한 생각을 해냈다. 아테나는 밤은 서쪽 끝에 계속 붙잡아 놓고, 새벽의 여신 에오스도 출발 지점인 오케아노스에 단단히 붙잡아 놓아 그녀의 마차를 끌던 2마리 말 람포스Lampos와 파에톤Phaeton에게 멍에를 씌우지 못하도록 했다. 그러는 사이 오디세우스가 아내에게 말했다.

"부인, 내 고난은 이걸로 끝난 게 아니오. 나는 무사히 고향에 돌아와 구혼자들을 응징하고 가정을 찾았지만 아직 해야 할 일이 남아 있소. 아무리 힘들어도 나는 그것을 완수해야만 하오. 내가 귀향하는 데 필요한 충고를 들으러 지하 세계를 방문했을 때 예언가 테이레시아스의 혼령이 그렇게 말해 주었소. 자, 부인, 오늘은 이제 이야기는 그만하고 우리 신혼 시절의 침상으로 올라가 누웁시다."

하지만 페넬로페는 갑자기 테이레시아스가 한 말이 무척 궁금해져서 오디세우스의 이야기를 마저 듣고 싶었다. 그래서 그녀는 사랑을 나누는 것은 앞으로도 얼마든지 할 수 있을 테니 지하 세계에서 테이레시아스가 말한 고난이 무엇인지 말해 달라고 남편을 졸랐다. 오디세우스는 하는 수 없이 하던 이야기를 계속했다.

Johann Heinrich Wilhelm Tischbein, 〈오디세우스와 페넬로페〉, 1802

"내게 자꾸만 얘기하라고 채근하니 당신 정말 오늘 이상하군요. 하지만 좋아요. 아무것도 숨기지 않고 모두 말해 주겠소. 하지만 당신이 들으면 별로 기분 좋지는 않을 거예요. 테이레시아스는 내게 고향에 돌아가 구혼자들을 모두 응징하거든 손에 맞는 노 하나를 어깨에 메고 바다를 전혀 모르고 소금기도 전혀 모르는 사람들을 만날 때까지 방랑하라고 말했기 때문이오. 그들은 바다를 떠다니는 배도 모르고 그래서 노도 전혀 모르는 터라 나와 마주치면 내 어깨에 곡식을 까부르는 키를 메고 있다고 말한다고 했소. 테이레시아스는 내게 그들을 만나거든 바로 그 자리에 그 노를 박고 우선 포세이돈 신에게 숫양과 수소 각각 한 마리와 수퇘지 한 마리를 제물로 바친 다음 집에 돌아가서도 모든 신들께 차례로 풍성한 제물을 바치라고 말했소. 그러면 나는 천수를 누릴 것이고 백성들은 태평성대를 누린다는 것이오."

이윽고 밤이 깊어지자 두 사람은 홀에서 일어섰다. 시녀장 에우리노메가 횃불을 비추며 그들을 그 옛날 신방으로 안내하자 두 사람은 그동안 하나도 달라지지 않은 침상 위에서 달콤한 사랑을 실컷 나눈 뒤 다시 정담을 계속 나누었다. 페넬로페는 파렴치한 구혼자들을 보면서 겪어야 했던 애환을 자세하게 얘기했다. 오디세우스도 자신이 그동안 모험을 하면서 다른 사람들에게 끼친 고통과 몸소 겪은 고난을 모두 자세하게 얘기했다.

그는 먼저 키코네스_{Kykones}족을 도륙한 일에서 출발하여 연꽃을 먹는 로토파고이_{Lotophagoi}족에게 부하 둘을 놓고 올 뻔했던 일, 외눈박이 키클로페스족 폴리페모스가 사는 섬에서 하나밖에 없는 그의 눈을 멀게 한 일, 바람의 지배자 아이올로스를 화나게 한 일, 식인종 라이스트리고네스_{Laistrygones}족을 만나 11척의 함선을 잃고 자신의 함선만 빠져나온 일, 키르케의 마법으로 돼지로 변신한 부하들을 구한 일, 지하 세계로 들어가 테이레시아스로부터 귀향에 필요한 충고를 들었던 일, 고통 속에서도 세이렌 자매의 노래를 들어 본 일, 영웅 이아손의 아르고호만 통과했다는 프랑크타이 바위를 포기하고 엄청난 소용돌이인 카립디스와 6개의 머리를 지닌 괴물 스킬라가 사는 협곡을 통과한 일, 헬리오스의 섬 트리나키에서 암소들을 잡아먹고 신의 분노를 사서 부하들을 모두 잃은 일, 오기기에섬의 칼립소와 7년 동안 지낸 일, 그리고 마지막으로 혈혈단신이 되어 가까스로 파이아케스족의 섬에 도착한 일 등을 차근차근 이야기해 주었다.

이야기가 모두 끝나자 오디세우스는 이내 깊은 잠에 빠져들었다. 아침이 되자 그는 계획대로 궁전 밖 농장으로 아버지 라에르테스를 찾아가려고 채비를 했다. 그는 우선 페넬로페에게 자신이 구혼자들을 궁전 홀에서 모두 죽였다는 소문이 나돌면 시녀들을 데리고 2층 방으로 올라가서 누가 찾아와도 절대 나가지 말고 방문을 걸어 잠근 채 가만히 숨어 있으라고 당부했다. 이어 그는 무구를 갖추고 돼지치기와 소몰이를 깨우더니 그들에게도 무구를 갖추라고 명령한 다음 앞장서서 궁전 밖으로 나가 아버지의 교외 농장으로 향했다.

제 24 권

지하 세계의 구혼자들,
구혼자들 가족과 평화 협정을 체결하는
오디세우스

구혼자들의 혼령이 지하 세계에서 아가멤논과 아킬레우스의 혼령을 만나다
오디세우스가 교외 농장에서 아버지 라에르테스와 감격의 상봉을 하다
오디세우스와 구혼자들 가족이 아테나의 명령으로 평화 협정을 체결하다

지하 세계에서 아가멤논의 혼령이 절친 멜라네우스의 아들 암피메돈의 혼령이 다가오자 그곳에 오게 된 연유를 물어본다. 암피메돈이 그에게 자신을 비롯한 108명의 구혼자가 20년 만에 귀향한 오디세우스에게 몰살당한 일을 이야기해 준다. 아가멤논이 모든 역경을 이겨내고 귀향한 오디세우스의 행운을 부러워한다.

오디세우스가 궁전 밖 농장으로 아버지 라에르테스를 찾아가 아들이라고 밝혀도 그는 믿지 않는다. 오디세우스가 결국 아버지에게 허벅지의 흉터를 내보이고 어렸을 적 아버지가 사 준 나무 종류와 그루 수를 말한 끝에 아들임을 인정받는다. 오디세우스와 라에르테스가 서로 부둥켜안고 눈물을 흘리며 감격의 부자 상봉을 한다.

구혼자들이 몰살당했다는 소문이 마침내 궁전 밖으로 퍼지고 그들의 가족이 오디세우스의 궁전으로 가서 각각 아들의 시신을 찾아간다. 안티노오스의 아버지 에우페이테스의 선동으로 구혼자들의 가족이 무장한 채 농장으로 몰려간다. 오디세우스와 구혼자들 가족 간의 싸움이 아테나의 명령으로 평화적으로 해결된다.

오디세우스 일행이 궁전 밖 아버지의 농장으로 향하고 있는 동안 신들의 전령 헤르메스가 죽은 구혼자들의 혼령들을 지하 세계로 안내하자 그들은 찍찍거리며 따라갔다. 혼령들은 마치 동굴 천장에 매달려 있던 박쥐 떼 중 한 녀석이 밑으로 몸을 날리면, 그것을 신호탄으로 녀석을 따라 다 함께 몸을 날려 찍찍거리며 동굴 안을 날아다니는 박쥐들 같았다. 그들은 그렇게 대양강 오케아노스와 레우카스Leukas 바위를 거쳐 헬리오스의 문과 꿈들의 나라를 지나 마침내 혼령들이 거처하는 수선화가 지천으로 피어있는 풀밭에 도착했다.

그런데 그 풀밭 한쪽에 트로이 전쟁에서 전사한 아킬레우스 혼령 주위로 파트로클로스, 안틸로코스, 큰 아이아스 등의 혼령들이 모여 있었다. 얼마 후 멀리서 아가멤논의 혼령이 그들에게 다가갔다. 그 뒤로는 아가멤논과 함께 아이기스토스에게 살해당한 그의 부하들의 혼령들이 따라가고 있었다. 아킬레우스의 혼령이 아가멤논의 혼령에게 말했다.

"아가멤논이여, 우리는 당신이 제우스 신의 사랑을 가장 많이 받는 줄 알았소. 하지만 인간으로 태어난 이상 당신도 죽음의 그림자를

머큐리Mercury는 헤르메스Hermes의 영어식 이름이다. 로마식 이름은 메르쿠리우스Mercurius다. 헤르메스는 신들의 전령 역할을 했을 뿐 아니라 죽은 혼령을 지하 세계로 데려가기도 했다. 그래서 '혼령의 안내자'라는 뜻을 지닌 '프시코폼포스Psychopompos'로 불렸다

Stanilaw Wyspianski, 〈전사한 영웅들의 혼령을 지하 세계로 데려가는 헤르메스〉, 1897

피할 수 없었나 보오. 아아, 당신이 트로이에서 그리스군 총사령관의 임무를 수행하다가 전사했더라면, 전 그리스군이 당신을 위해 무덤도 만들어 주고, 당신은 큰 명성을 얻었을 텐데! 하지만 당신은 아무래도 비참하게 죽을 운명이었던 것 같소 그려.”

아가멤논의 혼령이 아킬레우스의 혼령에게 대답했다.

“아킬레우스여, 당신은 트로이에서 죽었으니 정말 행복한 사람이오. 그 당시 당신이 트로이 진영 쪽에서 죽자, 우리는 당신 시신을 우리 진영 쪽으로 가져오기 위해 많은 희생을 치렀소. 우리는 당신 시신을 탈환해 우리 함선들 쪽으로 가져와서는 따뜻한 물과 향수로 살갗을 정성스레 닦고 우리 머리털을 바치며 당신을 진심으로 애도했소. 당신의 어머니 테티스 여신도 아들의 전사 소식을 듣고 슬피 울면서 자매들을 모두 데리고 바다에서 나왔소. 그 당시 바닷속에서 불가사의한 울음소리가 솟아 나오자, 그리스군은 공포에 떨며 혼비백산하여 함선을 타고 도망치려 했소.

그리스군의 존경을 한 몸에 받던 백전노장 네스토르 왕께서, 그건 바다의 여신 테티스가 전사한 아들을 보기 위해 자매들과 함께 바다에서 나오면서 내는 울음소리라고 설명해 주자 비로소 혼란이 진정되었소. 당신 어머니의 자매들은 오열하며 당신에게 손수 지어온 아름다운 수의를 입혀 주었고, 무사 여신들은 당신을 위해 만가를 불렀소. 그때 무사 여신들의 만가를 듣고 눈물을 흘리지 않은 그리스군은 하나도 없었소. 17일 동안을 그렇게 애처롭게 울다가 18일째 되는 날 우리는 당신 시신을 화장단 위에 올려놓았소. 전 그리스군이 무장한 채, 일부는 전차를 타고 일부는 걸어서, 당신 시신이 불타고 있는 화장단 주위를 맴도니 큰 소음이 일어났소. 우리는 다음 날 이른 아침에 당신 뼈

그리스 도기 그림, 그림 한
가운데서 큰 아이아스가
아킬레우스의 시신을 안
고 있고, 좌우에서 메넬라
오스와 네오프톨레모스
가 각각 시신을 탈취하려
는 파리스와 아이네이아
스의 접근을 막고 있다. 이
장면에 아킬레우스의 아
들 네오프톨레모스가 등
장하는 것은 시간상 모순
이다. 그는 아킬레우스의
장례식이 끝나고 한참이
지난 후에야 비로소 트로
이로 오기 때문이다

를 수습하여 테티스 여신이 내민 황금 항아리에 넣었소.

그 항아리는 헤파이스토스 신의 작품으로 디오니소스 신이 테티스 여신에게 주신 선물이라고 하셨소. 이미 화장되어 보관하고 있던 당신 친구 파트로클로스의 뼈도 그 안에 함께 넣었소. 그 후 우리는 그 항아리를 헬레스폰토스Hellespontos 해협의 곳에 묻고 그 위에 큰 봉분을 쌓았소. 장례식이 끝나자 테티스 여신이 아들의 장례 경기에 쓰라고 귀하고 값진 상품을 많이 내놓으셨소. 당신도 다른 장례 경기에 많이 참석해 보았겠지만, 만약 그것을 보았더라면 그 규모와 화려함에 정말 감탄을 금치 못했을 것이오. 테티스 여신은 아들을 위해 그런 상품들을 아낌없이 선뜻 내놓으셨던 것이오. 이처럼 당신은 죽어서도 이름을 잃지 않고 명성을 누리고 있소. 그런데 나는 귀향하자마자 바람난 아내 클리타임네스트라와 그녀의 정부 아이기스토스에게 그만 목숨을 잃고 말았으니 이 무슨 창피란 말이오.”

아가멤논과 아킬레우스의 혼령이 이렇게 이야기를 나누는 동안 헤르메스가 구혼자들의 혼령들을 데리고 그들에게 다가갔다. 아가멤

논의 혼령은 그들 사이에서 이타케섬 출신의 절친한 친구 멜라네우스
Melaneus의 아들 암피메돈Amphimedon의 혼령을 발견하고, 깜짝 놀라며
어떻게 해서 그렇게 젊은 나이에 지하 세계로 오게 되었는지 물었다.
아가멤논은 생전에 트로이로 출정하기 전 동생 메넬라오스와 함께 오
디세우스와 여러 가지 일을 상의하기 위해 이타케섬에 들렀다가, 암피
메돈의 집에서 한 달간 빈객賓客으로 신세를 진 적이 있었다. 아가멤논
의 혼령은 암피메돈의 혼령에게 그때를 상기시키며 도대체 왜 그와 비
슷한 또래의 젊은이들이 그렇게 한꺼번에 많이 죽었는지 물었다. 암피
메돈의 혼령이 대답했다.

"아가멤논 왕이시여, 나는 당신이 우리 집에 찾아왔을 때의 당신
을 아직도 생생하게 기억하고 있소. 우리가 어떻게 해서 죽게 되었는지
솔직하게 털어놓겠소. 우리는 오랫동안 귀향하지 않은 오디세우스 왕
의 아내 페넬로페에게 구혼했소. 그녀는 구혼을 거절하지도 않고 승낙
하지도 않으면서 그것을 지연시킬 계략을 하나 짜냈소. 그건 자기 방안
에 베틀을 마련해 놓고 시아버지 라에르테스의 수의를 만들기 위해 베
를 짠다고 하면서, 그 수의가 완성되면 구혼자 중 하나를 골라 결혼하
겠다는 것이오. 우리는 당연히 그녀의 말에 동의했소. 하지만 그녀는
사실 낮이면 베를 짰다가 밤이면 그것을 다시 풀곤 했소.

그녀는 꼬박 3년 동안 우리 구혼자들을 그렇게 감쪽같이 속여 왔
소. 하지만 4년째가 되자 우리와 친한 시녀 하나가 그 사실을 우리에
게 알려 주었고, 우리는 밤에 그녀가 베를 풀고 있는 현장을 급습했소.
그래서 그녀는 전혀 내키지는 않았어도 수의를 완성하지 않을 수 없었
소. 그런데 바로 그즈음 오디세우스 왕이 신의 도움으로 고향에 돌아
와 돼지치기를 찾아갔소. 그리고 그의 아들 텔레마코스도 아버지의 행

방을 수소문하러 갔다가 필로스에서 돌아와 그와 합류했소. 그들은 그렇게 돼지치기의 오두막에서 우리를 응징하기 위해 철저하게 계략을 짠 뒤 시내 궁전으로 텔레마코스가 먼저 오고, 누더기를 걸친 오디세우스 왕은 나중에 돼지치기의 안내를 받고 왔소. 그때 그는 지팡이를 짚은 불쌍한 거지 노인의 모습이었소. 우리는 그를 전혀 알아볼 수 없었소. 우리가 그에게 음식과 발판을 던져도 그는 꾹 참고 있었소.

그는 아들 텔레마코스와 함께 조용히 살육의 축제를 모의하고 있었던 거요. 그는 미리 궁전의 홀에 있던 무구도 궁전 밀실로 치우고 궁전 홀의 대문도 걸어 잠갔소. 그리고 아내를 시켜 자신의 활과 화살을 갖다 놓고 우리에게 궁술 경기를 시켰소. 그 활에 시위를 건 다음 화

살을 날려 일정한 간격을 두고 일직선으로 궁전 홀에 세워 놓은 도끼 12자루의 끝자락에 뚫려 있는 구멍을 꿰뚫는 사람과 결혼하겠다는 것이오. 하지만 우리는 아무도 활에 시위조차 걸 수 없었소. 그러자 거지 노인으로 변신한 오디세우스 왕이 자기도 한번 해 보겠다고 자청했소. 우리는 불길한 예감에 사로잡혀 그에게 활이 넘어가지 않도록 고함을 질렀으나 텔레마코스의 재촉으로 결국 그는 활을 손에 잡고 말았소. 이어 그는 단숨에 활에 시위를 걸고 화살을 날려 순식간에 12개의 도 낏자루의 구멍을 꿰뚫은 다음 홀 문턱에 앉아 우리를 향해 화살을 날리기 시작했소.

맨 먼저 그의 화살에 희생당한 동료는 안티노오스Antinoos였소. 그를 필두로 우리는 오디세우스 왕의 화살을 맞고 하나씩 차례로 쓰러 졌소. 분명 어떤 신이 오디세우스 왕과 그의 아들 텔레마코스를 도와 주는 것 같았소. 나중에 접전이 벌어졌는데도 그들은 상처 하나 입지 않고 홀을 누비면서 닥치는 대로 우리를 죽였기 때문이오. 그렇게 우

구혼자들을 죽이는 오디세우스, B.C. 440년경
그리스 도기 그림, 오디세우스 뒤에 있는 여인들은 시녀들이다

제24권 지하 세계의 구혼자들, 구혼자들 가족과 평화 협정을 체결하는 오디세우스

리는 몰살당했고 아직도 오디세우스 왕의 궁전 홀 근처에 누워 있소. 죽은 자에게 장례를 치러 주는 게 가족의 권리이지만 우리 가족들은 아직 아무도 우리가 죽었다는 사실을 모르고 있소.”

아가멤논의 혼령은 암피메돈의 혼령의 이야기가 모두 끝나자, 그에게 자기 아내와 오디세우스의 아내를 비교하며 절개 있는 아내를 둔 오디세우스의 행운을 부러워했다. 남편을 위해 20년 동안이나 꿋꿋하게 지조를 지킨 오디세우스의 아내 페넬로페는 세상 여자들의 귀감이 될 테지만, 자기 아내 클리타임네스트라는 정부와 짜고 남편을 죽였으니 세상 사람들의 조롱거리밖에 될 수 없다는 것이다.

바로 그 시각 오디세우스는 막 아버지 라에르테스의 교외 농장에 도착했다. 그 농장은 라에르테스 혼자 일구어 낸 것으로, 그곳에는 그가 거처하는 집이 세워져 있었고, 그 주위에는 하인들이 기거하는 오두막도 몇 채 있었다. 라에르테스를 극진히 보살피던 시칠리아 출신의 노파도 그곳에 살았다. 오디세우스는 대동한 돼지치기와 소몰이에게 아버지 집에 들어가면 곧바로 점심 식사용으로 돼지를 한 마리 잡으라고 이른 다음 아버지를 찾아 나섰다. 라에르테스는 마침 집 바로 근처 과수원에서 혼자 일하고 있었고, 하인 돌리오스Dolios와 그의 아들들은 먼 밭에서 일하고 있는지 보이지 않았다.

라에르테스는 거름을 주기 위해 과일나무 주변에 동그랗게 고랑을 파고 있었는데, 헝겊으로 기운 남루한 옷을 입고 있었으며, 정강이에는 해지는 것을 막기 위해 쇠가죽 각반을 차고 있었고, 가시에 찔리지 않으려고 손에는 장갑을 끼고 있었다. 오디세우스는 초라한 아버지의 모습을 보고 그만 울음이 터져 나오는 것을 간신히 참았다. 그는 순간 아버지를 시험하지 말고 그에게 달려가 얼싸안고 기쁨의 눈물을 쏟아 내며 그동안 못다한 얘기를 풀어놓을까 망설였다. 하지만 아무래도 정체를 감추고 한번 시험해 보는 것이 좋을 것 같아 아버지에게 다가가 말을 붙였다.

"노인이시여, 당신 농장에는 잘 가꾸어 놓지 않은 것이 하나도 없는데 정작 당신 자신은 잘 가꾸지 않는 것 같소. 풍채를 보면 전혀 노예 같지 않고 귀한 분 같은데 어찌 된 일이오? 당신은 도대체 누구의 정원을 돌보는 하인이오? 도중에 만난 사람 얘기로는 이곳이 이타케 섬이라는데 맞소? 그 사람이 약간 모자라 보여서 묻는 말이오. 이곳에 산다는 내 친구의 안부를 물어봐도 잘 모르니 하는 말이오. 혹시 당신은 그 사람을 알지 모르겠소. 그는 언젠가 우리 집에서 손님으로 머문 적이 있어 서로 친구가 된 사람이오. 그는 이타케섬 출신이라고 자랑했고 아르케이시오스의 아들 라에르테스가 자기 아버지라고 했소. 당시 나는 그를 정성껏 대접하고 많은 선물도 주었소."

라에르테스는 그에게 눈물을 글썽이며 이곳은 이타케섬이 맞는데, 이제 파렴치한 사람들의 수중에 넘어갔다고 대답했다. 이어 자신이 바로 오디세우스의 아버지 라에르테스이고, 아들은 이미 죽었겠지만, 아들만 살아있어도 그를 후하게 대접해서 원하는 곳에 데려다 줄 텐데, 그러지 못해 미안하다고도 했다. 이어 도대체 아들을 만난 지는 얼마 되었고, 어디 출신이며, 타고 온 배는 어디 있고, 부모님은 살아계시는지 온갖 것을 꼬치꼬치 캐물었다.

오디세우스는 라에르테스에게 자신을 알리바스Alybas의 왕 아페이다스Apheidas의 아들 에페리토스Eperitos라고 소개했다. 그리고 배는 도시에서 멀리 떨어진 포구에 정박해 있고, 오디세우스를 만난 지는 벌써 5년이나 흘렀다고 적당하게 둘러댔다. 라에르테스는 그 말을 듣자마자 소리 내어 슬피 울며 허리를 숙여 두 손으로 땅에서 시커먼 흙먼지를 움켜쥐더니 백발이 성성한 머리에 쏟아부었다. 오디세우스는 그런 아버지를 보고 있자니 가슴이 아려 더 이상 참지 못하고 그에게 달려가 부둥켜안고 입을 맞추며 말했다.

"아버지, 접니다, 제가 바로 20년 만에 고향에 돌아온 아버지의 아들 오디세우스입니다. 자, 이제 아무 걱정하지 마시고, 울지도 마세요. 저는 이미 궁전에서 우리 가문을 욕되게 한 아내의 구혼자들을 모두 처단하고 이리로 오는 길입니다."

갑자기 오디세우스의 말을 듣고 라에르테스는 놀라움을 금치 못하면서도 미심쩍은 표정을 지으면서, 오디세우스에게 그렇다면 자기 아들이 분명하다는 증거를 한번 보여 달라고 요구했다. 그러자 오디세우스는 멧돼지 엄니에 받혀 생긴 허벅지의 흉터와 어렸을 적 아버지로부터 받은 나무를 그 증거로 제시했다. 그는 배나무 13그루, 사과나무 10그루, 무화과나무 40그루, 포도나무 50줄이라고 숫자까지 정확하게 기억해 내 열거했다. 그 말을 듣고 라에르테스 노인은 그만 숨이 턱하고 막혀 왔다. 그것보다 더 분명하게 자기 아들이라는 증거는 없었기 때문이다. 그가 두 팔을 벌리고 아들을 안았을 때는 거의 숨이 넘어갈 뻔했다. 간신히 정신을 차린 라에르테스는 이내 구혼자의 가족들이 절대로 가만히 있지 않을 거라며 아들의 안위를 걱정했다.

오디세우스는 아버지에게 그에 대한 대책을 이미 모두 세워 놓았으니 아무 걱정하지 말라고 안심시킨 다음 우선 점심 식사부터 하자며 그를 집안으로 안내했다. 집안에서는 벌써 소몰이와 돼지치기가 돼지고기를 잘게 썰어 꼬치에 꿰어 구워 놓고 포도주를 물로 희석하고 있었다. 그동안 라에르테스 노인은 시칠리아 출신의 노파가 목욕을 시켜 주고 몸에 올리브기름을 발라주고 멋진 외투를 입혀 주었다. 아테나도 그의 사지에 힘을 불어넣어 주었다. 그가 욕실에서 나오자 모두가 그의 멋진 모습에 감탄을 금치 못했다. 노인은 사지에 힘이 솟는 것을 느끼며 오디세우스가 어제 구혼자들을 죽일 때 옛날 자신이 본토의 네리코스Nerikos를 함락시킬 때처럼 혈기 왕성했더라면 도와주었을 텐데 그러지 못한 것을 못내 아쉬워했다.

그들이 안락의자에 앉아 막 점심 식사를 시작하려는 순간 돌리오스와 그의 아들들이 집으로 들어왔다. 어느새 돌리오스의 아내인 시칠리아 출신의 노파가 밖으로 나가 먼 밭에서 일하고 있던 그들을 데려왔던 것이다. 그들은 오디세우스를 단박에 알아보고 너무 놀란 나머지 그 자리에 그대로 아무 말 없이 서 있었다. 오디세우스가 그들에게 우선 자리에 앉아 얼른 점심 식사부터 하자고 말하자 그들은 그제야 정신을 차린 듯 그에게 달려와 부둥켜안고 손목에 입을 맞추며 기뻐했다.

그들이 그렇게 점심을 먹는 동안 이타케섬에서는 오디세우스가 구혼자들을 몰살했다는 소문이 궁전 밖 곳곳에 퍼졌다. 가족들은 슬픔에 잠겨 오디세우스의 궁전에 와서 아들들의 시신을 가져다 장례를 치르고 묻어 주었다. 장례를 마무리한 뒤 구혼자들의 가족들은 광장에 모여 대책 회의를 했다. 이때 오디세우스의 화살에 맨 먼저 죽은 안티노오스의 아버지 에우페이테스가 눈물을 흘리면서 일어나 좌중을 향해 열변을 토했다.

"여러분, 오디세우스는 실로 엄청난 범죄를 저질렀소이다. 20년 전에는 수많은 뛰어난 젊은이들을 함선에 태워 트로이로 데려가 모두 죽이고 혼자 살아남더니, 그것도 모자라 귀향해서는 우리의 훌륭한 아들들을 모두 죽였소이다. 그러니 자, 이제 우리 그가 필로스나 엘리스로 도망가기 전 그에게 몰려가서 자식들의 원수를 갚읍시다. 만약 그렇게 하지 않으면 두고두고 수치가 될 것이오. 우리가 아들과 형제를 살해한 자에게 원수를 갚지 못한다면 후세에도 두고두고 창피한 일이 될 것이기 때문이오."

에우페이테스의 말이 끝나기가 무섭게 구혼자들의 가족들이 '옳소!'를 연발하며 그 제안에 찬동했다. 그 순간 오디세우스로부터 살아남은 전령 메돈과 가인 페미오스가 나타나자 모두가 경악을 금치 못했다. 모두가 당연히 그들도 죽었다고 생각했기 때문이다. 특히 메돈은 그들 앞에 나서서 오디세우스 곁에는 항상 어떤 신이 따라다니며 그를 격려하기도 하고 직접 나서서 도와준다고 말했다. 오디세우스가 구혼자들과 싸울 때 자신이 직접 두 눈으로 보았으며, 수적으로 우세한데도 구혼자들이 모두 쓰러진 것은 바로 그 때문이라는 것이다. 모두가 그의 이야기를 듣고 공포에 사로잡혀 아무런 말이 없었다.

한참 동안의 침묵이 흐르다가 마침내 노 영웅이자 예언가인 할리테르세스Halitherses가 일어나, 그들의 아들들은 오디세우스가 엄연히 살아있는데도 죽어 돌아오지 못할 것으로 지레짐작하고 그의 가산을 탕진하고 그의 아내를 업신여긴 탓으로 당연한 죽음을 맞이한 것이니, 오디세우스에게 몰려가지 말자고 제안했다. 그 말을 듣고 구혼자 가족들 대부분은 그 자리에 그대로 앉아 있었다. 하지만 그의 말에 불만을 품은 일부 가족들이 벌떡 일어나 에우페이테스의 인솔 아래 무장을 한 채 오디세우스가 있는 그의 아버지의 교외 농장으로 향했다.

올림포스 궁전에서 그 광경을 보고 있던 아테나가 아버지 제우스에게 도대체 이 문제를 어떻게 처리하면 좋을 것인지 물었다. 그러자 제우스는 오디세우스가 귀향하여 구혼자들에게 복수할 수 있게 한 것도 그녀의 생각이니 이 문제도 알아서 해결하라고 하면서도, 넌지시 이제 오디세우스의 복수도 끝났으니, 그들에게 맹약을 맺게 하여 원한은 내려놓고 평화롭게 살게 하는 게 좋지 않겠느냐고 권했다. 그 말을 듣고 아테나가 올림포스 궁전에서 지상으로 훌쩍 뛰어내렸다.

그사이 점심 식사를 마친 오디세우스는 누가 농장 밖으로 나가 구혼자들의 가족들이 몰려오고 있는지 망을 좀 보라고 시켰다. 곧바로 돌리오스의 아들 하나가 밖으로 나가더니 잠시 후 뛰어 들어와 멀리서 구혼자의 가족들이 농장 쪽으로 몰려오고 있는 것이 보인다고 알렸다. 오디세우스는 재빨리 모두를 무장시킨 다음 농장 대문 앞으로 나가 공격 태세를 갖추었다. 그들은 오디세우스 일행이 4명, 돌리오스의 아들이 6명, 그리고 돌리오스와 라에르테스 노인까지 합해 총 12명이었다.

그때 아테나가 멘토르의 모습을 하고 그들에게 다가갔다. 오디세우스가 즉시 아테나임을 알아채고 사기충천하여 아들 텔레마코스에게 가문에 치욕을 안겨 주지 않도록 용감하게 싸우라고 격려했다. 그러자 텔레마코스는 아버지에게 가문에 절대로 누를 끼치지 않겠다고 맹세했다. 라에르테스는 아들과 손자의 대화를 들으며 흐뭇한 표정을 지었다. 이윽고 구혼자들의 가족들이 가까이 오자 아테나가 라에르테스에게 다가가 제우스에게 기도한 뒤 그들을 향해 힘껏 창을 던지라고 격려했다.

라에르테스가 한껏 사기가 올라 즉시 아테나가 시킨 대로 하자 그의 창은 날쌔게 날아가 안티노오스의 아버지 에우페이테스의 청동 투구를 뚫었다. 그가 쿵 하고 쓰러지자 걸치고 있던 무구가 요란하게 울렸다. 이어 오디세우스와 그의 아들 텔레마코스가 선두에 서서 칼과 창을 휘두르며 구혼자들의 가족들을 향해 달려가기 시작했다. 만약 두 부자를 그대로 두었다면 두 사람은 아마 그들을 몰살시켰을 것이다. 바로 그때 아테나가 이렇게 소리쳐 그들 모두를 제지했다.

"이타케 백성들이여, 너희들은 끔찍한 싸움을 중지하라. 이제 더 이상 피를 흘리지 말고 평화롭게 살도록 하라."

아테나의 목소리를 듣고 구혼자의 가족들은 공포에 질려 무기들을 버리고 시내를 향해 무작정 뛰기 시작했다. 그것을 보고 오디세우스는 함성을 지르며 마치 먹이를 쫓는 독수리처럼 그들을 뒤쫓았다. 그 순간 제우스가 아테나 바로 앞에 번개를 던졌다. 그건 얼른 오디세우스를 말리라는 신호였다. 아테나는 즉시 아버지의 뜻을 알아채고 오디세우스를 향해 제우스가 노여워하지 않도록 이제 싸움을 중지하라고 명령했다. 오디세우스는 그녀의 말에 복종하여 바로 추격을 멈추었다. 얼마 후 오디세우스와 구혼자들의 가족은 아테나의 중재로 다시는 싸우지 않고 평화롭게 살겠다는 맹약을 맺었다.

텔레고노스의 모험 『텔레고니아』, 오디세우스의 죽음

호메로스의 『오디세이아』는 오디세우스 일행과 구혼자들의 가족 사이에서 대대적인 싸움이 벌어지려고 하는 순간에 마치 그리스 비극의 '기계장치의 신'처럼 갑자기 하늘에서 나타난 지혜와 전쟁의 여신 아테나의 명령으로 양측이 전격적으로 평화 협정을 체결하는 대목에서 끝을 맺는다. '기계장치의 신'은 그리스어로는 아포 메카네스 테오스ἀπὸ μηχανῆς Θεός/apo mechanes theos, 라틴어로는 '데우스 엑스 마키나Deus ex machina'라고 하는데, 그리스 비극에서 등장인물들 사이의 갈등이 사건 전개에 따라 자연스럽게 해결되는 게 아니라, 무대 위 공중에 현대의 기중기 같은 기계장치를 타고 갑자기 등장한 신에 의해 강제로 해결되는 상황에서 만들어진 개념이다.

어쨌든 오디세우스가 귀향하여 이타케섬의 왕권과 가정을 회복하고 난 후의 상황에 대해서는 기원전 6세기경 키레네Kyrene의 에우감몬Eugammon이 쓴 것으로 알려진 『텔레고니아Telegonia』라는 서사시를 통

B.C. 5세기경의
'데우스 엑스 마키나' 모델,
데살로니키 기술박물관

해 알 수 있다. '텔레고니아'는 '텔레고노스Telegonos의 이야기', 다시 말해 '텔레고노스의 모험'이라는 뜻이다. 텔레고노스는 오디세우스가 아이아이에 섬에서 1년 동안 살다가 떠난 뒤 마녀 키르케가 낳은 아들이다. 『텔레고니아』의 원본은 단 두 줄만 남아 있고 프로클로스Proklos라는 작가의 요약본으로만 전해 내려온다. 이 서사시에 따르면 오디세우스는 살해한 구혼자 108명의 시신을 매장하고 약속대로 동굴 속 샘물의 요정들에게 제물을 바친 다음 소 사육법을 제대로 배우기 위해 본토의 엘리스로 건너갔다.

엘리스는 불세출의 영웅 헤라클레스의 5번째 과업에 등장하는 소 3000마리 분뇨를 30년 동안 치우지 않아 악취로 진동했던 아우게이아스Augeias 왕의 외양간으로 유명한 도시국가였다. 당시 엘리스의 왕 폴릭세노스Polyxenos는 오디세우스를 환대하고 그에게 작별 선물로 아주 공을 들여 만든 포도주 희석용 항아리인 크라테르Krater를 선물로 주었다. 항아리 표면에는 고대의 전설적인 건축가 트로포니오스Trophonios가 동생 아가메데스Agamedes와 함께 아우게이아스 왕을 위해

그리스 도기 그림, 왼쪽은 상체는 인간, 하체는 염소인 사티로스Satyros, 가운데는 날개와 입은 독수리, 몸통과 꼬리는 사자인 그리핀Griffin, 오른쪽은 흑해 북부 스키타이 지방 위쪽에 살고 있었다는 외눈박이 종족 아리스마포이Arismapoi. 헤로도토스의 『역사』에 따르면 아리스마포이족은 그리핀이 지키고 있는 황금을 약탈했다

세운 보물창고의 건설 과정이 부조로 새겨 있었다. 『텔레고니아』는 이 부조를 아주 자세하게 해설하고 있다.

오디세우스가 엘리스 여행을 성공적으로 마치고 이타케섬으로 돌아와 그다음 착수한 일은 트로이에서 귀향 중 지하 세계에서 만난 예언가 테이레시아스의 혼령이 충고한 대로 바다의 신 포세이돈과 화해하는 것이었다. 그래서 그는 그 당시 테이레시아스가 일러 준 대로 노를 어깨에 메고 무작정 걷다가 에페이로스Epeiros 산악지대를 넘어 테스프로토이족의 나라인 테스프로티아Thesprotia에 도착했다. 오디세우스가 그 나라에 접어들어 한참을 걷고 있는데 뒤에서 어떤 주민이 그에게 물었다. "여보시오, 당신은 왜 봄에 도리깨를 어깨에 메고 있소?"

오디세우스는 그 말을 듣자마자 그곳이 바로 테이레시아스가 말한 대로 바다를 전혀 몰라 소금기가 있는 음식을 전혀 먹지 않는 사람들이 사는 곳이라고 확신하고 당장 걸음을 멈추고 어깨에 메고 있던 노를 땅에 꽂고 제단을 쌓은 다음 포세이돈에게 숫양 한 마리, 수소 한 마리, 수퇘지 한 마리를 바치며 그의 아들 폴리페모스의 눈을 멀게 한 것에 대해 용서를 빌었다.

테스프로티아의 여왕 칼리디케Kallidike는 오디세우스가 자기 나라에 왔다는 소문을 듣고 그의 명성을 익히 들어 알고 있던 터라 그를 궁전에 초대하여 성대하게 대접하면서 자신과 결혼하여 나라를 맡아 달라고 요청했다. 오디세우스는 그녀의 청혼을 받아들여 슬하에 폴리포이테스Polypoites라는 아들을 두고 오랫동안 왕국을 태평성대로 이끌었다. 그는 한때 이웃한 브리고이Brygoi족이 침공하자 자신을 늘 그림자처럼 따라다니며 도와주었던 아테나의 도움으로 그들을 물리치기도 했다.

얼마 후 칼리디케 여왕이 죽자 오디세우스는 아들 폴리포이테스

고대 그리스의 테스프로티아Thesprotia의 위치

에게 왕위를 물려주고 다시 고향 이타케섬으로 돌아오자마자 아들 텔레마코스를 인근의 케팔레니아Kephallenia섬으로 추방했다. 그는 테스프로토이족의 나라에 있을 때 이타케섬으로 돌아가면 아들의 손에 죽는다는 신탁을 들었기 때문이다. 하지만 오디세우스는 텔레마코스가 아닌 다른 아들에 의해 죽음을 맞을 운명이었다. 그건 바로 앞서 언급한 오디세우스와 키르케 사이에서 태어난 아들 텔레고노스였다.

키르케는 텔레고노스가 장성하자 그에게 출생의 비밀을 알려 주고 이타케섬으로 아버지를 찾아 떠나도록 했다. 우여곡절 끝에 이타케섬에 도착한 텔레고노스는 그곳을 이타케섬이 아닌 코르키라Korkyra섬으로 착각하고 상륙하여 배고픔에 지쳐 해안의 민가를 약탈했다. 오디세우스는 괴한이 나타났다는 소식을 듣고 노구를 이끌고 그와 맞섰지만 결국 그가 던진 창을 맞고 그만 목숨을 잃고 말았다. 이 창은 뾰족한 끝이 가오리의 침으로 되어 있었다. 그래서 바다 쪽에서 온 죽음의 사자가 오디세우스를 지하 세계로 데려갈 것이라는 테이레시아스의 예언이 적중한 셈이다.

오디세우스는 죽어가면서 아들을 알아보았고, 텔레고노스도 그제야 자신이 아버지를 죽였음을 알고 심한 자책에 빠졌다. 하지만 한번 엎질러진 물은 주워 담을 수 없는 법. 페넬로페와 텔레마코스는 침입자의 정체를 알게 되자 그를 용서해 주었을 뿐 아니라, 아버지의 유골함을 갖고 텔레고노스를 따라나서 키르케의 섬으로 가 그곳에서 장례를 치르고 정성스레 매장해 주었다. 그러자 키르케는 페넬로페와 텔레마코스를 불사의 몸으로 만들어 준 다음 자신은 텔레마코스와 결혼하고 아들 텔레고노스는 페넬로페와 결혼시켰다. 참으로 기묘하고 아리송한 결말이 아닐 수 없다.

이 밖에도 호메로스의 『오디세이아』의 이야기를 계속 이어 가거나 아니면 그것과 모순적인 이설들이 꽤 있다. 어떤 설에 따르면 오디세우스의 아내 페넬로페는 오디세우스가 방랑에서 돌아온 이후 그에게 아쿠실라오스Akusilaos 혹은 프톨리포르테스Ptoliporthes라는 둘째 아들을 낳아 주었다. 또 다른 설은 페넬로페가 정절을 굳게 지켰다는 전설적인 이야기를 부인했다. 그에 따르면 페넬로페는 구혼자들의 수장 안티노오스나 혹은 암피노모스의 유혹에 넘어가 정조를 버렸다.

오디세우스는 복수혈전이 끝난 후 그 사실을 알고 페넬로페를 죽이거나 아니면 장인 이카리오스가 있는 스파르타로 추방했다. 그러자 그녀는 아르카디아Arkadia의 만티네이아Mantineia로 가서 전령의 신 헤르메스와 사랑을 나누어 숲과 목동의 신 ‘판Pan’을 낳았다. 또 다른 설에 의하면 페넬로페는 모든 구혼자와 차례로 정을 나눈 다음 ‘판’을 낳았다. 그래서 ‘판’은 그리스어로 ‘모든’, 혹은 ‘범汎’이라는 뜻이다. 판

Annibale Carracci, 〈판〉, 1592년경

판이 오른손에 들고 있는 악기는 그의 발명품으로 알려진 팬파이프다. ‘패닉Panic’이라는 영어도 그의 이름에서 유래한 것이다. 혼자 깊은 숲속을 지나갈 때면 금방이라도 귀신이 튀어나올 것 같아 무섭지 않은가

은 상체는 인간, 하체는 염소의 모습을 한 사티로스였는데, 일반적으로 헤르메스와 드리옵스Dryops의 딸 드리오페Dryope의 아들로 알려져 있다.

또 다른 설에 따르면 아테나의 명령으로 오디세우스와 구혼자들의 가족 사이에 휴전이 성사되었지만, 그것으로 분쟁이 완전히 끝난 것이 아니었다. 그 후 오디세우스는 구혼자들의 가족에 의해 고소를 당해 재판을 받았다. 그들은 재판장으로 에페이로스 앞쪽에 있는 섬들을 통치하고 있던 아킬레우스의 아들 네오프톨레모스를 지명했다. 네오프톨레모스는 평소 갖고 싶었던 케팔레니아 섬을 차지할 속셈으로 오디세우스에게는 이탈리아로 추방령을 내렸고, 오디세우스의 뒤를 이어 이타케섬의 왕이 된 텔레마코스에게는 구혼자들의 가족에게 배상해 주라는 판결을 내렸다.

『오디세이아』의 3개의 시간대와 24권의 서술 구조

『오디세이아』는 3개의 시간대가 서로 중첩되어 있다. 첫 번째는 오디세우스의 궁전의 시간대다. 두 번째는 오디세우스가 직접 바다를 방랑하고 있을 때의 시간대다. 세 번째는 오디세우스가 그동안의 모험을 회상하는 과거의 시간대다. 『오디세이아』의 서술 구조도 이 3개의 시간대와 맞물려 크게 4부분으로 이루어져 있다. 첫 번째로 『오디세이아』는 오디세우스의 궁전의 시간대와 일치하는 텔레마코스의 이야기로 시작한다. 그는 갓 성인이 되어 얼굴조차 기억이 잘 나지 않는 아버지의 행방을 찾기 위해 필로스의 왕 네스토르와 스파르타의 왕 메넬라오스를 찾아간다.

텔레마코스는 이 여행에서 비록 아버지의 행방을 찾는 데는 실패해도 무사히 항해를 마치고 돌아옴으로써 말로만 듣던 강인한 오디세우스의 아들로서 자신의 정체성을 찾는다. 동시에 독자들은 이 서두에서 108명이나 되는 구혼자들이 오디세우스의 궁전에 난입하여 행패를 부리는 통에 아내 페넬로페가 아주 극심한 곤경에 처해 있으며, 남편 오디세우스가 귀향해야만 그 곤경에서 벗어날 수 있다는 사실을 알게 된다. 아울러 독자들은 그게 언제 그리고 어떻게 이루어질 것인가 하는 묘한 기대감과 궁금증에 휩싸이게 된다.

이게 바로 『오디세이아』의 총 24권 중 1권에서 4권까지의 내용이다. 이어 두 번째로 『오디세이아』의 5권에서 8권까지는 오디세우스가 요정 칼립소의 섬을 출발하여 뗏목을 타고 바다를 항해하다가 포세이돈이 일으킨 폭풍우에 난파당해 파이아케스인들의 나라에 표착한 다음, 나우시카아 공주의 도움으로 알키노오스 왕의 궁전에 도착하는 내용으로 오디세우스가 직접 바다를 방랑하는 시간대고, 세 번째로 9권에서 12권까지는 오디세우스가 자신의 신분을 밝히고 알키노오스 왕에게 그동안 자신이 겪은 모험담을 회상하며 이야기하는 내용으로 과거의 시간대다.

마지막으로 네 번째로 13권에서 24권까지는 오디세우스가 알키노오스 왕의 배려로 곧바로 고향 이타케섬에 도착하여 아내의 구혼자들에게 복수극을 펼치는 내용으로 다시 오디세우스의 궁전의 시간대다. 중첩되어 있던 3층위의 시간대가 오디세우스가 고향 이타케섬에 도착하면서 하나로 통합되는 셈이다. 『오디세이아』의 실제 서술 시간은 오디세우스가 방랑하는 총 10년 중 40여 일에 불과하다. 하지만 이 기간에서도 오디세우스가 이타케섬에 도착하고 난 뒤의 5일 동안에 아주 많은 사건이 일어난다. 호메로스는 바로 이 시간에 『오디세이아』의 절반 분량인 13권에서 24권까지 총 12권을 할애한다.

인내의 달인이자 천부적인 이야기꾼 오디세우스

오디세우스가 10년 동안 바다를 방랑하는 동안 고향이나 가족에 대한 그리움은 거친 바다에서 그에게 방향을 지시해 주는 일종의 나침판이었다면, 계책, 지혜, 인내는 귀향과 가정의 회복이라는 최종 목표를 달성하기 위한 정신적인 무기였다. 오디세우스는 트로이 전쟁에서 육체적인 힘이나 싸움의 기술에 있어서는 아킬레우스나 큰 아이아스 등 다른 영웅들보다 다소 뒤졌지만, 계책, 지혜, 인내에 있어서는 그들을 훨씬 능가했다.

호메로스가 『오디세이아』에서 오디세우스의 이름 앞에 계속해서 "지략이 뛰어난"이나 "참을성 많은"이라는 수식어를 붙이는 것은 바로 그 때문이다. 가령 오디세우스는 다른 영웅들이 10년 동안 막대한 군사력을 쏟아부으면서도 이루지 못했던 트로이의 함락이라는 대업을 기발한 목마 전술로 단숨에 완수한다. 또한 부하들과 함께 갇혀 있던 외눈박이 종족 폴리페모스의 동굴에서 빠져나올 때와 같은 아주 절체절명의 위기에서도 해결책을 찾아내는 그의 능력은 그 누구도 따라올 자가 없었다.

오디세우스가 10년 동안이나 헤매고 다녔던 광활한 바다와 그 안에 도사리고 있는 수많은 위험은 그가 맞서 싸워야 할 거친 자연에 대한 알레고리Allegory다. 오디세우스를 계속해서 궁지로 몰아넣는 바다의 신 포세이돈과 그를 그림자처럼 따라다니며 도와주는 지혜의 여신 아테나도 원시적인 자연의 힘과 합리적인 이성의 힘을 신화적으로 표현한 것이다. 헤르메스가 오디세우스에게 키르케의 마법에 걸리지 않도록 '몰리Moly'라는 약초를 주는 것도 마찬가지로 해석할 수 있다. 여행자의 신이기도 했던 헤르메스는 바다의 물길뿐 아니라 세상의 모든 길을 아는 지혜롭고 영리한 신이다.

인간이 자연의 폭력에 힘없이 굴복해야 했던 고대에는 자연과 벌이는 대결은 매우 매력적인 주제였을 것이다. 오디세우스는 그런 자연의 폭력을, 어떨 때는 계책과 지혜를 발휘해서 물리치기도 하지만, 어떨 때는 또한 초인적인 인내를 발휘해서 극복한다. 가령 오디세우스는 귀향에 해로운 바람들을 모두 잡아넣고 가둔 가죽 자루를 건네주면서 고향에 빨리 돌아가려면 그것을 절대 열지 말라는 바람의 지배자 아이올로스의 당부를 끝까지 잊지 않는다. 하지만 그가 깜박 잠든 사이 부하들이 궁금증을 이기지 못하고 그것을 열어 버리는 바람에 고향 이타케섬을 지척에 두고 다시 정처 없이 바다를 방랑하는 신세가 된다.

오디세우스는 또한 아무리 배가 고파도 트리나키에 섬에 상륙하여 티탄 신족의 태양신 헬리오스의 소 떼에 절대 손대지 말라는 지하 세계에서 만난 예언가 테이레시아스의 경고를 끝까지 마음에 새긴다. 하지만 그의 부하들이 그만 배고픔을 이기지 못하고 소들을 잡아먹는 바람에 단 한 척 남은 함선과 부하들을 모두 잃고 혼자만 살아남는다. 오디세우스의 부하들처럼 세계 각국의 신화에서는 무엇을 하지 말라고 경고하는데도 기어코 그것을 하는 바람에 큰 사달이 벌어진다. 하지만 오디세우스만은 절대 그런 전철을 밟지 않는다.

오디세우스의 인내는 괴조 세이레네스Seirenes가 사는 섬을 지나갈 때 한 단계 상승한다. 그는 그들의 노랫소리가 어떤지 알고 싶어 부하들의 귀는 밀랍으로 막지만, 자신의 귀는 그대로 두고 돛대 기둥에 묶인 채 단말마의 고통을 견디며 지나간다. 오디세우스는 그 후 궁전 대문 앞 가축의 분뇨 더미에 누워 막 숨이 넘어가던 20년 전의 충견 아르고스Argos가 자신을 알아보고 마지막 혼신의 힘을 다해 반갑다며 살짝 꼬리를 흔들어도 속으로 울음을 삼킨 채 녀석을 모르는 체하며 지나간다. 그의 인내가 정점에 이르는 곳은 바로 아내 페넬로페를 만났을 때다.

오디세우스는 20년 만에 아내를 만났어도 흥분을 가라앉힌 채 구혼자들을 모두 처치할 때까지 절대 자신의 정체를 밝히지 않는다. 발을 씻겨주던 유모가 그를 알아보고 감격하여 페넬로페에게 곧장 그 사실을 알리려 하자 그는 이런 말로 그녀를 제지한다. "유모, 왜 내 계획을 망치려 드시오? 내가 돌아온 사실은 아직 그 누구도 알아서는 안 되오. 만약 그 사실을 발설했다가는 당신이 아무리 젖을 먹여 나를 키워준 유모라도 가만두지 않을 것이오. 만약 그랬다가는 나중에 불충한 시녀들을 단죄할 때 같이 죽음을 면치 못할 것이오!"

『오디세이아』에서 오디세우스가 고향에 도착하기 전 바다를 방랑하면서 겪는 모험 대부분은 서술자가 아닌 오디세우스가 직접 이야기한다. 그는 파이아케스족의 왕 알키노오스의 요청을 받고 그리스군의 공격과 약탈로 폐허가 된 트로이에서 고향을 향해 출발한 이후부터 그때까지 자신에게 일어난 모든 일을 회상하며 들려준다.

Draper Herbert
James, 〈오디세우
스와 세이레네스〉,
1909

William Bouguerau, 〈오디세우스를 알아보는 에우리클레이아〉, 1848

이때 오디세우스는 천부적인 이야기꾼으로서의 자질을 마음껏 발휘한다. 알키노오스왕과 그의 신하들도 그의 말솜씨에 모두 혼을 빼앗긴다. 그래서 『오디세이아』 13권은 이렇게 시작한다. "오디세우스의 긴 이야기가 전부 끝났는데 모두가 아무 말이 없었다. 아직도 그의 이야기가 발산하는 마력에서 벗어나지 못했기 때문이다." 이런 오디세우스의 회상은 세 가지 기능을 지니고 있다.

첫째, 그것은 서술을 지연시켜 그의 앞으로의 여정을 얼른 알고 싶은 독자들의 기대 심리를 부풀게 한다. 둘째, 그것은 오디세우스의 다양하고 흥미진진한 모험을 보여 주어 알키노오스 왕을 비롯한 그의 신하들뿐 아니라 독자들에게도 짜릿한 즐거움을 마련해 준다. 셋째, 그것은 오디세우스에게 10년 동안의 모험을 전체적으로 개관하고 정리하여 심신이 나약할 대로 나약해진 그에게 위안을 주고 용기를 북돋아 준다.

특히 오디세우스의 회상이 지닌 세 번째 기능에서 우리는 이야기의 치유 효과를 새삼 확인할 수 있다. 하지만 오디세우스의 회상이 그에게 위로와 용기를 줄 수 있었던 것은, 그의 천부적인 이야기꾼으로서의 자질보다는 그것을 끝까지 진지하게 경청해 준 알키노오스왕과 그의 신하들이 있었기에 가능했다. 자신이 받은 상처에 대해서 이야기하고 싶어 하는 사람들에게 우리가 귀 기울여야 하는 이유가 바로 여기에 있다. 오디세우스가 귀향해서 구혼자들에게 통쾌하게 복수할 수 있었던 것은 아마 여기서 얻은 위안과 용기 덕분이었을 것이다.

오디세우스가 가족관계를
회복하는 6단계 과정

신화 속 영웅들이 벌이는 모험의 최종 목표는 대부분 괴물을 죽이거나 황금을 얻거나 권력을 차지하는 것이다. 하지만 오디세우스의 모험은 그와는 사뭇 다르다. 그의 모험의 최종 목표는 고향이기 때문이다. 호메로스의 작품 『오디세이아』에서는 모든 유혹과 위험에도 불구하고 이타케섬으로 돌아가려는 오디세우스의 고향에 대한 동경이 전체 사건을 이어 주는 중심 모티프이다. 『일리아스』에서는 아킬레우스의 분노가 전체 사건을 이어 주는 중심 모티프인 것과 마찬가지다.

오디세우스의 고향에 대한 애타는 그리움을 확인할 수 있는 대목이 있다. 바로 오디세우스와 칼립소가 헤어지기 전 나누는 대화다. 칼립소는 헤르메스로부터 오디세우스를 보내 주라는 제우스의 명령을 받고 마지막으로 한번 그를 설득하여 자진해서 섬에 머물게 하고 싶어서 그에게 물었다.

"라에르테스의 아들 오디세우스여, 당신은 정말 고향에 돌아가고 싶으세요? 정말 그렇다면 이제 더 이상 붙잡지 않을 테니 갈 테면 가세요. 하지만 당신은 장차 귀향 중 엄청난 시련을 당할 거예요. 그러면 그때에야 비로소 당신은 불로불사의 몸이 되어 내 곁에 머무르지 않은 것을 뼈저리게 후회하게 될 거예요. 나는 아무리 생각해도 이해가 가질 않아요. 당신 아내의 몸매와 외모가 아무리 뛰어나도 여신인 나를 능가하지는 못할 텐데, 당신은 그렇게 아내가 그리우신가요?."

오디세우스가 대답했다. "존경하는 여신이여, 그 때문이라면 화내지 마십시오. 제 아내 페넬로페의 몸매와 외모가 당신보다 훨씬 못하

다는 건 저도 잘 알고 있습니다. 게다가 그녀는 필멸하는데 당신은 늙지도 죽지도 않으십니다. 하지만 그럼에도 불구하고 저는 단 한 순간도 반드시 귀향해서 아내를 비롯한 제 가족들을 보고 싶은 열망을 버린 적이 없습니다. 설혹 신들 중 어떤 분이 또다시 포도주 빛 바다 위에서 저를 난파시키시더라도 저는 가슴속 깊은 곳에 강한 인내심이 있기에 참아 낼 것이오. 저는 이미 너울이 이는 바다와 시신들이 난무하는 트로이 전쟁터에서 수많은 일을 겪었고 많은 고생을 했습니다. 그러니 이런 고난들에 또 다른 고난이 찾아올 테면 오라지요."

Gerard de Lairesse,
〈칼립소에게 오디세우스를 보
내주라고 명령하는 헤르메스〉,
1676-1682

그래서 『일리아스』가 아킬레우스의 '분노의 책'이라면 『오디세이
아』는 오디세우스의 '귀향의 책'이다. 오디세우스에게 귀향은 이타케섬
이라는 지리적인 장소나 사회적 지위를 회복하는 것만을 의미하지 않
는다. 그것은 무엇보다도 20년 동안 단절된 가족관계의 회복을 의미한
다. 호메로스는 『오디세이아』에서 귀향한 오디세우스가 그동안 잃어버
린 가족관계를 회복하는 과정을 6단계에 걸쳐 아주 감동적으로 그려
낸다.

맨 먼저 오디세우스는 돼지치기 에우마이오스의 오두막에서 텔레
마코스와 단둘이 남았을 때 스스로 아버지라고 정체를 밝혀 아들과

감격의 해후를 한다. 두 번째로 그는 궁전 대문간에서 옛날 자신이 기르던 충견 아르고스에 의해 주인으로 인정받는다. 세 번째로 거사 전날 오디세우스의 유모 에우리클레이아는 페넬로페의 지시로 오디세우스의 발을 씻겨 주다가 우연히 허벅지에서 눈에 익은 흉터를 발견하고 그를 알아본다.

네 번째로 오디세우스는 구혼자들이 궁전 홀에서 활을 놓고 씨름하고 있는 사이 여전히 그에 대한 충성심을 잃지 않고 있던 하인 돼지치기 에우마이오스와 소몰이 필로이티오스를 은밀하게 밖으로 데려가 허벅지의 흉터를 내보이며 자신이 오디세우스임을 밝히고 주인으로 인정을 받는다. 다섯 번째로 오디세우스는 구혼자들과 배반한 시녀들을 모두 처치한 뒤 페넬로페에게 둘만이 아는 신방의 침상에 얽힌 비밀을 밝힘으로써 남편으로 인정받는다.

마지막으로 오디세우스는 거사 직후 궁전 인근 농장에 살고 있는 아버지 라에르테스를 찾아가 아들로 인정을 받는다. 그는 처음에는 고령으로 눈이 침침하여 자신을 알아보지 못하는 아버지에게 정체를 밝히지 않고 자신을 알리바스의 왕 아페이다스의 아들 에페리토스라고 소개하며 은근히 그를 시험해 본다. 5년 전 알리바스에 들른 오디세우스를 만나 후하게 대접해서 보내면서 다시 만나자고 약속했는데 아직도 고향에 돌아오지 않았다니 안타깝다는 것이다.

그 말을 듣자마자 노인은 땅바닥에 펄썩 주저앉더니 절규하며 두 손 가득 시커먼 흙을 움켜쥐고 자신의 머리에 쏟아붓는다. 그 모습을 보자니 오디세우스는 코끝이 찡해 오고 눈물이 앞을 가려 당장 아버지에게 달려가 얼싸안고 얼굴에 키스 세례를 퍼부으며 이렇게 말한다. "아버지, 접니다, 제가 바로 20년 만에 고향에 돌아온 아버지의 아들 오디세우스입니다. 자, 이제 아무 걱정하지 마시고, 우시지도 마세요. 저는 이미 궁전에서 우리 가문을 욕되게 한 아내의 구혼자들을 모두 처단하고 이리로 오는 길입니다.”

그가 아들이라고 고백했는데도 라에르테스는 그 말을 믿지 못하고 확실한 증거를 대라고 요구한다. 그러자 오디세우스는 아버지에게 허벅지의 흉터를 내보이며 그것은 옛날 외삼촌들과 사냥을 하다가 멧돼지의 엄니에 받혀 생긴 상처가 아물어 생겼다고 말한다. 그래도 아버지가 미심쩍어하자 그는 어렸을 적 아버지로부터 선물로 받았던 과일나무들의 이름이며 그루 수까지 정확하게 열거한다. 그제야 라에르테스는 감격에 겨워 한참 동안 무릎과 심장이 떨리다가 마침내 아들을 와락 껴안는다.

소포클레스, 오비디우스, 베르길리우스, 단테

호메로스의 『오디세이아』와 『일리아스』의 영향력은 우열을 가릴 수 없을 만큼 막대하다. 앞서 언급한 것처럼 90여 편의 비극을 쓴 것으로 알려진 아이스킬로스가 자신의 작품들은 호메로스의 위대한 성찬들을 겨우 한입 베어 문 것에 불과하다고 할 정도다. 특히 『오디세이아』는 수천 년에 걸쳐 서양 문학 전체에 실로 엄청난 영향을 끼쳤다. 단테Dante Alighieri, 셰익스피어W. Shakespeare, 괴테J. W. von Goethe, 조이스J. Joice 등이 『오디세이아』를 토대로 작품을 썼다.

문학뿐 아니었다. 화가들도 일찍이 기원전 7세기경부터 오디세우스의 모험에 영감을 받아 그가 외눈박이 종족 폴리페모스의 눈을 멀게 하는 장면이나 세이레네스가 사는 섬을 지나는 장면 등을 도기에 그려 넣었다. 음악사상 최초의 오페라 작곡가로 알려진 몬테베르디C. Monteverdi는 보통 오르페우스Orpheus의 이야기를 소재로 한 오페라 『오르페오L'Orfeo』의 작곡가로 유명하지만, 오디세우스의 모험도 『율리

폴리페모스의 눈을
못 쓰게 만드는
오디세우스와 그의 부하들,
B.C. 670-B.C. 660년경
그리스 도기 그림

시스의 귀향Il ritorno d'Ulisse in patria』이라는 오페라에 담아냈다.

다양한 예술 장르에서 수많은 작가가 『오디세이아』의 영향을 받아 작품을 만들었어도 오디세우스라는 인물에 대한 평가는 사뭇 달랐다. 혹자는 그를 동화 같은 모험을 감행한 주인공으로 보았고, 혹자는 모든 것을 경험해 보려는 호기심 많은 현대인의 원형으로 보았다. 또한 혹자는 오디세우스를 자유자재로 부리는 계책과 강한 정신력을 근거로 아무리 어려운 상황이라도 침착하게 극복해 나가는 이성적인 인간의 전형으로 보았고, 혹자는 온갖 위험을 무릅쓰고라도 사랑을 찾아 귀향하는 사람의 모범으로 보았다.

또한 혹자는 마치 프랑스 작가 프랑수아 페늘롱F. Fénelon의 소설 『텔레마코스의 모험Les Aventures de Télémgue』(1694)처럼 오디세우스보다는 그의 아들 텔레마코스에게 초점을 맞춘 교육소설을 썼고, 혹자는 마치 괴테처럼 오디세우스가 나우시카아 공주를 만나는 장면이나 칼립소의 섬에 머무는 장면과 같은 호메로스의 『오디세이아』에 등장하는 개별 에피소드를 토대로 작품을 썼다.

고대에 벌써 호메로스처럼 오디세우스에게 철저히 긍정적인 평가를 내린 작가가 있는가 하면, 비록 단편적이지만 오디세우스에 대해 부정적인 시각을 지닌 작가도 있었다. 고대인의 눈에도 오디세우스가 필록테테스를 렘노스섬에 유폐시킨 일이나 아킬레우스의 갑옷을 놓고 큰 아이아스와 다툰 것, 특히 아무 잘못도 없는 팔라메데스를 모함해서 죽게 만든 것 등이 결코 긍정적으로만 보이지 않았던 모양이다.

가령 소포클레스는 비극 「아이아스」에서는 오디세우스를 긍정적으로 보았지만, 「필록테테스」에서는 그를 교활한 철권 정치가이자 조소주의자로 그렸다. 에우리피데스도 「헤카베」와 「트로이의 여인들」에서 그를 인간 도살자로, 「아울리스의 이피게네이아」에서는 명예욕에 사로잡힌 음모가로 만들었다. 두 비극작가가 오디세우스에 대해 이렇게 부정적인 평가를 내린 것은 그 당시 정치 환경의 산물이다.

소포클레스와 에우리피데스는 펠로폰네소스 전쟁을 겪으면서 도시국가 폴리스가 몰락하고 철면피한 정치가들이 생겨나는 것을 목격하였다. 따라서 그들은 신화에서 그런 인물을 찾다가 결국 오디세우스라는 인물을 선택한 것이다. 그 당시 그리스 비극은 신화 속 인물만을 소재로 쓰고 있었기 때문에 그들은 오디세우스를 통해 그 당시 정치가들의 세태를 풍자한 것이다.

로마인들도 오디세우스를 한편으로는 긍정적으로 또 다른 한편으로는 부정적으로 묘사했다. 우선 그리스 스토아학파의 이념을 이어받은 키케로Cicero, 호라티우스Horatius, 세네카Seneca는 오디세우스를 현자의 상징으로 평가했다. 오디세우스는 스토아학파가 현자의 특징으로 여긴 항심constantia과 평정ataraxia을 절대로 잃지 않기 때문이다. 오비디우스도 아우구스투스Augustus 황제에 의해 흑해 연안으로 추방당

아테네 아고라의 아탈로스 스토아

'스토아Stoa'는 '줄지어 늘어선 기둥(열주) 위로 지붕이 덮인 기다란 복도'를 의미한다. 고대 그리스 아테네의 아고라 북쪽에는 B.C. 5세기경에 세워진 '스토아 포이킬레Stoa Poikile'라는 스토아가 있었다. '스토아 포이킬레'는 '그림이 그려진 스토아'라는 뜻으로 벽에 마라톤 전투와 트로이 전쟁 등의 벽화가 그려져 있어 붙여진 이름이다. B.C. 4세기경의 그리스 철학자 제논Zenon은 이곳에서 제자들에게 철학을 가르쳤다. 그래서 그의 학파 이름이 바로 '스토아'다. 현재 '스토아 포이킬레'는 소실되어 유적만 남아있다. 고대 아테네 아고라에는 B.C. 2세기 페르가몬의 아탈로스Attalos 2세가 지은 소위 '아탈로스 스토아'도 있었다. 이것도 소실되었다가 1950년대에 복원되었다

한 뒤 자신을 고향에 돌아가지 못하고 바다를 방황하는 오디세우스로 비유했다.

이에 비해 베르길리우스는 『아이네이스』에서 호메로스의 영향을 많이 받기는 했어도 목마를 만들어 트로이를 몰락시킨 오디세우스를 잔인하고 파괴적인 철권 정치가로 그렸다. 그 작품이 로마의 번영과 그 뿌리를 찬양하기 위해 쓰인 것을 생각하면 당연한 귀결이다. 로마인들은 로마를 건국한 로물루스Romulus와 레무스Remus를 아이네이아스Aineias의 후손으로 여기면서 트로이를 로마의 뿌리로 생각했기 때문이다.

고대 후기에서 중세 말기까지 1000여 년 동안 호메로스는 잊혀지고 그 대신 베르길리우스가 인구에 회자되었다. 그 영향으로 단테는

『신곡』 중 「지옥」에서 오디세우스를 목마를 고안한 계책의 달인이 아니라 트로이를 몰락시킨 사악한 파괴자로 평가했다. 그는 또한 오디세우스를 세상에 대한 헛된 호기심에 사로잡혀 중도에 귀향을 포기하고 모험을 계속하다 결국 난파당해 지옥에 떨어지는 것으로 재해석했다.

오디세우스의 혼령도 지옥에서 만난 단테에게 자신이 집에 돌아가지 않고 모험을 계속할 수밖에 없었던 이유는 바로 세상에 대한 무한한 호기심 때문이었다고 고백한다. "아들에 대한 그리움도, 늙은 아버지에 대한 효심도, 아내 페넬로페에 대한 사랑도 이 세상과 인간에

William Blake, 〈지옥에서 오디세우스와 디오메데스를 만나는 단테와 베르길리우스〉, 1824

오디세우스는 단짝 디오메데스와 함께 지옥의 8번째 원의 8번째 구렁에서 활활 타오르는 불꽃 속에서 고통을 당하고 있다. 지옥의 8번째 원은 사기꾼들이, 그중에서도 8번째 구렁은 사기를 교사한 자들이 벌을 받는 곳이다. 단테에 의하면 오디세우스는 대사기극인 목마 전술을 교사한 희대의 사기꾼이다

대해 모든 것을 알고 싶은 내 가슴 속 열정을 억누를 수 없었지요."

'호기심curiositas'은 교부 아우구스티누스Augustinus가 『고백』에서 단죄한 이래 기독교 전통에서 근세 초기까지 사악한 것으로 여겨졌다. 호기심은 인간의 마음을 세상, 다시 말해 외적인 것으로 향하게 해서 하느님을 섬기며 자신의 영혼을 구원하는 일에서 멀어지게 만든다는 것이다. 결국 단테는 오디세우스를 연옥산을 둘러싸고 있는 바다에서 좌초시켜 죽게 만든 다음, 지옥의 제8구역인 사기 지옥에 떨어뜨려 꺼지지 않는 불꽃 속에서 단짝 전우 디오메데스와 함께 극심한 고통에 시달리게 했다.

단테가 오디세우스를 고향 이타케섬으로 귀향시키지 않고 키르케의 섬에서 뱃머리를 돌려 모험을 계속하다가 죽게 만든 것은 오디세우스의 귀향으로 마무리되는 호메로스의 『오디세이아』와는 큰 차이를 보인다. 그렇다면 왜 오디세우스는 지옥의 9가지 구역 중에서 하필이면 사기꾼들이 죽어 벌을 받는 사기 지옥으로 떨어진 것일까? 단테에 의하면 그는 비겁하게 목마 전술로 트로이인을 속여 트로이를 몰락시켰기 때문이다.

중세, 스칼리제르, 베가, 셰익스피어, 괴테

물론 중세에도 오디세우스에 대한 긍정적인 평가가 전혀 없었던 것은 아니다. 중세에는 예수 탄생 이전에 일어났던 모든 것을 미래에 예수가 세상을 구원하는 역사를 미리 보여 주는 사건으로 보았다. 중

<오디세우스와 세이레네스의 모자이크>, A.D. 3세기경, 튀니지 튀니스 바르도 국립미술관
이 모자이크 속 오디세우스의 얼굴 모습에는 십자가에 묶인 채 고통받는 예수의 모습이 깊게 배어 있다.

세 교회의 시각에서 보면 구약뿐 아니라 이교도들의 이야기도 신약의 역사를 상징적으로 미리 보여 준다. 이런 시각에 따라 그들은 오디세우스가 괴조 세이레네스가 사는 섬을 지나갈 때 돛대 기둥에 묶인 채 극심한 고통을 인내하는 모습을 예수가 십자가에 못 박혀 고통받는 모습을 예시한 것으로 해석하기도 했다.

　르네상스 시대로 접어들면서 고대에 대한 새로운 평가가 일어났다. 하지만 그렇다고 호메로스가 곧바로 긍정적인 평가를 받은 것은 아니었다. 르네상스 시대의 시학 교과서인 프랑스의 고전학자 스칼리제르J. J. Scaliger의 『시학에 관한 7가지 원칙Poetices Libri Septem』은 호메로스를 평가 절하하고 그 대신 베르길리우스를 높이 평가했다. 그의 엄격한 규범 시학에 따르면 호메로스의 작품은 조야하고 표현도 너무 비합리적이며 구성도 치밀하지 못하다. 그의 신들도 비도덕적이고 영웅들도 덕의 모범이 되기에는 부적합하다.

호메로스에 대한 이런 부정적인 평가에도 불구하고 그가 만들어 낸 '오디세우스'라는 인물은 이 당시 문학 작품에서 계속 중요한 소재로 등장했다. 가령 셰익스피어는 1602년 제프리 초서G. Chaucer의 『트로일러스와 크리세이드Troilus and Criseyde』와 마찬가지로 반호메로스적인 시각에서 희비극 『트로일러스와 크레시더Troilus and Cressida』를 출간했다. '반호메로스적'이라는 말은 호메로스와 정반대라는 의미는 아니고, 호메로스가 쓴 두 작품을 기반으로 하고는 있어도 내용이 사뭇 다르다는 뜻이다.

'트로일러스'는 트로이의 50명의 왕자 중 한 명이고 '크레시더'는 예언가 '칼카스'의 딸로 두 사람은 서로 사랑하는 사이다. 그런데 칼카스는 호메로스의 작품과는 달리 트로이인이었는데 전쟁 중 딸을 남겨두고 그리스 측으로 망명한다. 그리스 측은 칼카스의 부탁을 받고 트로이의 장수 '안테노르'를 포로로 잡아 와 크레시더와 맞교환한다. 이 과정에서 그리스의 장수 '디오메데스'가 크레시더를 보고 첫눈에 사랑에 빠진다. 처음에는 별 관심이 없던 크레시더도 디오메데스에게 점차 마음이 끌리면서 트로일러스, 크레시더, 디오메데스 사이에 복잡한 삼각관계가 전개된다.

어쨌든 셰익스피어는 이 작품에서 오디세우스를 모든 질서를 파괴할 위험이 있는 무의미한 전쟁에서 이성적으로 행동하는 실용적인 정치가로 그렸다. 그래서 전장을 떠나 그리스군을 위기에 빠뜨린 아킬레우스에게 인간은 누구나 사회에서 자신이 지켜야 할 자리와 해야 할 의무가 있다고 일장 훈시를 한다. 셰익스피어가 오디세우스를 통해 아킬레우스에게 그런 말을 하게 한 역사적 배경에는 그 당시 30년 동

Angelica Kauffmann, <트로일러스와 크레시더>, 1789

Luigi Schiavonetti의 동판 작업은 1795년, 5막 2장 장면, 트로이의 왕자 트로일러스가 자신의 연인 크레시더와 그리스 장수 디오메데스가 사랑의 밀어를 나누는 것을 보고 분노한다. 그는 현장을 급습하려 하지만 뒤에서 오디세우스와 다른 그리스 장수들이 그를 말린다

안 지속되면서 영국을 혼란에 빠뜨린 장미전쟁이 자리하고 있다. 튜더 Tudor 왕조는 전쟁이 끝난 후 불안한 정세를 통제하기 위해 질서 이데올로기가 필요했고, 결국 백성들에게 질서를 최고의 덕목으로 선전했던 것이다.

개인이 자율성을 가지면 초개인적인 질서가 파괴되고 혼란이 초래한다는 식이다. 셰익스피어의 다른 작품에도 자주 엿보이는 질서에 대한 갈망은 르네상스에 팽배했던 개인주의적인 사고와 모순을 이룬다. 셰익스피어의 신념이 그런 것은 아니겠지만, 그의 오디세우스는 질서 이데올로기에 사로잡힌 나머지 아킬레우스가 아가멤논의 처사에 분노하여 전장에서 발을 빼 결과적으로 그리스군에 막대한 손실을 끼친다.

셰익스피어는 이를 극히 개인주의적이고 따라서 무책임한 행동이라고 비난한다.

스페인의 극작가 로페 드 베가L. de Vega는 『키르케La Circe』라는 서사시에서 오디세우스를 덕의 화신으로 묘사한다. 마찬가지로 스페인의 극작가 페드로 칼데론 데 라 바르카P. C. de la Barca도 『사랑, 최고의 마력El mayor encanto, amor』이라는 코미디에서 오디세우스를 한때 키르케나 칼립소의 유혹에 빠지기도 하지만 결국 그것들을 슬기롭게 극복하는 영웅으로 소개한다. 이런 점에서 이 두 작품은 금욕을 최고의 덕목으로 삼은 스토아학파의 시각을 따르고 있다.

17세기 프랑스 작가 프랑수아 페늘롱은 앞서 언급한 『텔레마코스의 모험』이라는 소설에서 특히 멘토르의 역할에 주목했다. 멘토르는 오디세우스가 트로이로 떠나면서 어린 아들의 교육을 맡겼던 절친으로 그의 이름에서 '스승'을 뜻하는 영어 단어 '멘토'가 유래했다. 페늘롱의 소설에서 멘토르는 20년째 귀향하지 않고 있는 아버지를 찾아나선 텔레마코스와 동행하며 따끔한 조언을 아끼지 않았다. 가령 텔레마코스가 한때 마치 아버지 오디세우스처럼 난파당해 칼립소의 섬에 표착했다가 그곳에서 만나 사랑에 빠진 칼립소의 시녀이자 요정인 에우카리스Eucharis와 헤어지는 게 못내 아쉬워 차마 그 섬을 떠나지 못하고 머뭇거리자 그에게 이렇게 충고했다. "자신의 약점과 애욕의 폭력성을 깨닫지 못한 사람은 아직 현명하다고 볼 수 없다."

18세기 중반에서 19세기 초까지는 호메로스가 문학의 중심 화두로 떠오른다. 특히 독일 고전주의는 고대 그리스를 창작의 모범으로 삼았다. 요한 하인리히 포스Johann Heinrich Voß의 유명한 『일리아스』와 『오디세이아』 독일어 번역이 나온 것도 1781년이었다. 포스는 그리스어

Charles Meynier, 〈텔레마코스에게 칼립소의 섬을 떠나라고 충고하는 멘토르〉, 1799-1800

에 능통했으며 호메로스의 두 작품을 원래의 운율인 6운각으로 거의 완벽에 가깝게 번역해 냈다. 괴테도 『젊은 베르테르의 슬픔』에서 베르테르를 통해 아직 포스의 번역본은 아니어도 호메로스의 두 번역본을 늘 갖고 다니며 애독했다는 사실을 암시하고 있다. 베르테르는 1771년 8월 28일 편지에서 친구 빌헬름에게 이렇게 썼다.

"오늘 내 생일날, 아침 일찍 알베르트에게서 작은 소포가 왔네. 그것을 열자마자 분홍색 리본이 눈에 띄었지. 내가 로테를 처음 만났을 때 그녀가 달고 있었던 것이었네. 나는 로테에게 몇 번이나 그걸 달라고 간청했었지. 소포에는 또한 문고판 책 2권이 들어 있었다네. 바로 베른슈타인 버전 호메로스 작품들이었어. 난 그동안 산보할 때 무거운 에르네스티 버전을 갖고 다니느라 힘들었던 터라 자주 그 문고판을 구하려 했었지. 보게나, 그들은 이렇게 내 마음을 미리 헤아려 주기도 하고, 세심하게 온갖 신경을 다 써서 우정의 호의를 베풀어 준다네.”

『젊은 베르테르의 슬픔』에는 『오디세이아』의 내용을 직접 언급한 장면도 있다. 6월 21일 편지에서 베르테르는 완두콩을 냄비에 넣고 불 위에 올려놓고 볶으면서 오디세우스의 아내 페넬로페의 오만불손한 구혼자들이 소와 돼지를 잡아 잘게 썰어서 불에 굽던 장면을 상상했다. 1772년 5월 9일 편지에서도 베르테르는 이렇게 썼다. “여보게, 사랑하는 친구여, 옛사람들은 훌륭하게도 아주 옹색하면서도 얼마나 행복하게 살았는지 모른다네! 그들의 감정과 문학은 정말 순진무구했지! 오디세우스가 망망대해와 끝없는 대지에 대해 말할 때면, 그렇게 진실하고, 인간적이고, 진지하고, 친밀하고, 비밀스러울 수가 없다네.”

『이탈리아 기행』에서도 괴테는 폭군 기질이 다분한 메시나 총독을

『오디세이아』에서 오디세우스를 죽이려 했던 외눈박이 종족 키클롭스라고 칭하면서 마지못해 그의 관저로 불려가는 동안 "수호신 오디세우스"에게 자신을 지켜 달라고 간청했고, 메시나 해안에서 배를 타고 유람을 하는 동안 통과했던 두 암벽을 엄청난 소용돌이 카립디스와 괴물 스킬라가 사는 암벽으로 비유했다. 또한 팔레르모에 도착하여 잠시 머물렀던 해안가 공원을 둘러보고는 "세상에서 가장 경이로운 장소"라고 감탄하면서 사시사철 꽃이 만발하고 열매가 끊이지 않았던 알키노오스 왕의 궁전이 생각났는지 "성스러운 파이아케스족의 섬"을 떠올렸다.

괴테는 그 후 나폴리에 도착해서는 호메로스가 자신의 우둔함을 일깨워 주었다고 고백하며 헤르더에게 보낸 편지 형식으로 이렇게 말했다. 시칠리아 여행에서 "나는 이 모든 해안과 곶, 크고 작은 만, 섬과 갑, 바위와 모래사장, 관목이 무성한 언덕과 부드러운 초원, 비옥한 들판과 잘 꾸며진 정원, 잘 키운 나무와 길게 늘어진 포도덩굴, 구름이 맴도는 산정과 언제나 청명한 평원, 절벽과 제방, 그리고 변화무쌍한 모습으로 그 모든 것을 둘러싸고 있는 바다를 경험한 지금에야 비로소 『오디세이아』의 진정한 의미를 깨닫게 되었습니다."

테니슨, 하우프트만, 제임스 조이스, 카잔차키스

괴테는 이처럼 호메로스의 『오디세이아』에 깊은 감명을 받은 나머지 한때 오디세우스가 파이아케스족의 나라에 체류한 것을 소재로 한 『나우시카아』라는 드라마를 구상하기도 했다. 이 작품은 비록 미완성에 그치고 말았지만, 그는 그 작품을 나우시카아 공주가 비극적인 최후를 맞이하는 것으로 끝맺으려 했다. 그래서 괴테의 나우시카아는 오디세우스가 아내를 찾아 고향으로 돌아가야 한다는 것을 알고 절망한 나머지 자살하는 것으로 계획되어 있었다.

괴테는 1779년 바이마르 공국의 왕이었던 젊은 카를 아우구스트K. August 공작과 함께 알프스를 여행할 때도 보드머J. J. Bodmer가 1년 전에 출간한 『오디세이아』 독일어 번역본을 가지고 갈 정도로 호메로스 마니아였다. 그는 그때 알프스 깊은 계곡에서 아우구스트 공작에게 『오디세이아』를 낭독해 주었고, 산을 오르다 힘들 때면 오디세우스의 강인한 인내심을 회상하며 견뎌 냈다.

알프레드 테니슨A. Tennyson의 시 「율리시스Ulysses」도 19세기 초인 1833년에 나왔다. 주지하다시피 '율리시스'는 오디세우스의 영어식

George Frederic Watts,
〈알프레드 테니슨〉, 1863-1864

이름으로 로마식 이름인 '울릭세스'에서 유래했다. 테니슨의 율리시스는 귀향한 지 3년 만에 새로운 세계를 탐험하고 싶은 욕구를 떨쳐 내지 못하고 다시 모험을 떠나려는 결연한 의지에 차 있다. 그래서 다시 모험을 떠나지 못하고 차일피일 미루고 있는 자신을 한탄한다. "얼마나 지루한 일인가, 쉬고 있다는 것은, 끝마쳤다는 것은,/윤을 내지 않아 녹슬어 있다는 것은, 쓰지 않아 윤이 나지 않는다는 것은!/어디 숨을 쉬고 있다고 살아 있는 것인가! 그저 삶에 삶을 쌓아 간다는 것은,/모두에게 아무런 의미가 없다."

호메로스의 『오디세이아』에 대한 문학적 관심은 산발적이었던 19세기와는 달리 20세기에는 끊이질 않고 확산되어 그것을 소재로 한 작품들이 엄청나게 쏟아져 나왔다. 특히 독일에서는 구스타프 슈바브G. Schwab가 1838년부터 1841년까지 3년에 걸쳐 해마다 1권씩, 총

구스타프 슈바브의
『고전 고대의 가장 아름다운 전설』
1925년판 표지

3권으로 펴낸 그리스 신화 책 『고대의 가장 아름다운 전설Die schönsten Sagen des klassischen Altertums』이 베스트셀러가 되면서 대중들 사이에서도 그에 대한 관심이 증폭되었다. 이 책은 현재 전세계 17개국에 번역 출간되어 있는데, 우리나라에서는 원래의 제목을 완전히 바꾸어 『구스타프 슈바브의 그리스 로마 신화』라는 제목으로 번역 출간되어 있다.

이 시기에 독일 문학에서 오디세우스를 소재로 한 대표작으로는 게르하르트 하우프트만G. Hauptmann의 드라마 『오디세우스의 활Der Bogen des Odysseus』(1913)을 들 수 있다. 이 작품의 시간과 무대는 오디세우스가 고향 이타케섬에 돌아온 후 제일 먼저 들른 돼지치기 에우마이오스의 오두막이다. 하우프트만이 하필이면 그곳을 작품의 무대로 택한 것은, 당시 자신이 속한 문예사조인 자연주의의 시각에 걸맞게 문학은 에우마이오스처럼 최하층의 프롤레타리아 계급을 통해서야 비로소 사회구조의 모순을 제대로 파헤칠 수 있다고 생각했기 때문이다.

호메로스의 『일리아스』를 패러디한 작품은 벌써 고대에 나왔다. 현재의 튀르키예에 위치한 소아시아 할리카르나소스Halikarnassos 출신의 피그레스Pigres는 BC 5세기경 『개구리와 생쥐 전쟁Batrachomyomachia』이라는 코믹 서사시에서 그리스군과 트로이군이 맞서 싸운 트로이 전쟁을 개구리와 생쥐 전쟁으로 비유했다. 하지만 호메로스의 『오디세이아』를 패러디한 작품은 20세기가 되어야 비로소 나왔다. 바로 제임스 조이스의 소설 『율리시스Ulysses』(1922)다.

조이스는 이 소설에서 위대한 모험이 가능했던 고대 그리스 영웅의 시대와 현대의 소시민 사회를 비교 묘사했다. 그래서 더블린 출신의 3명의 소시민 '레오폴드 블룸Leopold Bloom', 그의 아내 '마리온 트위디Marioun Twedy', 젊은 선생이자 작가인 '스티븐 디덜러스Stephen

Dedalus'의 행동, 생각, 상황을 각각 오디세우스, 페넬로페, 텔레마코스에 빗대어 묘사했다. 술집 바에서 일하는 여자들은 괴조 세이레네스로, 비스킷 상자를 던져 대는 열광적인 국수주의자는 외눈박이 종족 키클로페스로, 창녀는 마녀 키르케로 비유했다. 오디세우스가 지하 세계를 방문하는 것은 블룸이 공동묘지에 가는 것으로 대비했다.

조이스는 이 소설을 통해 한편으로는 전통적인 가치관과의 단절, 모든 사고의 상대성, 세상과 자아 사이의 분열을 묘사하여 현대적인 세계상을 그려 내고 있지만, 다른 한편으로는 『오디세이아』의 인물과 상황이 지닌 원형적인 측면을 강조하려 했다. 호메로스의 『오디세이아』는 현대의 작품과 현격한 차이가 있음에도 불구하고 우리에게 원형적인 틀을 제시하고 있다는 말이다.

제임스 조이스 흉상, 더블린 성 스테파노 공원St. Stephen's Green

　심지어 블룸의 아내 마리온의 애칭인 ‘몰리Molly’는 호메로스의
『오디세이아』에서 헤르메스가 오디세우스에게 마녀 키르케를 만나기
전에 주었던 약초 이름인 ‘몰리Moly’에서, 스티븐 디덜러스의 ‘디덜러스
Dedalus’는 그리스 신화 속 천재 건축가이자 조각가 이름인 ‘다이달로
스Daidalos’에서 따왔다. 조이스가 이런 시도를 한 것은 그 당시 제임스
프레이저J. Frazer의『황금 가지The Golden Bough』로 촉발된 사고의 원형
에 대한 열광적인 관심 때문이었다. 이런 시각에서 보면 오디세우스가
괴조 세이레네스와 만나는 것은 심미주의의 유혹을, 마녀 키르케의 섬
에 머무는 것은 쾌락적인 감각주의에 빠지는 것을 암시한다.

　이에 비해 그리스 작가 니코스 카잔차키스N. Kazantzakis는 1938년
출간된『오디세이아』라는 현대 서사시에서 조이스와는 아주 다른 시각
을 보인다. 그는 호메로스의 오디세우스의 모험을 더 이상 시대를 아
우르는 삶의 원형적인 모델로 간주하지 않는다. 그래서 오디세우스를

니코스 카잔차키스의 독일어판『오디세이아』표지

자유와 새로운 삶을 찾아 헤매다가 실패하는 완전히 다른 현대적인 인간으로 탈바꿈시킨다. 그의 오디세우스는 구혼자들을 모두 잔인하게 죽인 뒤 고향에 안착하지 않고 다시 새로운 모험을 감행한다. 고향 이타케섬처럼 너무 답답하고 좁은 공간에서는 진정한 삶의 의미와 자유를 느낄 수 없기 때문이다.

그의 『오디세이아』는 호메로스의 『오디세이아』의 24권에서부터 시작한다. 그에 따르면 죽은 줄로만 생각하고 있던 오디세우스가 갑자기 나타나 피투성이가 된 채 구혼자들을 몰살하자 그동안 이타케섬의 모든 권력을 차지하고 있던 아들 텔레마코스는 아버지에게 위협을 느끼고 그를 암살할 계획을 세운다. 오디세우스는 그것을 눈치채고 동료들을 모집하는 등 은밀하게 이타케섬을 떠날 준비를 모두 마친 후 아들에게 조용히 떠날 테니 아무 걱정하지 말라고 타이른 다음 미련 없이 새로운 모험을 향해 출항한다.

오디세우스는 심지어 헬레네를 데려갈 요량으로 스파르타에 들른다. 헬레네에 대한 연정에서가 아니라 그녀도 트로이의 왕자 파리스를 따라갔다가 다시 집으로 돌아온 만큼 자신처럼 다시 집을 떠나고 싶어 한다고 판단했기 때문이다. 그가 헬레네에게 남편 메넬라오스가 잠깐 자리를 비운 사이 함께 떠나자고 제안하자 과연 그녀는 기다렸다는 듯이 선뜻 그를 따라나선다. 이후 카잔차키스의 오디세우스는 숱한 모험으로 점철된 삶을 살다가 폭풍우를 만나 결국 남해의 빙산에 좌초되어 죽음을 맞는다. 연옥산을 둘러싸고 있는 바다에서 좌초되어 죽는 단테의 오디세우스를 빼닮았다.

장 지로두, 하이너 뮐러, 아도르노, 카바피스

1930년대 제2차 세계대전의 그림자가 짙게 드리워지자 호메로스의 오디세우스는 더욱더 작가들의 주목을 받기 시작했다. 가령 프랑스 작가 장 지로두J. Giraudoux는 『트로이 전쟁은 일어나지 않으리La guerre de Troie n'aura pas lieu』(1935)라는 드라마에서 그리스 장수 오디세우스를, 전쟁의 광기에 사로잡힌 세상에서 트로이의 맹장 헥토르와 함께 어떻게든 전쟁을 막아 보려고 애쓰지만 결국 실패하고 마는 비운의 정치가로 묘사했다. 독일 작가 발터 옌스W. Jens도 『오디세우스의 유언Das Testament des Odysseus』(1957)이라는 단편소설에서 오디세우스를 지로두와 똑같이 묘사했다.

옌스의 소설의 무대는 바다가 아니라 트로이 전쟁터다. 그의 오디세우스는 또한 용감한 모험가도 아니고 교활한 모사꾼도 아닌 대학살을 증오하여 어떻게든 전쟁을 막아 보려 하지만 끝내는 실패하는 평화주의자로 묘사된다. 그는 손자 프라시다스Prasidas에게 남길 요량으로 전쟁의 참상을 이렇게 기록한다. "프라시다스야, 정말 끔찍한 모습이었다. 도시는 계속해서 화염에 휩싸였지. 우리 군대는 집집마다 난입해서 약탈을 일삼았다. 그들은 그렇게 사흘 동안 마음껏 약탈해도 좋다는 허락을 받았단다. 그래서 길거리에는 입 벌린 아이들 시신들이 손에 공과 인형을 쥔 채 널브러져 있었고, 반쯤 파괴된 집에서는 부상당한 사람들의 비명소리가 들려왔다."

오디세우스는 또한 독일 작가 요하네스 베허J. Becher(1891-1958), 베르톨트 브레히트B. Brecht(1898-1956), 페터 후헬P. Huchel(1903-1981)

등의 시에서는 때로는 망명자인 자신들처럼 고향을 잃은 비극적인 인물로, 때로는 교활한 지식인으로, 때로는 패배자로 묘사되었다. 그중 귄터 쿠네르트G. Kunert(1929-2019)는 일련의 시와 산문에서 페넬로페와 나우시카아 등 호메로스의 『오디세이아』에 등장하는 오디세우스의 여성 파트너의 입장을 대변하거나, 오디세우스가 여성을 대하는 태도를 비판적으로 조명했다. 하이너 뮐러H. Müller도 자신의 드라마 『필록테테스』(1958, 1964)시리즈에서 오디세우스를 극도로 부정적인 인물로 묘사했다. 이 작품에서 오디세우스는 소포클레스의 비극 『필록테테스』에서와 비슷하게 조소적인 철권 정치가이자 실용주의자로 등장한다.

하이너 뮐러는 또한 「오디세우스의 죽음Tod des Odysseus」(1966)이라는 시(후에 제목을 울리스Ulyss로 변경)에서 단테의 반호메로스적인 입장을 견지하여 주인공 오디세우스에게 허구한 날 이타케섬에서 벌어지는 축제에 신물이 난 나머지 다시 여행을 떠나도록 한다. 하이너 뮐러의 오디세우스는 끊임없이 새로운 목표를 추구하고 발전을 향해 달려가는 인류의 상징이 되지만 결국 불명예스러운 최후를 맞이한다. 하이너 뮐러는 단테처럼 오디세우스의 호기심을 도덕적으로 단죄하지는 않는다. 그럼에도 불구하고 그의 오디세우스는 결국 호기심 때문에 파멸한다.

에리히 아렌트E. Arendt의 시 「오디세우스의 귀환Odysseus' Heimkehr」(1962)도 이와 똑같은 주제를 다루고 있다. 아렌트는 이 시 때문에 하이너 뮐러처럼 동독 당국의 비판을 받고 요시찰 대상이 된다. 그 당시 동독 당국은 아렌트의 오디세우스가 동독을 상징하는 고향 이타케섬을 다시 떠나지 않고 그곳에 정착하여 근면 성실하게 살아가는 그야말

로 동독 사회주의 국가 이념에 걸맞는 긍정적인 주인공이 되기를 기대
했다. 하지만 그의 오디세우스가 고향을 다시 떠나자 그것을 당대 동
독인에게 베를린 장벽을 넘어 서독으로 탈출하라고 부추기는 메시지
로 해석한 것이다.

호르크하이머M. Horkheimer와 아도르노T. W. Adorno는 철학서 『계
몽의 변증법Dialektik der Aufklärung』(1947)에서 오디세우스를 현대적인
시각에서 철학적으로 재조명했다. 그들에 의하면 오디세우스는 이성과
발전을 대변하는 상징적인 인물로 서양사상 최초의 계몽주의자이다.
그래서 『오디세이아』는 "유럽 계몽주의의 원전"이다. 이 책이 바로 계
몽의 변증법을 증명하고 있기 때문이다. 『오디세이아』는 괴물과 악당이
난무하는 신화시대에 맞서 계책, 술수, 지혜 등 이성을 갖고 싸우는 한
인간을 묘사하고 있어 그 속에는 신화와 계몽이 변증법적으로 서로 뒤

호르크하이머(왼쪽)와 아도르노(오른쪽)

엉켜 있다는 말이다.

아도르노와 호르크하이머는 호메로스의 『오디세이아』에서 특히 오디세우스가 괴조 세이레네스 옆을 지나가는 대목에 집중한다. 그들은 오디세우스가 배 위에서 세이레네스와 대면하면서 행한 조치가 "'계몽의 변증법'에 대한 함축성 있는 알레고리"라고 주장한다. 그는 오디세우스와 부하들을 현대의 공장주와 노동자들로 비유한다. 오디세우스는 부하들의 귀는 밀랍으로 막아 노젓는 일에만 집중하도록 한다. 살아남으려면 세이레네스의 유혹에 빠져서는 안 된다는 것이다. 마치 현대의 노동자들에게 직장에서 쫓겨나지 않으려면 다른 일에는 신경 쓰지 말고 일에만 집중하라는 것과 같다.

그들은 결국 계몽을 모든 것을 합리화시키는 문명과 같은 통시적 개념으로 파악하면서 오디세우스를 "시민적 개인의 원형"이라고 정의한다. 18세기가 아니라 아득한 신화시대에 이미 이성을 앞세우며 세이레네스가 판을 치는 혼돈 속에서 질서를 잡아가는 계몽주의자가 있었다는 말이다. 그런데 이 계몽의 역할이 이중적이다. 엄밀하게 말해 또 다른 의미에서 변증법적이다. 계몽은 한편으로는 무지몽매한 민중을 깨우치는 데 지대한 공헌을 했지만, 다른 한편으로는 "진보"라는 이름의 "훌륭한 통치기술"로 변질되었기 때문이다.

지금까지 언급한 호메로스의 『오디세이아』 수용사에서 눈에 띄는 것은 단테의 『신곡』의 「지옥」편에서 시작하여 테니슨의 「율리시스」를 거쳐 카잔차키스의 소설 『오디세이아』로 이어지는 반호메로스적인 흐름이다. 호메로스의 오디세우스는 귀향한 뒤 모험의 대단원을 마무리한다. 하지만 단테, 테니슨, 카잔차키스 등은 이런 해피 엔딩에 만족하지 않고 20년이나 집을 떠나 모험을 감행한 오디세우스의 모험벽冒險

癖을 근거로 그가 다시 모험을 떠나거나 모험에 매료되어 아예 귀향하지 않는 것으로 작품의 내용을 바꿨다. 아마 오디세우스를 통해 인생에서 '안주와 정체는 곧 죽음'이라는 메시지를 전달하고 싶었으리라.

그리스의 현대 시인 콘스탄티노스 카바피스K. Kavafis의 시 「이타키Ithaki」(1911)는 오디세우스가 20년 만에 도착하는 고향을 제목으로 삼고 있지만 사실 그 내용은 사뭇 다르다. '이타키'는 고대 그리스어로는 '이타케', 영어로는 '이타카Ithaka'로 표기한다. 어쨌든 카바피스의 시에서 오디세우스의 모험은 직접적인 대상이 아니다. 그의 시에서 '이타키'는 오디세우스의 모험의 최종 목적지였던 것처럼 여행을 하는 사람이면 누구나 갖고 있을 최종 목적지를 상징할 뿐이다. 시에서 언급되는 "라이스트리고네스Laistrigones 족이나 키클로페스 족 그리고 분노한 포세이돈" 등도 여행자가 겪게 되는 시련과 고난을 상징한다.

　카바피스에게 있어 여행의 본질은 모름지기 얼른 최종 목적지에 도달하는 것이 아니라 마치 오디세우스가 10년 동안 바다를 방랑하면서 그런 것처럼 되도록 오랫동안 "풍부한 경험으로 아주 현명해지는 것"이다. 다시 말해 물질적인 이득이 아니라 정신적인 풍요를 얻는 것이다. 그래서 시인은 "이타키가 가난한 게 드러나도" "여행에서 이미 많은 것을 얻어 부자가 되어 있을 테니" 실망하지 말라고 충고한다. 물론 그의 이타키는 우리 인생의 갖가지 크고 작은 목표를 상징할 수 있다. 그의 시 마지막 행에서 이타키가 단수가 아니라 복수인 것이 이채롭다. 총 5연의 「이타키」에서 마지막 3연을 소개한다.

콘스탄티노스 카바피스, 1929, 알렉산드리아

"이타키를 항상 염두에 두기는 하라.
그곳에 도착하는 것은 너의 운명이다.
하지만 너의 여행만은 서두르지 말라.
여행은 몇 년이고 계속되면 더 좋은 법이다.
그러면 네가 늙어 섬에 도착해도
여행에서 이미 많은 것을 얻어 부자가 되어 있을 테니,
이타키가 너를 부자로 만들어 줄 것이라고 바라지도 않으리라.

이타키는 네게 멋진 여행을 선물로 주었다.
이타키가 아니었다면 너는 여행을 하지 못했으리라.
이제 이타키는 네게 더 이상 줄 것이 없다.

이타키가 비록 가난한 게 드러나도, 너를 속인 게 아니다.
너는 그렇게 풍부한 경험으로 아주 현명해져서,
이타키들이 무엇을 의미하는지 이해할 것이다."

헬레네의 트로이에서의
행적과 귀향

스파르타의 왕 메넬라오스의 왕비 헬레네는 트로이 왕자 파리스를 따라가면서 스파르타의 외항 기테이온Gytheion을 이용했다. 기테이온은 지금은 기티오Gytheio라고 하는데, 스파르타에서 40여 km 떨어져 있다. 그래서 그랬을까? 그녀는 트로이로 곧바로 떠나지 못하고 기테이온 앞바다에 있던 크라나에Kranae섬에서 파리스와 첫날 밤을 보낸 뒤, 배에 올라 순풍을 타고 사흘 만에 트로이에 도착했다. 크라나에는 지금은 마라토니시Marathonisi라고 불린다. 그리스어로 '마라톤'은 허브의 일종인 '펜넬fennel(회향茴香)', '니시'는 '섬Island'이라는 뜻이므로 '마라토니시'는 '펜넬의 섬', 다시 말해 '펜넬 허브의 섬'이라는 뜻이다. 그 이름에 걸맞게 마라토니시에는 지금도 펜넬 허브가 지천으로 자라고 있다.

호메로스의 『일리아스』 제3권에 따르면 트로이의 왕자 파리스는 헬레네의 전남편 메넬라오스와 일대일 대결을 벌이다 수세에 몰려 죽

Jacopo Amigoni, 〈헬레네의 승선〉,
연도 미상

마라토니시섬,
기티오 앞바다

을 뻔하다가 아프로디테 여신의 도움으로 간신히 목숨을 건져 자신의 처소로 돌아왔다. 그러자 헬레네는 전에는 메넬라오스보다 더 힘세다고 큰소리치더니 도망쳐 왔다며 파리스를 신랄하게 비난했다. 이에 대해 파리스는 이번에는 운이 없어 패배했을 뿐 다음번에는 이길 수 있다고 변명하면서 크라나에에서 보낸 달콤했던 첫날밤을 상기시키며 헬레네의 상한 마음을 누그러뜨린 다음 침대에 올라 그녀에게 어서 올라오라고 청하자 헬레네는 못 이기는 척하고 슬며시 침대로 올라갔다. 이렇게 헬레네는 파리스와 트로이에서 꽁냥꽁냥 행복하게 산 것처럼 보인다.

헬레네는 고작 열두어 살 정도에 아테네의 영웅 테세우스에게 납치되었다가 오라비인 카스토르와 폴리데우케스에 의해 구출될 정도로 어렸을 때부터 빼어난 미모를 자랑했다. 결혼할 때가 되자 그녀의 집은 전 그리스에서 몰려온 구혼자들로 문전성시를 이루었다. 파리스를 따라가 트로이에 살 때도 그녀의 미모는 전혀 퇴색하지 않고 오히려 더 빛을 발했던 것 같다. 『일리아스』 제3권에 따르면 헬레네는 파리스가 메넬라오스와 일대일 결투를 벌이기 바로 직전 아테나의 개입으로 트로이에서 가장 큰 성문인 스카이아이Skaiai 성루에 오른 적이 있었다. 이때 그 결투를 관전하기 위해 프리아모스왕과 함께 성루에 모여 있던 트로이의 원로 중 하나가 시녀들을 대동하고 계단을 올라오던 그녀를 쳐다보며 동료들을 향해 마치 프리아모스왕 보고 들으라는 듯 큰 소리로 말했다.

"여러분, 우리 트로이군과 그리스군이 왜 저 여인을 두고 이렇게 오랫동안 싸우고 있는지 충분히 이해할 만하오. 저 여인은 과연 소문대로 마치 여신처럼 눈이 부시게 아름답기에 하는 말이오. 하지만 아

Jean-Pierre Norblin de La Gourdaine, 〈헬레네를 구하는 카스토르와 폴리데우케스〉, 1818

무리 미모가 빼어나다고 해도 우리와 후손들에게 재앙이 되지 않도록 제발 트로이를 떠나 그리스로 돌아갔으면 좋겠소." 이에 대해 프리아모스 왕은 잘못은 헬레네에게 있는 것이 아니라 바로 전쟁을 일으킨 신들에게 있다고 그녀를 두둔하며 가까이 오라고 부른 다음, 성벽 너머로 멀리 보이는 그리스 장수들을 하나씩 손으로 가리키며 누구인지 물었다. 그러자 헬레네는 그가 가리킨대로 아가멤논, 오디세우스, 큰 아이아스 등의 이름과 특기를 자세하게 알려 주었다.

하지만 헬레네는 트로이에서 마냥 행복했던 것만은 아니었다. 그녀도 인간인 이상 전남편 메넬라오스와 조국 그리스를 배신한 것에 대해 가끔 후회하는 모습을 보였다. 『일리아스』 제6권에 따르면 헥토르는 전투가 소강상태에 빠지자 잠시 짬을 내어 궁전에 들렀다. 어머니 헤카베Hekabe에게 전쟁의 여신 아테나에게 승리를 기원하는 기도를 해 달라고 부탁하기 위해서였다. 하지만 헥토르는 어머니에게로 곧장 가지 않고 우선 동생 파리스의 처소에 들렀다가 예상대로 동생 파리스가 헬레네와 노닥거리고 있는 것을 발견하고는 얼른 전투에 복귀하라며 심하게 꾸짖었다. 누구 때문에 일어난 전쟁인데 앞장서서 싸우지는 않고 기회만 있으면 헬레네에게 달려가느냐는 것이다. 이때 헬레네는 갑자기 형이 나타나 자신을 비난하는 터라 당황하여 우물쭈물하는 남편 파리스를 바라보며 헥토르에게 말했다.

"아주버님, 저야말로 정말 염치없는 년이에요. 제가 이 모든 재앙의 장본인이니까요. 아아, 어머님께서 저를 낳으시던 바로 그날 제가 파도에 휩쓸려 죽어 버렸다면 얼마나 좋았을까요. 하지만 신의 뜻에 따라 아직 살아 있을 바에야 적어도 수치심을 느낄 줄 아는 사람의 아내가 되어야 했을 텐데, 저이는 저렇게 뻔뻔하기만 하니 그저 안타까울 뿐이에요. 저이는 분명 그 대가를 톡톡히 치르게 될 거예요. 자, 아주버님, 잠시 여기 이 의자에 앉으세요. 저와 저이 때문에 속으로 가장 고통을 받고 계시는 분은 아주버님이실 겁니다. 저희는 아마 두고두고 후세 사람들의 웃음거리가 될 거예요."

아킬레우스도 죽고 그를 죽인 파리스도 필록테테스의 화살을 맞고 죽은 후 전쟁이 막바지에 이르자 헬레네의 이런 양면적이고 이율배반적인 태도는 더 두드러지게 나타났다. 가령 그녀는 오디세우스가 거지로 분장하고 디오메데스와 함께 트로이 성에 잠입했을 때는 그를 알아보고도 트로이 측에 알리지 않고 오히려 그들이 아테나 상 팔라디온을 훔쳐 갈 수 있도록 도와주었다. 이에 비해 목마가 트로이 성안으로

들어왔을 때는 파리스가 죽은 뒤 새 남편이 된 데이포보스와 함께 목
마 주위를 돌며 그 안에 정예 병사들과 함께 숨어 있음 직한 그리스 장
수들의 아내 목소리를 흉내 내어 남편들을 부르면서 마치 목마가 착오
로 고국 그리스에 도착한 것처럼 얼른 나오라고 하는 통에 그들을 잠
시 위기에 빠뜨리기도 했다.

하지만 목마 안에 함께 있던 오디세우스의 기지로 위기에서 벗어
난 정예 병사들의 활약으로 트로이가 함락되어 화염에 휩싸여 있는 동
안 메넬라오스는 제일 먼저 데이포보스의 집에 난입하여 그를 죽였다.
그래도 분이 풀리지 않아 데이포보스의 코와 귀와 남근을 잘랐다. 메
넬라오스는 그 후 데이포보스의 집을 샅샅이 뒤져 마침내 은밀한 곳에

Alexander Rothaug, 〈트로이의 함락 이후 헬레네를 발견하는 메넬라오스〉, 연도 미상

Johann Heinrich Wilhelm Tischbein,
〈메넬라오스와 헬레네〉, 1816

그림 왼쪽의 메넬라오스가 10년만에 만난 아내 헬레네의 미모에 너무 놀라 오른손에 들고 있던 칼을 떨어뜨리는 것이 인상적이다

헬레네와 다른 영웅들의 귀향

꼭꼭 숨어있던 헬레네를 찾아 막 칼을 내리치려 했다. 하지만 그녀를 보는 순간 10년의 세월이 흘렀는데도 여전히 너무나도 아름다운 아내의 모습에 소스라치게 놀란 나머지 그만 칼을 떨어뜨리고 말았다. 이때 헬레네는 메넬라오스에게 데이포보스의 칼을 보이며 자신이 그것을 숨겼다며 목숨을 구걸했다고 한다.

어쨌든 메넬라오스는 아내의 미모에 홀린 나머지 트로이를 함락시키기 전만 하더라도 그녀를 만나기만 하면 요절을 내 주겠다고 했다가 금세 마음이 변해 사람들에게 그녀를 산 채로 스파르타로 끌고 가서는 신들에게 제물로 바치겠다고 둘러대고는 배를 타고 가면서 그녀와 이야기를 나누는 동안 분노와 원한은 바람결에 날려 버리고 고향 스파르타에 도착한 이후에는 마치 아무 일도 없었다는 듯이 헬레네와 행복하게 살다가 생을 마쳤다. 그런 사실은 호메로스의 『오디세이아』 제4권에서 아버지의 흔적을 찾아 스파르타에 들른 텔레마코스를 맞이하는 메넬라오스 부부의 모습에서도 확인할 수 있다.

이때 헬레네는 텔레마코스가 신분을 밝히지 않았는데도 금세 그의 그를 알아보며 남편에게 다정하게 이렇게 말했다. "여보, 우리 집에 오신 이 청년의 이름을 모르시겠어요? 제가 한번 맞춰 볼까요, 아니면 그냥 둘까요? 아무래도 제 마음은 저보고 맞춰 보라고 명령하는군요. 장담하건대 이 청년처럼 오디세우스와 빼닮은 사람을 저는 본 적이 없어요. 이 청년은 바로 그분의 아들이 틀림없어요. 정말 놀라울 정도로 빼다 박았네요. 이 청년은 이 파렴치한 여인 때문에 그리스군이 트로이를 응징하러 갔을 때 오디세우스가 합류하면서 갓난아기 때 집에 두고 온 텔레마코스가 틀림없어요."

아테네가 놓여 있는 아티카Attika 반도의 끝자락 수니온곶은 아테네에서는 남서쪽으로 70km, 고대에 은 광산으로 유명했던 라우리온Laurion시市에서는 남쪽으로 8km 떨어져 있으며 바다의 신 포세이돈 신전으로 유명하다. 수니온곶은 앞쪽으로 에게해의 망망대해가 보이기 때문에 포세이돈의 성소가 자리 잡기에는 최적의 장소였다. 고대 그리스인들은 이곳에 포세이돈의 강한 기운이 서려 있다고 생각하고 일찍부터 제단을 쌓고 그에게 제물을 바치며 선원들의 무사 귀환을 빌었다.

호메로스도 『오디세이아』에서 스파르타의 메넬라오스도 트로이 전쟁 후 귀향하다가 수니온곶을 도는 중에 무슨 이유에서인지 갑자기 궁술의 신 아폴론의 화살을 맞고 죽은 키잡이 프론티스Phrontis를 위해 "성스러운" 수니온곶에 상륙하여 포세이돈 신에게 제물을 바치며 성대한 장례식을 거행했다고 쓰고 있다. BC 7세기경부터 이곳 암반에는 포세이돈 신에게 바친 실제 사람보다 큰 청년상들인 쿠로이Kouroi가 세워져 있었다. 그중 하나가 신전에서 발굴되어 현재 아테네 고고학 박물관에 전시되어 있는데 '수니온 쿠로이' 혹은 '수니온 전사'로 불린다.

수니온곶 앞바다에서 약 4km 떨어진 곳에 마크로니시Makronisi, 혹은 마크로니소스Makronisos라는 섬이 있다. 가로 12.5km, 세로 2.5km의 이 섬은 포세이돈 신전 왼쪽의 라우리온시 해안을 따라 길게 누워 있는 형국이어서 해안에서 보면 마치 이름의 뜻처럼 '큰 섬'처럼 보이는데 발칸 전쟁 시기에는 감옥과 포로수용소로, 그리스 독립전쟁 시기에는 정치범 수용소로 쓰였다. 그리스의 유명한 음악가 미키스 테오도라키스Mikis Theodorakis도 이곳에 갇혀 있었다. 특히 이 섬은 트로이 함락 후 남편과 함께 귀향하던 헬레네가 하룻밤 묵은 곳으로 전해 내려와 '헬레네섬'으로도 불린다. 현재 이 섬은 그리스에서 가장 큰 무인도다.

수니온곶 포세이돈 신전

마크로니시섬, 포세이돈 신전 왼쪽 라우리온시 앞바다

헬레네는 트로이에 간 적이 없었다?

에우리피데스Euripides는 비극 「헬레네」에서 헬레네는 전혀 트로이에 간 적이 없었다는 매우 생뚱맞은 주장을 펼쳤다. 그에 따르면 소위 '파리스의 심판'에서 패배한 헤라는 기분이 몹시 상한 나머지 파리스와 헬레네가 맺어지지 못하도록 바람으로 헬레네의 모습을 빚어 파리스에게 주었다. 제우스도 이 기회를 이용하여 그리스와 트로이 사이에 전쟁을 일으켜 그동안 대지에 너무 과중한 짐이 되었던 인간들의 수도 줄이고 그리스의 영웅 아킬레우스도 세상에 널리 알리고 싶었다. 그래서 진짜 헬레네는 전령의 신 헤르메스를 시켜 이집트의 왕 프로테우스Proteus에게 잠시 맡기도록 했다. 에우리피데스는 비극 「엘렉트라」에서는 아예 제우스가 헬레네의 허상을 트로이로 보냈다고 주장했다.

헤로도토스Herodotos도 『역사』에서 헬레네의 행적과 관련하여 이와는 약간 무늬는 달라도 본질은 똑같은 이야기를 소개하고 있다. 일반적으로 파리스는 헬레네를 배에 태우고 순풍을 타고 3일 만에 트로이에 도착한 것으로 알려져 있다. 하지만 헤로도토스가 이집트의 사제로부터 들은 이야기는 그와는 사뭇 달랐다. 그에 따르면 파리스의 배는 폭풍우를 만나 한참을 표류하다가 트로이로 가지 못하고 이집트에 도착했다. 이집트의 왕 프로테우스는 그들로부터 자초지종을 전해 듣더니 남의 가정을 파괴한 파리스를 추방하고 헬레네와 그녀가 가지고 간 보물은 억류해 두었다. 그는 헬레네의 남편이 찾으러 오면 아내와 보물을 돌려줄 속셈이었다.

그 사이 아가멤논은 총사령관이 되어 동생 메넬라오스와 함께 그

헬레네와 파리스,
B.C. 380-B.C. 370년경
그리스 도기 그림, 헬레네가
스파르타에서 가져온 보석
함을 열어 보고 있다

리스 대군을 이끌고 트로이를 포위한 채 성안으로 특사를 보내 헬레네
와 보물을 돌려 주고 그리스를 모욕한 것에 대해 물질적으로 보상해
달라고 요구했다. 그러자 트로이 측은 헬레네는 트로이에 오지 않았기
때문에 당연히 그녀가 가져왔다는 보물도 있을 턱이 없으며 그녀와 보
물은 모두 이집트에서 프로테우스 왕의 억류를 당하고 있으니 그에 대
해 물질적으로 보상할 아무런 이유가 없다고 대답했다.

　하지만 그리스군은 트로이인들이 거짓말을 하고 있다고 생각하여
트로이를 공격하여 결국 함락시킨 뒤 트로이 성내에서 아무리 헬레네
를 쥐잡듯이 뒤져 보아도 그 흔적을 찾을 수 없었고, 살아남은 트로이
왕족을 족쳐 봐도 여전히 똑같은 이야기를 듣게 되자 마침내 그들의
이야기를 믿고 메넬라오스를 특사로 이집트의 프로테우스 왕에게 보
냈다. 메넬라오스는 나일강을 거슬러 올라가 멤피스에 도착한 다음 왕
에게 찾아온 용건을 말하자 환대를 받았다. 또 아무런 해를 입지 않고
편히 지내고 있던 헬레네와 본래 자기 것이었던 보물을 그대로 돌려받
았다.

헤로도토스는 자신도 이집트 사제들이 헬레네에 대해 말한 게 사실이라고 생각했다. 그에 따르면 헬레네가 실제로 트로이에 있었다면 파리스의 의지와는 상관없이 그녀는 그리스군에 돌려주었음에 틀림이 없다. 프리아모스를 비롯한 그 누가 과연 자신과 가족 그리고 나라까지 위험에 빠뜨리면서 파리스와 헬레네의 사랑을 지켜 줄 수 있었겠는가. 설령 헬레네의 연인이 프리아모스였다고 해도 그는 트로이를 위험에서 구해 내기 위해 그리스군에 되돌려 보냈을 것이다. 또 이미 노인이 된 프리아모스를 대신해서 용감무쌍한 장남 헥토르가 트로이의 전권을 행사하고 있었을 텐데 아무리 동생이라고 해도 그의 파렴치한 행위를 보고만 있지 않았을 것이다.

헬레네의 행적에 대한 이설들은 우리에게 전쟁의 속성에 대한 중요한 진실을 말해 준다. 전쟁은 명분이 있어야 발발하지만, 그 명분은 허울에 지나지 않고 진짜 전쟁의 원인은 따로 있다는 만고의 진실 말이다. 그것은 바로 그 나라를 차지하고 싶은 탐욕이다. 트로이 전쟁은 트로이에 납치당한 스파르타의 왕비 헬레네를 찾으러 간다는 그럴듯한 명분으로 벌어졌지만, 에우리피데스나 헤로도토스에 의하면 정작 헬레네는 트로이에 없었거나 허상이었고 결국 애먼 트로이만 몰락시켰다.

아테나의 분노, 작은 아이아스의 죽음

두 나라 사이에 전쟁이 끝났을 때 진정한 승자라면 패자에게 연민을 보이며 자비를 베푸는 법이다. 만약 승자 쪽 장수들이 스스로 분노와 탐욕을 억제하고 부하들에게도 폭력과 약탈을 금지하는 포고령을 내리면 패자로부터 진심 어린 복종을 받아 낼 수 있다. 승자가 아량을 보이면 패자는 진심에서 우러나서 패배를 인정한다. 그것은 공포심에서 어쩔 수 없이 하는 굴복이 아닌 자발적인 승복이다. 하지만 트로이를 점령한 그리스군은 그렇지 않았다. 그들은 호메로스가 이야기한 것처럼 패자인 트로이인에게 "결코 신중하지도 정의롭지도 않았다".

그리스군은 칠흑 같은 밤을 이용하여 나약한 트로이인에게 할 수 있는 온갖 범죄를 저질렀다. 그들은 자신들에게 협력한 트로이인의 집을 제외한 트로이의 모든 가옥을 불태우고 파괴했으며 거리에서 눈에 띄는 트로이인은 남녀노소를 가릴 것 없이 닥치는 대로 도륙했다. 또한 부녀자들은 보이는 대로 겁탈했으며 민가뿐 아니라 성스러운 신전에도 침입하여 숨어 있는 사람들을 찾아내 살해하고 귀중품을 약탈했다. 이때 트로이 왕족 남자들은 거의 모두 살해했으며 여자들은 마치 전리품처럼 그리스 장수들이 나누어 가졌다.

그리스군의 범죄는 명백했으나 트로이가 몰락한 이상 그들에게 복수할 사람은 아무도 없었다. 하지만 그들이 귀향할 때가 되자 비로소 신들이 그들의 죄과를 물었다. 그리스군의 응징에 맨 먼저 발 벗고 나선 것은 바로 지혜와 전쟁의 여신 아테나였다. 그녀는 특히 작은 아이아스가 자신의 신전으로 피신하여 신상을 붙들고 있던 프리아모스의 딸 카산드라Kassandra를 강제로 끌어내 겁탈하는 광경을 목격하고 극심한 분노를 느꼈다. 그래서 바다의 신 포세이돈을 찾아가 귀향하는 그리스군에게 재앙을 안겨 주자고 제안하자 그는 적당한 때를 골라 바닷물을 마구 휘저어 놓겠다고 약속했다.

그리스군의 출항이 임박하자 예언가 칼카스는 아테나의 분노를

카산드라를 겁탈하는 작은 아이아스,
B.C. 440-B.C. 430년경
그리스 도기 그림

상기시켰다. 그러자 오디세우스가 장수들 회의를 소집하여 아테나의 분노를 초래한 장본인인 작은 아이아스를 돌로 쳐 죽이자고 제안했지만, 아이로니컬하게도 작은 아이아스는 아테나 신전으로 피신하여 목숨을 구했다. 하지만 그리스군을 실은 함선들이 에우보이아의 카파레우스Kaphareus 곶에 이르자 포세이돈이 약속대로 엄청난 폭풍우를 일으켜 상당수가 그 근처에 있는 기라이Gyrai 암초에 부딪혀 침몰했다.

이때 작은 아이아스가 탄 함선만은 용케도 폭풍우를 뚫고 기라이 암초도 무사히 빠져나왔다. 그걸 보고 분노한 아테나는 그의 함선을 향해 제우스의 허락을 받고 헤파이스토스로부터 건네받은 번개를 날렸다. 함선이 산산조각이 나고 부하들은 모두 죽었지만 이번에도 구사일생으로 살아남은 작은 아이아스는 바다에 솟은 다른 암초에 기어올라 마치 신들보고 들으라는 듯 하늘을 향해 주먹을 휘두르며 교만하게 외쳤다. "나는 신들이 아무리 죽이려 해도 이렇게 살아남았다! 나는 제우스신도 전혀 두렵지 않다!" 이 광경을 보고 분기탱천한 포세이

돈이 삼지창으로 그 암초를 쳐서 부수어 버리자 그는 결국 바다에 빠져 익사하고 말았다.

팔라메데스의 아버지
나우플리오스의 복수극

포세이돈이 일으킨 폭풍우는 그리스군 함선들이 가장 많이 몰려오던 때에 일회적인 것으로 끝났다. 하지만 그리스군 함선들은 그 후로도 한동안 카파레우스 곶 근처에서 침몰하곤 했다. 그것은 바로 트로이 전쟁 중 오디세우스의 모함을 받고 죽은 팔라메데스의 아버지 나우플리오스Nauplios의 복수극 때문이었다. 그는 아들 팔라메데스가 억울하게 죽었다는 이야기를 전해 듣고 당장 배를 타고 트로이로 달려가서 아들의 명예 회복과 보상을 요구했다. 하지만 그리스군의 총사령관 아가멤논을 비롯한 모든 그리스군 장수들은 그 요구를 거절했다.

분노한 나우플리오스는 팔라메데스를 따라 참전했던 아들 오이악스Oiax를 데리고 고향으로 돌아와서는 그리스군을 응징하기 위해 날마다 해가 지면 귀환하는 함선들의 길목에 있던 카파레우스Kaphareus(지금은 카피레아스Kafireas)곶에 횃불을 켜 놓았다. 이윽고 전쟁이 끝나고 트로이를 떠난 그리스군 함선들이 칠흑같이 어두운 어느 날 밤에 카파레우스곶 근처에 이르렀다. 그러자 횃불은 마치 현대의 등대처럼 함

카파레우스곶과 페탈리오이만의 위치

선들을 그들이 아울리스항에서 트로이로 떠날 때 지나왔던 파가사이
Pagasai만 쪽으로 안전하게 유도하는 것처럼 보였다.

하지만 아뿔싸! 그곳은 에우보이아 북동쪽 끝자락 파가사이Pagasai
만이 아니라 암초투성이의 에우보이아 남동쪽 끝자락 페탈리오이
Petalioi만이었다. 결국 횃불만 보고 방심한 채 만으로 들어오던 그리스
군 함선들은 바닷속에 감춰져 있던 거대한 '기라이Gyrai' 암초에 부딪
혀 그만 대다수가 침몰하고 말았다. 이렇게 귀향하던 그리스군 함선들
은 처음에는 포세이돈이 일으킨 폭풍우 때문에, 나중에는 팔라메데스
의 아버지 나우플리오스가 아들의 죽음을 복수하기 위해 속임수로 카
파레우스곶에 세워 놓은 횃불 때문에 상당수가 침몰했다.

크레타의 왕
이도메네우스

크레타의 왕 이도메네우스Idomeneus는 메리오네스Meriones와 함께
80척의 전함을 이끌고 트로이 전쟁에 참전했다. 그는 대부분의 그리스
장수들보다 나이는 많았어도 전투가 벌어지면 누구 못지않게 아주 용
감하게 싸웠다. 팔라메데스의 죽음이 던진 저주의 불똥은 그에게도 튀
었다. 나우플리오스는 이도메네우스가 귀향하기 전 직접 크레타로 건
너가 이도메네우스의 수양아들 레우코스Leukos를 부추겨 수양어머니
메다Meda를 유혹하게 했다. 하지만 사랑보다는 권력에 더 관심이 있었
던 레우코스는 결국 메다와 딸 클레이시티라Kleisithyra를 궁전에서 쫓
아내고 나중에는 신전으로 피신한 그들을 찾아내 살해한 다음 이도메

네우스의 왕위를 차지하고 크노소스Knossos뿐 아니라 나머지 도시국가 10개도 손아귀에 넣었다.

트로이 전쟁이 끝난 뒤 이도메네우스가 트로이를 출발하여 크레타 근처에 도착하자 엄청난 폭풍우가 몰려왔다. 그는 그 폭풍우에 전함 80척 중 79척을 잃고 자신의 함선 한 척만 남았을 때 포세이돈 신에게 만약 자신을 구해 주면 크레타에 상륙하여 맨 처음 만나는 사람을 제물로 바치겠다고 맹세했다. 그런데 막상 상륙해 보니 그게 바로 자기 아들 이다만테스Idamantes였다. 이도메네우스가 눈물을 머금고 아들을 포세이돈 신에게 바치고 궁전에 도착하자 이미 왕권을 장악한 레우코스는 그것을 구실로 그를 크레타에서 추방했다. 이도메네우스는 측근들을 데리고 이탈리아 남부로 건너가 살렌티노Salentino에 정착했다.

아르고스의 왕
디오메데스

아르고스의 왕 디오메데스Diomedes는 티데우스Tydeus와 데이필레Deipyle의 아들로 동료 장수 스테넬로스Sthenelos, 에우리알로스Euryalos와 함께 80척의 함선을 이끌고 트로이 전쟁에 참전했다. 그의 아버지 티데우스는 제1차 테베 전쟁에서 테베를 공격한 7명의 장수 중 하나였고, 그의 어머니 데이필레는 당시 아르고스의 왕이자 7명의 장수 중 하나였던 아드라스토스의 딸이었다. 또한 스테넬로스와 에우리알로스는 제2차 테베 전쟁에서 디오메데스와 함께 테베를 공격한 에피고노이Epigonoi 중 하나였다.

그리스어 '에피고노이'는 우리말로는 '후예', 혹은 '후손'이라는 뜻
으로 단수는 에피고노스Epigonos다. 제1차 테베 전쟁에서 테베를 공격
한 7명의 장수의 후예, 다시 말해 아들들을 지칭하는데, 암피아라오스
의 아들이 알크마이온Alkmaion과 암필로코스Amphilochos 등 2명인 까
닭에 총 8명이다. 디오메데스는 트로이 전쟁에서 아테나의 격려를 받
고 아레스와 아프로디테에게 상처를 입힌 걸로 유명하다. 또한 오디세
우스와 함께 트로이 성에 잠입하여 팔라디온이라는 아테나상을 훔쳐
오는 등 많은 전공을 세웠다.

　오디세우스의 음모로 억울하게 죽은 나우플리오스의 아들 팔라
메데스 사건은 디오메데스의 귀향에도 암울한 그림자를 드리웠다. 나
우플리오스는 트로이에서 데려온 팔라메데스의 형제 오이악스Oiax에
게 아르고스로 가서 디오메데스의 아내 아이기알레Aigiale에게 거짓으
로 남편이 트로이에서 그녀를 버리고 아내로 삼으려고 왕녀를 데려온
다고 고자질하라고 시켰다. 오이악스의 말을 듣고 분노와 질투심에 사

John Flaxman, 〈아레스에게 창을 던지는 디오메데스〉, 1895

로잡힌 그녀는 하필이면 남편의 동료장수였던 스테넬로스Sthenelos의 아들 코메테스Kometes와 맞바람을 피웠다.

다른 설에 의하면 나우플리오스는 아르고스에 아들을 보낸 게 아니라 자신이 직접 갔으며, 또 다른 설에 의하면 미와 사랑의 여신 아프로디테가 트로이 전쟁 중 절체절명의 위기에 처한 아들 아이네이아스를 구하려다 아테나의 사주를 받은 디오메데스에 의해 손에 상처를 입었던 것에 앙심을 품고 아이기알레에게 남편을 배신하고 코메테스를 비롯한 여러 명의 남자와 맞바람을 피우도록 했다.

어쨌든 그녀는 남편 디오메데스가 귀환하자 아르고스인을 부추겨 남편이 도시에 들어오지 못하도록 방해했다. 그래도 어렵사리 아르고스에 상륙한 디오메데스는 아내가 파 놓은 함정에 빠져 하마터면 죽을 뻔한 뒤 헤라 신전으로 몸을 피해 간신히 목숨을 구했다. 얼마 후 야밤에 아르고스를 무사히 탈출한 디오메데스는 아버지 티데우스가 다스리던 칼리돈Kalydon이 소재하고 있는 아이톨리아로 가서 재기를 노렸다.

하지만 디오메데스는 그곳에서도 정착에 성공하지 못한 채 이탈리아 남동쪽으로 건너가 아풀리아Apulia의 다우누스Daunus 왕에게 도움을 간청했다. 그러자 왕은 오히려 디오메데스에게 정착할 땅과 딸을 아내로 줄 테니 골칫거리 이웃인 메사피오이Messapioi족을 평정해 달라고 부탁했다. 그는 흔쾌히 그 제안을 받아들인 다음 부하들과 함께 출정하여 단숨에 메사피오이족을 정복했다.

그는 그 후 약속대로 다우누스 왕으로부터 땅을 하사받아 아르기리파Argyripa라는 도시를 세우고 에우이페Euippe 공주와 결혼한 뒤 자신과 이름이 같은 디오메데스와 암피노모스라는 두 아들을 두었다. 베르길리우스의 『아이네이스』에 따르면 아이네이아스가 트로이의 유민을 이끌고 이탈리아에 도착하여 전운이 감도는 가운데 원주민의 지도자 라티누스Latinus가 아르기리파의 디오메데스에게 베눌루스Venulus라는 전령을 보내 원군을 요청하자 그는 이렇게 대답했다.

"제발 나를 백해무익한 전쟁에 끌어들이지 마시오. 내가 아무런 이유 없이 트로이를 처참하게 파괴하고, 게다가 아프로디테 여신의 손을 다치게 한 탓에 귀향해서도 난 아내에게 배신당하고 사랑하는 아들도 보지 못한 채 평생 그때 전사한 부하들이 변신한 새들의 추격을 받으며 고통스러운 나날을 보내고 있소. 이 새들은 마치 나를 원망하듯이 내가 가는 곳이면 어디든지 따라와 울부짖으며 내 마음을 후벼 판다오. 그러니 당신들은 제발 아이네이아스와 평화조약을 맺고 전쟁은 피하시오."

아트레우스의 아들
아가멤논과 메넬라오스

그리스군이 트로이를 떠나기 바로 직전 예언가 칼카스가 그리스 장수들에게 아테나의 분노를 상기시켰을 당시 아트레우스의 아들 아가멤논Agamemnon과 메넬라오스Menelaos 형제 사이에 의견 충돌이 일어났다. 메넬라오스는 그냥 곧장 출발하려고 했으나 아가멤논은 잠시 출발을 미루고 여신에게 제물을 바치고 떠나자고 했다. "형님, 바람이 불 때 곧바로 출항하시지요." 메넬라오스가 제안하자 아가멤논이 대답했다. "우선 아테나 여신에게 제물을 바치고 용서를 구한 다음 떠나자." 메넬라오스는 다시 대꾸했다. "우리는 아테나 여신에게 잘못한 것도 신세를 진 것도 전혀 없습니다. 여신은 트로이 성을 너무 오랫동안 지켜 주었어요.”

형제들은 결국 이때 서로 불평하며 헤어져서 다시는 만나지 못했다. 그 후 아가멤논은 비교적 수월하게 귀향을 하는 것에 비해 메넬라오스는 분노한 아테나가 포세이돈에게 부탁하여 일으킨 폭풍우에 걸려 들어 5척을 제외한 나머지 55척의 함선을 모두 잃었다. 또한 남은 함선들도 당장 귀향하지 못한 채 정처 없이 표류하다가 크레타섬에 도착했다. 메넬라오스는 다시 그곳에서 고향 스파르타를 향해 출발했으나 웬일인지 무엇에 홀린 듯 아무리 해도 고향으로 가는 항로를 찾을 수 없었다.

메넬라오스는 그렇게 바다를 떠돌아다니면서 키프로스, 페니키아, 에티오피아, 리비아 등지를 방문했다. 그 나라의 왕들은 그를 귀한 손님으로 받아들이고 그에게 엄청난 황금을 선물했다. 메넬라오스가 그렇게 8년 동안이나 바다를 방랑하다가 마침내 이집트의 파로스^{Pharos}섬에 도착하자 에이도테에 요정이 바닷가를 산책하던 그에게 나타나 바다의 신 중 하나로 바다의 노인으로 불리는 자신의 아버지 프로테우스를 졸라 귀향 방법을 물어보라고 충고했다. 아버지만이 메넬라오스가 빠져 있는 마법을 깨고 귀향할 수 있도록 남풍의 도움을 받을 방법을 알고 있다는 것이다.

메넬라오스와 그의 부하 셋은 곧바로 요정이 건네 준 악취가 지독하게 풍기는 물개 가죽을 뒤집어쓴 채 해안에 누워 프로테우스를 기다렸다. 점심때가 되자 수백 마리의 프로테우스의 물개가 그들 주변으로 모여들었다. 그러고 나서 한참 뒤 마침내 프로테우스 자신이 나타나 물개들 사이를 비집고 들어가더니 누워 잠이 들었다. 메넬라오스 일행이 덮치자 그는 계속해서, 사자, 뱀, 표범, 멧돼지, 흐르는 물, 나무로 변신했다. 오디세우스 일행은 그의 딸이 알려 준 대로 그를 끝까지 놓지 않고 다른 사람들의 행방과 자신들이 귀향할 방법을 알려 달라고 졸랐다.

결국 지칠 대로 지친 프로테우스는 메넬라오스에게 그의 형 아가멤논은 미케네에 도착하자마자 아내와 그녀의 정부에게 살해되었고, 작은 아이아스는 아테나 여신의 분노를 사 익사했으며, 오디세우스는 아직도 바다를 방랑하고 있다고 알려 주었다. 이어 귀향하려면 다시 이집트로 돌아가 아테나를 비롯한 신들에게 성대한 제물을 바치고 그들의 분노를 달래줘야 한다고 귀띔해 주었다. 프로테우스가 시킨 대로 하자 거짓말처럼 남풍이 불어 메넬라오스의 함선들은 순식간에 스파르타의 외항 기테이온에 도착했다. 그날은 우연히도 메넬라오스의 조카 오레스테스가 8년 만에 미케네로 돌아와 어머니 클리타임네스트라와 정부 아이기스토스를 죽여 아버지 아가멤논의 복수를 감행한 바로 그날이었다.

큰 아이아스의 동생
테우크로스

테우크로스Teukros는 살라미스의 왕 텔라몬의 아들로 큰 아이아스의 이복동생이다. 그의 어머니는 아버지의 후처인 트로이의 공주 헤시오네Hesione였고, 형의 어머니는 본처인 페리보이아였다. 테우크로스는 12척의 함선을 끌고 트로이 전쟁에 참전한 형을 따라가 궁수로 이름을 날렸고, 아버지의 부탁대로 형을 잘 보필하기 위해 늘 그림자처럼 옆에서 전투에 임했다. 그는 특히 형이 갖고 있던 엄청나게 큰 방패 뒤에 몸을 숨긴 채 화살 사정거리 안으로 슬금슬금 다가가서는 갑자기 상체를 드러낸 다음 적을 향해 화살을 날리곤 했다. 큰 아이아스는 그리스군의 다른 장수들보다 머리 하나만큼이나 키가 컸으며 방패도 거대했다고 한다. 호메로스가 그를 "그리스군의 방벽"으로 칭한 건 바로 그 때문이다.

전사한 아킬레우스가의 무구가 오디세우스의 차지가 된것에 분노한 큰 아이아스가 자살하자 테우크로스는 형의 시신을 매장한 다음 후견을 맡은 조카 에우리사케스Eurysakes를 데리고 무사히 살라미스로 귀환했다. 하지만 텔라몬은 혼자 살아 돌아온 아들을 재판에 회부하고 비겁하게 형의 복수를 하지 않고 돌아온 것을 근거로 유죄로 판결하여 국외로 추방한 다음 다시는 고향 살라미스로 돌아오지 못하도록 했다. 그러자 테우크로스는 델피의 아폴론 신전의 신탁에 따라 부하들과 함께 키프로스섬으로 건너가서 키니라스Kinyras 왕의 환대를 받았다. 이어 왕의 공주 중 하나를 아내로 얻고 그곳에 살라미스Salamis라는 도시를 세웠다.

스페인 갈리시아Galicia 지방의 전설에 따르면 테우크로스는 아버지에 의해 고향 살라미스에서 추방당한 뒤 서쪽으로 항해하여 이베리아반도에 도착한 다음 폰테베드라Pontevedra라는 도시를 건설했다. 그래서 폰테베드라 시청 정면에는 테우크로스가 그 도시를 건설했다는 명문이 새겨져 있고, 폰테베드라에서 가장 오래된 광장 이름도 테우크로스다. 또한 순례자 성모교회Iglesia de la Virgen Peregrina 아트리움 분수 꼭대기에도 십자가상을 뒤로 하고 사자 턱을 바스러뜨리는 테우크

테우크로스상, Cándido Pazos, 2006,
스페인 폰테베드라 산 호세 광장

로스상이, 산타 마리아 라 마요르 성당Parroquia Santa María la Mayor 정면 지지대 꼭대기에도 곤봉을 들고 있는 테우크로스상이, 산 호세San José 광장의 지방저축은행Caixa de Pontevedra 옥상 난간에도 오른손에 활을 들고 하늘 높이 치켜 세우고 있는 테우크로스상이 세워져 있다.

헤라클레스의 활과
화살을 지닌 필록테테스

필록테테스Philoktetes는 테살리아의 멜리보이아Meliboia의 왕 포이아스Poias의 아들로 그 당시 도시국가 왕자들 대부분이 그런 것처럼 헬레네의 구혼자였다. 그는 언젠가 부하들과 오이타Oita산을 내려오다가 우연히 마주친 헤라클레스의 화장단에 불을 붙여 주고 그 대가로 그의 활과 화살을 받은 것으로 유명했다. 헤라클레스는 그때 모든 모험을 마치고 죽을 때가 온 것을 직감하고 장작으로 화장단을 쌓고 그 위에 올라가 스스로 불을 붙여 생을 마감하려 했지만 부싯돌을 가져오지 않아 난감해하고 있었다.

트로이 전쟁이 발발하자 필록테테스는 함선 7척을 이끌고 참전했다. 그리스 함선들은 트로이로 향하던 중 신들에게 제사를 지내기 위해 잠시 크리세 섬에서 기항했다. 제사가 끝난 후 필록테테스는 함선으로 돌아가다가 그만 풀숲에 숨어 있던 물뱀에 발을 물리고 말았는데

Francesco Hayez, 〈상처입은 필록테테스〉, 1828-1820

상처가 도지는 바람에 극심한 고통에 시달렸다. 상처에서 나는 악취와 그가 내지르는 비명 소리 때문에 그의 부하들을 비롯한 그리스군의 원성이 극에 달했다. 아가멤논은 결국 오디세우스의 제안으로 그를 렘노스섬에 내려놓고 떠났다.

필록테테스는 그 섬에 버려진 채 거의 10년 동안이나 물고기와 새를 잡아먹으며 비참한 생활을 이어 갔다. 그동안 물뱀에 물린 상처도 전혀 차도가 없어 더욱더 그를 힘들게 했다. 하지만 전쟁 막바지에 그리스군은 포로로 잡힌 트로이의 왕자로 예언자였던 헬레노스로부터 헤라클레스의 활과 화살이 있어야 승리한다는 신탁을 듣고 오디세우스를 시켜 그를 트로이로 데려와 군의관 마카온Machaon에게 그의 상처를 치료해 주도록 했다. 그 후 전쟁터에 뛰어든 필록테테스는 헤라클레스의 활과 화살로 트로이의 왕자 파리스를 죽여 아킬레우스의 복수를 통쾌하게 해 주었다.

그는 이때 파리스를 향해 총 4발의 화살을 날렸다. 첫 번째 화살은 빗나갔고, 두 번째 화살은 막 쏘려고 화살을 잡고 있던 파리스의 오른손을, 세 번째 화살은 오른쪽 눈을, 네 번째 화살은 파리스가 아킬레우스를 죽일 때처럼 발뒤꿈치를 맞추었다. 전쟁이 끝난 후 필록테테스는 별 어려움 없이 무사히 고향 멜리보이아에 도착했다. 하지만 얼마 후 반란이 일어나자 이탈리아의 칼라브리아Kalabria로 피신하여 페텔리아Petelia라는 도시를 건설한 뒤 아폴론 신전을 세우고 헤라클레스의 활과 화살을 바쳤다.

칼카스, 포달레이리오스, 암필로코스

칼카스Kalchas는 헬레네의 구혼자는 아니었으나 아가멤논의 요청으로 트로이 전쟁에 참전하여 그리스군의 공식 예언가로 활동했다. 그는 트로이가 함락되는 과정에서 로크리스Lokris 출신의 작은 아이아스가 아테나 신전에서 트로이의 공주 카산드라Kassandra를 겁탈하자 그리스군의 함대가 귀환하다가 분노한 아테나 여신이 일으킨 폭풍우로 많이 침몰당할 것으로 예측하고 함선을 타고 그리스로 돌아가지 않고 군의관 포달레이리오스Podaleirios 그리고 예언가 암필로코스Amphilochos와 함께 걸어서 소아시아의 콜로폰Kolophon으로 갔다. 그런데 그곳에서 칼카스는 자신이 받은 신탁대로 자신보다 더 뛰어난 예언가인 몹소스Mopsos를 만나 죽음을 맞이했다.

몹소스는 아폴론과 그리스 신화 최고의 예언가 테이레시아스의 딸이자 아버지처럼 예언가였던 만토Manto의 아들이었다. 마침 칼카스가 몹소스를 만난 곳에는 열매가 주렁주렁 달린 야생 무화과나무 한 그루가 서 있었다. 칼카스는 몹소스에게 창피를 주려고 이 무화과나무에서 열매를 몇 개나 딸 수 있는지 정확하게 말할 수 있느냐고 물었다. 어림짐작으로 계산하는 것보다 자신의 투시력을 믿었던 몹소스는 눈을 지그시 감더니 대답했다.

"우선 10000개에다 1부셸(8갤런, 약 36kg), 더 정확하게 얘기하면 그러고도 하나가 남네." 칼카스는 한 개가 남는다는 몹소스의 말을 염두에 두고 그를 조롱하며 비웃었다. 하지만 무화과 나무에서 열매를 다 따서 세어보니 몹소스의 예언은 한 치의 오차도 없었다. "여보게, 자, 이제 그렇다면 천 단위에서 더 작은 단위로 내려가서 다시 한번 겨루어 보세." 몹소스는 쓸쓸한 미소를 지으면서 말했다. "저기 새끼를 밴 암퇘지의 배에는 도대체 몇 마리의 새끼가 들어 있는지 말할 수 있겠나? 암수는 어떻게 되겠나? 그리고 언제 낳겠나?"

"어미 배 안에는 모두 8마리가 들어 있네. 모두 수컷이고, 9일 안에 낳을 것이네." 칼카스는 생각나는 대로 아무렇게나 대답하고 자신의 추측이 틀렸다는 것이 드러나기 전에 그곳을 떠나려고 했다. 하지만 몹소스가 다시 눈을 감으며 대답했다. "나는 다른 생각이네. 새끼는 모두 3마리인데 그중 한 마리만 수컷이네. 그리고 출산 시기는 바로 내일 정오네. 아마 일 분도 더 빠르지도 않고 더 늦지도 않을 걸세." 다음 날 결과를 보니 과연 몹소스의 말이 옳았다. 칼카스는 그 후 몹소스에게 져서 너무 분한 나머지 몸이 점점 사위어가더니 결국 심장이 터져 죽고 말았다.

포달레이리오스는 형제 마카온Machaon과 함께 트로이 전쟁에서 의료를 담당했던 장수로 마카온은 외과 의사였고 포달레이리오스는 내과 의사였다. 그들은 지금으로 치면 군의관이었던 셈이다. 특히 마카온은 트로이 장수 판다로스Pandaros의 화살에 맞은 메넬라오스의 상처를 치료해 주었으며, 물뱀에 물려 렘노스섬에 버려졌다가 10년 만에 돌아온 필록테테스의 다리도 치료해 주었다. 하지만 두 형제는 의사로서뿐 아니라 전사로서도 중요한 역할을 했으며 둘 다 활쏘기에 능했다.

어쨌든 두 형제 중 마카온은 트로이 장수 에우리필로스의 손에 죽임을 당했고, 포달레이리오스는 고향에 무사히 도착한 후 델피의 아폴론 신전으로 찾아가서 앞으로 자신이 어디에 정착해야 할지를 물었다. 그러자 여사제 피티아Pythia는 그에게 만약에 하늘이 무너져도 아무런 일을 당하지 않을 안전한 곳으로 가라고 충고했다. 심사숙고 끝에 포달레이리오스는 사면이 산으로 둘러싸인 소아시아 카리아Karia의 시르노스Syrnos를 선택했다. 그는 그곳 산의 꼭대기들이 설령 아틀라스가 떠받치고 있던 하늘을 어깨에서 내려놓더라도 하늘을 지탱할 수 있을 것으로 생각했다.

암필로코스는 예언가이자 아르고스의 왕 암피아라오스의 아들로 모친 살해범 알크마이온Alkmaion의 형제다. 그는 아버지로부터 예언하는 능력을 물려받았으며 아버지의 뒤를 이어 아르고스를 통치하다가 트로이 전쟁에 참전하여 예언가 칼카스를 보필했다. 암필로코스는 도보로 함께 귀향하던 칼카스가 소아시아의 콜로폰에서 죽자 몹소스와 함께 배를 타고 킬리키아Kilikia로 가 말로스Mallos라는 도시를 세웠다.

그런데 암필로코스가 얼마 후 자신의 왕국인 아르고스로 돌아가자 몹소스 혼자 그 나라 왕이 되었다. 하지만 아르고스의 정세에 환멸을 느낀 암필로코스가 12개월 만에 말로스로 돌아와 자신의 예전 권리를 요구하자 몹소스는 야박하게 그것을 거절하고 심지어 그에게 말로스를 떠나라고 요구했다. 당황한 말로스인들이 그들에게 이 분쟁을 일대일 결투로 해결하라고 제안하자 암필로코스와 몹소스는 서로 싸우다가 모두 죽고 말았다.

백전노장 필로스의 왕
네스토르

네스토르Nestor는 필로스의 왕 넬레우스Neleus의 12명의 아들 중 막내였다. 언젠가 영웅 헤라클레스가 아무 죄 없는 에우리토스의 아들 이피토스를 죽인 뒤 광기에 빠지자 넬레우스에게 정죄를 부탁했다가 거절당한 적이 있었다. 이에 대해 헤라클레스는 앙심을 품고 있다가 어느 날 필로스를 급습하여 그와 아내 클로리스를 비롯한 11명의 아들을 죽였다. 그때 네스토르는 무슨 이유인지 알 수는 없지만 마침 집을 떠나 게라니아Gerania에서 자라고 있었던 덕분에 살아남아 아주 젊은 나이에 필로스의 왕이 되었다. 호메로스가 『일리아스』에서 그를 "게라니아의 네스토르"라고 부르는 이유는 바로 그 때문이다.

네스토르는 젊은 시절에는 황금 양피를 찾아 나선 아르고호의 모험의 일원이었고, 페이리토오스와 테세우스가 반인반마 켄타우로스족과 싸울 때도 힘을 보탰으며, 칼리돈의 멧돼지 사냥에도 동참했다. 네스토르는 특히 3세대를 살 정도로 장수를 누렸다. 그 이유는 그의 수호신 아폴론이 헤라클레스의 손에 너무 일찍 죽은 어머니와 형제들의 수명을 그에게 덤으로 주었기 때문이다. 트로이 전쟁이 발발하자 네스토르는 헬레네의 구혼자였던 아들 안틸로코스를 따라 90척의 함선을 이끌고 참전했다. 그러자 아버지와 동생을 걱정한 큰아들 트라시메데스가 그들을 따라갔다.

네스토르는 트로이 전쟁 당시 너무 연로한 나머지 직접 싸울 수는 없었다. 하지만 젊은 시절 여러 전투에서 잔뼈가 굵은 백전노장으로서 그리스군이 위기에 처할 때마다 충고를 아끼지 않았기에 그리스군에게 정신적 스승의 역할을 톡톡히 해냈다. 불화 관계에 놓인 아가멤논과 아킬레우스에게 화해하라고 한 것도, 파트로클로스에게 아킬레우스의 무구를 빌려 입고 트로이군을 그리스 진영에서 쫓아내라고 한 것도 바로 그였다. 네스토르는 심지어 파트로클로스의 장례를 기리는 전차 경주에서 아들 안틸로코스를 향해 큰 소리로 코치해서 월등히 앞 섰던 메넬라오스를 앞질러 2등으로 들어오도록 만들기도 했다. 그는 이처럼 현명했고 정의로웠고, 사람들에게는 관대하고 공손했으며, 신들에 대해서는 늘 경외심을 잃지 않았다.

그래서 네스토르는 그리스군의 존경을 한 몸에 받았을 뿐 아니라 신들에게도 깊은 총애를 받았다. 그 덕분에 그는 트로이 전쟁에서 비록 사랑하는 아들 안틸로코스를 에티오피아의 왕 멤논Memnon에게 잃기는 했어도 다른 장수들처럼 카파레우스곶에서 폭풍우에 좌초되는 일 없이 큰아들 트라시메데스를 데리고 무사히 귀향하여 행복한 노년을 누렸다. 호메로스의 『오디세이아』에 따르면 오디세우스의 아들 텔레마코스가 아버지의 행방을 물어보기 위해 자신을 찾아오자 네스토르는 그를 환대했다. 이어 텔레마코스가 메넬라오스를 만나러 스파르타로 떠난다고 하자 막내아들 페이시스트라토스를 길잡이로 딸려 보냈다.

메네스테우스, 데모폰과 아카마스

메네스테우스Menestheus는 아테네의 시조 에레크테우스Erechtheus의 증손자다. 언젠가 아테네의 왕 테세우스가 절친 페이리토오스와 함께 대담하게도 지하 세계로 하데스의 아내 페르세포네를 납치하러 갔다가 하데스가 권한 의자에 앉는 바람에 죽음과도 같은 깊은 잠에 빠져 있는 사이 스파르타의 쌍둥이 왕자 카스토르와 폴리데우케스가 그

전에 그들에게 납치당한 어린 여동생 헬레네를 구출하기 위해 군사들을 이끌고 아테네를 공격했다. 그들은 결국 동생 헬레네를 구한 다음 자신들에게 협력한 메네스테우스를 테세우스의 부재로 비어 있던 아테네의 왕으로 옹립하고 돌아갔다.

쌍둥이 왕자는 이때 헬레네를 돌보고 있던 테세우스의 어머니 아이트라Aithra도 함께 데려갔다. 트로이 전쟁이 발발하자 헬레네의 구혼자였던 메네스테우스는 50척의 함선을 이끌고 참전했다. 하지만 전투에서는 두각을 나타내지 못한 채 늘 후방에 머물러 있었다. 그는 트로이 전쟁이 끝난 뒤 귀향하다가 에게해의 멜로스Melos섬에 상륙하여 마

Jean-Bruno Gassies, <헬레네를 구출하는 카스토르와 폴리데우케스>, 1817
그림 왼쪽에서 두 병사에게 끌려가는 인물이 바로 테세우스의 어머니 아이트라다

침 그들이 도착하기 얼마 전 폴리아낙스Polyanax왕이 죽어 마침 비어 있던 그 나라 왕이 되어 아예 아테네로 돌아가지 않았다.

데모폰Demophon과 아카마스Akamas는 아테네의 왕 테세우스와 후처 파이드라의 아들이다. 그들은 테세우스가 지하 세계에 갇혀 있을 당시 너무 어렸다. 테세우스는 12번째 과업으로 머리가 셋 달린 괴물개 케르베로스Kerberos를 데리러 지하 세계로 온 헤라클레스의 도움으로 아테네로 돌아온 뒤 메네스테우스가 자신의 왕위를 차지한 걸 보고 두 아들을 평소 친분이 있던 에우보이아의 왕 엘레페노르Elephenor에게 맡긴 다음, 자신은 스키로스섬으로 가서 그곳에 있던 아버지 아이게우스Aigeus의 영지를 토대로 재기를 노리다 리코메데스 왕에게 비참하게 죽음을 맞이했다.

그 후 데모폰과 아카마스는 에우보이아에서 장성하여 헬레네의 구혼자였던 엘레페노르 왕을 따라 트로이 전쟁에 참전했다. 전쟁이 끝나고 나서 그들은 스파르타의 쌍둥이 왕자에게 끌려간 뒤 파리스를 따라간 헬레네의 유모가 되어 트로이에 머물고 있던 할머니 아이트라를 모시고 아테네로 귀환하여 시민들의 열렬한 환영을 받았다. 이어 형제 중 데모폰이 트로이에서 메네스테우스가 돌아오지 않아 비어 있던 아테네의 왕위에 올랐다. 메네스테우스가 아테네로 귀향하지 않은 이유는 아마 합법적인 방법으로 차지하지 못한 아테네의 왕위가 못내 마음에 걸렸기 때문일 것이다.

하지만 아폴로도로스의 『도서관』은 데모폰에 대해 이와는 사뭇 다른 이야기를 전한다. 그에 따르면 데모폰은 아테네로 돌아오지 못했다. 그는 귀향길에 트라케에 상륙하여 필리스Phyllis 공주와 사랑에 빠져 그녀와 결혼하여 그 나라 왕이 되었다. 하지만 데모폰은 얼마 지나지 않아 트라케에 싫증이 나자 그곳을 떠날 결심을 했다. 너무나도 남편을 사랑했던 필리스가 아무리 붙들어 두려고 해도 도저히 그럴 수 없었다. 데모폰은 이렇게 거짓말을 말했다. "나는 아테네로 돌아가서 11년 전 헤어진 우리 어머니를 만나야만 하오."

필리스가 울면서 대답했다. "그러면 트라케의 왕위를 물려받기 전에 그 생각을 했어야지요. 당신이 몇 개월 이상 왕위를 비우면 그것은 우리나라 법도에 어긋나는 것이에요." 데모폰은 올림포스의 모든 신께 걸고 그해 안에 꼭 돌아오겠다고 맹세했다. 하지만 필리스는 남편이 자신을 속이고 있다는 것을 알았다. 그녀는 항구까지 따라가 그에게 조그만 상자를 주면서 이렇게 말했다. "당신이 나에게 돌아올 수 있는 희망이 전혀 없을 때 그 상자를 열어 보세요!"

데모폰은 필리스의 예상대로 과연 아테네로 가지 않고 남서쪽으로 기수를 돌려 키프로스섬으로 가 그곳에 정착했다. 약속한 해가 지났는데도 남편이 돌아오지 않자 필리스는 당대 트라케와 소아시아에서 마치 대지의 여신 가이아처럼 대지모신으로 모셨던 레아Rhea의 이름으로 그를 저주하고 독약을 먹고 자살했다. 바로 그 시각 데모폰은 호기심을 누르지 못하고 아내가 준 상자를 열어 보았다.

데모폰은 상자 안의 내용물을 보는 순간 그게 무엇인지 전해 내려오지는 않아도 곧바로 광기에 빠지고 말았다. 그는 극심한 공포에 휩싸여 말을 타고 질주했다. 급기야 그는 채찍인 줄 착각하고 칼을 빼 말머리를 쳤고 말은 비틀거리다가 쓰러졌다. 그 순간 칼이 데모폰의 손에서 빠져나와 허공을 날더니 땅바닥에 거꾸로 박혔다. 그와 동시에 데모폰도 말에서 떨어지면서 그 칼 위에 엎어져 죽고 말았다.

오비디우스의 『여걸들의 서한Heroides/Letters of Heroines』에 따르면

John William Waterhouse,
〈필리스와 데모폰〉, 1905

필리스는 데모폰이 떠나자 그를 기다리다 지쳐 목을 매 자살했다. 다음 해 매장한 그녀의 무덤에서 아몬드 나무가 하나 자라났다. 그 후 그녀의 예상과는 달리 데모폰이 돌아와 비탄에 젖어 그녀의 무덤을 찾아가 그 아몬드 나무를 껴안자 마치 눈물을 흘리듯 그 아몬드 나무는 나뭇잎을 우수수 떨어뜨렸다. 오비디우스의 『사랑의 기술Ars amatoria/The Art of Love』은 필리스가 죽는 장면을 이렇게 묘사하고 있다.

"왜 데모폰의 아내 필리스가 다녔던 숲속 오솔길에 '9번의 길'이라는 이름이 붙었는지, 또 왜 그 길가 나무들이 잎을 떨어뜨리며 필리스의 죽음에 애도를 표했는지 아는가? 고향 아테네를 향해 떠난 데모폰은 도중에 키프로스에 정착하여 아내와의 약속을 잊은 채 그녀에게 돌아가지 않았다. 집에서 기다리다 지친 그녀는 해안 항구로 나와 하릴 없이 남편 데모폰을 기다리곤 했다. 그 길은 아주 멀었으며 대부분이 울창한 숲을 관통했다.

그녀는 무려 9번이나 그 길을 걸어 남편 데모폰이 떠난 항구로 왔다. 하지만 아무리 기다려도 데모폰이 탄 배가 돌아오지 않자, 절망한 그녀는 항구에 9번째 왔다가 집에 돌아가던 길에 그만 숲속에서 목을 매 자살하고 말았다. 그러자 길가 나무들은 일제히 몸을 흔들어 잎을 떨어뜨리며 그녀의 죽음을 슬퍼했다. 사람들도 필리스가 지나갔던 그 길을 '9번의 길'로 부르며 그녀를 기렸다.”

아킬레우스의 아들 네오프톨레모스

네오프톨레모스Neoptolemos는 아킬레우스와 데이다메이아Deidameia 에게서 태어났다. 데이다메이아는 아킬레우스가 어렸을 때 여장女裝을 하고 함께 살았던 스키로스섬의 왕 리코메데스의 딸들 중 하나다. 네오프톨레모스는 전쟁 중 트로이 근처 이데Ide 산에서 오디세우스에게 사로잡힌 트로이의 왕자이자 예언가인 헬레노스가 트로이를 함락시키려면 반드시 그가 전투에 투입되어야 한다는 예언을 듣고 오디세우스가 스키로스가 건너가 당시 10대였던 그를 설득하여 데려왔다. 리코메데스는 손자를 보내 주지 않으려 했지만 네오프톨레모스가 자진해서 그들을 따라나섰다. 과연 그 아버지에 그 아들이 아닐 수 없다.

트로이에 도착하자마자 오디세우스는 네오프톨레모스에게 전혀

Jules Lefebvre, 〈프리아모스의 죽음〉, 1861

Paul-François Quinsac, 〈폴릭세네의 죽음〉, 1881

헬레네와 다른 영웅들의 귀향

망설이지 않고 자신이 갖고 있던 아킬레우스의 무구를 건네주었다. 아버지의 유품이니 당연히 아들에게 돌려주어야 한다는 것이다. 그 후 네오프톨레모스는 제2의 아킬레우스라고 불릴 정도로 혁혁한 전공을 세웠다. 그는 특히 트로이가 함락된 후 제우스 신전에 숨어 있던 트로이의 왕 프리아모스를 발견하고 칼로 무참하게 처단했다. 또한 아버지의 죽음의 원인이 된 트로이의 공주 폴릭세네를 아버지의 무덤에서 희생제물로 바쳤고, 후환을 없애기 위해 헥토르의 어린 아들 아스티아낙스를 성벽 아래로 내던져 죽였다.

네오프톨레모스는 피로스Pyrrhos라는 애칭으로 불리는데 그 이유에 대해서는 3가지 설이 있다. 첫째는 네오프톨레모스의 머리카락이 붉은색이어서 그리스어로 '붉은'이라는 뜻을 지닌 '피로스'로 불리게 되었다는 것이고, 둘째는 아킬레우스의 어린 시절 리코메데스 궁전에서 공주들과 지낼 때 이름이 '피라Pyrrha'였는데 그 남성형이 바로 '피로스'라는 것이다. 마지막은 그의 이름이 원래 피로스였는데 그가 트로이에 도착하자 그의 아비지 아킬레우스의 스승 포이닉스가 아주 어린 나이에 전사가 된 그에게 '젊은 전사'라는 뜻의 '네오프톨레모스'라는 이름을 지어 주었다는 것이다. 어쨌든 그는 트로이에서 아버지 못지않은 전공을 세운 뒤 포이닉스 그리고 그리스군에 자발적으로 협력한 덕에 살아남아 절친이 된 헬레노스와 함께 귀향길에 올랐다.

네오프톨레모스는 출발하기 전날 밤 할머니이자 바다의 여신인 테티스가 꿈에 나타나 자신에게 장차 분노한 포세이돈이 거센 폭풍우를 일으켜 많은 그리스 함선을 수장시킬 테니 출발을 이틀 미루고, 테네도스 섬에 도착해서도 다시 이틀 머문 뒤에 해로가 아닌 육로로 귀향하라고 충고하자 그대로 따라 대부분의 그리스 장수들을 덮쳤던 카파레우스Kaphareus곶의 폭풍우를 피할 수 있었다. 이어 그는 동행한 헬레노스의 충고로 그리스 북서쪽에 도착하여 에피로스Epiros를 정복하고 한참을 다스렸다. 그사이 네오프톨레모스와 그가 트로이에서 전리품으로 데려온 헥토르의 아내 안드로마케와의 사이에서 몰로소스Molossos, 피엘로스Pielos, 페르가모스Pergamos 삼 형제가 태어났다.

얼마 후 네오프톨레모스는 안드로마케를 헬레노스에게 양보하고 삼 형제도 그의 후견에 맡긴 다음 혼자서 아버지의 고향인 프티아에 도착하여 친할아버지 펠레우스의 열렬한 환영을 받고 지내다가 너무 연로한 조부의 뒤를 이어 그곳 왕이 되었다. 그러던 어느 날 네오프톨레모스는 갑자기 분노에 사로잡혀 부리나케 델피로 달려가더니 아폴론 신전에 난입해서는 아폴론 신이 트로이 전쟁 당시 트로이 성 근처에 있던 자신의 신전에서 파리스 왕자에게 손가락으로 아버지 아킬레우스의 발뒤꿈치를 가리켜 그곳에 화살을 쏘게 하여 아버지를 죽게 만든 것에 대한 보상을 요구했다. 사제들의 수장인 여사제 피티아Pythia가 그것을 단호하게 거절하자 그는 신전을 불태우고 성소를 유린하고 돌아왔다.

네오프톨레모스는 그 후 얼마 지나지 않아 또다시 불현듯 뭐가 생각난 듯 불쑥 스파르타의 왕 메넬라오스를 찾아가더니 트로이에서 자신에게 약속한 대로 딸 헤르미오네Hermione를 달라고 요구했다. 하지만 헤르미오네는 아버지가 트로이에 있는 동안 이미 외할아버지 리코메데스의 주선으로 아가멤논의 아들 오레스테스와 약혼한 상태였다. 그런 사실을 알고도 네오프톨레모스는 고집을 굽히지 않았다. 오레스테스가 모친 살해범이 되어 신들의 저주를 받았으니 헤르미오네는 자신의 아내가 되는 것이 합당하다는 것이다. 오레스테스의 항의에도 불구하고 결국 네오프톨레모스의 주장이 받아들여져 스파르타에서 그와 헤르미오네의 성대한 결혼식이 거행되었다.

하지만 네오프톨레모스는 그 후 아내가 아이를 낳지 못하자 델피를 다시 찾아 자신의 방화로 연기로 검게 그을린 아폴론 신전에 들어가 그 이유를 물었다. 그러자 여사제 피티아가 그에게 모욕당해 분노한 아폴론 신에게 속죄의 제물을 바치라고 충고했다. 네오프톨레모스가 제물을 바치고 있는 동안 제단에서 우연히 델피에 들렀다가 신전을 찾은 오레스테스를 만났다. 이때 오레스테스는 만약 아폴론이 전날 자신의 꿈에 나타나 혹시 네오프톨레모스를 만나더라도 그날 다른 사람의 손에 죽을 운명이니 참으라고 말하지 않았다면 아마 그 자리에서 네오프톨레모스를 죽였을 것이다.

어쨌든 일반적으로 델피에서 아폴론 신에게 바쳐진 희생제물의 고기는 항상 신전에 종사하는 사람들의 부수입이 되는 것이 그 당시 관례였다. 하지만 네오프톨레모스는 그 사실을 전혀 모르고 있다가 자신이 제물로 바친 황소고기를 그들이 가져가는 것을 참을 수 없어 강제로 그것을 막으려 했다. 그러자 여사제 피티아가 한탄하며 말했다. "만날 불평만 일삼는 아킬레우스의 아들에게 이젠 정말 넌더리가 나는구나." 이 말을 듣고 포키스 출신의 마카이레우스Makaireus라는 사제가 제물의 고기를 썰었던 칼로 네오프톨레모스를 찔러 죽였다.

그 사건 이후로 어떤 사람이 다른 사람에게 행한 그대로 벌을 받는 것을 '네오프톨레모스의 벌'이라고 칭했다. 네오프톨레모스는 트로이의 제우스 신전에서 트로이의 왕 프리아모스를 죽였는데 자신도 아폴론 신전에서 죽임을 당했기 때문이다. 네오프톨레모스가 죽자 여사제 프티아는 다른 사제들에게 이렇게 명령했다. "그의 시신을 우리 신전의 출입문 앞에 묻어라. 그는 대단한 전사였다. 그의 혼령이 우리 신전을 이제 어떤 공격으로부터도 막아 줄 것이다. 그리고 그의 혼령이 장차 진심으로 아폴론 신을 모독한 걸 후회하면 앞으로 그를 전사한 영웅들을 위한 행사나 제사의 수호신으로 삼을 것이다.”

세월이 흘러 네오프톨레모스가 헬레노스에게 맡겨 후견을 부탁하고 에피로스에 남겨두었던 어린 세 아들이 장성하자 그중 몰로소스가 에피로스를 맡아 다스렸으며, 그 후 대대로 그의 후손들이 왕권을 이어 갔다. 마케도니아의 알렉산드로스 대왕은 보통 아킬레우스의 후손으로 알려져 있다. 대왕도 공공연히 자신이 그의 후손임을 밝혔다. 그런 주장은 그의 어머니의 혈통을 따져보면 전혀 틀린 말은 아니다. 그의 어머니 올림피아스Olympias는 네오프톨레모스의 아들 몰로소스의 후손이자 에피로스의 왕이었던 네오프톨레모스 1세의 큰딸이었기 때문이다. 그래서 올림피아스와 그의 아들 알렉산드로스는 아킬레우스의 후손이 맞는 셈이다.

헬레노스, 안테노르, 아이네이아스

트로이가 몰락한 후 트로이 왕족 중 남자들은 거의 모두 그리스 군에 의해 살해당했다. 하지만 헬레노스Helenos, 안테노르Antenor, 아이네이아스Aineias 등 세 사람만은 살아남았다. 첫 번째로, 헬레노스는 트로이의 왕 프리아모스의 50명의 아들 중 하나로 싸움도 잘했지만 원래 예언가로서 이름을 날렸다. 그는 동생 파리스가 스파르타의 왕비 헬레네를 트로이로 데려오자 그것이 엄청난 재앙을 가져올 것이라고 정확하게 예언했다. 또한 파리스가 죽은 다음 헬레네를 놓고 형제 데이포보스와 경합을 벌였다가 패배하자 심한 분노를 느끼고 트로이 근처 이데 산으로 숨어버렸다.

얼마 후 헬레노스는 오직 그만이 트로이를 몰락시키는 데 필요한 세 가지 신탁을 알고 있다는 사실을 전해 들은 그리스군 총사령관 아가멤논이 밀파한 오디세우스에게 사로잡혀 그리스군 진영으로 끌려왔는데도 예상과는 달리 그 세 가지 신탁을 모두 거리낌 없이 알려 주었다. 그 이유는 바로 예전에 헬레네를 차지하지 못한 것에 대한 분노가 아직 그의 마음속 깊이 남아 있었기 때문이었다. 이윽고 트로이가 몰락하자 헬레노스는 그리스군에 협력한 공로를 인정받아 아킬레우스의 아들 네오프톨레모스의 포로가 아닌 절친이 되어 그와 동행했다.

네오프톨레모스는 이때 할머니였던 바다의 여신 테티스의 경고를 받고 육로가 아닌 해로로 귀향하다가 그리스 북서부에 도착하여 헬레노스의 권고에 따라 에피로스 지방을 점령했고, 헬레노스는 그곳에 부트로톤Buthroton이라는 도시국가를 건설했다. 얼마 후 네오프톨레모스는 혼자 에피로스를 떠나면서 절친 헬레노스에게 전리품으로 데리고 왔던 헥토르의 아내 안드로마케를 아내로 주었다. 헬레노스는 이후 트로이 유민을 이끌고 방랑을 하다가 부트로톤에 들른 아이네이아스와 감격의 해후를 한 뒤 그에게 이탈리아에 도착하거든 '거대한 흰 암퇘지가 30마리의 새끼와 함께 누워있는 곳'을 찾아 그곳에 나라를 건설하라고 예언해 주었다.

두 번째로, 안테노르는 트로이 전쟁 초기 협상하기 위해 그리스 사절로 트로이성에 찾아온 오디세우스와 메넬라오스를 동료들이 죽이려 하자 적극적으로 변호하여 살려 준 다음 자신의 집으로 데려가 융숭하게 대접하고 하룻밤 묵게 해 주었다. 그들은 그 은혜를 잊지 않고 그리스군이 트로이를 함락하여 약탈하는 동안 안테노르의 집 대문에 절대 해를 가해서는 안 된다는 표식으로 표범 가죽을 걸어놓아 그의 가족과 재산을 보호했고, 둘이 힘을 합해 안테노르의 아들 글라우코스Glaukos를 구했다. 오디세우스는 또한 혼자서 부상당한 안테노르의 또 다른 아들 헬리카온Helikaon을 등에 업어 구출하기도 했다.

트로이가 몰락한 후 안테노르의 행적에 대해서는 3가지 설이 있다. 첫째는 그가 트로이에 남아 폐허 위에 새로운 도시를 건설했다는 것이다. 둘째는 그가 오디세우스의 보호 아래 트로이를 떠나 리비아에 정착해서 그곳에 아들들과 함께 키레네Kyrene라는 도시를 건설했다는 것이다. 마지막으로 그는 트로이를 떠나 이탈리아에 정착하여 그곳에 현재는 파도바Padova로 불리는 파타비Patavi라는 도시를 건설했다는 것이다. 안테노르는 사실 헬레노스처럼 그리스군에 적극적이고 자발적으로 협력한 것은 아니었다.

하지만 『신곡』을 쓴 단테는 안테노르가 트로이 전쟁에서 살아남은 것을 조국 트로이에 대한 배신으로 보았다. 그래서 예수를 배신한 유다 등 배신자들을 지옥의 핵核인 제9원에 떨어뜨려 코키토스 호수 속 냉동인간으로 살아가도록 했다. 특히 그는 제9원을 배신의 종류에 따라 4개의 구역으로 나누었는데, 조국을 배신한 자들이 벌을 받는 구역을 안테노르의 이름을 따서 '안테노라Antenora'라고 명명했다. 제9원의 4개의 구역 중 최악인 은혜를 배신한 자들은 유다Judas의 이탈리아어 이름 주다Guida를 따서 명명한 '주데카Guidecca'에서 벌을 받았다.

마지막으로 세 번째로, 아이네이아스도 신들에게 보인 순종과 경

안테노르 입상, 이탈리아 파도바의 프라토 델라 발레Prato della Valle 광장

안테노르 묘비, 이탈리아 파도바

건함 때문에 살아남았다. 그는 다르다니아Dardania의 왕 카피스Kapys의 아들이었던 앙키세스Anchises와 미와 사랑의 신 아프로디테 사이에서 태어났다. 아이네이아스는 트로이가 함락되자 연로하신 아버지를 안은 채 아내 크레우사Kreousa와 아들 아스카니오스Askanios를 데리고 탈출한 뒤 트로이 근처 이데 산기슭 안탄드로스Antandros에 잠시 머물렀다가 트로이의 유민을 이끌고 숱한 모험 끝에 이탈리아에 정착하여 라비니움Lavinium이라는 도시국가를 건설했다.

라비니움이라는 이름은 아이네이아스가 트로이를 탈출하는 와중에 아내 크레우사를 잃어버리고 트로이 유민을 이끌고 이탈리아에 정착한 다음에 얻은 새 아내 라비니아Lavinia의 이름에서 따온 것이다. 그녀는 이탈리아의 라티움Latium의 왕 라티누스Latinus의 딸이었다. 얼마

Federico Barocci, 〈트로이를 탈출하는 아이네이아스〉, 1598

후 아이네이아스가 죽자 아직 미성년이었던 아스카니오스를 대신하여 라비니아가 라비니움을 통치했다. 하지만 아스카니오스는 장성한 뒤에도 라비니움을 물려받지 않고 30년만에 그곳을 떠나 알바산 기슭 알바 호숫가에 알바 롱가Alba Longa라는 도시국가를 건설했다.

아스카니오스는 알바 롱가를 38년 동안 다스렸다. 그가 죽자, 왕

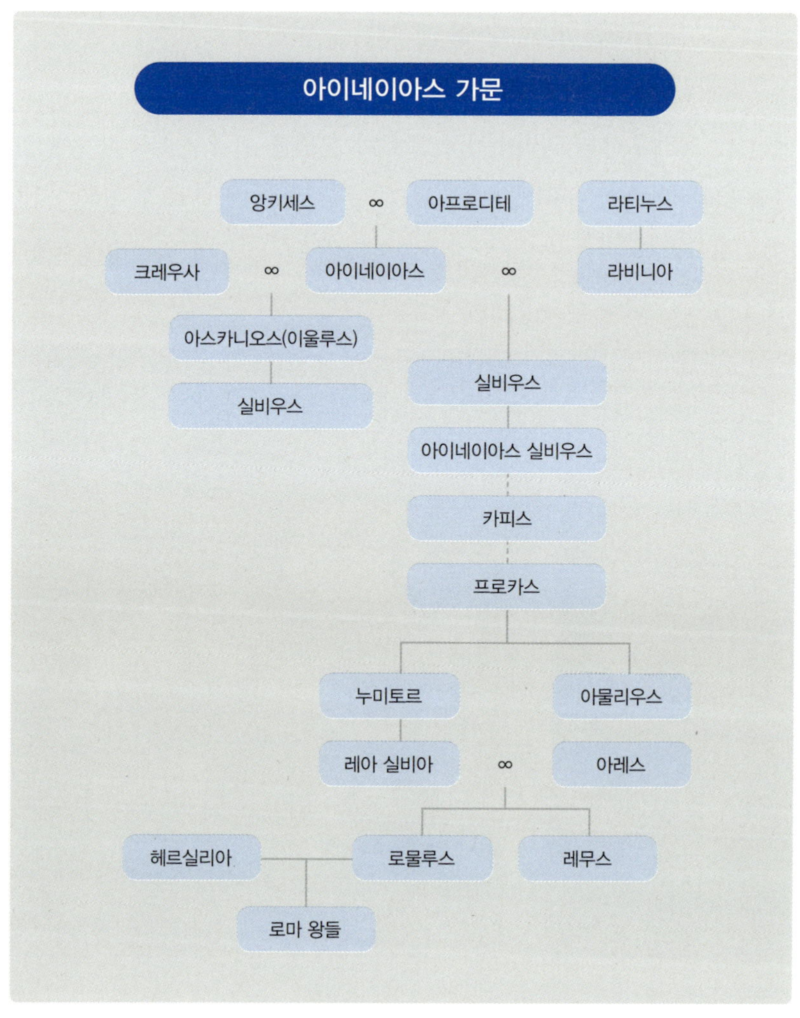

위는 국민투표를 통해 그의 아들 실비우스Silvius가 아닌 그와 이름이 같은 이복동생 실비우스에게 넘어갔다. 그 후 300년 동안 지속된 알바 롱가의 마지막 15번째 왕 누미토르Numitor의 딸 레아 실비아Rhea Silvia와 전쟁의 신 마르스Mars(그리스어로는 아레스) 사이에서 태어난 쌍둥이 아들 로물루스와 레무스가 알바 롱가에서 20여 km 떨어진 곳에 도시국가 로마Roma를 건설했다. 그래서 로마인들은 아이네이아스를 자신들의 시조로 숭배했다. 아이네이아스가 트로이 유민을 이끌고 이탈리아에 정착하여 라비니움을 세우는 역경을 그린 서사시가 바로 로마 시인 베르길리우스의 『아이네이스』다. '아이네이스'는 '아이네이아스의 이야기'라는 뜻이다.

『아이네이스』에 따르면 아이네이아스의 아들 아스카니오스(로마식 표기는 아스카니우스Ascanius)는 트로이가 함락되기 전에는 트로이의 옛 지명인 일리움Ilium에서 따온 일루스Ilus로 불렸다가, 이탈리아에 도착해서는 이울루스Iulus, 혹은 율루스Julus라는 별명으로 불렸다. 바로 아스카니오스의 별명 '율루스'에서 로마의 유명한 귀족 가문 '율리아Julia'의 명칭이 유래했다. 로마 공화정 말기 종신 독재관 가이우스 율리우스 카이사르Gaius Julius Caesar가 바로 이 가문 출신이다. 다시 말해 카이사르의 선조는 결국 트로이 왕족의 후손 아스카니오스라는 말이다.

헤시오도스의 『신통기』에 따른 신들의 계보

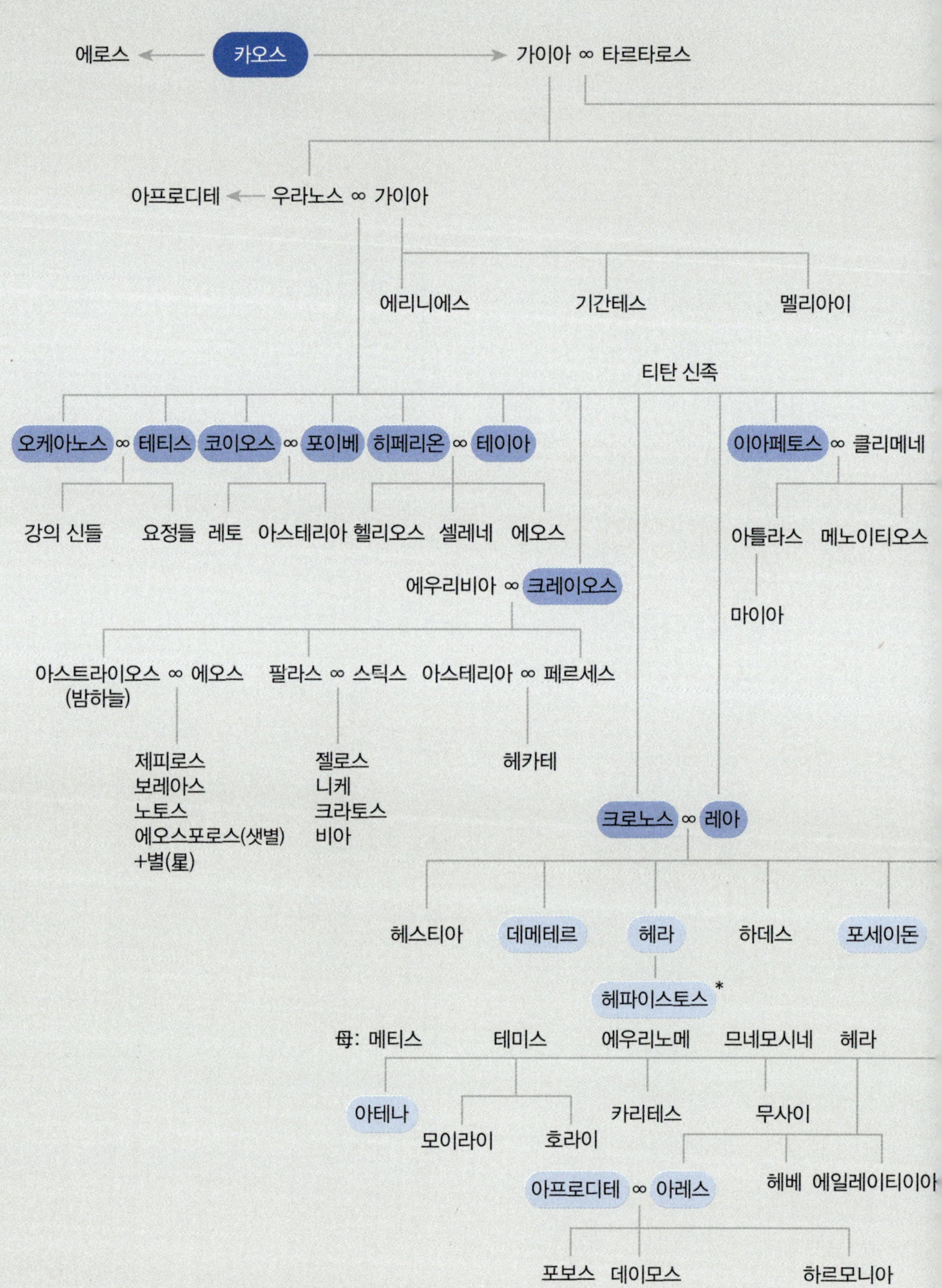

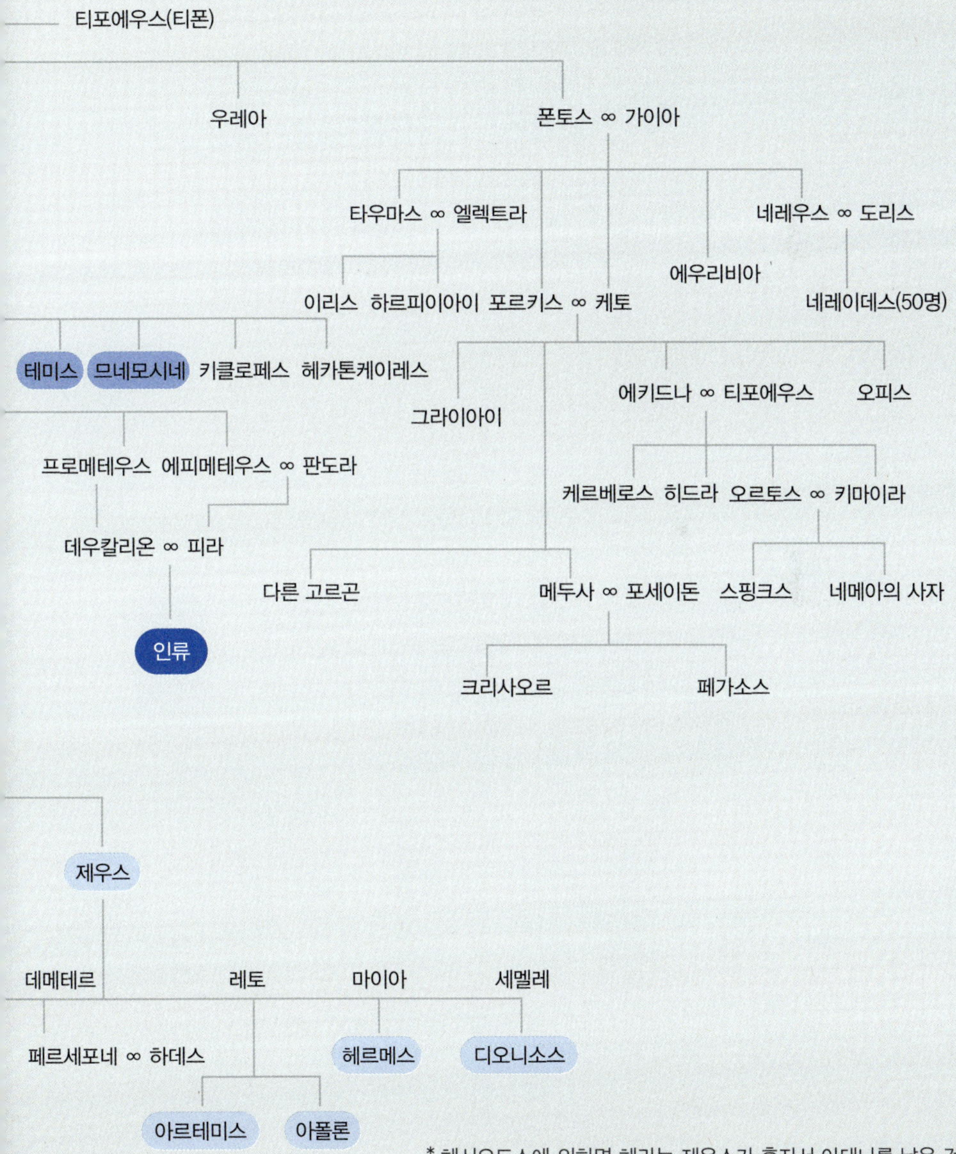

티포에우스(티폰)
우레아
폰토스 ∞ 가이아
타우마스 ∞ 엘렉트라
네레우스 ∞ 도리스
에우리비아
이리스
하르피이아이
포르키스 ∞ 케토
네레이데스(50명)
테미스
므네모시네
키클로페스
헤카톤케이레스
에키드나 ∞ 티포에우스
오피스
그라이아이
프로메테우스
에피메테우스 ∞ 판도라
케르베로스
히드라
오르토스 ∞ 키마이라
데우칼리온 ∞ 피라
다른 고르곤
메두사 ∞ 포세이돈
스핑크스
네메아의 사자
인류
크리사오르
페가소스
제우스
데메테르
레토
마이아
세멜레
페르세포네 ∞ 하데스
헤르메스
디오니소스
아르테미스
아폴론

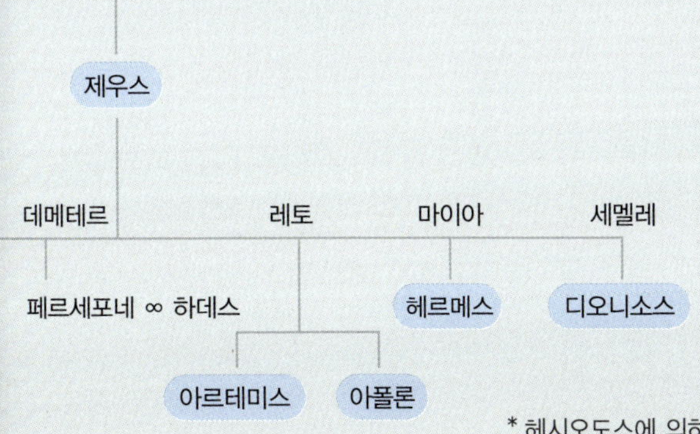

* 헤시오도스에 의하면 헤라는 제우스가 혼자서 아테나를 낳은 것에 분노하여 자신도 혼자서 헤파이스토스를 낳았다

* 티탄 신족 중 음영으로 표시된 신이 티탄 12신이고, 크로노스와 레아의 후손 중 음영으로 표시된 신이 올림포스 12주신이다

태초의 신들, 티탄 신족, 올림포스 신족의 계보

태초의 신들

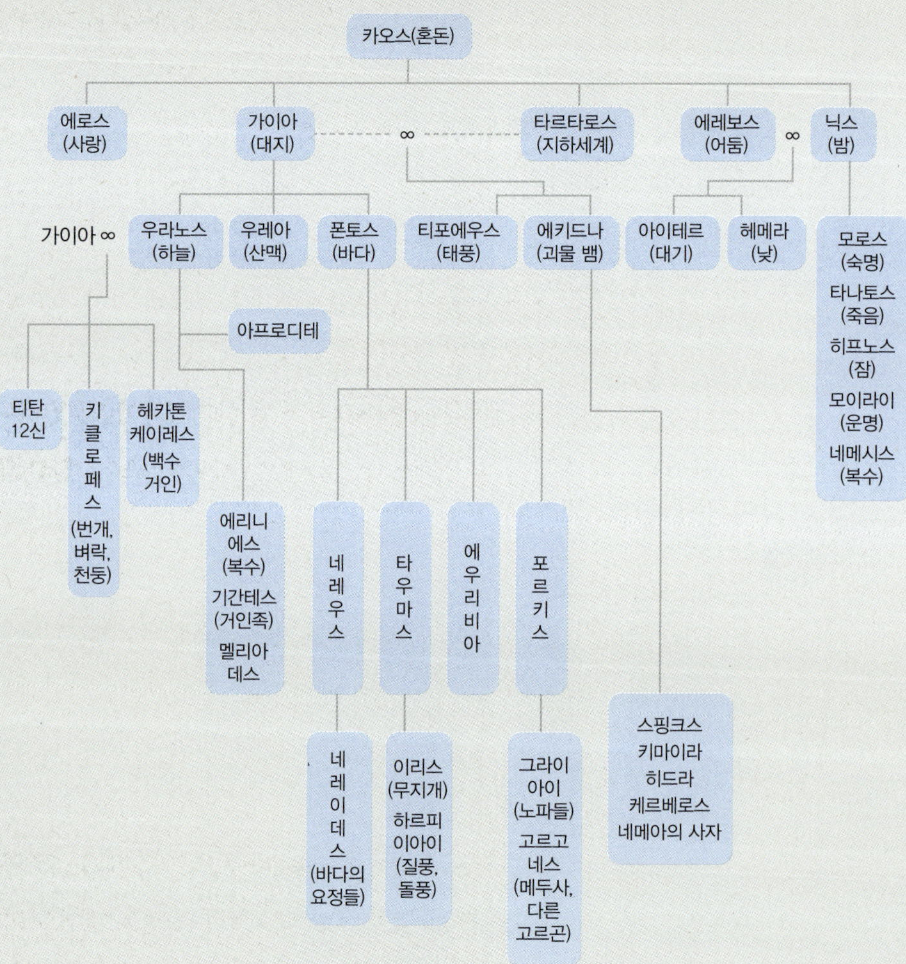

* 키클로페스 3형제 : 스테로페스(번개), 아르게스(벼락), 브론테스(천둥)
　헤카톤케이레스 3형제 : 코토스, 브리아레오스, 기게스

티탄 신족

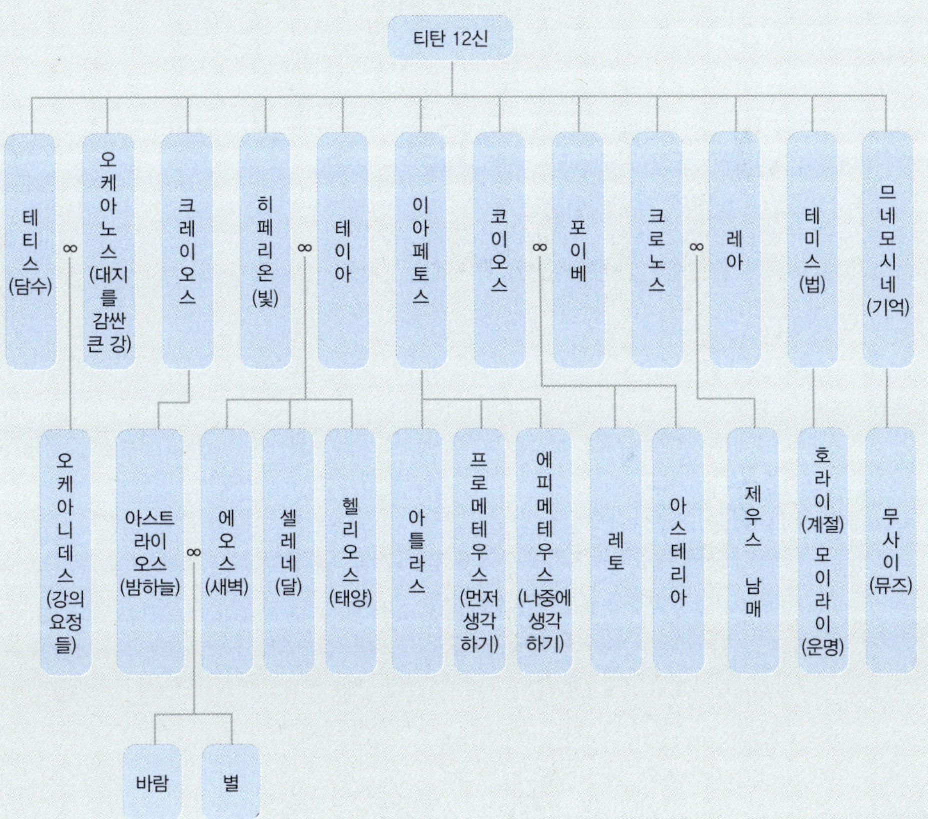

* 니케 : 스틱스와 팔라스의 딸
* 헤시오도스에 따르면 운명의 여신 모이라이는 밤의 여신 닉스의 딸들이다

올림포스 신족

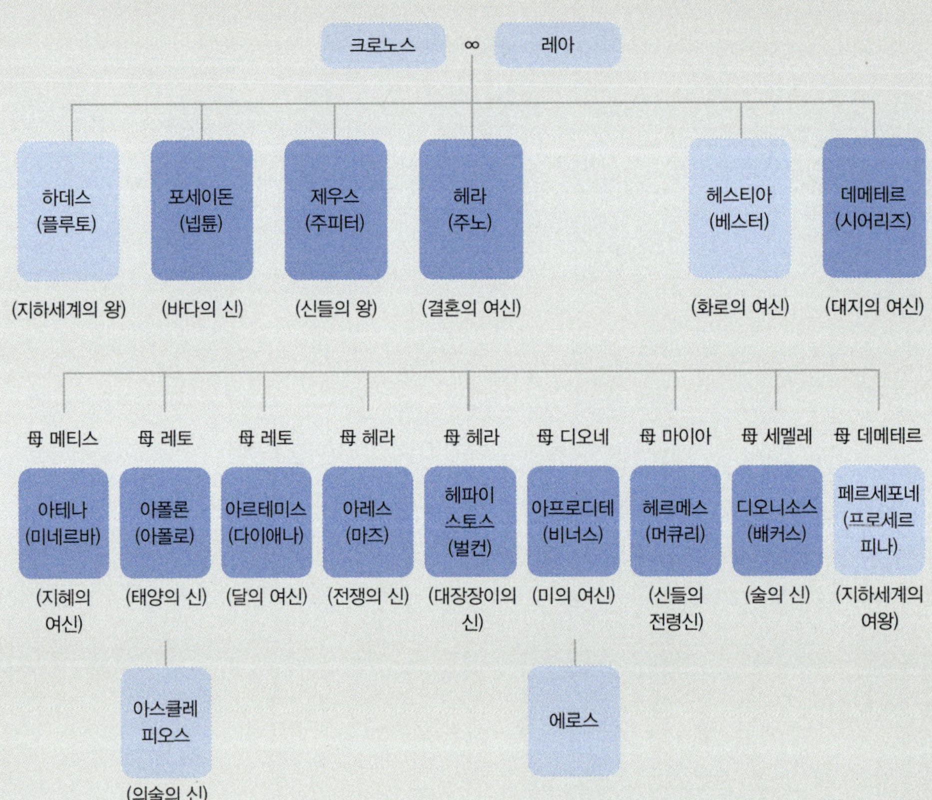

* 음영으로 표시된 신이 올림포스 12주신이다
　하데스와 페르세포네는 지하에 살았으므로 올림포스 12주신에서 제외되었다
　헤스티아는 디오니소스가 뒤늦게 올림포스 궁전으로 올라오자 그에게 주신 자리를 양보했다

그리스 신들의 로마와 영어식 이름 비교표

그리스	로마	영어권
가이아Gaia	텔루스Tellus 테라Terra	지어Gaea
우라노스Uranos	우라누스Uranus	유레이너스Uranus(천왕성)
크로노스Kronos	사투르누스Saturnus	새턴Saturn(토성)
제우스Zeus	유피테르Jupiter	주피터Jupiter(목성)
헤라Hera	유노Juno	주노Juno
포세이돈Poseidon	넵투누스Neptunus	넵튠Neptune(해왕성)
하데스Hades 플루톤Plouton	플루토Pluto	플루토Pluto(명왕성)
데메테르Demeter	케레스Ceres	시어리즈Ceres
헤르메스Hermes	메르쿠리우스Mercurius	머큐리Mercury
헤스티아Hestia	베스타Vesta	베스터Vesta
헤파이스토스Hephaistos	불카누스Vulcanus	벌컨Vulcan
아폴론Apollon	아폴로Apollo	아폴로Apollo
아프로디테Aphrodite	베누스Venus	비너스Venus(금성)
아테나Athena	미네르바Minerva	미네르바Minerva
아르테미스Artemis	디아나Diana	다이애나Diana
아레스Ares	마르스Mars	마즈Mars(화성)
디오니소스Dionysos 박코스Bakchos	바쿠스Bacchus	배커스Bacchus
에로스Eros	쿠피도Cupido 아모르Amor	큐피드Cupid
에오스Eos	아우로라Aurora	오로라Aurora